WOLFGANG SCHORLAU
CLAUDIO CAIOLO

DER
FREIE
HUND

**KOMMISSAR MORELLO
ERMITTELT IN VENEDIG**

Kiepenheuer & Witsch

Abdruck der Zitate aus den Liedern von Fabrizio De André
(Seite 108, Seite 233 und Seite 274 f.)
mit freundlicher Genehmigung des Musikverlages
Hal Leonard Europe

Weitere Informationen:
www.commissario-morello.com

Verlag Kiepenheuer & Witsch, FSC® N001512

1. Auflage 2020

© 2020, Verlag Kiepenheuer & Witsch, Köln
Alle Rechte vorbehalten. Kein Teil des Werkes darf in
irgendeiner Form (durch Fotografie, Mikrofilm oder
ein anderes Verfahren) ohne schriftliche Genehmigung
des Verlages reproduziert oder unter Verwendung
elektronischer Systeme verarbeitet, vervielfältigt oder
verbreitet werden.
Umschlaggestaltung: Sabine Kwauka
Umschlagmotiv: © Thorsten Brümmer;
© picture alliance/dpa Themendienst
Autorenfoto: © Philipp Böll
Lektorat: Lutz Dursthoff und Nikolaus Wolters
Gesetzt aus der Minion Pro
Satz: Buch-Werkstatt GmbH, Bad Aibling
Druck und Bindung: CPI books GmbH, Leck
ISBN 978-3-462-05245-9

Für Jenna.

In Erinnerung an
Paolo Borsellino und Giovanni Falcone –
und Andrea Camilleri

INHALT

1. TAG: MITTWOCH   9
2. TAG: DONNERSTAG   42
3. TAG: FREITAG   102
4. TAG: SAMSTAG   117
5. TAG: SONNTAG   146
6. TAG: MONTAG   152
7. TAG: DIENSTAG   182
8. TAG: MITTWOCH   214
9. TAG: DONNERSTAG   230
10. TAG: FREITAG   252
11. TAG: SAMSTAG   264
12. TAG: SONNTAG   273
13. TAG: MONTAG   285
14. TAG: DIENSTAG   308
15. TAG: MITTWOCH   312
16. TAG: DONNERSTAG   316
17. TAG: FREITAG   321
DANK   324

1. TAG
MITTWOCH

Diesmal nicht.

Sie ruft ihm nicht aus der offenen Tür zu: Ich muss los, Antonio. Ciao!

Diesmal reißt ihn kein berstendes Metall aus dem Schlaf. Diesmal ist es nicht das Womm der Bombe.

Kling-dong, kling-dong, kling-dong.

Es ist nur eine Kirchenglocke.

»Cazzo!«

Morello schnaubt und wirft sich auf die andere Seite.

Kling-dong, kling-dong, kling-dong.

Er zieht die dünne Decke über den Kopf. Sofort kriecht eine Gänsehaut über seine Schenkel. Seine Zehen greifen den Zipfel der Decke und ziehen sie wieder nach unten. Doch die Hände geben nicht nach.

»Cazzo!«

Die Augen immer noch geschlossen, tastet er mit der rechten Hand nach dem Handy, das irgendwo auf dem Nachttisch liegen muss. Er zieht es unter die Decke und starrt auf das erleuchtete Display.

Sechs Uhr.

Zu früh zum Aufstehen, zu früh zum Frühstücken, zu früh zum Schimpfen, zu früh für alles.

Kling-dong, kling-dong, kling-dong.

Mit zwei kräftigen Tritten strampelt er die Decke beiseite, schwingt die Füße auf den Boden und setzt sich auf den Rand

des Bettes, den Kopf in die Hände gestützt. Die Kirchenglocken dröhnen und klingen so nahe, als schwängen sie ihre Klöppel direkt vor seinem Schlafzimmer. Morello reibt sich die Augen. Er steht auf und tappt zum Fenster. Vorsichtig schiebt er den Vorhang beiseite.
Der Turm der Basilica di San Pietro di Castello steht schief und neigt sich gefährlich in seine Richtung. Wenn er kippt, wird er die Schindeln des Daches und die Decke seiner Wohnung durchbrechen. Die Glocken werden in sein Schlafzimmer stürzen und ihn erschlagen. Unausweichlich. Doch andererseits: Der Turm steht schon einige Hundert Jahre schief. Morello kratzt sich am Kopf. Das ist gut zu wissen, aber noch lange keine Garantie, dass er nicht gerade jetzt umfällt.
Er reibt sich noch einmal die Augen. Bleib vernünftig: Die Chancen stehen nicht schlecht, dass der Turm noch einige Jahrzehnte lang krumm wie ein Schafhirte verharrt, mindestens so lange, wie Morello gezwungen ist, in Venedig zu bleiben.
Cazzo ... Er hofft, dass er bald wieder von hier verschwinden kann.

Die Mühle steht gut sichtbar auf der Arbeitsfläche der Einbauküche. Aber wo ist die Kaffeemaschine? Morello öffnet die Türen der beiden Unterschränke. Nichts. Es wird in dieser Wohnung doch eine Kaffeemaschine geben! Er öffnet den ersten Schrank. Teller, Tassen, Gläser, Becher, Untertasse. Alles, nur keine Kaffeemaschine. Das kann doch nicht wahr sein. Morello knallt die Tür zu. Er zieht an dem Griff des zweiten Schrankes und schon glitzert ihm silbern ein kleiner Bialetti-Espressokocher entgegen.
Sein Puls normalisiert sich wieder.
Er schraubt die Kanne auseinander und füllt den unteren Teil mit Wasser. Der Kaffee? Ach ja. Er stellt das achteckige Unterteil der Kanne ab, geht in den Flur und zieht aus seiner Reise-

tasche den Beutel mit Kaffee, den er vorgestern noch in Palermo gekauft hat. In der Küche mahlt er die Bohnen, gibt das Pulver vorsichtig in den Trichtereinsatz der Bialetti, schraubt das Oberteil auf und stellt die Kanne auf den Herd.

Cazzo … Er kennt sich nicht aus. Weder in dieser Wohnung, noch in dieser Stadt.

Noch vor drei Tagen hätte er sich nicht vorstellen können, dass er nach Venedig versetzt wird.

Vittorio Bonocore, der Vice Questore in Cefalù und sein Chef, hatte ihn in der Kaserne in Palermo angerufen, wo sie ihn nach dem Anschlag untergebracht hatten.

»Es gibt Neuigkeiten«, sagte er, als Morello eine Stunde später vor seinem Schreibtisch saß. »Du wirst versetzt. Wir nehmen dich für eine Weile aus Sizilien heraus. Du wirst Kommissar in Venedig.«

Morello dachte zunächst, Bonocore mache einen seiner berüchtigten Witze, über die man pflichtschuldig zu lachen hatte, obwohl sie selten lustig waren.

»Ich kenne den dortigen Vice Questore: Lombardi, Felice Lombardi, ein guter Mann. Du wirst die Abteilung für Gewaltverbrechen leiten. Der bisherige Abteilungsleiter wurde nach Rom ins Ministerium berufen.«

Langsam dämmerte es Morello: Sein Chef meinte es ernst.

Bonocore beugte sich vor. »Du hast einen Anschlag überlebt. Mit der Durchsuchung des Hafens von Palermo hast du unsere Freunde von der Mafia noch einmal ziemlich verärgert. Du stehst auf ihrer Todesliste ganz oben. Ich will keine Rede auf deiner Beerdigung halten müssen. Deshalb gehst du nach Venedig. Für eine bestimmte Zeit. Danach sehen wir weiter.«

Erschöpft von dieser für seine Verhältnisse langen Rede warf sich Bonocore in seinem ledernen Schreibtischstuhl zurück.

»Ich bin mitten in den Ermittlungen …«

Der Vice Questore machte eine beschwichtigende Geste. »Ich weiß, ich weiß«, sagte er. »Ich werde die Sache persönlich weiterführen.«

Morello richtete sich auf: »Sie kaufen antike Kunstwerke vom Islamischen Staat und finanzieren damit das Überleben dieser Terrororganisation. Die Mafia verkauft zurzeit Kunstschätze von unsagbarem Wert aus dem Baaltempel, den der IS in der Wüstenstadt Palmyra gesprengt hat.«

»Du weißt das, ich weiß das – aber wir haben dafür keinen Beweis. Absolut nichts. Fakt ist: Wir haben nichts gefunden. Du hast den Hafen durchsucht, du hast Lagerhäuser durchsucht, du hast Galerien durchsucht, doch wir haben kein einziges Stück aus Palmyra sichergestellt. Du hast Staub aufgewirbelt. Viel Staub. Und seitdem du diesen korrupten Politiker festgenommen hast, wollen sie dich umlegen.« Er seufzte. »Es reicht. Du gehst nach Venedig.«

Morello starrte ins Leere. Ihm war klar, weshalb sein Chef entschieden hatte, ihn zu versetzen. Nach einem der vielen ungeschriebenen Gesetze der Cosa Nostra ermordeten sie Polizisten, Staatsanwälte oder Richter nur in Sizilien, niemals außerhalb der Insel. In Venedig würde er sicher sein.

Doch Morello wollte die Ermittlung zu Ende führen. Bonocore und er hatten sich vorgenommen, die Mafia von dem Geschäft mit gestohlenen Kunstschätzen abzuschneiden. Sein Chef wusste genau, dass Kunstraub für die Mafia mittlerweile ebenso wichtig war wie der Umsatz mit Drogen und mehr Geld in ihre Kassen spülte als Waffenhandel oder die klassische Schutzgelderpressung. Und was Kunstraub anging, hatte doch gerade Vice Questore Bonocore noch eine alte Rechnung mit der Cosa Nostra zu begleichen: Sein Vater hatte damals die Ermittlungen geleitet, nachdem die Mafia in der Nacht vom 18. auf den 19. Oktober 1969 das berühmteste Bild von Michelangelo Merisi, genannt Caravaggio, »Christi Geburt mit den Heiligen Laurentius und Franziskus«, aus dem Oratorio di San Lorenzo in Palermo gestohlen hatte. Doch bis zum heutigen Tag ist das Bild unauffindbar. Auf der Fahndungsliste des FBI gehört es zu den zehn meistgesuchten Kunstwerken der Welt. Um den Vater von Bonocore zu ärgern, schickte man ihm Fotos, auf

denen zu sehen war, wie der gesuchte Boss Totò Riina das Gemälde als Bettvorleger benutzte.
Und nun? Nun zog Bonocore ihn von den laufenden Ermittlungen ab. »Wann soll ich denn nach Venedig?«, fragte er gedehnt.
»Sofort«, antwortete Bonocore. »Pack deine Sachen. Du fliegst morgen früh.«
Mit einem schnorchelnden Geräusch verkündet die Bialetti, dass der Kaffee durchgelaufen ist. Er dreht das Gas ab, nimmt eine Tasse aus dem Schrank und gießt den Kaffee ein.
Cazzo – er will nicht hier sein.

Um acht Uhr steckt Morello den ersten seiner beiden Schlüssel von außen ins Schloss seiner Wohnungstür im dritten Stock: zwei Schlüssel, zwei Schlösser. »Jeden drei Mal umdrehen!«, hat der Vermieter ihm eingeschärft.
Morello hat sich sorgfältig rasiert und seinen Anzug angezogen, den taubenblauen, eleganten Anzug, seinen besten und einzigen. In Rom gekauft. Die Coppola wird er trotzdem aufsetzen. An dem dunklen Fleck auf der rechten Seite verzweifelte bisher jede Reinigung, aber das ist ihm egal: Diese Mütze wird er immer tragen. Am liebsten sogar nachts. Mit einer schnellen Bewegung zieht er die Coppola vom Kopf und küsst sanft den Fleck.
Er setzt sie wieder auf und will die Treppe hinuntersteigen, doch er hält inne. Aus einem der unteren Stockwerke dröhnt eine Stimme herauf, laut und drängend: »Buontschiorno, Silvia!« Morello macht einen Schritt und steht am Geländer, schaut ins Treppenhaus hinunter und horcht. Eine männliche Stimme. Ein merkwürdiger Akzent. Das G gesprochen, als sei es ein Tsch – Buontschiorno. Klingt nordisch. Deutsch. Dann versteht er: »Panini e cornetti alla crema.«
Cazzo – ich habe noch nicht gefrühstückt, denkt Morello.

Er beugt sich über das Treppengeländer. Der Mann, der gesprochen hat, ist nicht zu sehen. Vorsichtig geht Morello die Treppe hinab, an der Eingangstür des zweiten Stockwerks vorbei, hinunter ins Erdgeschoss. Aus der Wohnungstür greift ein Handgelenk – che bella mano, was für ein wunderschönes schmales Handgelenk! – mit einer schnellen Bewegung nach einer braunen Papiertüte. Er hört ein knappes »Grazie«, dann kracht die Tür ins Schloss. Morello geht die letzten Stufen hinab und sieht einen Mann: etwa vierzig Jahre alt, ein kantiges Gesicht, kurz geschnittene dunkelblonde Haare, randlose Brille, braune Cordhosen, elegante graue Sneakers, straff sitzendes hellbeiges Hemd über einem muskulösen Oberkörper. Es sind Muskeln von der Art, wie sie sich nicht durch Arbeit, sondern im Sportstudio entwickeln und die zu der merkwürdigen Art trapezartigem Oberköper führen, der sich bereits über dem Halsansatz abwärts dehnt. Das muss der Deutsche sein, von dem der Vermieter erzählt hat. Wohnt im zweiten Stock, ein Dozent für Architektur an der Universität. Mmh, bei den Deutschen sehen sogar die Docenti aus wie Bodybuilder. Doch seine Panini scheinen bei der Besitzerin des wunderschönen Handgelenks nicht so gut angekommen zu sein, wie er sich das möglicherweise erhofft hat. Morello lächelt zum ersten Mal an diesem Tag. Er wünscht dem Muskelmann Buongiorno und tritt hinaus auf die Straße.

Vor der Tür bleibt er stehen und betrachtet den schiefen Turm. Irgendwann wird er umfallen. Vielleicht in hundert Jahren, vielleicht schon morgen. Vielleicht aber auch heute Nacht. Morello schüttelt den Kopf. Hoffentlich bin ich dann nicht zu Hause.
Zu Hause?
Hat er eben ›zu Hause‹ gedacht?
Cazzo. Venedig ist nicht mein Zuhause. Es wird nie mein Zuhause werden.

Doch er muss zugeben: Der Platz vor dem Haus gefällt ihm. Ein mit Pappeln gesäumter Weg durchquert ihn und führt direkt zum Eingangstor der Basilika. Unter den Baumkronen stehen Holzbänke, auf der einen ein Liebespaar, das sich trotz der frühen Stunde leidenschaftlich küsst. Zwei Männer in dunkelbraunen Anzügen sitzen auf der Bank in der Nähe der offen stehenden Kirchentür. Obwohl Morello nur ihre vorgebeugten Rücken sieht, erkennt er, dass sie stumm auf ihren Smartphones wischen.

Mehrere alte Frauen stehen vor dem Kirchenportal und unterhalten sich lautstark. Er hört, wie sie sich über den Bürgermeister beschweren: »Der interessiert sich nicht dafür, wie wir hier leben. Er wartet nur darauf, dass wir sterben!«

Die venezianischen Gesprächsbrocken klingen bis zu ihm. Ihre Rollatoren haben sie zu einer kleinen Wagenburg zusammengestellt. Die ersten Zikaden in den Pappeln spielen sich allmählich für das ohrenbetäubende Konzert ein, das sie bis in die Nacht hinein veranstalten werden.

»Buongiorno, junger Mann! Wo wollen Sie denn hin so früh, mit Ihrem feinen Anzug? Eine Hochzeit?« Eine der Damen lächelt Morello schelmisch zu.

»Schön wär's! Ich habe heute meinen ersten Arbeitstag in Venedig.«

»Ach, wo kommen Sie denn her?«

»Cefalù, in Sizilien.«

»Cefalù!«, ruft die alte Dame begeistert aus. »Da haben mein seliger Gatte und ich unsere Flitterwochen verbracht.«

Ihre Freundinnen kichern beifällig. Eine hebt ihren Stock und winkt ihm zu. »Komm, Jungchen, dann erzählen wir dir auch mal was von unseren Flitterwochen. Da kannst du noch einiges lernen.« Jetzt prusten alle los.

Morello schüttelt lachend den Kopf, deutet auf seine Uhr und wirft den Damen zum Abschied eine Kusshand zu. Aus der Innentasche seines Jacketts zieht er den Ausdruck der E-Mail mit der Wegbeschreibung. Er streicht das Papier glatt.

Wenn Sie aus Ihrer Haustüre heraustreten, wenden Sie sich nach rechts und folgen der Calle dietro il Campanile bis zum Kanal, biegen links ab und folgen der Fondamenta Quintavalle, bis Sie rechts eine Brücke sehen.

Die Beschreibung ist gut. Er biegt nach rechts in eine kleine Gasse ein. Deshalb sieht er nicht, wie die beiden Männer auf der Parkbank aufstehen, ihre Telefone in die Hosentaschen schieben und ihm in sicherem Abstand folgen.

Morello findet die Brücke ohne Probleme. Als er sie zur Hälfte überquert hat, beugt er sich über das Geländer und sieht ins Wasser. Es ist so trübe wie seine Stimmung.
Che schifo! Was für eine Drecksbrühe. Wo ist er hier hingeraten? Das Wasser ist nicht tief, trotzdem kann er nicht bis auf den Grund sehen. Die Brühe ist undurchdringlich – und sie stinkt. Angewidert geht er weiter. In den Wellen schaukelt eine alte Zeitung. Die Strömung versucht vergeblich, die Titelseite umzublättern. Daneben treiben eine Plastikflasche und ein gebrauchtes Kondom.
Er sieht das klare Wasser von Sferracavallo vor sich. Wie oft ist er als Junge zu dem Hafen von Sferracavallo geradelt! Später, als junger Mann, fuhr er mit seinem Fiat 500 in das Dorf, winzig und schön, in ganz Sizilien besungen wegen seines frischen Fischs. An jeder Stelle konnte er auf den Grund des Meeres schauen. Doch hier, in der stinkenden Lagune, dringt der Blick nicht einmal eine Handbreit durch die schleimige Brühe.
Er wirft einen Blick zurück. Der Glockenturm und die Kuppel der Kirche von San Pietro di Castello ragen über die Dächer von Castello, als seien sie nur gebaut worden, um ein Motiv für die Fotos der Touristen oder für die Postkarten aus Venedig zu liefern.
Die Fondamenta Sant'Anna führt Morello an einem Kanal entlang. Es begegnen ihm die ersten Touristen. Drei japanische Frauen trotten in unauffälliger hellgrauer Kleidung einige

Meter vor ihm her. Eine von ihnen trägt einen Metallstab, an dessen Ende ein Smartphone befestigt ist. Um den Abstand zu vergrößern, bleibt Morello stehen. Er betrachtet die alten Häuser. Es ist verblüffend: Sie scheinen in dem stinkenden Wasser zu schwimmen. Kann man so leben? Er legt eine Hand aufs Herz und fühlt plötzlich Mitleid. Die armen Venezianer. Ob sie sich an den Gestank gewöhnt haben? Vielleicht ist ihr Geruchssinn im Laufe der Jahrhunderte abgestumpft. Er sieht auf seine Uhr. Neun Uhr.

Er hat noch Zeit.

Die drei Japanerinnen biegen ab, steigen einige Stufen hoch auf eine kleine Brücke und bleiben oben stehen. Dann geschieht etwas Überraschendes. Eine der Frauen zieht einen gelben Papierschirm aus der Tasche und spannt ihn auf. Gleichzeitig beugt sie sich nach vorne, streckt das Kreuz und hebt das linke Bein, bis es waagerecht zu schweben scheint, als würde sie auf einem Seil balancieren. War sie eben noch unauffällig und grau, so erblüht sie vor Morellos Augen und strahlt wie eine Primaballerina. Ihre Freundin hebt den Stick mit dem Handy und fotografiert sie. Die Frau senkt das Bein, hebt einen Arm, geht in die Knie, strahlt und lacht. Das Handy klickt und klickt. Als sich der Stab mit dem Telefon senkt, schrumpft sie, steht sie wieder da wie zuvor – unauffällig und klein. Sie greift nach dem Stick ihrer Freundin, und nun probt diese eine Pose und verwandelt sich innerhalb einer Sekunde in einen anderen Menschen.

Er blickt sich um. Für einen Moment bleibt sein Blick an zwei Männern in dunkelbraunen Anzügen hängen, die im Gespräch miteinander an einer Hauswand lehnen. Hat er die beiden nicht eben …? In diesem Moment kichern die drei Asiatinnen laut auf, er wendet sich um, und nun werden die Frauen Morellos Anwesenheit gewahr, sie verstummen sofort und halten verlegen die Hände vor den Mund. Als er sich wieder nach den Männern umdreht, sind diese verschwunden. Irritiert geht er weiter.

Am Ende der Fondamenta Sant'Anna endet der Kanal. Ein längeres Holzboot liegt hier vertäut, beladen mit Kisten von Gemüse und Obst. Morello sieht Auberginen, Karotten, Tomaten, Sellerie, sogar Pomodorini di Vittoria, die Kirschtomaten aus Vittoria, und Aglio rosso di Nubia, roten Knoblauch aus Nubia, Sizilien. Vorne, auf den ausgebleichten Bootsdielen, entdeckt er sogar eine Kiste mit Fichi d'India: die Kaktusfeigen, die in Sizilien überall wachsen. Alles sieht frisch und gut aus. Genau hier, beschließt Morello, wird er später einkaufen. Zumindest muss er nicht verhungern bei den Barbaren im Norden.

Nach wenigen Schritten steht er vor einem Fischladen. Der Verkäufer strahlt ihn an und weist mit großer Geste auf die Auslagen. »Möchten Sie frischen Fisch? Wir haben alles, was das Herz …«

»Auf dem Rückweg komme ich vorbei. Versprochen!«, sagt Morello. »Jetzt brauche ich erst mal einen Espresso.«

Der Mann weist mit dem Daumen auf eine Bar in Morellos Rücken. »Da verkehren keine Touristen.« Morello lacht, winkt dem Mann zu und tritt ein.

Der Espresso doppio hat ihm gutgetan. Er läuft nun durch die Via Garibaldi. Endlich eine große Straße. Endlich etwas mehr Luft. Na ja, Luft – viel Wind weht auch hier nicht. Immerhin sieht er rechts und links der Straße einige Geschäfte, Bars, Restaurants, Trattorien, einen kleinen Supermarkt, zwei Boutiquen, sogar einige Stände, die gefälschte Marken-T-Shirts oder raubkopierte DVDs verkaufen.

Als er die Steinbrücke über die Riva San Biagio passiert, sieht er den Campanile des Markusplatzes über die Dächer ragen. Während alle anderen um ihn herum ihre Fotoapparate dem Wahrzeichen der Stadt entgegenrecken, schiebt sich Morello fluchend durch eine Gruppe chinesischer Touristen, die einem Führer mit einer kleinen roten Fahne folgt. Er wird grob gegen

das Geländer gedrückt. Morello stolpert und stößt gegen ein älteres englisches Ehepaar, das sich sofort bei ihm entschuldigt. Eine weitere Horde chinesischer Touristen hetzt die Treppe hinauf. Jede Lücke ausnutzend, windet sich Morello durch sie hindurch und wischt sich den Schweiß von der Stirn, als er die letzte Treppenstufe genommen hat.
Doch schon droht die nächste Brücke: Riva Ca' di Dio. Wie Sardellenschwärme fluten Touristen die Treppen. Riva degli Schiavoni, die letzte Brücke vor dem Markusplatz, ist ein Inferno. Touristen aus Asien, aus Europa, aus Amerika drängen sich Körper an Körper schrittweise darüber. Hilflos lässt sich Morello mit der Masse treiben, drücken, schieben und erreicht endlich die andere Seite. Restaurants und Bars haben hier Stühle und Tische ins Freie gestellt. Doch daran vorbeizukommen ist eine Herausforderung! Auf der linken Seite öffnet sich der Canal Grande. Vaporetti tuckern heran, Gondeln gleiten durch das Wasser, und am Ufer gegenüber liegen protzige Jachten, eine größer, neuer und teurer als die andere. »Das ist Dantes Inferno«, sagt Morello leise, »und ich bin wegen meiner Sünden zur ewigen Verdammnis verurteilt worden in diesen schlimmsten aller Höllenkreise.«

Dass er den Höhepunkt des Irrsinns noch nicht erreicht hat, begreift er erst, als er den Markusplatz überquert. Hier tobt das wahre Inferno. Es ist neun Uhr morgens, und der Platz ist ein einziges Chaos. Alle fotografieren alles, jeden und gerne sich selbst. Ein japanischer Mann hebt freundlich lächelnd die Kamera und fotografiert sogar ihn. Morello macht eine obszöne Geste, und der Mann dreht sich erschrocken um. Was für eine Erleichterung wäre es, sofort alle Fotoapparate beschlagnahmen zu können!
Basta fotografare! Fotografieren verboten!
Morello versucht sich zu orientieren. Er zieht die ausgedruckte

E-Mail aus dem Jackett: auf dem Markusplatz rechts, in die Calle della Canonica.
Er steckt den Zettel in seine Hosentasche und erstarrt.
Vor ihm steht ein dicker Mann in kurzen Hosen, mit Oberschenkeln wuchtig wie die Säulen von San Marco und San Todaro. Sein Gesicht liegt im Schatten eines breitkrempigen Cowboyhuts. Er brüllt in breitem Amerikanisch seiner Frau etwas zu, die nur zwei Meter vor ihm steht, den Fotoapparat auf Schulterhöhe im Anschlag wie ein Sturmgewehr. Auf dem Hut ihres Mannes drängen sich Tauben, nicht etwa zwei oder drei, nein, es müssen zwanzig, dreißig, vierzig sein, pickend, gurrend, kackend. Jetzt landet flügelschlagend eine weitere und drückt sich zwischen die anderen. Der dickbeinige Cowboy schleudert einige Körner auf seinen Hut. Er breitet die Arme aus, und seine Frau hebt den Fotoapparat.
Morello schüttelt den Kopf. Wo bin ich nur hineingeraten? Cazzo! Was geht in dem Kopf eines Menschen vor, der sich von seiner Frau fotografieren lässt, während ihm Dutzende Tauben auf den Kopf scheißen?
Nichts wie weg.
Er schlängelt sich durch die Touristen. »Fermiamo le grandi navi!«, hört er plötzlich eine Stimme über den Platz schallen. »Stoppen wir die großen Schiffe!« Morello dreht sich um.

»Scusi, Signora! – Scusi, Signore!«
So oft und in so kurzen Abständen hat Morello sich noch nie entschuldigt. Er drückt zwei Jugendliche zur Seite, die, den Blick auf ihre Smartphones gerichtet, wie Zombies durch die Menge schleichen. Dann, am Kai angelangt, sieht er eine Gruppe von etwa zwanzig oder dreißig Personen, die laut »No grandi navi« rufen. Sie haben ein großes Transparent entfaltet, auf dem mit großen Buchstaben zu lesen ist: »Studenti contro navi da crociera«, Studenten gegen Kreuzfahrtschiffe.

In ihrer Mitte der Gruppe steht ein junger Mann, der ein Megafon an den Mund hält und offenbar den Ton angibt, die Gruppe orchestriert. Der Mann ist auffallend blond und – Morello erkennt es mit leichtem Neid – gesegnet mit vollen Locken, die ihm bis auf die Schultern fallen und ein schmales, intelligentes Gesicht umrahmen. Athletische Figur, groß, etwa 1,90 Meter. Morello schätzt ihn auf fünfundzwanzig. Er steht aufrecht und selbstbewusst in der Gruppe, eine Hand in die Hüfte gestemmt wie ein Pirat, die andere hält das Megafon. Ohne Zweifel – wieder verspürt Morello das leichte Unbehagen, das Neid in ihm hervorruft: Er sieht attraktiv aus. Der junge Mann gibt ein Zeichen, wieder ruft die Gruppe im Chor: »No grandi navi!« Ein Mädchen tritt aus der Gruppe, nimmt die Hand des jungen Mannes und zieht daran, sodass er sich umdrehen muss.

Plötzlich ist die Sonne verschwunden. Ein kühler Schatten fällt auf die Szene. Etwas Gespenstiges, Riesiges drängt sich durch die Lagune. Ein Monster, größer als alles, was Morello je gesehen hat. Ist das noch ein Schiff?

Cazzo! So groß wie ein Wolkenkratzer! Der Dogenpalast und der Campanile wirken plötzlich klein wie Spielzeug neben dem Monster aus Stahl.

Morello muss den Kopf ins Genick legen, um zum Deck des Schiffes sehen zu können. Kleine schwarze Figuren drängen sich an der Reling und winken hinunter auf den Markusplatz, wo für einen Augenblick alle Bewegung erstarrt. Dann bricht ohrenbetäubender Lärm aus – Trillerpfeifen und laute Schreie: »No grandi navi! No grandi navi!« Mittelfinger werden den Passagieren auf dem Deck des Kreuzfahrtschiffes entgegengereckt, die munter weiterwinken, als nähmen sie den Protest gegen sie nicht wahr.

Der blonde Lockenkopf hebt wieder das Megafon und wendet sich diesmal an die Touristen, die geschockt die Einfahrt des Monsters aus Stahl, Eisen und Glas betrachten. »Diese Schiffe zerstören die Stadt, die auf der Welt einmalig ist. Sie sind so gewaltig, dass sie unsere historischen Paläste überragen und winzig aussehen lassen. Das Vibrieren ihrer Motoren lässt den Putz an den Fassaden bröckeln. Sie erzeugen Wellen, die den Untergrund Venedigs bedrohen und dafür sorgen, dass die Stadt weiter absinkt.«

Aus den Augenwinkeln entdeckt Morello zwei Männer, die etwas abseitsstehen und sich als Einzige nicht von dem Schiff ablenken lassen. Ihr Blick weicht nicht von der Protestgruppe. Sie tragen Jeans, T-Shirts, darüber Lederjacken, neue Sneakers. Zivilbullen.

Eindeutig.

Der blonde Lockenkopf, den rechten Arm lässig um das hübsche Mädchen gelegt und offenbar der Anführer der Gruppe, hebt wieder das Megafon.

»Wir wollen auch keinen neuen Hafen für Kreuzfahrtschiffe in der Lagune. Wir wollen diesen neuen Irrsinn nicht. Wir wollen kein Venedig 2.0! Für diesen Irrsinn sollen weiter 2,3 Millionen Kubikmeter Lagunengrund ausgegraben werden. Die dadurch gesteigerte Fließgeschwindigkeit des Wassers beschleunigt die weitere Erosion der Lagune. Es bedeutet mehr Wellengang und eine weitere Zerstörung Venedigs.«

Er hebt die Stimme und ruft: »No Venezia 2.0!«

Als die Gruppe in den Ruf einstimmen will, drängt sich ein anderer junger Mann, kleiner und kräftiger als der Anführer, vor und reißt dem Blonden mit einer schnellen Bewegung das Megafon aus der Hand. Die beiden diskutieren heftig. Die Gruppe bricht den Sprechchor ab und schaut der erregten Diskussion der beiden zu. Das Mädchen schreit den neu hinzugekommenen kräftigen Mann an. Doch die Gruppe steht zu weit weg. Morello versteht nicht, worum es geht. Doch der Blonde scheint plötzlich nachzugeben. Er nickt, und der kräftigere junge Mann gibt ihm zögernd das Megafon zurück. Das Mädchen wendet sich empört von den beiden jungen Männern ab und geht zurück zu den anderen Studenten.

Der blonde Junge hebt das Megafon, und Morello hört: »Wenn die Monster vertäut sind, laufen die Schiffsmotoren rund um die Uhr weiter, um den Betrieb an Bord aufrechtzuerhalten. Sie verwenden das schmutzigste Schweröl der Welt. Das ist eine enorme Belastung für Luft und Wasser Venedigs. So kommt es, dass, obwohl hier keine Autos fahren, Venedig eine der schmutzigsten Städte Europas ist. Ein Monsterschiff zählt wie 100 000 Autos. Venedig ist krank. Es stirbt. Vor unseren Augen. Es stirbt von innen heraus. Und die Krankheit hat einen Namen: Massentourismus. Der Massentourismus vertreibt uns, die wir hier geboren sind. Wir finden buchstäblich keine Wohnungen mehr.«

Die Gruppe ruft wieder im Chor: »No grandi navi!«

Morello macht sich wieder auf den Weg. Es wird Zeit.

Auch der Cowboy starrt auf das Kreuzfahrtschiff. Eine Taube versucht, auf seinem Hut zu landen, doch mit einer schnellen Kopfbewegung vertreibt er sie. Seine Frau steht neben ihm und fotografiert das Monster, das nun die Sicht auf die Lagune komplett versperrt. Sie schießt ein Bild, kontrolliert das Ergebnis auf dem Display und hebt erneut die Kamera.

Ein etwa 18-jähriger Junge in Cargohose, T-Shirt und verstrubbeltem Haar tritt dicht hinter sie, und Morello sieht, wie sich seine Hand langsam auf die Handtasche der Frau legt. Mit einer vorsichtigen, fast zärtlichen Bewegung öffnet er den Reißverschluss.

In wenigen Schritten steht Morello vor den beiden Zivilbullen und hält ihnen seinen Ausweis direkt vor die Augen. »Ich brauche eure Handschellen«, sagt er.

Die beiden starren ihn verblüfft an.

»Avanti!«, zischt Morello. »Das ist keine Bitte. Das ist ein Befehl.«

Jetzt bewegt sich einer der beiden, langsam, als würde er gerade aus dem Tiefschlaf erwachen. Er greift nach hinten, seine Hand verschwindet unter der Lederjacke, dann zieht er zögernd ein Paar Handschellen hervor. Morello schnappt sie sich mit einer

schnellen Handbewegung und wendet sich um. Er sieht, wie der verstrubbelte Junge mit spitzen Fingern in die Handtasche der Frau greift.
Morello rennt los.

Der Junge mit der Strubbelfrisur blickt auf. Für einen kurzen Augenblick sehen sie sich in die Augen. Der Dieb zieht mit einer einzigen fließenden Bewegung das Portemonnaie heraus, dreht sich um und rennt los. Er rempelt den Cowboy an und verschwindet zwischen den umstehenden Touristen. Die Frau, durch die plötzliche Bewegung aufgeschreckt, entdeckt die geöffnete Handtasche, greift hinein, wühlt darin herum und beginnt zu schreien. Morello läuft an ihr vorbei. Die Frau deutet auf ihn und schreit: »Thief, thief! Stop him!«
Der Cowboy stürmt ihm entgegen, die rechte Faust zum Schlag erhoben. Morello weicht ihm mit einem seitlichen Ausfallschritt aus. Der Faustschlag geht ins Leere. Der Cowboy taumelt von der Wucht seines eigenen Schlages nach vorne und stürzt auf die Knie. Morello stößt gegen eine Japanerin, die erschreckt zurückweicht. Er rennt weiter.
Von Weitem sieht er, wie der jugendliche Dieb sich einen Weg durch die Menge bahnt. Mit beiden Händen schiebt und drückt er zwei junge Männer beiseite, die immer noch gebannt auf das Monsterschiff starren. Einer von ihnen führt gerade begeistert die Kamera vors Gesicht. Die Rufe der Protestgruppe werden leiser, je schneller Morello sich durch die Menschenmassen drängt. »No grandi navi! No grandi navi!«
Dann endlich stehen die Menschen nicht mehr in einem dichten Haufen, und Morello spurtet dem Dieb hinterher. Er verliert ihn aus den Augen, bleibt stehen, springt in die Höhe und sieht, wie der Junge gerade zwischen zwei Löwenstatuen hindurch in die enge Calle della Canonica rennt. Um sich Platz zu schaffen, schreit Morello »Polizia! Polizia! – Fate

largo!« und »Police – go away!«. Doch Touristen sind so träge wie eine Horde Rindvieh. Sie bleiben stehen und glotzen. Bis sie begreifen, dass sie zur Seite gehen sollen, ist er schon an ihnen vorbeigerannt.

Am Ende der Calle della Canonica stürmt der Taschendieb eine kleine Brücke hinauf. Er nimmt drei Stufen mit einem Satz. Morello registriert, dass der Junge nicht überlegen muss, wo er hinrennt. Ein Einheimischer. Jemand, der sich auskennt. Oben auf der Brücke schaut der Dieb sich kurz um, ob Morello ihm noch folgt. Mit einem einzigen Satz springt er die Stufen der Treppen hinab. Er biegt in die Corte Sabionera. Morello folgt ihm. Eine verdammt enge Gasse. Der Junge läuft, ohne sich umzusehen. Morello gibt nicht auf. Der Taschendieb biegt in die Calle Sacrestia und dann in die Calle de la Corona. Morello keucht. Seine Lungen beginnen zu stechen, und er bemerkt, dass sich der Abstand vergrößert. Der Dieb wird entkommen. Soll er aufgeben? Ja, schreien seine Lungen. Auf keinen Fall, befiehlt der Kopf. Er versucht, längere Schritte zu machen, das Tempo zu steigern. Doch er wird nicht mehr lange mithalten können.

Am Ende der Calle de la Corona hebt sich erneut eine kleine Brücke über einen Kanal. Der Aufgang ist von einer Gruppe japanischer Touristen blockiert, die über die Treppe fluten und dem Dieb den Weg versperren.

»Bleib stehen«, ruft Morello. »Jetzt krieg ich dich sowieso.«
Der Junge schaut verzweifelt nach rechts und links.

»Du hast keine Chance«, keucht Morello und zieht die Handschellen heraus.

Da stützt sich der Junge mit der rechten Hand auf das Steingeländer und springt mit einem Satz hinauf. Mit einem weiteren Satz landet er in einer leeren Gondel, die an der Brücke festgebunden ist.

»Endstation«, sagt Morello schwer atmend und beugt sich über die Brücke. »Komm herauf, sonst hole ich dich da unten ab.«
Eine große Gondel gleitet vorbei. Fünf ältere Damen lehnen

sich in den schwarzen Sitzen nach vorne und beobachten interessiert den Jungen und Morello. Der Gondoliere, ein bärtiger älterer Mann, blickt stoisch geradeaus und führt mit minimalen Bewegungen den Remo, das Ruder. Seufzend schwingt sich Morello auf das Brückengeländer.

»Du willst es nicht anders.«

Der Dieb springt.

Mit einem großen Satz landet er auf der vorübergleitenden Gondel, direkt hinter dem Gondoliere, kämpft für einen Moment mit dem Gleichgewicht und lacht dann zu Morello hinauf. Die Gondel verschwindet unter der Brücke.

Morello läuft zur anderen Seite. Mit einem Satz steht er auf der Brüstung und sieht, wie die Gondel unter ihm hervorgleitet. Er wartet einen Augenblick. Dann springt er.

Er landet hart auf dem Standplatz hinter dem Gondoliere und muss sich an dem Jungen festhalten, um nicht zu stürzen. Mit der anderen Hand stützt er sich am Rand der Gondel, richtet sich sofort auf und hebt die Handschellen hoch.

»Endstation«, sagt er zu dem Jungen. »Heb deine Arme vor den Körper.«

Er sieht nicht, wie der Gondoliere die Stange schwingt. Er spürt nur den Schlag gegen seine Hüfte, verliert das Gleichgewicht und fällt. Das Wasser schlägt über seinem Kopf zusammen. Unter Wasser hört er ein zweites platschendes Geräusch, als auch der Junge neben ihm in den Kanal stürzt. Als Morello wieder auftaucht, sieht er den wild mit den Armen paddelnden Taschendieb und dessen verzweifeltes Gesicht.

»Ich ertrinke. Ich kann nicht schwimmen …«

»Ein venezianischer Taschendieb, der nicht schwimmen kann? Erzähl doch keine …« Morello spuckt aus und tastet nach seinem Kopf. »Verdammt, wo ist meine …?«

Er blickt sich um. Wenige Meter entfernt entdeckt er die Coppola, langsam versinkt sie im Kanal. Mit einem Zug ist er bei ihr, zieht sie aus dem Wasser und stülpt sie sich auf den Kopf, dann schwimmt er zu dem schreienden Dieb und packt ihn am

Hemdkragen. Er greift nach dem rechten Arm des Jungen und hält ihn über der Wasseroberfläche. Die Handschelle klickt. Die zweite legt er sich ums eigene linke Handgelenk und lässt sie einrasten.

»Komm, stell dich bloß nicht so an … hier kann man doch fast noch stehen.«

Dann schwimmt er in drei Zügen zur Brücke, den Taschendieb im Schlepptau. Hände recken sich ihnen entgegen. Morello fasst zu, beide werden hochgezogen und stehen kurz darauf völlig durchnässt auf der Brücke. Touristen umlagern sie. Manche stellen sich neben die beiden und machen ein Selfie.

»Nichts wie weg hier«, sagt Morello und zieht den Jungen hinter sich her die Gasse hinunter.

Bei jedem Schritt platschen die Schuhe auf den Boden und hinterlassen eine nasse Spur. Wasser läuft Morello aus den Haaren, aus dem neuen Anzug und dem Hemd. Er greift in die Tasche und zieht die E-Mail mit der Wegbeschreibung heraus. Der matschige Papierklumpen zerfleddert beim Versuch, ihn auseinanderzufalten.

»Wie heißt du?«

»Claudio.«

»Ich bin Commissario Morello. Kennst du das Commissariato di Polizia San Marco?«

»Ja … ich … ich war leider schon zweimal da.«

»Gut, Claudio«, sagt Morello und schaut auf die Uhr: 10.20 Uhr. »Gehen wir. Zeig mir den Weg. Ich bin neu hier.«

»Wir sehen beide ziemlich nass aus, Herr Kommissar.«

»O.k. Halt dich irgendwo fest!« Morello bückt sich halb und zieht die Schuhe aus und kippt das Wasser auf den Bürgersteig. Dann streift er erst den rechten Socken vom Fuß und wringt ihn aus, dann den linken.

Claudio schaut zu, dann ist er an der Reihe und zieht Schuhe und Socken aus.

»Maniero könnte uns helfen«, sagt er.

»Maniero?«, fragt Morello.

»Ein Vetter von mir. Er besitzt einen Friseursalon. Nur ein paar Schritte entfernt.«

Kurz danach stehen sie in dem Friseurladen Maniero e C. in der Gasse Ruga Giuffa. Maniero, der Besitzer, sieht aus wie eine Erscheinung aus dem vorletzten Jahrhundert. Er ist etwa fünfzig Jahre alt, hat eine Glatze, aber einen brustlangen, gepflegten Bart. Er bugsiert beide in den hinteren Teil des Friseursalons und zieht einen Plastikvorhang vor. Dort stehen Morello und Claudio nun, die Handschellen am Arm, die Hosen ausgezogen. In der jeweils freien Hand halten sie einen Föhn und trocknen mit dem heißen Luftstrom Morellos Hosen und, mit einiger Mühe, das Jackett, das über seinem linken und Claudios rechtem Handgelenk baumelt.
»Die Sachen sollten bald trocken sein«, sagt Morello und föhnt nun seine Coppola.
»Trocken schon. Aber weit entfernt von ›bella figura‹«, sagt der Taschendieb.

Kurz nach zehn Uhr biegen sie in die Fondamenta San Lorenzo ein. Fünfzig Meter vor ihnen leuchtet unübersehbar das Logo der Polizeistation. Morello zieht an den Enden seines Jacketts, zieht am Hemd, zieht an der Hose. Doch die unzähligen Falten lassen sich nicht gerade ziehen. Allein die Coppola sieht aus wie immer.
»Sie sehen aus, als wären Sie in einen Kanal gefallen und hätten anschließend Ihre Kleidung mit einem Föhn getrocknet«, sagt der Taschendieb und grinst.
Vor dem Eingang des Kommissariats zupft und zerrt Morello noch einmal an seinen Klamotten. Es ist sinnlos.
»Dann eben nicht«, sagt er, atmet noch einmal durch und zieht den Taschendieb hinter sich ins Kommissariat.

Hinter dem Tresen am Eingang steht ein uniformierter Polizist und spricht langsam auf den Cowboy und seine Frau ein. »Devi compilare il modulo.«
Der Cowboy schreit: »Modulo! Modulo! Von welchem Modul redet der? Kann der Idiot kein Englisch? Sag ihm doch, er soll loslaufen und den Dieb fangen.«
Morello sagt zu ihm auf Englisch: »Mein Kollege möchte, dass Sie das Formular ausfüllen.«
Die Frau des Cowboys dreht sich um. Sie wird blass und schreit: »That's the thief!« Und zeigt mit dem Finger auf ihn.
Morello zeigt zum zweiten Mal seinen Ausweis. »No, Signora. Ich bin Polizist. Der Dieb steht neben mir.«
Er wendet sich an Claudio: »Wo ist das Portemonnaie?«
Claudio greift in die Außentasche seiner Cargohose und zieht es heraus.
Morello sagt: »Leider etwas nass geworden.« An Claudio gewandt: »Los, gib es zurück.«
Die Frau reißt Claudio das Portemonnaie aus der Hand, öffnet es hektisch, zählt das Geld, prüft die Vollständigkeit der Kreditkarten.
»Wo ist das Büro des neuen Kommissars?«, fragt Morello den Polizisten.
Der Uniformierte zeigt auf eine Treppe. »Im ersten Stock. Sie werden erwartet. Drittes Zimmer rechts.« »Und was ist mit dem?«, fragt er dann und deutet auf Claudio.
»Ich würde ihn gerne bei Ihnen lassen, aber …« Morello hebt den Arm und klirrt mit der Kette der Handschellen.
»Füllen Sie das Formular aus«, sagt Morello zu der Frau des Cowboys und zieht den widerstrebenden Claudio die Treppe hinauf.

Im ersten Stock steht Morello in einem langen Flur. Die Tür des dritten Raumes steht halb offen. Gemurmel dringt aus dem

Raum. Morello nähert sich leise und hält dann inne. Er hört verschiedene Stimmen.

»Ein Sizilianer«, sagt eine empörte, tiefe männliche Stimme. »Das muss man sich mal reinziehen. Ein Sizilianer! Natürlich ist er unpünktlich.«

»Warte doch erst mal ab«, sagt eine Frauenstimme.

»Einer aus dem tiefsten Süden in Venedig!«, antwortet ein anderer Mann. »Man weiß doch, dass die faul wie Bohnenstroh sind.«

»Ach, aber du bist doch genauso faul und kommst nicht aus dem Süden«, sagt die gleiche Frauenstimme. »Schauen wir uns ihn doch erst mal an.«

»Das brauche ich gar nicht«, sagt der Mann. »Warum wird uns ein fauler Sizilianer hier nach Venedig geschickt? Entweder hat er jemanden in der Familie, mit Beziehungen, verstehst du, oder er ist ein verdammter Mafi…«

Es reicht. Morello öffnet die Tür ganz und tritt ein. »Guten Morgen, Kollegen«, sagt er. »Ich bin Antonio Morello, der neue Commissario aus Cefalù, euer neuer Chef. Es tut mir leid, dass ihr auf mich warten musstet. Schuld daran ist dieser junge Mann. Er heißt Claudio und hat vor meinen Augen versucht, auf dem Markusplatz einer amerikanischen Touristin das Portemonnaie zu stehlen.«

»Sie wissen aber schon, wir sind hier das Kommissariat für Gewaltverbrechen«, sagt dieselbe Stimme, die Morello von der Tür aus gehört hat. Sie gehört einem erstaunlich jungen Mann. Morello schätzt ihn auf Mitte zwanzig. Trainierter Körper, vorgerecktes Kinn, Sonnenbrille kampfeslustig in die kurz geschnittenen schwarzen Haare gesteckt.

Morello schaut ihn an und schweigt. Er richtet den Blick genau auf den Punkt zwischen den Augen. Die nun eintretende Stille wird plötzlich ungemütlich, dann drückend, als wäre die Luft in dem Zimmer schwerer geworden. Alle sehen auf den Boden. Nur hin und wieder huscht ein Blick hoch zu Morello. Claudio verzieht das Gesicht, doch Morello starrt seinen neuen Untergebenen unbewegt an. Dieser rutscht auf seinem Stuhl ein Stück nach vorne, dann wieder zurück. Er fühlt sich unter Morellos Blick zunehmend unwohl. Dann grinst er, sieht nach rechts und links zu seinen Kollegen, aber keiner schaut ihn an. Dann gibt er auf. Mühsam, als trage er eine schwere Last, stemmt er sich aus seinem Stuhl. Morello registriert die langen Arme, die ihm fast bis zu den Knien reichen. An ihnen hängen zwei schwere Hände, die Morello eher bei einem Kohlearbeiter vermutet hätte.

»Ich bin Mario Rogello. Assistente capo.«

»Danke«, sagt Morello. »Ich freue mich, dich kennenzulernen.«

Er geht zwei Schritte auf ihn zu und reicht ihm die Hand. Rogello schlägt verblüfft ein.

Ein Mann, etwa 1,80 Meter groß, steht auf. Sportlich breite Schultern, aber mit einem Bauchansatz, der auf viel Spaghetti und noch mehr Zitronentorte hinweist. Seine Haare sind bereits vollständig grau. Seine Augen sind braun und blicken ohne Feuer oder Interesse in Morellos Richtung. Der Mann trägt einen braunen Anzug mit einer Wollkrawatte. Er strahlt sowohl etwas Gewissenhaftes als auch etwas entschieden Deprimierendes aus. Morello erinnert er eher an einen Buchhalter als an einen Polizisten.

»Ferruccio Zolan. Vice Commissario.« Er schweigt einen Augenblick und sagt dann, fast widerwillig: »Benvenuto Commissario. Ich bin Ihr Stellvertreter.«

»Anna Klotze. Ispettrice Sostituta Commissario.«

Eine erstaunlich hochgewachsene Frau tritt nach vorne, eine Frau, die mindestens einen Kopf größer ist als Morello. Sie ist jung, Morello schätzt sie auf Ende zwanzig. Sie erinnert ihn an eine Schauspielerin aus der Serie Game of Thrones. Er überlegt einen Augenblick, wie die Figur heißt. Brienne von Tarth, fällt ihm wieder ein. Anna Klotze hat ein interessantes Gesicht, schmal und lang, gerade Nase, schwarzbraune Augen, nicht rund, sondern länglich, fast mandelförmig, ohne auch nur eine Spur asiatisch zu wirken. Voller Mund. Skeptischer Blick. Sie trägt dunkelblaue Jeans und darüber eine dunkelgrüne lange Bluse. Darüber ein brauner, breiter Gürtel. Lange dunkle Haare, die in einen langen Zopf münden, umrahmen ein entschlossenes Gesicht. Ihr Blick richtet sich auf einen unsichtbaren Punkt etwa zwei Handbreit vor ihren Augen. Das gibt ihr etwas Kämpferisches.

Ich habe eine Amazone im Team. Diese Frau braucht sich vor niemandem zu fürchten.

»Buontschiorno, Signor Commissario. Benvenuto a Venezia.« Sie tritt wieder zurück und schaut Morello in die Augen.

»Irre ich mich, oder hast du tatsächlich einen deutschen Akzent?«

»Ich komme aus Triest. Manchmal hört man uns noch an, dass wir früher zu Österreich gehörten.«

»Prima, dann sind wir ja ein internationales Team.«

Niemand lacht. Anna Klotze tritt zurück und starrt zum Fenster hinaus.

Eine zweite Polizistin tritt nach vorne. Auch sie trägt keine Uniform, sondern ein hellblaues Kleid, ist etwa 30 Jahre alt, schmal, knapp 1,70 Meter groß. Eine große, schwarze Brille versteckt ein hübsches Gesicht.

»Viola Cilieni. Segretaria. Ich schreibe Ihre Post und kümmere mich um Ihre Termine. Felice di conoscerla, Signor Commissario.«

Sie ist die Einzige, die Morello mit einem Lächeln begrüßt, obwohl ihr Gesicht rot geworden ist.

Der letzte Polizist seines neuen Teams stellt sich vor. Er ist der jüngste von ihnen. So groß wie Viola, wirkt im Unterschied zu ihr jedoch schmal. Ein offenes, waches Gesicht mit Pausbäckchen. Doch auch er blickt Morello nicht in die Augen, sondern schaut intensiv auf den Boden, als hätte er dort ein größeres Geldstück verloren.

»Alvaro Camozzo, Spezialagent. Benvenuto a Venezia, Signor Commissario.«

Morello schaut in die Runde. Ein toller Empfang. Lange Gesichter und traurige Blicke, die den Boden nach Kakerlaken absuchen. Eine Stimmung, als sei das Team gerade auf einer

Beerdigung auf der Insel San Michele und würde einen Erb-
onkel zu Grabe tragen, der nur Schulden hinterlassen hat. Nur
Priester und Sarg fehlen.

»Guten Morgen! Wir sind jetzt wohl ein Team, nicht wahr?«,
sagt Morello. »Also, passt auf. Ich bin bereits um sechs Uhr aufgestanden, durch ganz Venezia gelaufen, um hier zu euch zu
kommen. Ich habe bereits diesen Taschendieb gefangen, und jetzt
habe ich Hunger. Wie wäre es, wenn wir alle zusammen in eine
Bar gehen und frühstücken? Vielleicht muntern euch ein guter
Cappuccino und ein Cornetto etwas auf. Ich lade euch alle ein.«

Sie sehen ihn erstaunt an. Mario Rogello runzelt die Stirn.

»Eigentlich müssen einige dringende …«, sagt Ferruccio Zolan,
sein Stellvertreter.

»Das ist ein Befehl. Ferruccio, kennst du ein gutes Café in der
Nähe?«

»Kenne ich. Doch der Vice Questore erwartet Sie seit vierzig
Minuten.«

»Dann lassen Sie uns sofort aufbrechen. Im Notfall wird der
Vice Questore einige Minuten länger warten. Erst gehen wir zusammen frühstücken.«

»Darf ich auch mit?«, fragt Viola Cilieni, die Sekretärin.

»Alle gehen mit«, sagt Morello.

»Ich habe auch Hunger«, sagt der Taschendieb.

»Dich werde ich sowieso nicht los«, sagt Morello und blickt auf
die Handschellen. »Mario, du bekommst den ersten Auftrag
von mir.« Er hebt den Arm. »Diese Handschellen habe ich mir
von Kollegen in Zivil geliehen, die offenbar eine Kundgebung
gegen Kreuzfahrtschiffe überwacht haben. Da es schnell gehen
musste, habe ich nicht nach den Schlüsseln gefragt. Telefoniere,
finde die Kollegen und besorg die Schlüssel für diese Handschellen. Und komm dann zu uns ins Café.«

Mario verzieht träge das Gesicht. »Wenn es Carabinieri sind …
sehe ich schwarz, die kooperieren nicht mit uns, Herr Kommissar.«

»Du schaffst das sicher.«

»Dürfte ich vielleicht eine Büroklammer bekommen?«, fragt Claudio leise.

Wie eine kleine Trauerprozession wandelt das Kommissariat zur nächsten Ecke in das Café La Mela Verde in der Fondamenta de l'Osmarin.
Cappuccini und Cornetti kommen auf den Tisch.
Claudio sieht verzweifelt in die Runde. »So viele Polizisten, wie ich heute kennenlerne, wollte ich in meinem ganzen Leben nicht sehen.«
»Und keiner von ihnen wird dich je vergessen. Claudio, der Taschendieb, gefesselt an den neuen Commissario. Du wirst eine Legende sein auf diesem Kommissariat. Jeder wird dich auf der Straße sofort wiedererkennen. Sogar der Vice Questore.«
»Sehr schlecht fürs Geschäft, Commissario.«
»Mit deinem Geschäft ist es zu Ende, Claudio. Du wirst die Branche oder den Ort wechseln müssen. Vielleicht versuchst du es sogar einmal mit ehrlicher Arbeit.«
Dann klopft Morello auf den Tisch. »Kollegen«, sagt er. »Ab jetzt beginnt unsere Zusammenarbeit. Wenn jemand von euch etwas zu sagen hat, was ihm nicht passt: Jetzt ist der Moment, danach gibt es keine Rücksicht mehr.«
Alle starren auf den Tisch. Niemand sagt ein Wort. Die Stimmung ist angespannt, aber niemand scheint etwas sagen zu wollen. Mario Rogello ist noch nicht da, Anna Klotze schweigt, wie auch Alvaro Camozzo. Nur Viola Cilieni zeigt immerhin mit einem schönen Lächeln ihre Zustimmung.
»Wenn ich eine Büroklammer haben könnte …«, sagt Claudio.
»Halt die Klappe«, sagt Ferruccio Zolan zu ihm.
»Iss lieber noch ein Cornetto«, sagt Morello. »In der Zelle wird das Frühstück vermutlich nicht so gut schmecken.«
Kurze Zeit später stößt Mario die Tür auf und lässt sich auf den Platz neben Viola Cilieni fallen. Sie rückt instinktiv zur Seite.

»Nicht so schüchtern, meine Kleine«, sagt Mario. »Hier im Café bist du sicher vor mir.«
Viola rollt die Augen.
»Hast du die Schlüssel für die Handschellen?«, fragt Morello.
»Ich konnte die Kollegen nicht ausfindig machen, bei denen Sie sie ausgeliehen haben.«
»Im Kommissariat gibt es einen Technikraum und dort auch eine Metallsäge«, sagt Anna Klotze.
»Dann lass uns die Handschellen aufsägen. Ich will den Vice Questore nicht länger warten lassen.«
»Er wartet ohnehin schon seit anderthalb Stunden auf Sie«, sagt Ferruccio Zolan vorwurfsvoll.

»Links, die Holztür, da geht es zum Technikraum«, sagt Mario, als sie das Kommissariat betreten.
Ein feuchter, muffiger Geruch schlägt ihnen entgegen, als Mario die Tür öffnet.
»Avanti«, sagt Morello und zerrt Claudio hinter sich her.
»Also, wenn ich eine Büroklammer hätte …«
»Halt endlich die Klappe«, sagt Ferruccio Zolan zu ihm.
»Du gehst uns langsam auf die Nerven mit deiner blöden Büroklammer. Wozu brauchst du eine Büroklammer? Du wirst noch Zeit genug haben, dir die Ohren zu putzen«, sagt Morello.
»Ich könnte damit die Handschellen aufschließen«, sagt Claudio. »Es handelt sich um ein älteres deutsches Fabrikat der Firma Clemen und Jung aus Solingen. Außen vernickelt. Der Schlüssel hat noch einen einseitigen Bart. Daher kann ich das Schloss mit …«
»Warum hast du das nicht gleich gesagt? Los, gebt ihm seine verdammte Büroklammer«, sagt Morello laut und zerrt Claudio wieder zurück. »Und dann ab in die Zelle mit ihm.«

Vor der Tür ist ein Metallschild angebracht. Glänzend, spiegelnd – als würde es täglich poliert.

FELICE LOMBARDI
Vice Questore

Morello atmet tief ein, zieht an seinem Jackett und klopft an die große Holztür. Von innen ertönt ein kräftiges »Avanti«. Morello drückt entschlossen die Klinke und tritt ein.

Der Vice Questore sitzt hinter einem großen, geschwungenen Schreibtisch aus hellem Nussholz. Die Arbeitsfläche schimmert blank poliert und ist leer bis auf ein schwarzes Telefon und eine braune Akte. Dahinter sitzt Felice Lombardi, ein großer, stämmiger Mann mit einem sorgfältig gestutzten Bart, der früher einmal schwarz gewesen sein muss, jetzt aber von grauen Haaren durchzogen ist. Der Kopf ist ebenfalls groß, geschmückt mit kurz geschnittenem, dichtem grauem Haar. Aus einem wachen, interessiert blickenden Gesicht schauen Morello freundliche braune Augen an.

»Setz dich!« Lombardi deutet auf den Stuhl vor dem Schreibtisch und betrachtet Morello nachdenklich.

Dann steht er langsam, geradezu mühsam auf und geht zum Fenster. Er greift in die Brusttasche seiner Uniform und zieht eine Packung Zigaretten heraus, zündet eine davon an, nimmt einen tiefen Zug, öffnet das Fenster und schaut hinaus.

»Du hast schon ein Bad in der Lagune genommen, habe ich gehört«, sagt er dann.

»Es ist eine stinkende Brühe, Signor Vice Questore.«

»Du hast verdammtes Glück«, sagt er, ohne sich umzudrehen.

»Ich kann schwimmen, Signor Vice Questore.«

»Du hast Glück, weil du jetzt in der schönsten Stadt der Welt Polizist sein darfst. Es ist ein Privileg.«

»Als das Wasser im Kanal über meinem Kopf zusammenschlug,

habe ich mich gefragt, wohin in dieser Stadt all das geleitet wird, das … wir hinterlassen, wenn wir auf der Toilette sitzen.«

»Aus der ganzen Welt kommen Menschen zu uns, um diese einmalige Stadt zu sehen. Weltberühmte Filmschauspieler verleben den schönsten Tag ihres Lebens hier – bei uns.«

»Signor Vice Questore?«

»Sie heiraten in Venedig. Dieser … wie heißt er noch einmal, der Schauspieler, der Werbung macht für diesen komischen Kaffee?«

»George Clooney, Signor Vice Questore.«

»Er hat in Venedig diese wunderschöne Frau geheiratet, obwohl weder er noch sie hier wohnen. Meine Frau hat die Fotos aus den Magazinen bis heute aufgehoben. Und der Fußballer, der Deutsche. Spielt wie ein Panzer. Auch wenn das Blut schon fließt. Weißt du, wie der heißt? Auch er hat bei uns geheiratet.«

»Schweinsteiger, Signor Vice Questore.«

»Alles berühmte Leute. Kommen in unsere Stadt.«

»Ich bin kein Leibwächter, Signor Vice Questore.«

Lombardi schließt das Fenster, geht zurück zu seinem Schreibtisch und setzt sich. Er zieht eine Schublade auf, nimmt eine kleine Sanduhr heraus und stellt sie vor sich auf den Tisch. Der Sand rieselt von dem oberen Glasbehälter in den unteren. Als der Sand vollständig in dem unteren Behälter angekommen ist, dreht der Vice Questore die Sanduhr um.

Lombardi und Morello sehen aufmerksam zu, wie der Sand erneut nach unten rinnt.

»Was siehst du, Morello?«

»Eine Sanduhr, Signor Vice Questore.«

»Du siehst Venedig, Morello. Die Touristen rieseln morgens in die Stadt hinein und abends wieder hinaus. Manchmal bleiben sie eine Nacht, manchmal zwei, selten drei, kaum jemals vier. 30 Millionen Touristen rieseln in die Stadt. Jahr für Jahr. Und sie lassen Geld bei uns. Viel Geld. Geld, von dem letztlich auch dein Gehalt bezahlt wird.«

»Ich verstehe, Signor Vice Questore.«

»Nein, du verstehst nichts. Die Polizei bewacht diesen Sand. Wir sorgen dafür, dass er ungestört rieselt. Jeden Tag, jede Woche, jeden Monat, jedes Jahr. Tag für Tag. Woche für Woche. Monat für Monat. Jahr für Jahr. Die Menschen kommen. Die Menschen gehen. Sie wollen den Markusplatz sehen, die Gondeln, die Rialtobrücke, Murano. Manche auch die Gemälde von Tintoretto, die Palazzi, die Biennalen. Wir sorgen dafür, dass sie dabei nicht gestört werden.«

»Ich bin kein Museumswärter, Signor Vice Questore.«

Lombardi legt die Sanduhr zurück in die Schublade.

»Das ist hier das Gleiche. Die Leute, die uns besuchen, halten Venedig für eine romantische Stadt. Ich weiß nicht warum, aber so ist es. Du musst hier eine andere Art Polizist werden, als du es in Sizilien warst.«

»Signor Vice Questore, kann man auf unterschiedliche Art Polizist sein?«

Lombardi seufzt. »Wir sind nicht in Sizilien. Hier gibt es keine Mafia. Hier gibt es keine Morde, hier wird nicht geschossen. Es gibt manchmal häusliche Probleme. Jemand ersticht seine Frau aus Eifersucht. Manchmal passiert etwas wegen Trunkenheit. Jemand fällt in einen der Kanäle. Wir regeln das. Aber wir machen kein Spektakel.« Er betrachtet Morello nachdenklich. »Hast du gehört, Morello? Wir machen kein Spektakel. Wir springen nicht in den Kanal, und wir ziehen einen nassen Taschendieb nicht an Handschellen durch die Gassen voller Touristen. Wir machen kein Spektakel.«

»Der Sand muss rinnen.«

»Spar dir das Grinsen, Morello. Der Sand muss rinnen. Es ist sehr viel Sand. Viel mehr, als du dir vorstellen kannst.« Er geht zum Fenster, öffnet es und wirft die Zigarette hinaus. »Du hast dich verspätet«, sagt er, ohne sich umzudrehen.

»Ich habe einen Taschendieb festgenommen, Signor Vice Questore.«

Was für ein Mensch ist sein neuer Chef? Morello beobachtet jede Bewegung Lombardis. Ist er böse? Ist er gut? Ist er geduldig?

Zielstrebig? Weise? Ein Lügner? Ein Karrierist? Norditaliener? Süditaliener? Venezianer? Lega? Fünf Sterne?

»Hast du gehört, was ich eben gesagt habe?«, fragt Lombardi. Morello wacht aus seinen Überlegungen auf. Beschämt schüttelt er den Kopf.

Lombardi geht zurück zu seinem Schreibtisch und setzt sich. »Du bist fast zwei Stunden zu spät zum Dienst erschienen. Deswegen verlangt der Questore Attilio Perloni, dass ich dich bestrafe. Und genau das werde ich tun.«

»Signor Vice Questore, ich habe einen Dieb festgenommen, als er einer Touristin den Geldbeutel stahl. Ich musste ihn durch einige Gassen verfolgen. Diese Festnahme hat meine Zeit in Anspruch genommen. Dieser Mann sitzt hier in der Arrestzelle. Sie können mit ihm reden. Er ist der dienstliche Grund für meine Verspätung.«

»Mag sein, doch wenn der Questore deine Bestrafung anordnet, wird diese Anordnung ausgeführt.« Lombardi beugt sich vor und blättert in der Akte. »Du hast eine herausragende Beurteilung vom Vice Questore Vittorio Bonocore aus Cefalù. Ich kenne ihn seit unserer gemeinsamen Zeit auf der Polizeiakademie. Ein erstklassiger Mann. Und ein guter Freund.«

»Der beste Polizist, den ich kenne. Er war für mich wie ein …«

»Ich weiß«, sagt Lombardi und lächelt. »Er bat mich, dich hier aufzunehmen. Er wollte dich in einer sicheren Umgebung wissen.«

»Vittorio Bonocore, mein Chef … Wir haben gut zusammengearbeitet in Cefalù. Diese Versetzung kam für mich überraschend.«

»Ich weiß. Ich weiß auch, dass du ein ausgezeichneter Polizist bist. Aber jetzt bist du in Venedig. Du bist zu deiner eigenen Sicherheit hier. Bonocore hat mit erzählt, du hättest die letzten Monate in einer Kaserne gelebt, weil du von der Cosa Nostra bedroht wirst.«

»Wie lange muss ich hierbleiben, Signor Vice Questore? Wie viele Wochen?«

Lombardi hebt den Blick. »Es geht nicht um Wochen, Morello. Es geht um deine Sicherheit. Du weißt es besser als ich, die Cosa Nostra ermordet außerhalb Siziliens keine Polizisten, keine Staatsanwälte, überhaupt keine Amtspersonen.«

»Sie glauben, in Venedig bin ich sicher, Signor Vice Questore?«

»Ja.«

»Wie lange muss ich bleiben, Signor Vice Questore? Einige Monate?«

Lombardi blättert in der Akte und sieht Morello in die Augen.

»Es geht auch nicht um Monate, Morello.«

»Worum geht es, Signor Vice Questore?«

»Vielleicht Jahre. Vielleicht für immer. Wir werden sehen.«

»Jahre? Vittorio Bonocore hat mich für Jahre hierher versetzen lassen?«

»Zu deinem Schutz, Morello.«

»Ich habe noch einiges zu tun in Cefalù.«

»Das tun nun andere.«

Morello schnaubt verächtlich. »Ich möchte mich zurück nach Cefalù versetzen lassen, Signor Vice Questore.«

»Dann werde ein guter Polizist in Venedig. Einem guten Polizisten kann man einen Versetzungsantrag nicht abschlagen.« Lombardis Lächeln versiegt. Seine Stimme wird hart. »Die Regeln hier in dem Kommissariat sind einfach: pünktlich zur Arbeit erscheinen, Respekt gegenüber den Vorgesetzten und Kollegen. Das Privatleben wird klar getrennt von der Arbeit, und ich will keine Vergleiche hören zwischen Sizilien und Venedig. Ich will kein weiteres Spektakel. Verstanden?«

Morello nickt.

»Lauf durch die Stadt und sieh dir Venedig an. Fahr mit dem Vaporetto den Canale Grande entlang. Oder geh nach Hause. Oder kauf dir einen neuen Anzug. Mach mit dem Rest des Tages, was du willst. Aber sei morgen früh pünktlich an deinem Schreibtisch.«

Morello steht auf und geht zur Tür. Dann dreht er sich noch

einmal um. »Und die Strafe? Was ist die Strafe, die der Questore verlangt hat?«

Lombardi lächelt ihn freundlich an. »Die Strafe ist – keine Arbeit mehr heute! Genieße deinen ersten Tag in Venedig.«

Kurz danach verlässt Morello die Polizeistation San Marco.

Jahre! Jahre in dieser stinkenden, überfüllten Stadt!

Er überlegt für einen Augenblick, was er tun soll, und beschließt, in seine Wohnung zu gehen.

Zwei Männer folgen ihm.

2. TAG
DONNERSTAG

Kling-dong, kling-dong, kling-dong.

»Vaffanculo alle campane! Diese verfluchten Glocken!«

Morello zieht sich die Decke über den Kopf.

Kling-dong, kling-dong, kling-dong.

Es dauert ein paar Sekunden, bis er begreift, dass die Töne nicht von der Kirche, sondern von seinem Telefon kommen. Er streckt einen Arm unter der Decke hervor. Seine Hand tastet suchend nach dem Schalter der Nachttischlampe. Als er ihn nicht findet, lugt er unter dem Deckenzipfel hervor. Auf dem Nachttisch brummt und lärmt sein Handy und wirft bei jedem Ton einen kleinen blauen Lichtblitz in sein Schlafzimmer. Er zieht es mit geschlossenen Augen unter die Decke und drückt es an sein Ohr.

»Ja, bitte?«

»Commissario, sind Sie es? Hier ist Ferruccio Zolan, Ihr Stellvertreter. Sind Sie wach?«

»Jetzt schon …« Morello richtet sich auf und stützt sich zur Seite auf den freien Arm. »Was gibt's?«

»Wir haben eine Leiche. Eine Messerstecherei. Im Viertel Cannaregggio, am Sotoportego Widmann.«

»Täter?«

»Der Täter ist entkommen. Die Spurensicherung ist alarmiert. Zu Ihnen ist ein Motoscafo unterwegs. Das Boot müsste in wenigen Minuten vor Ihrem Haus an der Brücke sein.«

»Ich komme. Bis gleich.«

Morello wirft die Decke zurück und springt aus dem Bett. Der Jagdinstinkt treibt ihm Adrenalin durch die Adern. *Werde ein guter Polizist in Venedig. Einem guten Polizisten kann man einen Versetzungsantrag nicht abschlagen.*

Als Morello die Holzbrücke am Fondamenta Quintavalle erreicht, ist es 4.30 Uhr. Das Polizeiboot schaukelt bereits am Kai. Blaulicht huscht über die Fassaden der umliegenden Häuser. Der Motor tuckert leise.
Hinter dem Steuerrad steht Alvaro Camozzo und grinst ihn an. Anders als am Tag zuvor wirkt der junge Polizist erstaunlich gut gelaunt. »Buongiorno, Commissario.«
»Buongiorno? Es ist mitten in der Nacht.«
Camozzo reicht ihm die Hand und hilft ihm über die Reling.
»Nehmen Sie das Tau und binden Sie sich fest, Commissario. Am besten am Gürtel. Das ist sicherer.«
»Ich bin schon auf einem Schiff gestanden, da wussten deine Eltern noch nicht, dass sie dich einmal wickeln würden. Fahr los.«
»Es kann Wellengang ...«
»Fahr einfach los.«
Der Rumpf erzittert, der Motor brummt jetzt eine Oktave höher, dann legt das Polizeiboot ab. Links blitzt die Straßenbeleuchtung. Alvaro Camozzo steuert das Boot ruhig durch den Kanal in Richtung Lagune. Als sie San Pietro di Castello hinter sich lassen und Morello vor sich nur die undurchdringliche Schwärze der Lagune sieht, deutet Alvaro noch einmal auf den Haltegurt. Morello reagiert mit einer abwehrenden Handbewegung.
Da brüllt das Schnellboot auf und schießt nach vorne. Der Bug bäumt sich auf, Morello wird nach hinten geworfen und greift blitzschnell nach dem Tau.
»Ich hoffe, du siehst mehr als ich«, ruft er.

Alvaro lacht. »Vor drei Jahren habe ich ein Rennen gewonnen. In 55 Minuten eine komplette Runde um Venedig. Das ist Rekord bis heute.«

Morello deutet in die Nacht, die von der Lampe am Bug bestenfalls zwei Meter weit durchdrungen wird. »Aber du siehst doch gar nichts.«

»Ich bin Venezianer. Kenne jeden Kanal, jede Brücke und jede Calle. Vor allem kenne ich die Lagune. An manchen Stellen ist sie tief, an anderen reicht das Wasser nur knapp über den Sand. Dann gibt es kleine, winzige Sandinseln, die man im Dunkeln nicht sehen kann.«

»Ich hoffe, du kennst sie tatsächlich so gut, dass du ohne Sicht wie ein Irrer hier durchrasen kannst.«

»Es gab Zigarettenschmuggler in Venedig. Vor ein paar Jahren. Waren auch Venezianer. Kannten die Lagune wie die eigene Hosentasche.«

»Und?«

»Polizeiboote hatten Unfälle, weil sie auf die Sandinseln krachten. Die Schmuggler dagegen kannten sich aus. Hatten nie Unfälle.«

»Und?«

»Zigarettenschmuggel gibt es heute nicht mehr. Ich kenne die Lagune besser.«

»Du hast die Schmuggler vertrieben? Ganz allein?«

»Die Polizei hat eingesehen, dass Schnellboote nur von Venezianern gesteuert werden sollten, die die Lagune kennen. Und ich bin der Beste.«

Am Ufer sehen sie nun Scheinwerfer und Blaulicht. Ein Ambulanzboot liegt blinkend längsseits. Alvaro manövriert das Schnellboot geschickt an den Kai. Morello springt ans Ufer.

Anna Klotze kommt ihm entgegen. »Das Opfer ist ein junger Mann, Mitte zwanzig. Er wurde erstochen. Hoher Blutverlust.

Der Tatort sieht nicht schön aus. Vermutlich zehn oder noch mehr heftige Stiche.«

»Ausweisdokumente?«

Anna schüttelt der Kopf. »Nein, aber wir wissen, wer es ist. Der Junge heißt Francesco Grittieri, 27 Jahre alt. Seine Eltern sind in Venedig sehr bekannt. Die Grittieris sind eine sehr reiche und einflussreiche Familie. Angeblich haben sie sogar einen Dogen im Stammbaum. Es riecht nach Ärger.«

»Tatort abgesperrt?«

»Selbstverständlich.«

»Tatwaffe?«

»Wurde bisher nicht gefunden.«

Morellos Blick schweift an den umliegenden Häusern entlang. Das Blaulicht hat einige Nachbarn geweckt. Fenster sind hell erleuchtet. Männer in Unterhemden und Frauen in Nachthemden schauen aus den Fenstern auf den Tatort herab.

»Zeugen? Hat jemand etwas Brauchbares gesehen? Oder gehört?«

»Mario und ein Streifenbeamter gehen gerade von Tür zu Tür.«

»Lass uns zur Leiche gehen.«

Der Tote liegt unter einem langen weißen Tuch. Ferruccio Zolan steht daneben und spricht mit einem Kollegen der Spurensicherung. Morello grüßt ihn mit einem Kopfnicken, das gleichzeitig eine Aufforderung ist. Zolan bückt sich und zieht das Tuch zurück. Dann schaut er zu Morello, um zu sehen, welche Reaktion der neue Kommissar zeigt.

Der Brustkorb ist von mehreren Stichen verwüstet. Das Hemd des Mannes ist vollständig mit Blut getränkt, sodass die einzelnen Stiche nur schwer erkennbar sind.

Die Augen des Toten sind weit aufgerissen. Auf seinem Gesicht spiegelt sich noch immer maßloses Entsetzen.

»Der Mörder muss außer sich gewesen sein«, sagt Zolan. »Wie besessen hat er auf den Jungen eingestochen.«

»Mord aus Leidenschaft?«

»Sieht so aus. Das würde dafür sprechen, dass der Mörder den Toten gekannt und gehasst hat.«
»Spuren von Gegenwehr unter den Fingernägeln?«, fragt Morello.
»Nichts davon«, sagt der Kollege der Spurensicherung. »Aber ganz genau ...«
»... wissen wir's erst nach der Obduktion«, vervollständigt Morello den Satz.
Er geht neben der Leiche in die Hocke. Nachdenklich betrachtet er den zerfleischten Oberkörper und versucht herauszufinden, wie oft zugestochen wurde und wie tief die Verletzungen sind. Dann sieht er wieder zu dem verzerrten Gesicht des Toten, das umrahmt ist von blonden Locken.
»Ich kenne diesen Mann«, sagt er.

»Francesco Grittieri«, sagt Morello nachdenklich. »Er stand wie ein jugendlicher Held auf der Piazza San Marco mit einem Megafon in der Hand und dirigierte eine Gruppe junger Leute. Studenti ... oder so ähnlich, die ›No grandi navi‹ riefen. Was ist das für eine Gruppe?«
Morellos Ermittlertruppe ist vollständig um den großen Tisch im Besprechungszimmer versammelt.
»Ein Studentenkomitee. Sie nennen sich Studenti contro navi da crociera – Studenten gegen Kreuzfahrtschiffe«, antwortet Anna Klotze. »Es gibt mehrere Gruppen in Venedig. Sie kämpfen dafür, dass die riesigen Kreuzfahrtschiffe nicht mehr durch die Lagune fahren dürfen. Eine der aktivsten ist dieses Komitee.«
»Hoffentlich haben sie bald Erfolg«, sagt Alvaro Camozzo.
»Du redest mal wieder großen Mist«, wirft Mario Rogello ein. Seine Stimme klingt wütend. »Die Leute leben von den Touristen. Da hängen Arbeitsplätze dran, Existenzen, Familien, Kinder.«

»Sie könnten genauso gut eine andere Strecke zum Hafen fahren. Aber nein, die Herrschaften wollen von oben auf die Stadt gucken.«

»Blödsinn«, schnaubt Rogello.

»Mario, deine Tasse ist leer. Möchtest du noch einen Espresso?«, fragt Viola Cilieni.

Mario schaut sie irritiert an und grinst dann. »Schätzchen, endlich taust du auf. Ja, dein großer Bewunderer Mario hätte gerne noch einen Kaffee in dieser wunderschönen Tasse.«

Als er seinen Becher hochhält, sieht Morello, dass darauf eine nackte Frau abgebildet ist. Ihre übergroßen Brüste ragen aus dem Porzellan, genau an der Stelle, an der Marios Daumen liegt. Mit spitzen Fingern greift Viola nach dem Becher, steht auf und geht an das Kopfende des Besprechungsraumes, wo die Kaffeemaschine auf einem kleinen Tisch steht. Bevor sie den Tisch erreicht, fällt ihr der Becher aus der Hand. Er zerspringt auf dem Fußboden in tausend Teile.

»Hoppla«, sagt Viola. »Die schöne Tasse! Jetzt ist sie futsch.«

Mario springt auf. »Das war Absicht. Blöde Kuh. Meine Tasse ...«

»Setz dich wieder hin. Wir führen hier eine Mordermittlung«, sagt Morello.

»Deine blöde Tasse ist eine sexuelle Belästigung«, faucht Anna Klotze. »Ständig müssen wir diesen Mist sehen.«

Mario fährt herum. »Was dir fehlt, ist eine echte sexuelle Belästigung. Damit du auch ein bisschen Spaß hast, solltest du richtig ...«

»Basta!«, ruft Morello.

Viola stellt eine normale, weiße Tasse mit dampfendem Kaffee vor Mario auf den Tisch. »Hier bitte, Schätzchen«, sagt sie lächelnd. Dann weist sie mit dem Daumen auf die Scherben. »Die darfst du nach der Besprechung auffegen.«

Marios Gesicht verfärbt sich dunkelrot. Er holt Luft.

»Basta«, sagt Morello leise. Es klingt gefährlich. Mario stößt die Luft wieder aus und schiebt die Tasse von sich weg.

»Ist die Leiche in der Pathologie?«, fragt Morello.
»Ja«, antwortet Ferruccio Zolan. »Sie wird gerade aufgeschnitten.«
»Gut. Ich brauche eine genaue Mitgliederliste dieses Komitees. Insbesondere möchte ich wissen, wie eine junge Frau heißt: kurze schwarze Haare, eher blass, sportliche Figur, sehr hübsch. Vermutlich die Freundin des Toten. In drei Stunden liegt alles auf meinem Schreibtisch.«
»Mario, das erledigst du«, sagt Zolan.
Mario nickt.
»Alvaro, brauch ich dein Boot, um zur Pathologie zu kommen? Oder kann ich zu Fuß …?«
»Sie müssen nach Dorsoduro. Besser mit dem Boot, Commissario.«
»Gut. Fahren wir sofort«, sagt Morello.
»Ich kenne die Pathologie und die Leute, die dort arbeiten. Soll ich Sie begleiten, Commissario?«, fragt Anna Klotze.
»Gute Idee«, sagt Morello und steht auf.

An der Anlegestelle am Rio de Santa Margherita vertäut Alvaro das Boot. Es sind noch ein paar Minuten zu Fuß bis zum Campo Santa Margherita. Nur wenige Menschen sind zu dieser frühen Stunde unterwegs.
Die Gerichtsmedizin Venedigs ist in einem der größeren zweistöckigen Gebäude auf dem Platz untergebracht. Alvaro deutet auf eine Bar gegenüber und erklärt, er werde dort auf sie warten. Anna Klotze drückt die schwere Holztür auf. Morello folgt ihr.
Dottoressa Luisa Gamba empfängt sie. Eine kleine, energische Frau. Morello schätzt sie auf etwa sechzig Jahre. Sie hat ein schönes längliches Gesicht mit braun gegerbter Haut und einem Netz von kleinen Lachfalten um die Augenwinkel. Sie trägt einen weißen Kittel und bewegt sich schnell durch den

Vorraum der Gerichtsmedizin auf sie zu. Sie streckt beide Arme aus und ergreift Anna Klotzes rechte Hand. Morello bemüht sich, seine Überraschung zu verbergen – eine Frau, die Leichen aufschneidet?

»Ciao, Anna«, sagt die Dottoressa.

»Buontschiorno, Dottoressa. Dass ist der neue Kommissar, Antonio Morello.«

Morello begrüßt sie mit einem Handschlag. Sie lächelt freundlich, und ihre Lachfalten scheinen dabei in ihrem Gesicht zu tanzen. »Benvenuto a Venezia.«

Sie dreht sich um und winkt sie mit einer gebieterischen Handbewegung zu sich. Morello und Anna Klotze folgen ihr durch eine schwere Tür in den Sektionsraum. Plötzlich zupft etwas an Morellos Hosenbein. Er blickt nach unten und sieht in die erwartungsvollen Augen eines Hundes. Klein. Strubbeliges Fell. Wedelnder Schwanz. Ein sympathischer Straßenhund.

»Ciao, Bello!« Anna beugt sich zu ihm herab und streichelt ihn. »Dich habe ich lange nicht mehr gesehen!«

»Clinton, zurück ins Körbchen!«, befiehlt die Gerichtsmedizinerin in strengem Ton. Und an Morello gerichtet sagt sie: »Er darf nicht in den Sektionsraum, er frisst für sein Leben gerne Innereien.«

Morello schluckt. Die beiden Frauen lachen. Der Hund trollt sich missmutig in die hintere Ecke des Büros.

»Haben Sie ihn nach dem ehemaligen Präsidenten benannt?«, fragt Morello.

»Nein, nach einem verbotenen Wein. Es ist eine Rebsorte, die man nicht anbauen darf.«

»Verboten? Wein? In Italien?«, fragt Morello und sieht Anna Klotze fragend an.

Anna zuckt mit den Schultern. »Ich kenne mich da gar nicht aus, Signor Commissario, ich trinke keinen Alkohol.«

Na, das passt ja zu einer Amazone, denkt Morello und betritt den Saal.

Dottoressa Gamba sagt: »Die Rebsorte Clinton wurde von

der Europäischen Union verboten. Zu viel giftiges Methanol, wurde behauptet. Aber das stimmt nicht. Es ist ein einfach anzubauender Wein. Ein Arme-Leute-Wein. Das war einigen wohl ein Dorn im Auge. Angebaut wird er trotzdem. Ich mag ihn, und deshalb habe ich meinen Hund so genannt.«

Die Pathologin schließt die Tür hinter ihnen.

Sie stehen in dem großen historischen Sektionsraum. Grelles Licht aus modernen Deckenleuchten fällt auf rosa Marmorwände. Silberfarbene Schränke und Tische aus rostfreiem Metall stehen davor. Der Sektionstisch ist ebenfalls aus Marmor. Darauf liegt die Leiche von Francesco Grittieri, nackt und leblos.

Die Pathologin streift sich ein paar Gummihandschuhe über und stellt sich neben die Leiche. Mit einer sanften Bewegung streicht sie mit den Fingern über die Brust des Toten. »Hier liegt er also, unser Adonis. Was für ein schöner Mann!«

Nun fährt sie zärtlich über den Bauch des Toten, umkreist seinen Bauchnabel und sanft gleitet ihr Finger weiter abwärts.

Morello hält die Luft an.

Dann wendet sich die Dottoressa abrupt an Morello. »Wir haben ihn bereits von allen Seiten fotografiert. Die Bilder stehen Ihnen zur Verfügung.«

Ihre Stimme flüstert. »Dann habe ich ihn gewaschen.«

Erneut fährt ihre Hand sanft über die Brust des toten Mannes.

Morello fühlt sich durch diese intime Geste unangenehm berührt. Er tritt dicht hinter Anna Klotze. »Sagen Sie, hat die Pathologin etwa gerade … ein gewisses Vergnügen daran, die Leiche zu streicheln?«, flüstert er ihr ins Ohr.

Anna dreht sich mit einer schnellen Bewegung zu ihm um und schaut ihn mit einem harten Blick an. Sie schüttelt den Kopf und blickt dann wieder nach vorne.

»Dottoressa Gamba – wie oft hat der Täter zugestochen?«, fragt er schnell.

»Neun Stiche. Drei in die Brust. Fünf in den Bauch«, sagt die Pathologin.

Sie deutet auf die Einstiche in der Brust. »Alle diese drei Stiche wurden mit großer Kraft geführt. Die Wunden sind zwölf Zentimeter tief, und die Druckstellen um die Verletzungen zeigen, dass das Messer bis zum Anschlag in unserem Adonis steckte. Von den Stichen in die Brust war wohl jeder einzelne tödlich. Die Stiche in den Bauch hätte er möglicherweise überlebt, wenn er schnell genug ins Krankenhaus gebracht worden wäre. Herztod, Hirntod, Individualtod.«

Wieder streicht sie mit einem Finger zärtlich über die Brust der Leiche.

Morello sagt: »Neun Stiche insgesamt. Drei in die Brust. Fünf in den Bauch. Wo traf ihn der neunte Stich?«

»Schauen Sie, Commissario. Hier ist der vielleicht tödlichste Stoß erfolgt.«

Sie deutet auf eine Wunde oberhalb des linken Schlüsselbeins.

»Der schnellste Weg zur Aorta«, sagt sie. »Wenn dies der erste Stich war, dann war unser Adonis innerhalb zwei Sekunden bewusstlos. Der Wundkanal ist hier zwei Millimeter breiter als bei den anderen Verletzungen.«

»Was bedeutet das?«, fragt Anna Klotze.

»Ein zweites Messer?«, fragt Morello.

Die Pathologin hebt die Schulter. »Entweder ein weiteres Messer – oder der Täter zog nach dem ersten Stich die Waffe ein Stück heraus und stieß ein zweites Mal zu. Was aber sehr unwahrscheinlich ist.«

Sie fixiert Morello.

»Die meisten Menschen, leider auch die meisten Polizisten, denken, der Tod sei etwas Plötzliches. Eben noch lebt man und dann, bumm, im nächsten Augenblick ist man tot. Ein Herzinfarkt, ein Schlaganfall, ein Messer. Das ist falsch. Der Tod ist immer ein Prozess, ein Vorgang. Sterben dauert. Und dieser Vorgang erzählt uns immer auch eine Geschichte, wie der Mensch gestorben ist. Der Individualtod tritt erst ein, wenn das Hirn nicht mehr ausreichend mit Sauerstoff versorgt wird. Der Herztod allein reicht nicht. Der Tod dauert immer.«

»Sogar bei einem Messerstich ins Herz?«, fragt Morello.
Die Dottoressa nickt.
»Auch dieser schöne Mann starb nicht in einer Zehntelsekunde, nicht einmal in einer Sekunde. Es war auch bei ihm ein Vorgang. Wir werden sehen. Vielleicht finde ich Näheres heraus, wenn ich den Wundkanal aus dem jungen Mann herausgeschnitten und ihn unter dem Mikroskop untersucht habe.«
»Wann kann ich Ihren Bericht lesen?«
»Ich bin ab morgen auf einem Kongress in London. Wenn ich am Mittwoch wieder zurück bin, schließe ich die Untersuchung ab, und Sie bekommen meinen Bericht dann sofort.«

Als die große Tür hinter ihnen ins Schloss fällt, bleibt Morello für einen Augenblick stehen.
»Sagen Sie, Anna, die Dottoressa ist sehr kompetent. Aber ...«
»Sie ist eine der Besten.«
»Neun Messerstiche und dieser eine tödliche Stich über dem Schlüsselbein. Die Dottoressa geht sehr gründlich vor. Sie scheint eine besondere Beziehung zu den Leichen ...«
Anna Klotze runzelt die Stirn.
Morello räuspert sich. »Anna, was ich sagen will ... Oder was ich fragen will, ist die Dottoressa ...«
Mit einer plötzlichen Bewegung dreht sich Anna Klotze zu ihm um. »Commissario! Wollen Sie mich ernsthaft fragen, ob Dr. Gamba sich an den männlichen Leichen in ihrem Sezierraum vergeht? Ist das Ihr Ernst? Sie glauben, sie sei nekrophil?«
»Äh, nein, natürlich nicht. Es ist nur sonderbar, wie sie ...«
Er bedauert seine Frage sofort. Er hätte die Amazone nicht so direkt fragen sollen.
In diesem Augenblick tritt Alvaro zu ihnen. In jeder Hand trägt er einen Becher.
»Hier«, sagt er freundlich und reicht sie ihnen. »Ein Espresso

für jeden. Das braucht ihr jetzt. Ich habe eben schon zwei getrunken.«

Morello ist erleichtert über die Ablenkung. »Grazie«, sagt er und nimmt einen Schluck.

»Krazie«, sagt Anna Klotze mit ihrem kehligen Dialekt.

Mit zwei Schlucken trinken sie aus und schauen sich dabei nicht an.

Morello sieht auf seine Armbanduhr. »Alvaro, weiß du, wo die Familie Grittieri wohnt?«

»Certo. Palazzo Grittieri befindet sich an Canal Grande, Eingang Rio de San Trovaso. Ihren Palazzo kennt hier jeder. Fünfzehn Minuten zu Fuß und zehn mit dem Boot.«

»Gut, gehen wir.«

Morello zieht sein Handy aus der Tasche. Er wählt die Nummer seines Stellvertreters.

»Zolan, bitte komm umgehend zum Palazzo der Familie Grittieri. Noch etwas: Hat Mario schon diese Liste der Komiteemitglieder? Ja? Sehr gut. Soll sie auf meinen Schreibtisch legen. Bis gleich.«

»Kann ich auch mitkommen?«, fragt Anna Klotze.

»Nein. Für dich gibt's einen Spezialauftrag: Du besorgst eine Schaufensterpuppe und bringst sie ins Büro.«

Anna runzelt die Stirn.

Morello sagt: »Männlich – und möglichst Größe und Statur wie unsere Leiche.«

»Verstehe. Bis nachher.«

»Noch etwas«, sagt Morello. Anna Klotze hält mitten in der Bewegung inne und dreht sich um.

»Bitte kein Wort darüber, was wir in der Pathologie erfahren haben. So lange, bis der offizielle Bericht auf meinem Schreibtisch liegt. È chiaro?«

Anna grüßt zackig wie eine Soldatin, die flache Hand an die Stirn gelegt: »Si, Signor Commissario!«

»Das gilt auch für dich, Alvaro.«

Über der Insel Giudecca leuchtet die Sonne hell wie der

Suchscheinwerfer eines Gefängnisses und wirft ihr Licht auf das Wasser und die Prachtbauten des Canal Grande. Leichter Dunst wabert schwerelos über das Wasser. Im leichten Wellenschlag wippen vier Gondeln. Ein Vaporetto der Linie 1 taucht auf. Ganz vorne sitzt ein Passagier und prüft die Fotos, die er eben im Gegenlicht geschossen hat.

Plötzlich, als wäre ein Schalter umgelegt worden, erlischt das Licht auf dem großen Kanal. Ein Kreuzfahrtschiff von der Größe eines Wolkenkratzers schiebt sich vor die Sonne.

»No grandi navi«, murmelt Morello und macht sich auf den Weg.

Exakt zehn Minuten später verlässt Morello das Boot am Eingang des kleinen Canal Rio de San Trovaso. Vor dem großen, lachsfarben angestrichenen Palazzo Grittieri wartet Ferruccio Zolan.

»Wo ist Alvaro?«

»Er wartet beim Boot. Wir sollten nicht zu dritt bei den Grittieris auftauchen.«

»Commissario«, sagt Zolan. »Ich habe das noch nie machen müssen. Eine Todesnachricht ... Dann noch das eigene Kind. Ein Venezianer, der einer venezianischen Familie eine so schreckliche Nachricht bringen muss. Das bringt bestimmt kein Glück. Ich weiß nicht, ob ich dazu ...«

»Ich war schon zwölfmal der verfluchte Bote aus Dantes Höllenkreis. Auch in meiner eigenen Familie. Ich mach das schon, Zolan. Aber erst suchen wir eine Bar. Es ist noch ein wenig zu früh für eine Todesnachricht.«

»Danke, Commissario«, sagt Zolan erleichtert.

Sie finden eine kleine Bar und stellen sich an die Theke. Morello bestellt zwei Espressi doppi und zwei Cornetti. Zolan kippt eine große Ladung Zucker in die Tasse und rührt um.

Morello räuspert sich. »Zolan, sag mal: Wenn ich in Sizilien plötzlich jemanden aus Venedig als Chef vor die Nase gesetzt bekommen hätte, hätte ich getobt und gebrüllt. Ich meine ...« Zolan zuckt mit den Schultern und rührt weiter in seiner Tasse.

»Wer wäre Commissario geworden, wenn ich nicht plötzlich aufgetaucht wäre?«

Zolan rührt schneller in seiner Tasse, zuckt noch einmal mit den Schultern und sieht Morello nicht an. »Das wird alles ganz oben entschieden«, sagt er schließlich.

»Du hast dich beworben, stimmt's?«

Zolan nickt und rührt weiter.

Morello legt ihm die Hand auf den Arm. »Jetzt hör auf mit dieser Scheißrührerei. Du wärst Chef geworden, nicht wahr?«

Zolan nickt. »Lombardi hatte es mir versprochen.«

»Ich habe dir deine Karriereplanung versaut. So sieht es aus, oder?«

Zolan sieht plötzlich auf. »Wissen Sie, wie schwierig es ist, in Venedig eine Wohnung zu bekommen?«, stößt er hervor. »Selbst, wenn man Venezianer ist. Vor allem, wenn man Venezianer ist! Wir haben ein drittes Kind bekommen. Wir brauchen eine größere Wohnung. Wir haben mit dem Geld gerechnet.«

»Du bekommst keine Wohnung in Venedig?«

»Jeder, der hier eine Wohnung hat, vermietet sie an Touristen. Über Airbnb. Das bringt richtig Geld. Wenn man sie an eine einheimische Familie vermietet, die kann so viel gar nicht bezahlen.« Er richtet sich auf. »Commissario, meine Familie hat immer in Venedig gewohnt. Meine Eltern, meine Großeltern, meine Urgroßeltern. Meine Ahnen. Zolan ist ein Name aus Venedig.«

Ein bitteres Lächeln verzerrt sein Gesicht. »Ich werde der erste meiner Familie sein, der Venedig verlassen muss. Wir werden nach Marghera ziehen müssen, in diesen Industriemüll. Zur Arbeit komme ich dann mit der Bahn. Wie ein Kellner.«

»O.k., und jetzt bist du sauer, dass da so ein Kerl aus dem Süden daherkommt und dir den Job wegnimmt.«

Zolans Gesicht versteinert. »Das sind wir gewohnt. Wir

55

bezahlen für den Süden sehr viel Geld. Trotzdem kommen sie zu uns.«
»Ich bin nicht freiwillig hier, Zolan. Ich werde auch nicht lange bleiben. Ich wurde gegen meinen Willen nach Venedig versetzt. Ich will wieder zurück nach Sizilien. Dann wirst du Commissario.«
Zolan sieht ihn lauernd an. »Das wäre das erste Mal, dass die aus dem Süden etwas hergeben, was sie uns genommen haben. Das allererste Mal.«
»Das ist dummes, rassistisches Geschwätz, Zolan.«
»Rassismus, natürlich, Commissario. Wenn wir etwas gegen die aus dem Süden sagen, ist das Rassismus. Das kennen wir schon. Das sagt sich leicht. Ich aber brauche eine neue Wohnung. Und zwar dringend.«
Morello sieht in das beleidigt verzerrte Gesicht Zolans und kann es nicht länger ertragen. Er sieht auf die Uhr. »Wir gehen. Zeit für schlechte Nachrichten.«

Der Eingang zum Palazzo Grittieri wird von einer drei Meter hohen massiven Holztür verschlossen. Morello fährt mit der Handinnenfläche über die wertvollen verwitterten Schnitzereien, die groteske Tierfiguren darstellen. Daneben befindet sich eine moderne Türsprechanlage aus gebürstetem Edelstahl, aus deren Mitte sie ein großes Kameraauge anstarrt. Zolan räuspert sich, wie um Mut zu fassen, dann drückt er auf den Klingelknopf.
»Chi è?«, klingt kurz danach eine junge weibliche Stimme aus dem Lautsprecher.
»Polizei«, sagt Zolan. »Wir müssen Herrn und Frau Grittieri sprechen.«
Mit einem leichten Brummen schwingt die riesige Tür auf, und sie treten in ein Treppenhaus, das doppelt so groß ist wie Morellos Wohnung.

Absätze klappern auf einer Treppe. Ein Hausmädchen kommt ihnen entgegen, kurzer schwarzer Rock, weiße Bluse, schwarze Strumpfhose. Morello entgeht nicht, wie der Blick Zolans ihr geradezu gierig folgt.

»Frau Grittieri befindet sich noch im Ankleideraum. Doch Signor Grittieri wird Sie gleich in der Bibliothek empfangen.«

Die junge Frau führt sie durch einen langen, dunklen Flur in einen etwas helleren Raum. Bücherregale aus dunklem poliertem Holz säumen die Wände ringsherum. Morello versinkt in einem schweren Teppich. In der Mitte des Raumes steht ein großer Billardtisch, ebenfalls aus schwerem dunklem Holz, darauf dunkelgrüner Stoffbezug. Vor den beiden großen Fenstern steht ein Tisch mit mehreren Polstersesseln. Schwere Vorhänge geben nur eine schmale, aber großartige Sicht auf den Canal Grande frei.

»Bitte setzen Sie sich«, sagt das Zimmermädchen und deutet auf die Sessel. »Darf ich Ihnen eine Erfrischung …?«

Morello schüttelt den Kopf. »Bitte richten Sie Herrn Grittieri aus, es sei sehr dringend.«

Zolan befühlt mit zwei Fingern den Stoff der Vorhänge und schüttelt dabei langsam den Kopf.

»Teuer?«, fragt Morello.

»Sehr teuer.«

Plötzlich steht Alberto Grittieri im Raum. Hochgewachsen, aufrecht, schmale Kontur, etwa 50 Jahre alt, die Schultern leicht vorgebeugt, graues Haar, grauer Armani-Anzug, graue Augen, schwarzes T-Shirt, teure handgenähte Schuhe – Morello checkt ihn mit einem Blick. Der Mann strahlt Arroganz, Selbstsicherheit aus – und Geld.

Alles an ihm lässt Morello an Handschellen denken.

Kein »Buongiorno«, sondern nur ein »Was gibt's?«.

Zolan ist nervös. Er geht Grittieri entgegen. »Entschuldigen Sie unsere Störung am frühen Morgen, Signor Grittieri.«

Er streckt die Hand aus. Grittieri ignoriert sie.

»Das ist der neue Kommissar. Antonio Morello.«

Grittieri schüttelt Morellos Hand.

»Wir haben eine schlechte Nachricht, Herr Grittieri«, sagt Morello. »Wollen Sie sich vielleicht setzen?«

Grittieri schüttelt ungeduldig den Kopf. »Was ist los?«

»Wir haben heute Nacht Ihren Sohn tot aufgefunden.«

Alberto Grittieri, der eben noch so selbstsicher wirkte, erstarrt mitten in der Bewegung. Morello kann zusehen, wie sein Gesicht weiß wird. Seine Schultern sacken nach vorne. Er fasst sich mit der rechten Hand ans Herz. Grittieri öffnet den Mund und schließt ihn wieder. Er will etwas sagen, öffnet wieder den Mund, bringt aber keinen Ton hervor.

Morello fasst ihn am Arm und leitet ihn vorsichtig zum Fenster. Grittieri lässt sich in einen der tiefen Sessel fallen und öffnet erneut den Mund, ohne dass etwas herauskommt.

»Signor Grittieri – können Sie mich verstehen? Ihr Sohn wurde heute Nacht Opfer eines Gewaltverbrechens.«

Morello und Zolan können dabei zuschauen, wie der Mann langsam aus tiefen Schichten seines Unterbewusstseins wieder auftaucht. Er atmet schnell und flach durch den Mund.

»Zolan, ruf einen Arzt!«

Grittieri schüttelt langsam den Kopf, hebt abwehrend die rechte Hand und lässt sie wieder auf sein Knie fallen. Die linke Hand umklammert die Stuhllehne, als wolle er sie zerdrücken.

»Gewaltverbrechen?«, fragt er leise.

»Ihr Sohn wurde heute Nacht getötet.«

»Wie?«, flüstert Grittieri.

»Mit einem Messer. Er wurde erstochen.«

Die Tür fliegt auf.

Eine Frau stürmt herein. Sie dreht sich schnell um die eigene Achse. Sie sieht aus wie eine Erscheinung aus dem 18. Jahrhundert.

Ein rotes Kleid mit goldenem Brokat bestickt wirbelt durch die Luft. Der Saum hebt sich und gibt den Blick auf hochhackige Schuhe, zwei gerade Beine und schwarze halterlose Strümpfe frei, die am Oberschenkel enden.

»Darling«, ruft die Frau. »Wie findest du dieses Karnevals-
kleid? Für den Ballo del Doge.« Ihre Bewegung endet abrupt.
»Oh, du hast Besuch. So früh am Morgen.« Sie blickt zu ihrem
Mann, zu Morello, zu Zolan, registriert die ernsten Gesichter.
»Was ist los?«
»Francesco«, sagt Grittieri heiser. »Sie haben ihn umgebracht.«
Es ist eine einzige fließende Bewegung, mit der die Frau in dem
weit ausgestellten Kleid zu ihrem Mann eilt, vor ihm auf die
Knie sinkt, ihre Arme ausbreitet, seine Brust umschließt und
ihr Gesicht an das ihres Mannes drückt.
»Oh Gott, Alberto, mein armer Schatz, das ist ja fürchterlich.«
Sie streicht ihm mit einer Hand über den Hinterkopf und küsst
die Wange ihres immer noch erstarrten Mannes.
Sie spendet Trost, als empfinde sie keinen eigenen Schmerz,
denkt Morello.
Er räuspert sich. »Ich muss Ihnen einige Fragen stellen. Der
Mörder oder die Mörder Ihres Sohnes laufen noch frei herum.
Wir suchen ihn. Verstehen Sie mich? Sind Sie in der Lage, ei-
nige Fragen zu beantworten?«
Frau Grittieri hebt den Kopf. »Lassen Sie uns allein.«
Alberto Grittieri greift nach den Armen seiner Frau und löst
sie langsam von seinem Körper. Er atmet immer noch schnell
durch den Mund ein und aus. Dann schluckt er einmal, die At-
mung verlangsamt sich. Er gewinnt die Kontrolle über sich zu-
rück.
»Wo haben Sie ihn gefunden?«
»Am Sotoportego Widmann. Signor Grittieri, Sie sagten eben,
›sie haben ihn umgebracht‹. Wen meinten Sie? Wer sind ›sie‹?
Welche Feinde hatte ihr Sohn?«
»Feinde? Mein Sohn? Mein Sohn hatte keine Feinde.«
»Jemand hat ihn so gehasst, dass er ihn ermordet hat. Wer?«
»Mein Sohn wurde nicht gehasst. Ich kenne niemanden, der
ihn gehasst hat.«
»Frau Grittieri, wissen Sie, wer Ihren Sohn so sehr hasst, dass
er ihn tötet?«

»Niemand. Francesco und Hass, das passt nicht zusammen.«

»Kann es mit dem Komitee zusammenhängen? Studenti contro navi da crociera?«

Alberto Grittieri schüttelt den Kopf. »Francesco ist … war jung. Er wollte mit dem Kopf durch die Wand. Wie wir alle – in diesem Alter.«

»Und doch haben Sie gesagt: Sie haben ihn umgebracht. Wen meinten Sie?«

Frau Grittieri steht mit einer schnellen Bewegung auf. Ihre Augen sind weit aufgerissen. Tränen verschmieren ihre Wimperntusche. Die schwarze Farbe läuft ihr bis zum Hals und verschwindet dann unter dem Kragen ihres Karnevalkleids.

»Gehen Sie jetzt«, sagt sie.

Wie beherrscht ihre Stimme klingt. Sie steht aufrecht vor ihnen, den Kopf erhoben, schwer atmend, aber sehr aufrecht, und schert sich nicht darum, wie ihr Gesicht aussieht. Eine starke Frau. Gewohnt, ihren Willen zu bekommen. Jemand, der die Zügel in den Händen hält.

»Sofort!«, wiederholt Frau Grittieri mit eiserner Stimme. »Wir stehen Ihnen später für alle Fragen zur Verfügung.«

Dann dreht sie sich um und geht in schnellen Schritten zur Tür. Mit einer schnellen Bewegung öffnet sie die Tür und deutet mit einer herrischen Handbewegung an, Morello und Zolan sollen schleunigst durch diese Tür verschwinden.

»Wir kommen später noch einmal«, sagt Zolan leise und setzt sich in Bewegung.

Frau Grittieri fährt sich mit einer schnellen Bewegung über die Augen und verschmiert die Farbe über das ganze Gesicht. Dann dreht sie sich um und geht. Morello sieht für einen Moment noch ihren aufrechten Rücken, dann klicken ihre Absätze auf einer Treppe. Er folgt Zolan zur Tür.

»Einen Moment noch«, sagt Alberto Grittieri, der immer noch auf dem Sessel vor dem Fenster sitzt.

Er hebt langsam, wie unter großer Kraftanstrengung, den Kopf.

»Wo ist mein Sohn jetzt?«

»In der Pathologie«, sagt Zolan leise und einfühlsam.
»Ich möchte ihn hier im Haus haben.«
»Sobald die Untersuchungen abgeschlossen sind, wird der Leichnam Ihres Sohnes zu Ihnen überführt«, sagt Morello.
»Ich möchte ihn jetzt – sofort – in diesem Haus haben. Er soll hier, in meinem Haus, aufgebahrt werden.«
»Ich verstehe Ihren Schmerz, Signor Grittieri. Doch die Gesetze sehen nun einmal vor, dass Ihr Sohn untersucht werden muss. Wir suchen nach Spuren, um die Mörder Ihres Sohnes zu fassen.«
Grittieri steht mühsam auf. Seine Augen flackern. »Sofort«, sagt er leise. »Francesco muss sofort nach Hause kommen.«
»Das ist nicht möglich. Doch ich versichere Ihnen, sobald es die Gesetze erlauben, werden Sie Ihren Sohn hier haben.«
»Sofort«, brüllt Grittieri. »Was glauben Sie, wer Sie sind?«
»Die Polizei«, sagt Morello. »Wir repräsentieren das Gesetz.«
»In Venedig sind Sie kein Gesetz. Sie sind nur verrückt.«
Grittieri zieht ein Mobiltelefon hervor und drückt eine Taste. »Alberto hier«, hört Morello ihn sagen. »Es ist wichtig. Hör mir zu ...«
Mit schnellen Schritten verlässt Grittieri die Bibliothek.

»Zolan, was hältst du von den beiden?«
»Von dem Ehepaar Grittieri?«
»Von wem sonst?«
»Der Sohn von Herrn Grittieri wurde ermordet. Das Ehepaar ist verzweifelt.«
»Frau Grittieri tröstete ihren Mann.«
»Das tut eine gute Ehefrau.«
»Ihre Sorge schien mehr ihrem Mann als dem eigenen Schmerz zu gelten.«
»Dafür gibt es eine natürliche Erklärung.«
»Zolan, lass dir nicht alles mühsam aus der Nase ziehen.«

»Francesco ist der Sohn aus Signor Grittieris erster Ehe. Sie ist nur die Stiefmutter.«
»Aha.«
»Als Venezianer weiß man diese Dinge.«
»Danke für die Belehrung.«
»Keine Ursache, Commissario. Ich helfe, wo ich kann.«
»Da ihr Venezianer so gut informiert seid über die Familienverhältnisse der reichen Leute: Gibt es weitere Kinder?«
»Eine Tochter. Sie ist das gemeinsame Kind der beiden. Sie ist achtzehn oder neunzehn Jahre alt.«
»Danke, Zolan. Du bist besser als jede Klatschspalte. Das heißt, die Erbfolge im Hause Grittieri hat sich geändert. Nun erbt Frau Grittieris Tochter alles.«
»Mein Gott, Commissario. Glauben Sie ernsthaft, Frau Grittieri erdolcht ihren Stiefsohn, damit ihre leibliche Tochter mehr erbt? Wir sind hier nicht in Sizilien! Wir sind in Venedig!«
»Ich glaube gar nichts, Zolan. Ich stelle nur fest. Hast du gehört, wie Herr Grittieri sagte: ›Sie haben Francesco umgebracht‹? Es klang so, als wüsste er genau, wen er mit ›sie‹ meint.«
»Commissario, der Mann hat gerade erfahren, dass sein Sohn ermordet wurde. Kann man da jedes Wort ernst nehmen?«
»Gerade in einer solchen Situation, Zolan. Gerade in einer solchen Situation meint man es ernst.«

Morello sitzt in seinem Büro und studiert die Liste mit den Mitgliedern der Studenti contro navi da crociera: Francesca Nicoli, Marco Padoan, Elena Colli, Luca Salvon, Marta Calloni, Pietro Rizzo. Sechs Mitglieder. Alle muss er heute noch vernehmen.
Er hebt den Hörer des Telefons ab. »Zolan, hast du die Mitglieder dieses Komitees schon versammelt? Nein? Noch nicht alle? Sag mir sofort Bescheid, wenn sie da sind und wir mit den Vernehmungen beginnen können.«
Es klopft an der Tür.

»Avanti!«

Die Tür wird aufgestoßen. Anna Klotze kommt rückwärts in sein Büro. Sie zieht eine große Schaufensterpuppe hinter sich her.

»Dieser junge Mann aus Kunststoff hat bis vor einer Stunde noch einen edlen Anzug von Dolce & Gabbana getragen. Ich hoffe, dieses Modell ist o.k.?«

»Perfekt! Komm her, ich brauche deine Hilfe. Stell ihn senkrecht hin.«

Morello nimmt einen Kugelschreiber und markiert mit kleinen Kreisen die Stellen, wo er die Einstiche an der Leiche gesehen hat. Dann dreht er die Schaufensterpuppe um.

»Halt sie gut fest.«

Er steht jetzt hinter der Figur und markiert mit dem Kugelschreiber die Stelle am Schlüsselbein, an dem die Leiche einen weiteren Einstich hatte. Anna steht direkt vor ihm. Sie hält die Puppe von vorne, Morello von hinten. Er kann ihr Shampoo riechen. Der Duft von Rosmarin und Honig verwirrt ihn für einen Augenblick. Auch Anna Klotze scheint die ungewohnte Nähe zu Morello zu irritieren. Sie lächelt verlegen. Immerhin, denkt Morello, ist die Puppe zwischen uns.

Er dreht die Puppe um. Jetzt steht Anna hinter der Puppe und Morello vorne. Morello führt den Kugelschreiber wie ein Messer auf die Puppe. Dann überlegt er kurz.

»Herr Kommissar?«

»Der junge Grittieri war sehr stark und groß. Ich kann mir nicht vorstellen, dass er stillgestanden hat und den Angreifer hat zustechen lassen. Es muss anders gewesen sein. Jemand hat ihn festgehalten. So wie du im Augenblick die Puppe festhältst – und ein zweiter Mann sticht zu. Es ist nicht einfach, jemanden umzubringen. Aber es wird einfacher, wenn zwei Personen an der Tat beteiligt sind.«

Es klopft. Zolan tritt ein. »Oh, störe ich?«

»Red keinen Unsinn. Komm herein.«

Und zu Anna gewandt: »So ist es gut. Vielen Dank.«
»Gerne, Herr Kommissar.« Anna verlässt den Raum.
»Francesca Nicoli, die Freundin des Ermordeten, wartet im Besprechungszimmer.«
Morello setzt die Puppe auf seinen Bürostuhl. »Ich komme.«

Francesca Nicoli ist blass auf eine Weise, die ihre dunklen Augenringe besonders hervorhebt. Sie trägt eine schwarze Hose mit ausgestellten Beinen, schwarze Ballerinas, ein schwarzes T-Shirt und darüber eine erkennbar teure, schwarze Lederjacke. Sie ist schmal, mit zarten weiblichen Linien und erstaunlich breiten Schultern. Die schwarzen Haare sind kurz geschnitten. Morello schätzt sie auf knapp unter 1,70 Meter. Ein schönes Mädchen. Ein sehr schönes sogar.
Morello setzt sich ihr gegenüber. Er drückt auf den Aufnahmeknopf des Rekorders und nennt Datum und Uhrzeit.
»Ich bin Kommissar Antonio Morello. Anwesend sind außerdem Vizekommissar Zolan und die Zeugin Francesca Nicoli. Frau Nicoli, wir haben heute Nacht die Leiche von Francesco Grittieri gefunden. Er ist ermordet worden. Wir suchen den oder die Mörder. Dazu brauchen wir Ihre Hilfe. Verstehen Sie das?«
Die junge Frau nickt.
»Bitte sprechen Sie ins Mikrofon.«
»Ja«, sagt sie leise. »Ich verstehe.«
Ihre Stimme ist brüchig.
»Sie sind 26 Jahre alt. Stimmt das? Wo wurden Sie geboren?«
»Ich komme aus Florenz.«
»Wie lange wohnen Sie in Venedig?«
»Seit vier Jahren. Ich studiere Medizin an der Universität in Padova.«
»Seit vier Jahren studieren Sie Medizin. Dann sind Sie wohl übers Frösche-Aufschneiden schon hinaus, oder?«

Sie lächelt für einen Moment: »Längst.«

Morello betrachtet ihre breiten Schultern. »Eine persönliche Frage: Treiben Sie Sport?«

Sie sieht überrascht auf. »Ja, ich spiele Handball. Zweimal die Woche. Warum fragen Sie?«

»Ach, nur um mir ein Bild von Ihnen zu machen. Aber kommen wir zur Sache: Wann haben Sie vom Mord an Francesco Grittieri erfahren?«

»Als der Polizist mich vorhin abgeholt hat.«

»In welcher Beziehung standen Sie zu Francesco Grittieri?«

»Francesco ist … war mein Freund.«

»Sie waren ein Paar.«

Sie nickt.

»Wann haben Sie Ihren Freund zum letzten Mal gesehen?«

»Letzte Nacht.«

Eine Träne bildet sich in ihrem rechten Auge. Zolan reicht ihr ein Papiertaschentuch. Francesca nimmt es und wischt die Träne weg.

»Wo waren Sie?«

»In meiner Wohnung in der Campiello Widmann.«

»Das ist in unmittelbarer Nähe zum Tatort«, flüstert Zolan Morello ins Ohr.

»Wann verließ Francesco Ihre Wohnung?«

»Um 1.30 Uhr.«

»Das wissen Sie genau?«

»Ich sah auf die Uhr, als er ging.«

»Ging Francesco regelmäßig um diese Uhrzeit?«

Sie sieht ihn verblüfft an. »Nein! Wie kommen Sie denn darauf?«

»Es ist wichtig für uns zu wissen, ob es eine Regelmäßigkeit in seinem Verhalten gab. Konnte der oder konnten die Täter sicher sein, dass Ihr Freund um diese Zeit Ihr Haus verlassen würde? Es wäre ein Hinweis, dass der Täter auf ihn gewartet hat.«

»Nein, das war Zufall.«

»Und warum ging er?«

»Eigentlich wollte er über Nacht bleiben. Dann hat er es sich aber anders überlegt.« Ihre Stimme klingt plötzlich gepresster und schneller. Sie blickt für einen winzigen Augenblick zur Seite.

Sie lügt.

Morello sucht ihren Blick, doch die junge Frau hat sich sofort wieder im Griff.

»Hat Ihr Freund Sie danach noch einmal gesehen? Oder haben Sie sich eine SMS geschrieben? Eine WhatsApp-Nachricht? Haben Sie irgendetwas von ihm gehört?«

Francesca schluchzt. Sie schüttelt heftig den Kopf. Zolan reicht ihr ein neues Taschentuch.

»Können Sie sich vorstellen, wer Francesco erstochen haben könnte? Hatte er Feinde?«

Sie richtet sich auf und sieht Morello in die Augen. »Ja.«

»Ja?«

»Francesco wurde schon einmal zusammengeschlagen.«

»In Ihrer Gegenwart?«

»Nein, er hat es mir erzählt. Ich habe ihm Wundsalbe aufgetragen, ihn verbunden. Er sah übel aus.«

»Wissen Sie, wer ihn zusammengeschlagen hat?«

»Zwei Hafenarbeiter.«

»Zwei Hafenarbeiter?«

»Sie befürchteten wegen der Aktivitäten unseres Komitees ihre Arbeit zu verlieren.«

»Wann war das?«

»Etwa vor einem halben Jahr.«

»Ging Francesco zur Polizei?«

»Nein. Er sagte, er könne die Arbeiter verstehen. Möglicherweise würden sie tatsächlich ihren Job verlieren.«

Sie richtet sich auf. »Aber das ist Quatsch. Niemand verliert wegen uns seinen Job.«

»Hat Francesco die beiden Täter beschrieben?«

Sie schüttelt heftig den Kopf. »Hat er nicht.«

»Hat er die beiden Arbeiter jemals wiedergesehen?«

»Ich glaube nicht.«

»Sie glauben …?«

»Er hat sie nie wieder erwähnt.«

»Wie könnten wir die beiden Männer finden?«

»Die Prügelei fand im Viertel Castello statt. Francesco war dort unterwegs, um den Anwohnern zu erklären, was wir vom Komitee wollen, was wir machen, dass sich unsere Aktionen nicht gegen sie richten und so. Wir haben Versammlungen in Castello einberufen, um zu erklären …«

»Wo?«, fragt Zolan sofort. »Wo waren diese Treffen?«

»Es war ein Restaurant oder eine Osteria … Da Mino! Ja genau, es ist eine Osteria. Sie heißt Antica Osteria da Mino. Mehr weiß ich nicht.«

Morello notiert den Namen. Dann fragt er: »Hat Francesco Sie in das Komitee No grandi navi gebracht?«

»Wir nennen uns Studenti contro navi da crociera. Das Komitee No grandi navi sind andere Leute. Uns gibt es nur an der Universität.«

»Natürlich. Entschuldigen Sie.«

»Francesco hat das Komitee gegründet. Zusammen mit seinem Freund.«

»Wie heißt dieser Freund?«

»Pietro Rizzo.«

Zolan beugt sich zu Morello herüber. »Der steht auch auf meiner Liste«, flüstert er ihm ins Ohr.

Morello nickt.

»Also Francesco brachte Sie ins Komitee?«

»Nein. Das war Pietro. Erst im Komitee habe ich Francesco kennengelernt.«

»Was hat Sie an dem Komitee interessiert? Außer Francesco natürlich.«

Francesca starrt Morello an. Er sieht, wie Wut ihr Gesicht verzerrt. »Na klar, Sie können es sich nicht anders vorstellen, als dass eine Frau nur wegen eines Mannes in dem Komitee arbeitet. Erbärmlich.«

Ein feiner Faden Rotz läuft ihr aus dem linken Nasenflügel. Sie scheint es nicht zu bemerken.

Morello lehnt sich zurück. »Das habe ich nicht gesagt. Erklären Sie mir bitte das Anliegen des Komitees.«

»Die Kreuzfahrtschiffe töten die Stadt. Eine der schönsten, eine der ganz besonderen Städte auf der ganzen Welt …«

»Na ja«, sagt Morello. »Übertreiben Sie nicht.«

»Die Kreuzfahrtschiffe, die durch die Lagune fahren, verdrängen 35 000 Kubikmeter Wasser. Sie erzeugen Wellen, die Venedig von innen aushöhlen. Neun dieser Monsterschiffe fahren jeden Tag durch die Lagune. Die Schrauben dieser gigantischen schwimmenden Wolkenkratzer haben einen Kolbeneffekt, so nannte Francesco das.«

»Was ist ein Kolbeneffekt?«

»Das heißt: Jedes der Monsterschiffe wirbelt Lehm und Schlamm auf, die dann nach und nach von der Lagune hinaus ins offene Meer gespült werden. Die Folge: Venedig sackt ab. Wenn ein Kreuzfahrtschiff einfährt, steigt in den umliegenden Kanälen das Wasser um 20 Zentimeter und danach sinkt es wieder. Wegen der Verdrängung.«

»Und?«

»Stellen Sie sich die enormen Kräfte vor, die dabei an den Fundamenten der Kirchen, der Paläste und Brücken zerren.«

Ihre Augen funkeln und ihre Wangen haben sich leicht gerötet. Trotz ihrer Trauer sieht sie hinreißend aus. Für eine solche Frau könnte man zum Mörder werden, denkt Morello.

Es scheint der richtige Zeitpunkt gekommen zu sein, sie wieder an den Punkt zu führen, an dem sie vorhin gelogen hat.

»Warum verließ Francesco mitten in der Nacht Ihre Wohnung?«

»Er wollte nach Hause.«

»Mitten in der Nacht?«

»Ja.«

Er versucht es mit einer Lüge. »Nachbarn haben uns erzählt, Sie hätten sich gestritten.«

Francesca hebt erstaunt den Kopf.

»Stimmt das?«, fragt Morello.

»Ja«, sagt sie leise und starrt auf den Tisch.

»Warum?«

Sie verkrampft sich, fährt mit beiden Händen an den Unterarmen entlang.

»Warum?«, wiederholt Morello.

»Wegen seiner Weibergeschichten.«

»Er hatte andere Frauen?«

»Vielleicht. Wahrscheinlich. Ich weiß es nicht. Ich war eifersüchtig.«

»Und was sagte Ihr Freund?«

»Es war wie immer. Erst lachte er mich aus. Dann sagte er, ich solle aufhören zu streiten, und als ich nicht aufhörte, wurde er wütend. Dann ging er.«

»Auf welche Frau waren Sie eifersüchtig?«

»Elena Colli.«

»Ist sie auch in dem Komitee?«

»Ja.«

»Was macht sie? Reden Sie endlich und lassen Sie mich nicht wegen jeder Kleinigkeit fragen.«

»Elena ist jünger, erst 24 und immer sehr an Sex interessiert.«

»Und mit dieser jüngeren Frau hat Francesco Sie betrogen?«

Francesca schluchzt.

»Nein, hat er nicht. Aber ich war immer eifersüchtig, wenn er nur mit ihr redete. Ich war manchmal nicht bei Sinnen. Es war grundlos – wahrscheinlich.«

Sie sieht ihn aus tränenüberströmtem Gesicht an. »Ich bin schuld. Ich habe ihn in dieser Nacht aus dem Haus getrieben mit meinen Tiraden.«

»Und Sie waren ihm immer treu?«, fragt Zolan.

Sie nickt.

»Gab es frühere Liebhaber von Ihnen, die auch in dem Komitee arbeiteten?«, fragt Morello.

»Nur Pietro«, sagt sie und schnäuzt sich die Nase.

»Pietro«, sagt Zolan. »War er sehr eifersüchtig, dass Sie dann mit Francesco zusammen waren?«

Sie lächelt zum ersten Mal. »Ach was, Pietro ist nicht eifersüchtig.«

Morello und Zolan sehen sie nachdenklich an.

Zolan fragt: »Sind Sie sicher?«

Francesca schüttelt den Kopf. »Bestimmt nicht. Das ist absurd. Das ist schon so lange her.«

»Aber damals, als Sie in das Komitee kamen, wechselten Sie von Pietro zu Francesco?«

»Ja. Na und? Was ist daran so schlimm?«

»Nichts. Ich frage mich nur, ob Pietro das auch so sah.«

»Anfangs nicht.«

»Stritten die beiden sich wegen Ihnen?«

Francesca Nicoli rutscht auf ihrem Stuhl hin und her. »Ja. Damals schon. Pietro war sauer.« Dann fügte sie schnell hinzu: »Aber heute ist das vergessen. Wirklich.«

»Wie gut verstanden sich Francesco und Pietro?«

Die Zeugin zögert einen Augenblick: »Sie waren Freunde. Enge Freunde. Sie haben zusammen das Komitee gegründet.«

»Nachdem Pietro sich damit abgefunden hatte, dass er Sie verloren hatte, stritten sich die beiden nicht mehr?«

Francesca Nicoli lächelt. »Doch, doch, die beiden stritten sich unaufhörlich. Das gehörte bei ihnen dazu.«

»Warum stritten sie?«

»Wegen des Komitees. In welchem Café sie ihren Kaffee nehmen. Ob sie nach rechts oder links abbiegen. Sie hatten unterschiedliche Auffassungen zu allem, vor allem aber darin, was das Komitee erreichen sollte.«

»Erklären Sie das genauer!«

Sie beugt sich vor. »Wie gesagt: Es geht um die Kreuzfahrtschiffe. Sie zerstören Venedig. Wir wollen, dass sie verschwinden. Pietro ist der Meinung, das Hauptziel solle zunächst sein, dass die Kreuzfahrtschiffe nicht mehr vor dem Markusplatz entlangfahren. Francesco will ... wollte, dass sie ganz aus der Lagune verschwinden. Pietro ist zufrieden mit dem Projekt Venedig 2.0. Francesco hasste es.«

»Entschuldigen Sie, ich bin erst seit Kurzem in Venedig. Eigentlich erst seit gestern. Worum geht es bei Venedig 2.0?«

»Na ja, das ist der Plan, einen neuen Hafen zu bauen. An der Bocca del Porto di Lido soll ein neues Kreuzfahrtschiff-Terminal entstehen. Dann würden die Monster nicht direkt am Markusplatz vorbeifahren.«

»Francesco war gegen dieses Projekt?«

Tränen rollen über ihre Wangen. Sie will etwas sagen, aber ihre Stimme versagt. Stattdessen nickt sie heftig. Sie trocknet sich die Augen mit dem zerknüllten Taschentuch.

»Die Zeugin nickt«, sagt Morello ins Mikrofon und wendet sich ihr wieder zu: »Es ist wichtig, dass Sie diese Fragen so genau wie möglich beantworten.«

Erneutes heftiges Kopfnicken.

»Wer plant dieses Venedig 2.0?«

»Der Stahlkonzern Nuovo Acciaio. Sie haben einen Politiker an Bord, den wir alle nur Il primo nennen, den Ehemaligen. Er ist ein ehemaliger Mitte-links-Politiker, ehemaliger stellvertretender venezianischer Bürgermeister, ehemaliger stellvertretender Verkehrsminister der Regierung Prodi, ehemaliger Europarlamentarier, ehemaliger Was-weiß-ich-noch-alles.«

»Und Sie? Was halten Sie von dem Projekt?«

»Nichts. Das Komitee ist dagegen. Also fast alle.«

»Alle – außer Pietro?«

»Alle außer Pietro«, bestätigt sie.

»Was spricht dagegen?«

Sie blickt ihn aus verschmierten Augen empört an.

»Na, hören Sie mal, die Lagune ist in der Regel nur 1,5 Meter tief. Nur deshalb konnte Venedig auf Eichenpfählen gebaut werden. Der neue Hafen soll nicht ins Meer, sondern in die Lagune gebaut werden. Dazu muss sie weiter ausgebaggert werden, damit die Monster fahren können. Sie wollen weitere 2 300 000 Kubikmeter Lagunengrund ausgraben. Das bedeutet, dass eine höhere Fließgeschwindigkeit des Wassers in der Lagune entsteht, die den Untergrund wegspült. Venedig versinkt dann noch schneller. Francesco wollte überhaupt keine Kreuzfahrtschiffe mehr. Er war der Meinung, dass Venedig wieder …«, sie zögert einen Augenblick, »den Bewohnern zurückgegeben werden muss. Schluss mit dem Massentourismus. So drückte er das aus. Also, kein Hafen außerhalb. Überhaupt keine Kreuzfahrtschiffe mehr. Die Barbaren zurückdrängen.«

»Barbaren?«

»So nennen wir die Touristen. Venedig hat 56 000 Einwohner. Eine kleine Stadt. Pro Jahr müssen wir aber 30 Millionen Barbaren ertragen. Francesco wollte, dass das Komitee verlangt, dass diese Zahl gesenkt wird.«

»Und über diese Dinge stritten sie?«

»Ja. Und wie wir unsere Aktionen durchführen sollten.«

»Welche Meinung vertrat Francesco?«

»Francesco war der Überzeugung, dass wir streng legal sein müssen. Alles muss gut organisiert sein. Es ging darum, die Medien zu beeinflussen, die Politiker und so weiter. Er wollte, dass die Venezianer das Komitee unterstützen oder sich zumindest nicht gegen uns stellen. Deshalb sollten wir uns mit der Polizei gut stellen, Aktionen anmelden und so weiter.«

»Und Pietro?«

»Pietro hielt nichts von den Zeitungen und von den Politikern noch weniger.«

»Und wem folgte das Komitee?«

»Fast immer Francesco. Aber es gab immer Diskussionen. Vor jeder Aktion. Diskussionen sind natürlich gut, aber manchmal war es auch ermüdend.«

Zolan fragt: »Die beiden stritten sich also sehr oft?«

»Ja. Es war manchmal anstrengend mit ihnen.«

Zolan: »Wie kann ich mir das vorstellen? Was benutzten die beiden? Argumente, Hände? Stöcke? Oder Messer?«

»Messer? Unsinn! Sie versuchen, Pietro etwas anzuhängen. Er ist bestimmt kein Mörder. Wenn Sie so weiterfragen, gehe ich.«

»Möchten Sie ein Glas Wasser?«, fragt Morello.

»Von Ihnen möchte ich überhaupt nichts.«

Morello steht auf und holt eine Flasche Wasser und drei Gläser. Er geht zurück in den Vernehmungsraum, stellt die Gläser ab und gießt das Wasser ein. »Es tut mir leid. Wir sind alle etwas erschöpft«, sagt er. »Pietro und Francesco haben sich also mehrmals geprügelt, nicht wahr?«, fragt er sanft.

Francesca Nicoli trocknet die Tränen und nickt. Ihre Hand zittert, als sie das Glas an die Lippen hebt und einen Schluck trinkt.

»Ich möchte Sie noch etwas anderes fragen«, sagt Morello. »Wie kam Francesco mit seiner Familie zurecht? Unterstützte seine Familie die Aktionen des Komitees?«

Sie schüttelt heftig den Kopf. »Sie hatten kein so gutes Verhältnis. Francesco war das schwarze Schaf der Familie. Er war ein Rebell, und Rebellen mag man nicht in der Familie Grittieri.«

»Wie war sein Verhältnis zum Vater?«

»Er hat Francesco nie ernst genommen. Er dachte, die Sache mit dem Komitee würde vorbeigehen wie eine Grippe. Eine etwas länger andauernde Grippe. Es sei nichts als eine Laune. Er wollte, dass Francesco in sein Geschäft einsteigt.«

»Was für ein Geschäft?«

»Er ist Kunsthändler.«

Zolan beugt sich zu ihm herüber und flüstert ihm ins Ohr. »Ein sehr bedeutender Kunsthändler in Venedig.«

Morello fragt: »Gab es einen offenen Bruch zwischen Francesco und seinem Vater?«

»Offener Bruch? Ich weiß nicht recht. Francesco kam aus dem letzten Sommerurlaub sehr nachdenklich zurück. Er wirkte eine Zeit lang ganz in sich gekehrt. Dann zog er zu Hause aus.«

Francesca Nicoli schüttelt den Kopf und setzt sich aufrecht in ihrem Stuhl auf. »Francesco wollte unabhängig sein. Er mochte das Geschäft seines Vaters nicht. Er wollte etwas mit seinen eigenen Händen erschaffen. Deshalb ist er aus dem Palazzo Grittieri ausgezogen. Er suchte sich eine Wohnung und arbeitete.«

»Was arbeitete er?«

»Er wurde Gehilfe bei einem Gondelbauer im Viertel Dorsoduro, beim Bruder Carion. Er war sehr gut.«
»Das gefiel der Familie nicht?«
»Nein. Auch der Stiefmutter nicht. Sie war sauer, weil das Komitee den Geschäften mit den Kreuzfahrtschiffen schaden könne.«
»Das verstehe ich nicht.«
Morello bemerkt, wie Zolan neben ihm unruhig wird.
Francesca Nicoli sagt: »Frau Grittieri, Francescos Stiefmutter, hält Aktien an der Firma P. O. R. T. oder P. O. R. T. S. oder so ähnlich. Die machen große Gewinne mit den Kreuzfahrtschiffen. Wissen Sie das nicht?«
»Ich bin erst seit gestern in Venedig.« Morello drückt den Knopf des Aufnahmegerätes. »Frau Nicoli, wir danken Ihnen, dass Sie sich Zeit für uns genommen haben. Wir werden Sie über unsere Ermittlungen auf dem Laufenden halten. Bitte informieren Sie uns, falls Sie Venedig verlassen wollen. Ein Boot bringt Sie nach Hause.«

»Und?«, fragt Morello Zolan. »Was sagt dein Instinkt?«
»Mein Instinkt? Den schalte ich aus, wenn ich arbeite. Ich benutze lieber meinen Verstand.«
»Und was sagt dir dein Verstand?«
»Mein Verstand sagt, sie hat ein Motiv: Eifersucht.«
»Weiter. Ich bin neugierig, was dein Verstand so alles spricht.«
»Sie verfügt über medizinische Kenntnisse, und kräftig genug ist sie durch das Handballspielen auch. Über das Stadium des Frösche-Aufschneidens ist sie ja schon hinaus. Kompliment, Commissario, wie beiläufig Sie ihr das entlockt haben.«
»Was sagt dein Verstand noch?«
»Außerdem die beiden Hafenarbeiter – das ist ebenfalls eine Spur, die wir verfolgen müssen. Aber es wird schwierig, die beiden zu finden.«

»Und was denkst du über diesen Pietro?«

»Der hat sogar zwei Motive! Eifersucht und Rivalität. Das müssen wir uns genauer anschauen. Wir müssen wissen, ob seine Eifersucht tatsächlich verflogen ist. Außerdem ist die Rivalität in dem Komitee auch ein mögliches Motiv.«

»Für einen Mord?«

»Ein schwaches Motiv, zugegeben. Doch gebündelt mit Eifersucht – wer weiß? Im Affekt? Die Tat mit dem Messer, das mehrmalige Zustechen deuten auf Hass hin. Es könnte wirklich eine Beziehungstat sein.«

»Du hältst den Mord für eine Beziehungstat?«

»Ja. Erstens sind fast alle Morde Beziehungstaten. Zweitens: Das Messer ist eine intime Waffe. Man muss nahe an das Opfer herankommen. Man hat Körperkontakt und braucht Körperkraft. Nur unter hohem emotionalem Druck greift man zu einem Messer.«

»Mmh, was ist deiner Meinung nach unser nächster Schritt?«

»Wir müssen die Tatwaffe finden. Vielleicht befindet sie sich in der Wohnung von Francesca Nicoli. Oder in der Wohnung von Pietro Rizzo.«

»Gut. Besorge zwei Durchsuchungsbefehle. Wenn du sie hast, nimm ein paar Männer und durchsuche sofort ihre Wohnungen. Die Wohnung Rizzo durchsuchen wir erst, nachdem wir ihn verhört haben.«

»Das mache ich. Und was sagt Ihr Instinkt, Commissario?«

»Mein Instinkt sagt, wir sollten uns diese Hafengesellschaft näher anschauen.«

Zolan stößt mit einem zischenden Geräusch die Luft aus. »Warum denn das, Commissario? Es gibt keinen Hinweis, dass ...«

»Instinkt, Zolan. Du hast mich nach meinem Instinkt gefragt. Besorge mir die Liste der Firmen, die in diesem Hafen tätig sind.«

»Commissario, das ist Zeitverschwendung. Es gibt doch nicht die geringste Spur, die ...«

»Beeile dich damit und schick den nächsten Zeugen herein.«

»Commissario, die Hafengesellschaft ist eine heikle Sache. Als Venezianer sage ich Ihnen, die Hafenbehörde mag es gar nicht …«
»Gerade jetzt rührt sich mein Instinkt wieder. Besorg die Liste. Und vergiss die Durchsuchung nicht.«
»Vaffanculo«, murmelt Zolan und schlägt die Tür hinter sich zu.

Morello geht ins Nebenzimmer zu Viola Cilieni. Anna Klotze steht mit einer Espressotasse neben Mario.
»Anna und Mario, ihr kommt mit mir. Zur Vernehmung.«
»Super«, ruft Mario und klatscht in die Hände. »Ich war noch nie bei einem Verhör dabei.«
»Es ist eine Zeugenbefragung. Es sind Zeugen, keine Verdächtigen«, sagt Anna Klotze.
Marco Padoan ist dünn wie eine Sardelle und groß wie ein Basketballspieler. Schmales, langes Gesicht, so weiß, dass Morello sich fragt, ob der Zeuge sich geschminkt hat. So wenig Gesichtsfarbe kann man in Italien vermutlich nur hier im Norden bekommen. Schwarze Jeans, schwarzes, langarmiges T-Shirt und dazu die passenden Haare, dicht an den Kopf geklebt. Er studiert Philosophie an der Università Ca' Foscari. Sein Händedruck ist wie erwartet schwach.
Sie erfahren von ihm nichts Neues, außer dass Pietro Rizzo gut mit Messern umgehen kann. Francesco, Pietro Rizzo und er hätten vor einigen Jahren einen Kurzurlaub außerhalb Venedigs in der Foresta del Cansiglio am Fuße der Alpen verbracht. Dort lebten sie ein paar Tage ganz im Einklang mit der Natur und hätten neue Aktionen für das Komitee geplant. Pietro habe mit dem Messer zwei Fasane erlegt.

Anna Klotze führt Elena Colli in den Vernehmungsraum. Sie ist eine Schönheit, und an jeder ihrer Bewegungen sieht Morello, dass sie sich dessen bewusst ist. Die Art, wie sie um den Tisch herumgeht, den kurzen Rock gerade zieht, eine Strähne ihrer langen schwarzen Haare aus dem Gesicht streift, wie sie sich umblickt, Morello einschätzt, Mario Rogello einschätzt, Anna Klotze übersieht.

Was denkt sie, wo wir hier sind? Auf einem Laufsteg? Denkt sie, hier wird Italia's Next Topmodel gecastet?

Morello schaut kurz zu Anna Klotze hinüber und registriert ihr Stirnrunzeln. Rogello dagegen starrt die junge Frau fasziniert an. Sie bemerkt dies und lächelt verträumt.

»Ihren Namen, bitte.«

»Elena Colli«, haucht sie ins Mikrofon.

»Sie müssen lauter sprechen«, sagt Anna Klotze. »So verstehen wir Sie nicht.«

Die junge Frau zuckt mit den Schultern und sagt laut, klar und gelangweilt ihren Namen ein zweites Mal.

»Und weiter?«, fragt Anna Klotze genervt.

»Ich studiere Design an der Accademia di Belle Arti. Hier in Venedig.«

Nachdem sie auch ihr Alter, 23, und ihren Wohnort genannt hat, befragt Morello sie nach den Beziehungen innerhalb des Komitees.

»Beziehungen?«, fragt Elena Colli gedehnt zurück. »Sie wollen wissen, ob ich Beziehungen zu allen Mitgliedern hatte?«

»Das habe ich nicht gefragt, aber Sie können auch dies gerne beantworten.«

»Nicht zu allen, aber zu vielen.«

Morello bemerkt, wie Rogello das Mädchen mit wachsendem Interesse anschaut.

Anna Klotze bleibt unbeeindruckt.

»Können Sie genauer beschreiben, mit wem Sie welche Beziehung hatten?«, fragt Morello.

»Sie wollen wissen, mit wem ich Sex hatte.«

Rogellos Augen werden größer.

»Ihr Sexualleben interessiert mich so sehr wie das der Miesmuscheln in der Lagune. Ich möchte wissen, ob Sie in irgendeiner näheren Beziehung zu Francesco Grittieri und Pietro Rizzo gestanden haben oder immer noch stehen.«

Rogello schaut enttäuscht zu Morello.

Anna wirft ihm einen bösen Blick zu.

»Francesco war nicht so mein Typ«, sagt Elena Colli. »Zu clean – wenn Sie wissen, was ich meine ...«

»Nein«, sagt Anna Klotze. »Wir wissen nicht, was Sie meinen.«

»Sex mit Francesco ging nicht ohne reden. Er wollte ständig reden.« Sie dehnt das Wort, als würde ihr davon übel. »Über Beziehung und Liebe und so. Wir haben einmal miteinander ... Es war o.k. Aber danach wollte er ständig reden. Über seine Gefühle für mich und seine Gefühle für Francesca. Es war schrecklich. Das machst du nie wieder, dachte ich.«

»Und Pietro?«, fragt Morello.

»Mit Pietro war alles frei. Er ist aufregend, charismatisch und sehr sexy. Manchmal etwas unbeholfen, aber auf eine sehr erotische Art. Wir haben es ein paar Mal miteinander gemacht. Es war immer großartig.« Sie lächelt versonnen und sieht dann zum ersten Mal Anna Klotze an. »Pietro ist ein echter Mann. Er hat Feuer im Blut. Er kümmert sich nicht so sehr um einen – währenddessen ... Sie wissen schon. Er will es einer Frau nicht recht machen, aber grade deshalb reißt er sie mit. Ich hatte bei ihm immer das Gefühl, von einem Löwen gerissen zu werden.«

Rogello sieht die Frau mit offenem Mund an. Morello stößt ihn unter dem Tisch mit dem Fuß, der junge Polizist schließt den Mund wieder und notiert sich schnell etwas auf einem Blatt Papier. Anna Klotze betrachtet die junge Frau interessiert, distanziert und professionell.

Sie rutscht auf dem Stuhl nach vorne und schenkt Morello einen langen Blick. »Wenn ich mit Pietro zusammen war, spürte ich noch nach zwei Tagen meine Nippel.«

In diesem Moment mit einem Schlag ein Bild – mit Sara auf der

*kleinen Baita, einer Berghütte auf dem Ätna. Sie steht nackt vor
dem Fenster. Früher Morgen. Er liegt noch im Bett. Blinzelt unter
dem Kopfkissen nach ihr. Kann sich nicht sattsehen. Sie hebt ihre
Brüste mit beiden Händen, als wolle sie sie ihm schenken. Ihr Lachen. So hell. So schön. So unvergesslich. »Antonio, schau sie dir
an! Bei dir müssen sie einiges aushalten.«*

»Commissario?«, fragt Anna Klotze gedehnt.

Morello hebt rasch den Kopf. »Feuer ... also Pietro hat also
Feuer im Blut«, sagt er. »War er eifersüchtig, als Francesca ihn
verließ?«

Elena Colli lacht leise. »Nicht ... nicht wirklich. Ich glaube
sogar, er war froh. Er war wieder frei. Frei für, nun ja, andere
Erfahrungen. Francesca und Francesco – die klingen nicht nur
ähnlich, sie passten auch viel besser zusammen. Sie redeten
beide gerne stundenlang über ihre Gefühle.«

Sie gähnt demonstrativ.

Doch dann ändert sich für einen Augenblick etwas in ihrem
Gesicht. Kurz nur, nicht einmal eine Sekunde lang blickt Morello in eine trostlose Traurigkeit. Aber dann streift sie wieder
das Haar zurück und ist wieder die gelangweilte Schönheit wie
zuvor. Der Tod Francescos hat sie tief getroffen, denkt Morello.
Denn es hat sie sehr verletzt, dass er sie verlassen hat. Und uns
spielt sie das Gegenteil vor.

Morello betrachtet sie nachdenklich. Dann sagt er: »Kommen
wir zu Francesco und Pietro zurück. Die beiden stritten sich
des Öfteren ...?«

Sie schüttelt den Kopf. »Streiten würde ich das nicht nennen. Sie
diskutierten und waren selten einer Meinung. Francesco wollte
die ganze Stadt auf den Kopf stellen, Pietro wäre damit zufrieden
gewesen, wenn diese dämlichen Kreuzfahrtschiffe nicht mehr
am Markusplatz vorbeifahren und alles kaputt machen.«

»Sie wollen uns weismachen, die beiden hätten sich nie ernsthaft gestritten?«

»Doch, das gab es schon. Francesco hat die Abstimmungen in
unserem Komitee meistens gewonnen. Das regte Pietro immer

wahnsinnig auf. Er ist sehr, sehr heißblütig, müssen Sie wissen. Aber die beiden waren Freunde. Am nächsten Tag war alles vergessen.«

Morello drückt den Ausschalter des Aufnahmegerätes. »Ich danke Ihnen, dass Sie sich Zeit genommen haben.«

Rogello blickt ihn enttäuscht an.

»Ich bringe Sie zum Ausgang«, sagt er schnell.

Als Mario Rogello die Tür zum Vernehmungszimmer wieder öffnet, sitzen Anna Klotze und Morello noch immer dort und blättern in ihren Notizen.

»Nun, was ist euer Eindruck von der Zeugin?«, fragt Morello.

»Ein beeindruckendes Mädchen«, sagt Rogello und setzt sich.

»Der Kommissar meint, ob sie möglicherweise ein Motiv …«

»Das glaube ich nicht«, sagt Rogello.

»Warum nicht?«, fragt Morello.

»Ich weiß nicht. Gefühlssache.«

»Wenn ihre … Offenheit in sexuellen Dingen nur gespielt war, verbirgt sich dahinter möglicherweise Eifersucht. Vielleicht sogar sehr heftige. Möglicherweise hat nicht nur Pietro Feuer im Blut«, sagt Anna Klotze.

»Danach müssen wir ihn befragen«, sagt Morello. »Wer kommt jetzt?«

Luca Salvon ist bereits dreißig Jahre alt und studiert immer noch – Economia e Commercio, an der Università Ca' Foscari. Er ist beim Komitee von Anfang an dabei.

»Francesco hat mich überzeugt. Ich habe nicht lange überlegt. Ich kenne ihn schon sehr lange. Unsere beiden Familien sind häufig zusammen in den Urlaub gefahren. Francesco und ich sind quasi zusammen aufgewachsen. Mein Gott, ich kann es immer noch nicht fassen, dass er nicht mehr leben soll. Mir kommt alles vor wie ein Traum. Ich hoffe, dass ich bald aufwache, weil Francesco vor der Tür steht, mich abholt und wir in eine Bar gehen. Dann erzähle ich ihm von diesem Albtraum.« Er rutscht auf dem Stuhl hin und her. Anna Klotze schiebt ihm einen Pappbecher mit Wasser über den Tisch. Luca bedankt sich mit einem Blick und trinkt hastig. Morello betrachtet ihn. Er ist nicht direkt dick, aber doch schon mehr als stämmig. Seine Oberschenkel dehnen die Jeans von Dolce & Gabbana. Dunkelblaues T-Shirt von einer Marke, die Morello nicht kennt. Sieht teuer aus. Das Gesicht ist von den beiden hängenden Pausbacken geprägt. Glänzende, fette Haut. Die braunen Augen erinnern Morello an einen jungen Hund, der noch nichts von dem Hundeleben weiß, das ihm bevorsteht.

»Wie war das Verhältnis von Francesco und Pietro?«, fragt Morello.

»Jeder war des anderen bester Freund.«

»Wir haben heute schon mehrmals gehört, dass sie sich oft gestritten haben«, sagt Anna Klotze.

»Sie haben sich nicht oft gestritten. Sie stritten sich immer. Wegen allem. Trotzdem waren sie Freunde. Beste Freunde. Sie haben das Komitee gegründet.«

»Sie stritten sich und waren beste Freunde? Wie funktioniert so etwas?«, fragt Anna Klotze.

»Sie waren eben so. Schon immer. Sie stritten sich. Manchmal sogar heftig. Am nächsten Tag hatten sie es beide wieder vergessen. Ihre Freundschaft blieb von den Streitereien unberührt. Das war ihre Regel Nummer eins.«

»Wie verstand sich Francesco mit seinem Vater?«

»Schwierig. Die beiden waren sehr verschieden.«

»Haben Sie einen Streit zwischen den beiden miterlebt?«

Nicken.

»Erzählen Sie.«

Luca atmet tief durch. »Das war im Sommer, im August. Wir waren zusammen mit Familie Grittieri in Sizilien. Sein Vater hatte gerade ein Schiff gekauft. Luxussegelschiff. 20 Meter lang. Genug Platz für zwei Familien. Wir segelten von Venedig nach Palermo. Es war toll. Dekadent, aber toll. Bis wir in Sizilien ankamen. Dann zogen wir in ein großes Hotel. In Palermo. Großes Kino. Teuer, teuer. Meine Familie ist … also mein Vater verdient schon, aber die Grittieris … kein Vergleich.«

»Was geschah dann?«

»Irgendwann fuhr Francesco mit seinem Vater in das Stadtzentrum. Sein Papa hatte etwas Geschäftliches zu erledigen, und Francesco ist mitgefahren. Als sie am Abend zurückkamen, haben sie sich gestritten. Ziemlich heftig.«

»Wissen Sie worüber?«

Luca Salvon schüttelt den Kopf.

»Sie müssen ins Mikrofon sprechen.«

»Ich weiß es nicht.«

»Sie haben gehört, dass sich Vater und Sohn gestritten haben, aber Sie haben nicht gehört worüber?«, fragt Anna Klotze stirnrunzelnd.

»Sie schrien sich an. Im Hotel. Ich war im Nachbarzimmer. Ich habe den Streit durch die Wand gehört. Sie waren laut, aber ich weiß nicht mehr, warum sie sich stritten. Vielleicht wollte ich es auch nicht wissen. Ich erinnere mich aber gut an das klatschende Geräusch, als Herr Grittieri Francesco ins Gesicht geschlagen hat.«

»Herr Grittieri hat Francesco geschlagen?«, fragt Anna Klotze.

»Zweimal.«

»Ins Gesicht?«

»So klang es.«

»Und dann?«

»Ab diesem Abend war der Urlaub die Hölle. Francesco redete mit seinem Vater kein Wort mehr. Eigentlich nie mehr wieder. Die Stimmung war ruiniert. Meine Eltern wussten nicht, wie sie sich verhalten sollten. Alles war mit einem Schlag peinlich und schlimm. Wir waren froh, als wir dann nach Venedig zurückflogen.«

»Hat Francesco mit Ihnen über diesen Vorfall gesprochen?«, fragt Morello.
»Ich habe ihn gefragt, aber er wollte darüber nie reden.«
»Nie?«
»Nie.«
»Noch eine andere Frage«, sagt Morello. »Wissen Sie noch, wie das Hotel in Palermo hieß, in dem Ihre beiden Familien ihren Urlaub verbracht haben?«
Luca Salvon runzelt die Stirn. »Ja, das hieß … Villa Igiea.«
»Danke«, sagt Morello und lehnt sich zurück.
Jetzt laufen Tränen aus Luca Salvons Augen. Er scheint es jedoch nicht zu bemerken. Seine rechte Hand greift nach dem Pappbecher und drückt ihn zusammen. Wasser schwappt auf den Tisch.
»Sie können jetzt gehen. Doch bitte verlassen Sie Venedig nicht. Wir werden Sie bestimmt noch einmal befragen. Rogello besorgt Ihnen ein Boot.«
Zitternd steht Luca Salvon auf. Rogello begleitet ihn und stützt ihn am Arm.

»Villa Igiea«, sagt Morello. »Sieh mal an …« Dann: »Florio!«
Anna Klotze hebt den Kopf: »Florio? Entschuldigen Sie, Herr Kommissar, aber wir haben keinen Zeugen namens Florio.« Sie blättert in ihrer Liste. »Nein, haben wir nicht.«
»Ich weiß. Es werden nur gerade alte Erinnerungen wach.«
Anna Klotze sieht ihn von der Seite an. »Lassen Sie mich teilhaben, Commissario?«
Morello verschränkt die Hände hinter seinem Kopf. »Dieses Hotel, die Villa Igiea, wurde von der Familie Florio gekauft, eine der bekanntesten Familien Siziliens. Berüchtigte Mafiosi übernachteten und versteckten sich in diesem Hotel. Der berüchtigte Mafiakiller Leoluca Bagarella, der Schwager von Totò Riina, und viele andere …«

»Sie meinen den Totò Riina? Il capo dei capi?«

»Genau den meine ich. Totò Riina, der Boss aller Bosse, auch die Bestie genannt. Und in demselben Hotel hat auch Giulio Andreotti übernachtet; am 20. September 1987, weil er am nächsten Tag ein Treffen mit Totò Riina hatte.«

»Andreotti war dort im Hotel?«

»Ja, Andreotti. Damals war er nicht Ministerpräsident, sondern Außenminister. Aber egal, welchen Posten er hatte: Andreotti war immer der Chef.«

Anna Klotze atmet schneller. »Commissario, nur damit wir uns richtig verstehen: Sie erzählen mir gerade, dass es ein Treffen von Andreotti und Totò Riina gab? Ganz offiziell? Der wichtigste Politiker Italiens reist zu einer Konferenz mit dem großen Mafiaboss, einem vielfachen Mörder, der mit internationalem Haftbefehl gesucht wird? Das erzählen Sie mir gerade, Commissario?«

»Genau.«

Anna Klotze wendet sich ab. Sie glaubt mir nicht, denkt Morello. Sie hält mich für verrückt.

»Wir reden ein anderes Mal darüber, Anna.«

»Das sind doch alles nur Verschwör… also, sehr gewagte Theorien, Commissario.«

»Ein anderes Mal, Anna. Aber glaub mir, ich bin kein Theoretiker.«

»Ich hab gerade gegoogelt, Commissario«, sagt Anna Klotze und schaut von ihrem Handy auf. »Das ist ein ganz normales Luxushotel, in dem die Grittieris und die Familie von Luca Salvon ihren Urlaub verbracht haben.«

»Sicher, Anna, sicher«, sagt Morello. »Ein ganz normales Luxushotel.«

Und er schreibt in sein Notizbuch:

Villa Igiea → Florio → Palermo → Mafia → Grittieri.

Marta Calloni, 31 Jahre alt, schreibt gerade an ihrer Master-arbeit über die Korruption bei MO.S.E. – Modulo Sperimentale Elettromeccanico, dem Sturmflutsperrwerk, das derzeit in der Lagune von Venedig installiert wird und das das historische Zentrum der Stadt vor Acqua alta schützen soll.

Marta Calloni wirkt auf Morello wie das Gegenteil von Elena Colli. Sie hat ein spitzes, waches Gesicht, trägt eine Brille aus Metalldraht und hat lange dünne Haare, die, von einem akku-raten Mittelscheitel getrennt, einfallslos rechts und links von ihrem Gesicht herabfallen. Sie wirkt schüchtern und fühlt sich als Zeugin sichtlich unwohl.

Sie hat erst mit 24 Jahren angefangen zu studieren. Vorher hatte sie drei Jahre bei dem Fernsehsender Rai als Masken-bildnerin gearbeitet. Die Aussicht, ihr Leben lang Gesichter zu schminken und falsche Bärte aufzukleben, habe sie jedoch so deprimiert, dass sie sich doch noch entschlossen habe, ein Stu-dium zu beginnen.

»Haben Sie es bereut?«

»Keinen Tag.«

Über das aktuelle Geschehen im Komitee könne sie nicht viel erzählen. Seit über einem Jahr sitze sie fast den ganzen Tag lang an ihrer Masterarbeit. Außerdem kann sie sich in Vene-dig keine Wohnung leisten und muss deshalb in Mestre in einer WG wohnen. Sie hasse die Kreuzfahrtschiffe und die Umwelt-verschmutzung, die sie in der Stadt verursachen. Zu den Demos und Aktionen sei sie immer gekommen, doch die endlosen Diskussionen im Komitee habe sie nicht mehr ertragen können. Deshalb habe sie die Sitzungen häufig geschwänzt.

»Erzählen Sie uns von Ihrer Masterarbeit«, sagt Morello, um sie abzulenken.

»Das interessiert Sie?«

»Ja. Ich gebe mir Mühe, diese Stadt kennenzulernen. Be-sonderes die dunklen Teile dieser Stadt. Und MO.S.E. scheint mir ein sehr dunkler Teil zu sein. Oder?«

Marta Calloni nickt zustimmend. »Das Hochwasser zu stoppen

ist eigentlich eine gute Idee. Nur, das Projekt MO.S.E. wird dieses Ziel nicht erreichen. Das Hochwasser ist eigentlich nur ein Vorwand, um öffentliche Gelder in die Taschen von Bauunternehmern umzuleiten. Der Auftrag, MO.S.E. zu bauen, wurde ohne Ausschreibung an ein Konsortium von Bauunternehmen erteilt. Und nun wundert sich jeder, dass unendlich viel Beton in die Lagune gekippt wird und Millionen Euro in den Taschen von Bauunternehmern und Politikern verschwunden sind. Und die Kosten steigen weiter und weiter. Und das Hochwasser überflutet die Stadt wie eh und je.«

»Beton?«, fragt Morello. »Da hat die Mafia sicher gut verdient.« Marta Calloni schaut den Kommissar skeptisch an. »Mafia? Bei meinen Recherchen habe ich keine Hinweise auf die Mafia gefunden. Es handelt sich um die gute alte vielfach erprobte venezianische Korruption. Immerhin musste der Bürgermeister von Venedig deshalb ins Gefängnis.«

»Das ist naiv. Wo Beton ist, da ist auch die Mafia.«

»Sie täuschen sich, Herr Kommissar. Ich habe mich intensiv mit dem MO.S.E.-Skandal beschäftigt. Es gibt kein Spuren der Mafia.« Marta Calloni schüttelt den Kopf.

Ohne es zu wollen, wird Morello lauter. »Das ist sehr naiv, Frau Calloni. Die Mafia ist im Baugewerbe überall. Erst recht bei Großprojekten. Sie verharmlosen …«

»Commissario«, sagt Anna Klotze mahnend. »Wir vernehmen die Zeugin nicht zu MO.S.E.«

»Sie denken, die Mafia macht ihre Geschäfte nur in Sizilien! Das ist ein großer Irrtum. Seit Jahren ist die Mafia auch in Mailand, Turin, Genua, Rom und bestimmt auch in Venedig – bei einem so großen Projekt wie MO.S.E.«

»Commissario!!!« Anna Klotze ist laut geworden.

Morello sieht sie verwirrt an. »Entschuldigung, Anna. Ich glaube, ich brauche dringend eine Pause.«

»Ja, das glaube ich auch«, sagt Anna Klotze ärgerlich zu Morello und sanft zu Marta Calloni: »Sie können gehen.«

Als sie allein sind, sagt Anna Klotze: »Jedes Mal, wenn Sie über

die Mafia reden, werden Sie …«, sie ringt um die richtigen Worte, »anders … irgendwie ein bisschen obsessiv.«
Morello reibt sich mit der Hand über die Augen, als wäre er gerade wach geworden. »Ist schon gut, Anna. Gehen wir ins Café!«
Anna Klotze nickt. »Und dann vernehmen wir Pietro Rizzo. Ich bin gespannt – der Auftritt unseres Hauptverdächtigen.«

Auf dem Weg ins Café ruft er Zolan an.
»Wir haben genügend Hinweise, dass Pietro Rizzo mit Francesco Grittieri um Frauen und die Führung im Komitee konkurriert hat. Er ist außerdem impulsiv und aufbrausend. Wenn du die Liste mit den Firmen von der Hafengesellschaft hast, komm so schnell wie möglich ins Kommissariat … Ja, ich weiß. Wir müssen alle … Du bist mein Stellvertreter, also beeil dich. Was? Die Adresse? Wissen wir noch nicht, wir müssen ihn noch befragen.«
Morello steckt das Handy in die Gesäßtasche und sagt zu Anna Klotze: »Jetzt brauch ich wirklich einen Espresso. Und zwar einen Doppio.«

Als Pietro Rizzo, begleitet von Rogello – der ihn nicht aus den Augen lässt –, den Vernehmungsraum betritt, senkt Morello für eine Zehntelsekunde den Blick, um seine Überraschung zu verbergen. Rizzo, gekleidet in eine dunkle, derbe Jeans, dunkelblaues, etwas zu großes T-Shirt, hellblaue Turnschuhe, sieht aus, als hätte ein Zeichner einen Gegenentwurf zu dem Ermordeten entworfen. War Francesco Grittieri groß und auf attraktive Art schmal gewesen, so wirkt Rizzo deutlich kleiner, gedrungener und vor allem kräftiger. Erinnerte der junge Grittieri mit seinem blonden Lockenkopf an die Figur eines Erzengels auf einem Tintoretto-Gemälde, so gibt Rizzo das Vorbild für die Figur eines Fischers ab: kräftige Schultern, ausgeprägte Bizepse, schmale Hüften, kurz geschnittene, schwarze Haare, dunkle, fast schwarze Augen, die in einer durchsichtigen Flüssigkeit zu schwimmen scheinen. Waren Grittieris Hände schmal und feingliederig wie die eines Künstlers, so stützt sich Rizzo nun mit zwei großen, schweren Pranken auf den Tisch – wie ein Bär, denkt Morello. Es sind Hände wie geschaffen, jemanden zu erwürgen. Hände, die ohne Probleme mit großer Kraft mit einem Messer zustechen können.

Mit einer kraftvollen Handbewegung stoppt Pietro Rizzo Rogello, der ihm den Stuhl vom Vernehmungstisch zurückziehen will, packt den Stuhl an der Lehne, zieht ihn vor, setzt sich, legt die Hände auf den Tisch, mustert Anna Klotze und sieht dann Morello aus diesen merkwürdig schwimmenden Augen an, die jede Emotion zu verstecken scheinen oder die vielleicht doch nur Trauer über den Tod des besten Freundes ausdrücken.

Während Morellos Blick in den Augen des Zeugen versinkt, versteht er plötzlich die Beziehung zwischen den beiden jungen Männern, die so verschieden sind. Sie sind miteinander verbunden gewesen, weil ein jeder offenbar im Übermaß besaß, was dem anderen fehlte. Von Francesco Grittieris Feinheit und Sensibilität spürt Morello bei Rizzo – nichts. Stattdessen strahlt er überlegene Kraft und Selbstsicherheit aus, etwas, für das der weiche Grittieri vermutlich tiefe Bewunderung empfand. Morello sieht die Gegensätze, die in dieser Freundschaft zusammengefunden haben: der arme und der reiche Junge, Freiheit und Ordnung, Kraft und Geist, Instinkt und Kultur, pragmatisches und radikales Denken. Jeder der beiden für sich genommen war unvollständig, aber zusammen sind sie wahrscheinlich unschlagbar gewesen. Er kennt eine solche sich ergänzende Struktur zwischen zwei Menschen gut.

Weißt du, was ich an dir so liebe, Antonio? Sara, den Kopf federleicht auf seine Achselhöhle gelegt. Seinen Geruch in langen Zügen einatmend. Mmh, ich habe etwas, was du nicht hast. Zu-

friedenes Kichern. Stimmt, aber nicht, wie du es meinst. Was ich an dir bewundere: Du weißt immer, was richtig ist. Weißt du, was ich meine? Ich glaube nicht. Du musst nie überlegen, was du als Nächstes tun wirst. Ich mache ständig Listen, wäge ab, bemühe moralische Urteile, Philosophien, lese Bücher über das richtige Leben oder die richtigen Gedanken und die guten Taten, du folgst einfach deinem inneren Kompass. Und überlegst nie, was es kostet. Wir sind Kopf und Bauch, Tarzan und Jane, wir sind … Ich bin Tarzan? Im Dschungel von Sizilien? Um Himmels willen.

»Commissario?« Anna Klotzes Stimme kommt von weit her.

Sara hat recht gehabt. Ich bin ein kopfloser Idiot gewesen.

»Commissario?« Anna Klotzes Stimme, lauter und drängender.

Morello taucht wieder auf. Er bittet Pietro Rizzo, laut und deutlich seinen Namen, seine Adresse und sein Alter zu nennen.

»Pietro Rizzo, 28 Jahre alt. Ich studiere Philosophie an der Università Ca' Foscari und wohne in Via Papa Giovanni XXIII, Mestre. Es ist ein Studentenheim. Bevor ihr fragt: Ja, ich kann mir ein Zimmer in Venedig nicht leisten.«

Morello ist nicht erstaunt, eine kräftige, warme Stimme zu hören.

»Wir suchen den Mörder von Francesco Grittieri, der Ihr enger Freund war. Wissen Sie oder ahnen Sie, wer ihn umgebracht haben könnte?«

Rizzos Augen scheinen noch mehr in der glasklaren Flüssigkeit zu verschwimmen. »Ich bin kein besonderer Freund der Polizei«, sagt er, »aber ich wünsche von ganzem Herzen, dass Sie Erfolg haben und Francescos Mörder finden. Ich helfe, wo ich nur kann.«

»Dann wiederhole ich meine Frage: Wissen Sie oder ahnen Sie, wer ihn umgebracht haben könnte?«

»Ja, klar«, sagt er.

Morello greift nach seinem Schreibblock. »Ich höre.«

»Das liegt doch auf der Hand, oder?«

»Wissen Sie, wer Francesco erstochen haben könnte? Haben Sie einen Verdacht?«

»Wir haben einigen mächtigen Leuten in die Eier getreten. Haben ihre Geschäfte gestört. Kreuzfahrtschiffe sind ein großes Geschäft.«

»Das ist eine enttäuschend allgemeine Antwort. Ich versuche, die Frage präziser zu stellen. Kennen Sie Personen? Können Sie mir Namen nennen?«

Rizzo schnaubt ärgerlich. Er macht eine wegwerfende Handbewegung. »Folgen Sie der Spur des Geldes«, sagt er.

Morello stutzt. »Ich gehe auch ins Kino. ›Die Unbestechlichen‹ mit Robert Redford und Dustin Hoffmann. Ich habe allerdings etwas konkreter gefragt. Mich interessieren Namen, Personen.«

»Die legen mich als Nächsten um«, sagt der Zeuge. »Sie wollten das Komitee treffen. Und das haben sie.«

»Sie wissen also nichts Konkretes. Sie haben das Komitee gegen die Kreuzfahrtschiffe zusammen mit Francesco Grittieri gegründet?«

»Ja.«

Morello lehnt sich im Stuhl zurück und schließt die Augen. Mit der linken Hand gibt er Anna Klotze ein Zeichen: Mach du mit der Befragung weiter. Sie schaut verblüfft zu ihm herüber. Morello wiederholt die Geste mit geschlossenen Augen.

»Äh, wann haben Sie sich kennengelernt?«, fragt sie.

»Wer sagt denn, dass der Irre, der Francesco getötet hat, nicht auch noch andere Komiteemitglieder umbringt? Haben Sie schon einmal darüber nachgedacht, uns zu schützen? Mich zu schützen, zum Beispiel?«

Morello konzentriert sich auf den Sound von Pietro Rizzos Stimme. Er will nicht verstehen, was er sagt, sondern *wie* er spricht. Er hört auf Tonlage, Sprachmelodie, Sprechgeschwindigkeit, die Pausen zwischen den Wörtern, achtet auf das nahezu unmerkliche Zittern oder Zögern in der Stimme, das einer Lüge vorausgeht. Vor seinen geschlossenen Augen verwandeln sich die Töne in eine lang gezogene Kurve, die er lesen kann und die ihm mehr verrät als die Bedeutung der

Sätze. Rizzo spricht immer noch tief, doch monoton und flach wie ein Trauernder.

»Beantworten Sie bitte meine Frage«, hört er Anna Klotze sagen. Ihre Stimme klingt gepresst.

»Das tue ich gerne, aber ich weise Sie darauf hin, dass da draußen jemand herumläuft, der offenbar einen sehr großen Hass auf uns hat.«

Es liegt keine Empörung in Rizzos Stimme. Er spuckt die Wörter nicht aus wie jemand, der aufgebracht oder zornig ist. Es ist ein gleichförmiger Strom ohne Auf und Ab in der Melodie seiner Sprache. Vor ihm sitzt ein zutiefst trauriger Mensch.

»Wir wissen das«, sagt Anna Klotze. »Beantworten Sie bitte trotzdem meine Frage.«

»Es war im April 2013. An der Uni. Es gab Proteste gegen die Wiederwahl des Staatspräsidenten Giorgio Napolitano, nachdem er kurz zuvor aus formalen Gründen zurückgetreten war. Napolitano, der große Schurke, bildete die neue italienische Regierung mit einer Großen Koalition – geführt von Pierluigi Bersani und Silvio Berlusconi. Die einzige Opposition war damals die Fünf-Sterne-Bewegung. Es ging nur um Macht. Nicht um Bildung oder Kultur. In Venedig haben viele Menschen protestiert, besonders wir Studenten. Alle Fakultäten machten mit. Es war ein großes Ding, großartig. Auf einer dieser vielen Versammlungen haben wir uns kennengelernt.«

Antonio Morello spürt den fragenden Blick Anna Klotzes auf sich ruhen wie schwere, nasse Kleider. Versteht sie nicht, was er tut? Er beugt sich, immer noch mit verschlossenen Augen, zu ihr hinüber und flüstert in ihr Ohr: »Man muss blind sein, um das Wesentliche zu sehen!«

Er spürt ihre Unruhe, die nicht weichen will. Versteht sie denn immer noch nicht? Nicht die Augen, die Stimme ist der Spiegel der Seele. Mimik und Gestik kann jeder kleine Gauner verändern, doch die Stimme ist so eng an das vegetative Nervensystem gekoppelt, dass sie der aktiven Kontrolle weitgehend entzogen ist. Es ist der Kehlkopf, der auf Gefühle ungefiltert reagiert. Selbst herausragende Schauspieler haben Schwierigkeiten, die Stimme zu kontrollieren. Morello atmet tief ein und aus, hält die Augen immer noch geschlossen, konzentriert sich nur auf den Ton von Pietro Rizzos Worten.

»Können Sie etwas genauer schildern, wie Sie sich kennengelernt haben?«, hört er Anna Klotze fragen.

Morello hört den Ärger in ihrer Stimme.

Das Unverständnis.

»Wir haben beide eine Rede gehalten. Francescos Rede war besser, fand ich. Als er vom Podium stieg, bin ich zu ihm gegangen und habe ihm das gesagt. Er freute sich über mein Kompliment. Er sagte, er habe meine Rede besser gefunden, kraftvoller sei sie gewesen. Dann fingen wir an zu reden, über das Studium, unsere Interessen, und wir bemerkten die vielen Gemeinsamkeiten, die wir hatten. Seit dieser Begegnung haben wir uns fast jeden Tag getroffen und irgendwann entschieden wir uns zusammen mit anderen Freunden, etwas für unsere Stadt zu tun. Wir sind beide Venezianer, obwohl ich jetzt in Mestre wohnen muss.«

»Das war für Sie sicherlich interessant, mit einem Jungen aus so einem reichen Elternhaus befreundet zu sein«, sagt Anna Klotze, mit der kräftigen Stimme, die sie auszeichnet. Sie fühlt sich nun wieder sicherer.

»Stimmt«, sagt Pietro Rizzo. »Man lernt eine andere Art von Elend kennen.«

Pietros Sprechgeschwindigkeit wird schneller. Morello hört Ungeduld.

Pietro bittet um ein Glas Wasser.

Morello gibt Rogello ein Zeichen. Er hört das Stuhlrücken, als er aufsteht. Er hört Rogellos leichte Schritte, das Knistern von irgendetwas, wieder Schritte, das schabende Geräusch, als Rogello den Pappbecher über den Tisch zum Zeugen schiebt, wieder Schritte, wieder das Schleifen von Rogellos Stuhl auf dem Boden, das glucksende Geräusch, als Pietro trinkt.

Dann sagt der junge Mann: »Ich habe Francesco nicht getötet! Er war mein bester Freund.«

Morello sagt, immer noch mit geschlossenen Augen: »Wir haben gehört, dass Sie sich oft gestritten haben.«

Heiseres, überraschtes Lachen. »Nein, nicht oft: Wir haben *immer* gestritten. Wir haben uns einen Spaß daraus gemacht. Francesco und ich haben den Streit untereinander gewissermaßen kultiviert. Es war unser Markenzeichen.«

»Sie sagen, es ging bei Ihrem Streit um nichts Ernstes? Nicht um Francesca?«

Pietro Rizzos Stimme wird rauer, vorsichtiger. »Nein, Francesco war genau der richtige Freund für Francesca. Bei ihm war sie glücklich.«

Er macht eine kleine Pause, und als er dann spricht, liegt seine Stimme eine halbe Oktave tiefer. »Bei mir war sie es nicht.«

»Keine Eifersucht?«

»Das ist alles lange her.«

Pietro Rizzos Stimme ist klar und zittert nicht.

»Wollten Sie nicht Anführer der Gruppe sein? Und Francesco stand Ihnen im Weg?«

Verblüfftes Lachen auf der anderen Seite des Tisches.

»Wir sind kein Indianerstamm. Wir haben keinen Häuptling. Keinen Anführer. Wir besprechen unser Vorgehen und beschließen es einvernehmlich und solidarisch.«

»Zwischen Francesco Grittieri und Ihnen gab es nie Meinungsverschiedenheiten?«, fragt Anna Klotze.

»Doch.« Rizzos Stimme dehnt sich.

»Welche? Sie wollen doch mit der Polizei kooperieren. Dann lassen Sie sich doch nicht jedes Wort aus der Nase ziehen.«

Zögern in der Stimme des Zeugen. »Nun«, sagt Rizzo, »es ging uns um die Kreuzfahrtschiffe. Ich wäre als erstes Ziel durchaus damit zufrieden gewesen, wenn ihnen die Durchfahrt am Markusplatz verboten wird. Francesco dagegen … Für ihn galt nur der große Wurf. Die ideale Lösung.«

Erneutes Zögern.

»Ich höre«, sagt Anna Klotze.

»Ihm geht es … ging es darum, dass der Massentourismus in Venedig beendet wird.« Morello hört, wie der Atem des Zeugen schneller geht, er stößt die Worte nun heftig aus.

»In gewisser Weise hat er recht. Der Massentourismus zerstört Venedig. Aber ich wollte, dass wir uns ein erreichbares Ziel setzen. Zunächst die Durchfahrt der Monster am Markusplatz stoppen. Dann sehen wir weiter.«

»Sie wollen die Touristen aus Venedig vertreiben?«, fragt Anna Klotze und runzelt die Stirn.

»Ich bin ein Träumer und deshalb ein Realist«, sagt Pietro Rizzo. »Ich bin für nachhaltigen Tourismus, dafür, dass …«

»Was meinen Sie mit nachhaltigem Tourismus?«, mischt sich Rogello zum ersten Mal ein. »Einen neuen Hafen am Lido?«

»Das wäre eine Erleichterung. Ja, das ist meine Meinung.«

»Aber nicht die von Francesco Grittieri?«, fragt Anna Klotze.

Rizzo lehnt sich etwas zurück. Seine Stimme ist wieder ruhig, klar und dunkel. »Francesco ließ keine andere Meinung gelten. Seine Argumente waren: Kreuzfahrtschiffe sind nicht nachhaltig. Touristen kommen mit einem stinkenden Schiff in die Stadt. Sie zerstören die Fundamente der schönsten Stadt der Welt. Die Abgase zerstören die Fassaden. Die 3 000 oder 4 000 Passagiere pro Schiff verstopfen die Straßen und Wege. Sie besuchen nicht einmal unsere Restaurants, weil sie Vollverpflegung auf dem Schiff serviert bekommen. Sie kaufen billigen Glaskitsch aus China und ruinieren die Handwerker auf Murano. Die Kreuzfahrtschiffe …«

»Wenn das so sinnlos ist – warum lässt die Stadtverwaltung die Schiffe hier landen?«, fragt Anna Klotze.

»Es geht um die Liegegebühren. Die Hafengesellschaft und die Eigentümer der Hafengesellschaft verdienen an ihnen. Die Lasten werden nur von den Bewohnern Venedigs getragen.«

»Warum erlaubt die Stadtverwaltung von Venedig diese Dinge, wenn sie angeblich so schrecklich für die Stadt sind?«, fragt Anna Klotze.

Rizzo lacht bitter. »Die Stadt Venedig hat keine eigene politische Vertretung. Sie gehört zur verdammten *Region* Venedig. Dazu gehören Mestre und Marghera. Denen geht das Schicksal Venedigs am Arsch vorbei. Wir, die Einwohner von Venedig, sind eine Minderheit in der Region. Für die Mehrheit ist Venedig nur ein dummes Huhn, das goldene Eier legt. Nicht einmal der Bürgermeister Venedigs kommt aus der Stadt. Sie wollen so viel Geld aus der Stadt ziehen, wie es geht; deshalb je mehr Touristen, desto besser. Nun führen sie sogar ein Eintrittsgeld in die Stadt ein, genau kalkuliert, dass es jeder Besucher zahlen kann und ihre Zahl nicht sinkt. Sie verwandeln Venedig in einen abstrusen Themenpark, und dabei stören die Restbewohner der Stadt. Das Komitee will diesen Menschen eine Stimme geben. Wir sind deshalb entschieden dafür, dass die Stadt Venedig ihren eigenen Stadtrat wählen kann. Das wollte ich unbedingt.«

»Sie vertreten also innerhalb des Komitees die gemäßigte Linie?«, fragt Anna Klotze.

»Wenn Sie das gemäßigt nennen ... Ich nenne es die realistischere Haltung.«

»Aber Sie waren innerhalb des Komitees in der Minderheit?«

»Leider.«

Morello hört ein Bedauern in der Stimme des Zeugen. »Ich sagte immer: Lass uns doch erst einmal die großen Schiffe vertreiben, dann sehen wir weiter. Das war der kleinste gemeinsame Nenner.«

»Das hat Sie geärgert, nicht wahr?«

»Ja, schon«, gibt Pietro Rizzo zu.

»Besitzt du ein Messer?«, fragt Morello mit geschlossenen Augen.

»Ein Messer?«

Rizzos Stimme liegt nun eine halbe Oktave höher. Sein Atem geht schneller, die Sprechgeschwindigkeit ist gesteigert. Verblüffung.

Angst?

»Ein Messer«, bestätigt Morello.

»Klar, ich habe viele Messer in meinem Zimmer. Ich schneide mir damit eine Scheibe Brot ab, streiche Butter aufs Brot, zerlege Auberginen mit meinem Küchenmesser.«

Die Stimme ist plötzlich gepresst.

»Du weißt genau: Diese Art von Messer meine ich nicht.«

Morello fühlt den Blick des Zeugen auf sich lasten.

»Ihr wollt mir tatsächlich den Mord an Francesco anhängen«, sagt er leise und heiser. »Mir? An Francesco? Der mir mehr bedeutet hat als ein Bruder. Schon klar, ich verstehe: Damit wollt ihr das Komitee ausschalten.«

»Hast du ein Messer?«, wiederholt Morello.

»Was ist das hier eigentlich für eine Veranstaltung?«

Rizzos Stimme wird leiser – und lauernder.

»Wieso verhört mich ein Polizist, der halb eingeschlafen ist?«

»Ich bin völlig wach.«

»Mit geschlossenen Augen?«

Morello konzentriert sich nun ganz auf die veränderte Tonlage in Pietro Rizzos Stimme. Er sagt: »Ich höre dir sehr aufmerksam zu. Also: Hast du ein Messer?«

Er hört ein scharrendes Geräusch.

»Ich hätte es mir denken können, dass ihr Bullen mich reinlegen wollt.«

Die Stimme ist nun laut, und jetzt spuckt der Zeuge ihm jedes einzelne Wort ins Gesicht. Morello hört Wut. Vielleicht auch Enttäuschung. Dann fällt ein Stuhl um.

Morello reißt die Augen auf. Pietro Rizzo steht schwer atmend neben dem Tisch. Auch Rogello ist aufgestanden und hat sich vor der Tür aufgebaut, die Arme vor der Brust verschränkt. Rizzos Augen flackern.

»Setz dich«, sagt Morello. »Wir sind noch nicht fertig mit dir.«

Morello sieht, wie Rizzo sich umblickt, wie ein gefangenes Tier gehetzt hin und her schaut und dann das Fenster sieht. Der Kommissar springt auf. Doch Rizzo ist schneller. In zwei Sätzen ist er am Fenster, reißt es auf, steht auf dem Fensterbrett – und ist verschwunden.

Morello kommt nur Sekunden zu spät. Er sieht Rizzo auf dem Fußweg und springt hinterher.
Er landet auf dem harten Stein. Ein spitzer Schmerz durchzuckt seinen rechten Fuß, gleichzeitig sieht er, wie Pietro Rizzo sich noch einmal umdreht und dann um die nächste Ecke verschwindet.

Vierzig Minuten später schließt der Hausmeister die Tür zu Pietro Rizzos Zimmer im Studentenheim in der Stadt Mestre auf. Die Einrichtung besteht aus zwei Matratzen, die auf Europaletten liegen, einem Kleiderschrank, einem Bücherregal und einem Schreibtisch, auf dem einige Bücher und ein Laptop stehen. Eine Tür führt in eine kleine Küche, in der auch die Duschkabine steht. Eine weitere Tür öffnet sich in die Toilette.
»Ich übernehme die Küche«, sagt Zolan und streift sich weiße Gummihandschuhe über. Morello und Anna Klotze beginnen mit der Durchsuchung des Zimmers. Sie ziehen ein schmutziges Laken von den Matratzen, entfernen die Bezüge von Bettdecke und Kopfkissen. Sie ziehen die Europaletten auseinander, heben sie hoch und untersuchen sie. Rogello öffnet den Kleiderschrank und nimmt die Hemden, T-Shirts, Strümpfe und Unterhosen heraus und legt sie auf den Fußboden. Dann leuchtet er mit einer Taschenlampe in jede Ecke. Mit der Hand tastet er das Dach des Schrankes ab.
Morello prüft die Fußleisten. Sie sind alle fest. Er klopft die Bretter des Fußbodens ab. Nichts. Kein Hohlraum, kein geheimes Versteck.
Anna Klotze hat derweil den Laptop gestartet. Als ein Passwort verlangt wird, klappt sie ihn wieder zu und steckt ihn in eine durchsichtige Beweismitteltasche. Sie nimmt jedes einzelne Papier vom Schreibtisch, liest es und steckt es dann ebenfalls in Plastikhüllen.

Morello untersucht den Papierkorb und wendet sich dann dem Bücherregal zu.
»Commissario?« Zolan steht in der Tür.
Morello blickt auf.
Zolan dreht sich um und geht zurück in die Küche.
Morello folgt ihm.
Vor der geöffneten Tür der Spüle kniet Zolan nieder und deutet in den Innenraum. In einem dunklen Plastikbehälter steckt eine übervolle Tüte mit Küchenabfällen. Dahinter liegt ein zusammengeknülltes Handtuch.
Ein blutverschmiertes Handtuch.
Morello nickt, und Zolan greift das Bündel vorsichtig mit beiden Händen, hebt es hoch und legt es auf den Küchenboden.
Dann faltet er es auseinander.
In der Mitte liegt ein Messer, blutverschmiert an Klinge und Griff.

»Complimenti«, sagt der Vice Questore. »Die Fahndung nach Pietro Rizzo läuft. Er wird nicht weit kommen. Ohne Geld. Alle seine bekannten Verbindungen werden überwacht. Ich habe Zolan beauftragt, die Fahndung zu leiten.«
Es ist spät geworden. Morello sitzt vor dem Schreibtisch des Vice Questore. Auf der polierten Holzfläche liegt der Bericht, den Viola Cilieni für ihn getippt hat. Noch am späten Abend wurden die Blutspuren am Messer untersucht und eindeutig Francesco Grittieri zugeordnet. Es sei mit an Sicherheit grenzender Wahrscheinlichkeit davon auszugehen, dass das Messer, das unter der Spüle von Pietro Rizzo sichergestellt worden ist, die Tatwaffe ist.
Morello unterdrückt ein Gähnen. »Am Mittwoch wird Dottoressa Gamba die Wundkanäle überprüfen und feststellen, ob alle Stiche mit diesem Messer erfolgt sind. Aus meinem Bericht ersehen Sie, dass der letztlich tödliche Stich möglicher-

weise mit einer anderen, ähnlichen Waffe erfolgte. Wenn dem so ist, müssen wir von zwei Tätern ausgehen.«

Felice Lombardi steht vor dem Fenster und schaut nachdenklich ins nächtliche Venedig.

Er dreht sich zu Morello um: »Wann ist der Fall Grittieri abgeschlossen?«

Morello antwortet nicht. Er bleibt sitzen und schweigt.

Lombardi beobachtet ihn und langsam setzt er sich wieder an seinen Schreibtisch.

»Willst du etwas sagen?«, fragt Lombardi.

»Ich bin mir nicht sicher, ob der Junge schuldig ist.«

»Wir haben die Tatwaffe in seiner Wohnung gefunden. Manchmal sind die Fälle einfacher, als man es sich vorstellt.«

»Meiner Meinung nach ist es zu einfach. Pietro Rizzo ist ein intelligenter Junge. Er ist kräftig, und ich habe kein Problem, mir vorzustellen, dass er bei einer Demonstration auf Polizisten einschlägt. Aber ich bin mir sicher … er hat während der Vernehmung möglicherweise die Wahrheit gesagt: Er habe Francesco Grittieri nicht getötet. Warum kam er anstandslos zur Vernehmung? Warum hat er die Tatwaffe nicht verschwinden lassen? Außerdem … möglicherweise waren es zwei Täter, die Grittieri ermordet haben.«

Lombardi hebt den Blick und sagt: »Er ist geflohen. Das ist ein Schuldeingeständnis.«

»Ich habe den Tathergang mit einer Puppe rekonstruiert. Jemand muss Grittieri festgehalten haben. Niemand bleibt einfach stehen, wenn auf ihn eingestochen wird. Möglicherweise hat der erste Täter den tödlichen Stich zuerst gesetzt. Dann erst hat die zweite Person wie wild in den Körper gestochen.«

Lombardi schaut Morello direkt in die Augen. »Du sagst mir gerade, dass es ein anderes Motiv für den Mord geben könnte als die Eifersucht und Konkurrenz zwischen den beiden jungen Männern.«

Morello erwidert Lombardis Blick.

»Ich weiß es noch nicht sicher. Dottoressa Gamba fährt zu

einem Kongress in London, aber am Mittwoch ist sie zurück und wird die Einstiche gründlich prüfen. Dann werden wir Sicherheit haben. Doch bedenken Sie: Zwei Männer haben den Jungen vor einiger Zeit verprügelt. Angeblich aus Angst um ihren Arbeitsplatz am Hafen. Vielleicht war diese Tracht Prügel aber auch eine Warnung. Die Mutter, Eleonora Grittieri, ist mit diesem Hafen verbunden. Vielleicht gibt es einen Zusammenhang. Jedenfalls habe ich Zolan beauftragt, mir eine Liste der Firmen zu besorgen, die im Hafen Geschäfte machen.«
Das Telefon klingelt.
Lombardi nimmt ab. Sobald er die Stimme am anderen Ende der Leitung hört, wird er ernst. Seine Haltung strafft sich. Auf einmal ist er gespannt und gleichzeitig wach.
Morello beobachtet ihn. Er ahnt, dass Lombardi mit dem Questore Attilio Perloni spricht.
»Si ... Certo, Signor Questore. Una relazione per la stampa ... certo ... ein Bericht für die Presse. Morgen um zwölf Uhr ... er wird fertig sein ... von mir persönlich. Sie können sich darauf verlassen ... Buonanotte, Signor Questore.«
Lombardi legt auf und entspannt sich. »Wir sind alle sehr zufrieden mit dir. Der Questore und ich auch. Jetzt geh nach Hause. Es ist spät geworden.«
Morello kommt gerade aus Lombardis Büro, als ihm auf dem Flur Viola Cilieni entgegenkommt.
»Herr Kommissar, bei mir im Büro sind die Eltern von Pietro Rizzo. Sie wollen mit Ihnen reden.«

»Pietro hat uns angerufen. Er hat Angst, weil Sie ihn verdächtigen, Francesco Grittieri erstochen zu haben. Unser Sohn ist kein Mörder.«
Rizzos Vater hat ein offenes, rundes Gesicht. Wenige graue Haare bilden einen Kranz um seinen Hinterkopf. Die große fleischige Nase deutet auf eine Vorliebe für Rotwein hin.

Ein Mann, der gerne lacht, dessen Gesicht jetzt aber nichts als Sorge um seinen Sohn ausdrückt.

Seine Frau ist schmal, sogar dünn. Ihr Gesicht ist geprägt von einer langen spitzen Nase. Gepflegte Kleidung, aber nicht luxuriös. Morello schätzt sie auf etwa 65 Jahre.

»Sind Sie einverstanden, wenn ich unser Gespräch auf Band aufnehme?«

Beide nicken; Rizzos Vater bedächtig, die Mutter eifrig.

Kaum hat Morello den Aufnahmeknopf gedrückt, sagt der Vater: »Unser Sohn ist ein guter Junge. Er ist impulsiv, aber er ist sicher kein Verbrecher.«

»Unser Sohn war immer ein besonderes Kind, sehr sensibel«, sagt die Mutter. »Vielleicht liegt es daran, dass er ein halbes Jahr ...«

»Länger, das war viel länger ...«

»Sei doch einmal still und unterbrich mich nicht dauernd ... Pietro hat für einige Zeit auf dem Hof meiner Eltern gelebt. Er hatte damals Keuchhusten. Das ist ansteckend, wissen Sie. Mein Mann und ich, wir mussten arbeiten, und so brachten wir Pietro zu meinen Eltern.«

»Er hat seine Großeltern sehr geliebt.«

Sie bricht in Tränen aus. Ihr Mann kramt in seinen Hosentaschen nach einem Taschentuch.

»Was hat Pietro Ihnen gesagt? Wo ist er jetzt?«

»Das hat er nicht gesagt. Er hat Angst. Wie kommen Sie auf die Idee, dass er seinen besten Freund umgebracht haben soll?«

»Wir haben verdächtiges Material in seiner Wohnung gefunden. Mehr kann ich Ihnen im Moment nicht sagen. Hören Sie zu: Sagen Sie Ihrem Sohn, er soll sich bei mir melden. Ich muss ihn sprechen. Es ist wichtig.«

Pietros Vater schüttelt den Kopf. »Wir gehen jetzt besser«, sagt er. »Aber Sie sollen eines ganz sicher wissen: Pietro ist kein Mörder.«

Er fasst seine schluchzende Frau am Arm. Sich gegenseitig stützend verlassen sie sein Büro.

3. TAG
FREITAG

»Zolan, hast du die Liste, um die ich dich gebeten habe?«
»Sie meinen die Aufstellung der Firmen, die im Hafen tätig sind?«
»Ja sicher. Wo ist sie?«
»Nun, nun ich, nun ja …«
»Wo ist sie, Zolan?«
Morellos Stellvertreter schaut auf seine Schuhspitzen. Dann hebt er mit einem Ruck den Kopf. »Ich habe sie dem Vice Questore gegeben.«
Morello zieht einen Stuhl heran und setzt sich rücklings darauf, die Arme über der Lehne verschränkt.
»Soso, dem Vice Questore. Warum nicht mir, Zolan?«
»Die Hafenbehörde, Commissario … Es ist heikel. Die Hafenbehörde in Venedig ist eine große Macht. Man muss solche Dinge mit großem Fingerspitzengefühl …«
»Und du glaubst, der Sizilianer hat bestimmt kein Fingerspitzengefühl.«
»Ich dachte, es sei besser, der Vice Questore entscheidet solche Dinge.«
»Jede Entscheidung, die man im Leben trifft, hat Konsequenzen, Zolan.«

»Zolan hat Ihnen die Liste gegeben, die Aufstellung der Firmen, die im Hafen tätig sind. Kann ich sie mitnehmen?«

Felice Lombardi schaut Morello ernst an. »Du willst weiterermitteln? Questore Attilio Perloni ist beglückt, dass wir den Fall so schnell und ohne Aufsehen gelöst haben. Er will, dass ich die Akte schließe, und er will diesen Erfolg – deinen Erfolg, Morello, am Montag oder Dienstag vor der Presse verkünden. Der Questore liebt solche Pressetermine. Das Fernsehen lässt ihn immer etwas größer erscheinen, als er tatsächlich ist.«

»Ich würde mir die Firmen gerne etwas näher anschauen.«

Lombardi lacht trocken. Ein Lachen, das dann in Husten übergeht. »Was glaubst du, Morello, was das für einen Wirbel gibt, wenn die Mordkommission im Hafen auftaucht.« Er hebt einen Schnellhefter vom Schreibtisch hoch und lässt ihn wieder fallen. »Setz dich.«

Sobald Morello vor ihm sitzt, greift er nach dem Ordner.

»Moment!«, sagt Lombardi.

Morello hält überrascht inne.

»Die Akte muss hierbleiben. Ich will nicht, dass man sie in deinem Büro sieht.«

»Signor Vice Questore, ich muss …«

Mit einer schnellen Handbewegung unterbricht ihn Lombardi. Er steht auf und schaut auf seine Armbanduhr. »Ich brauche einen Kaffee. Einen richtig guten Kaffee. Dafür gehe ich jetzt ins La Mela Verde. Das sind zehn Minuten hin und zehn zurück. Wenn ich wieder hier bin, liegt die Akte immer noch auf meinem Schreibtisch. Und dich will ich bis Montag nicht mehr sehen.«

Lombardi setzt seine Mütze auf und geht zur Tür.

»Danke«, sagt Morello.

Lombardi schließt die Tür leise hinter sich.

Morello holt die Akte und schlägt sie auf.

Er weiß, wonach er suchen muss. Er hat lange genug im Hafen von Palermo ermittelt, einem der wichtigsten Häfen des Mittelmeeres. Illegale Waren, Drogen, Waffen, geschmuggelte Kunstgegenstände … 6,31 Millionen Tonnen werden dort pro Jahr

verschifft. Es wird eine Menge Geld verdient. Wie in jedem Hafen.
Dove c'è puzza, si raccolgono le mosche! Wo es stinkt, sammeln sich die Fliegen!
Und am meisten stinkt es im Hafen.
Die drei wichtigsten Bereiche sind: 1. Organisation und Leitung des Hafens. 2. Laden und Ausladen der Waren. 3. Abfertigung der Passagiere.
Morello blättert die Liste durch und findet, was er gesucht hat:
Venezia Arrivo Passeggeri S. p. A. Eine Aktienfirma, die für alles zuständig ist, was mit Fahrgästen zu tun hat. Geschäftsführer ist Marco Pallotti.
P. O. R. T. S. Srl. – Roberto Zorzi ist der Chef. Die Firma ist zuständig für das Be- und Entladen aller Kreuzfahrtschiffe.
Eugenio Casta, Präsident der Hafenbehörde. Er ist für alle Verwaltungsfragen und die Kontrollen an diesem Hafen zuständig. Die Hafenbehörde hat eine Art Oberaufsicht. Casta ist ein mächtiger Mann. Solche Menschen verdanken ihre Position in der Regel der Politik. Vermutlich ist er einer der mächtigsten Männer in Venedig. Mit diesem Mann sollte man sehr vorsichtig umgehen.
Morello zieht sein Handy aus der Hosentasche und fotografiert eine Seite nach der anderen.

»Die Fahndung läuft«, sagt Anna Klotze zu ihm. »Jeder Polizist in Italien kennt jetzt unseren Pietro Rizzo. Die Carabinieri haben die Suche übernommen. Rizzos Bild wird uns morgen aus *Il Gazzettino* und der Wochenendausgabe anderer Zeitungen anschauen. Wir kriegen ihn.«
»Ein schönes Wochenende, Anna.«
»Ihnen auch, Commissario.« Und nach einem kleinen Zögern: »Erholen Sie sich. Vielleicht können Sie ein bisschen die

schrecklichen Geschichten aus Sizilien vergessen. Trotz unseres Falles ist es in Venedig friedlich.«

Morello lächelt, als er auf die Straße tritt. Er schaut nach rechts in die Richtung, in der das Café La Mela Verde liegt. Ob er vielleicht auch einen Kaffee trinken sollte? Aber vielleicht ist es besser, nach Hause zu gehen und dem Vice Questore nicht zu begegnen.

Er ist müde. Aber er weiß auch, dass er eine Entscheidung treffen muss. Nicht jetzt, aber doch an diesem Wochenende. Will er weiterermitteln? Oder gibt er sich zufrieden? Ein Mord aus einer Mischung von Eifersucht und Konkurrenzdenken. Eine Beziehungstat. Fast alle Gewaltverbrechen sind Beziehungstaten. Fast alle – außer den Morden der Mafia.

Er wird das Wochenende nutzen, darüber nachzudenken.

Morello bahnt sich einen Weg durch die dicht gedrängten Touristen. Als er das Ende der Via Garibaldi erreicht, sieht er das lange Holzboot wieder, auf dem frisches Gemüse und Obst verkauft wird. Nur zwei Schritte weiter gibt es frischen Fisch und die Trattoria Alla Rampa. Fisch oder Gemüse? Fisch, das weiß jeder Sizilianer, kauft man besser morgens – also, dann Gemüse. Der Kommissar bleibt vor dem Boot stehen und betrachtet die Auberginen, Zucchini und die roten, gelben und grünen Paprika. Alles sieht sehr gut aus.

»Vuole fare una buona parmigiana?«, vermutet der Verkäufer.

»Sie wollen bestimmt eine gute Parmigiana zubereiten?«

Morello schüttelt den Kopf. »Ich denke eher an eine Caponata.«

Der Verkäufer runzelt die Stirn.

»Sie kennen sizilianische Caponata nicht?«

Der Mann schüttelt den Kopf. »Was brauchen Sie dazu?«, fragt er verlegen.

»Es ist ein bisschen kompliziert. Man braucht: Auberginen, Tomaten, rote Paprika, Karotten, Sellerie, Zwiebeln, grüne Oliven, Kapern, Honig und Essig. Das Geheimnis ist, dass alle Zutaten separat gekocht werden. Dann mischt man alles mit Honig und Essig und zum Schluss wird alles zusammen kurz noch einmal aufgekocht. Doch am besten schmeckt es kalt. Es ist ein altes sizilianisches Gericht. Una delicatezza. Sie müssen es mal probieren.«

»Gerne. Abgesehen von Essig und Honig haben wir alle Zutaten, und natürlich ganz frisch«, sagt der Verkäufer.

»Und wo kann ich Essig und Honig bekommen?«, fragt Morello. Der Verkäufer zeigt auf einen Laden auf der Via Garibaldi.

»Gut, ich nehme drei Auberginen, zwei Paprika, vier Karotten, zwei Zwiebeln, einen Stängel Sellerie, 200 Gramm Kirschtomaten, 100 Gramm grüne Oliven und 50 Gramm Kapern. Dann habe ich genug Caponata für drei Tage. Packen Sie es ein, ich hole es gleich ab.«

In dem Laden kauft er Brot, Olivenöl, Essig, Honig und eine Flasche Weißwein, und nachdem er das Gemüse beim Holzboot abgeholt hat, läuft er mit zwei schweren Plastiktüten die Fondamenta Sant'Anna entlang. Vor ihm geht eine Frau ebenfalls Richtung San Pietro di Castello. Sie trägt eine grüne Umhängetasche, aus der ein zerfleddertes Notizbuch ragt. Eine Studentin vielleicht. Auf ihrem Rücken baumelt ein schwarzer langer Zopf auf einem bunten Kleid, das einen schönen und schmalen Körper erahnen lässt.

Wenn ich Sehnsucht spüre und die Einsamkeit nicht mehr ertrage, muss ich nur die Augen schließen, und dann bin ich bei Sara. Ich strecke die Hand aus und fühle sie. Ich halte die Augen geschlossen und sehe sie. Das traumhaft schöne Gesicht. Die Stimme aus Samt und Reibeisen. Sie ist nur einen Herzschlag von mir entfernt. Es ist nur dieser eine, dieser uneinholbare Herzschlag.

Jetzt registriert Morello, dass er bereits die Holzbrücke überquert. Die Frau läuft immer noch vor ihm. Er geht schneller, um sie zu überholen, um ihr Gesicht zu sehen. Zumindest für einen Augenblick. Aber dann stehen sie schon beide vor dem Haus mit der Adresse San Pietro di Castello 67, und sie zieht einen Schlüsselbund aus der Tasche. Morello erkennt das wunderschöne schmale Handgelenk, das er am ersten Tag im Treppenhaus gesehen hat. Er ist freudig überrascht.

»Buongiorno! Wohnen Sie auch hier?«, fragt er.
Die Frau dreht sich um und lächelt spöttisch. »Seit zehn Jahren mehr oder weniger. Sie sind vermutlich der neue Bewohner der Dachkammer.«
Sie streckt ihm die Hand entgegen. »Piacere, Silvia.«
»Piacere, Antonio.« Er schüttelt ihre Hand und hat das Gefühl, Seide zu berühren.
»Ich sehe, Sie wollen heute Abend kochen. Was gibt es denn?«, fragt sie, um die plötzliche Verlegenheit zwischen ihnen zu überspielen.
»Ich will eine Caponata zubereiten …«
»Caponata?«, wiederholt Silvia.
»Noch nie gegessen?«, fragt Morello.
»Nein …«
»Gut, wenn Sie Zeit und Lust haben, kommen Sie doch zu mir in die Dachkammer. Sie werden sehen, es ist eine ganz akzeptable Wohnung.«
Silvia schließt die Tür auf: »Gerne.«
Sie betreten den dunklen Flur.
Sie schließt die Tür zu ihrer Wohnung auf und dreht sich noch einmal zu ihm um. »Wann? In einer Stunde?«
Morello überlegt kurz. »Ja … die Caponata braucht länger, aber ein Glas Wein kann die Wartezeit überbrücken.«
»Va bene«, sagt Silvia.
»Im zweiten Stock wohnt Gerhard, auch ein Nachbar. Reicht die Caponata auch für drei Personen?«
»Ich freue mich, auch ihn kennenzulernen«, antwortet Morello und bereut sofort seine Antwort. Dann steigt er die Treppen hinauf.

Morello stößt die Wohnungstür mit dem Absatz seines Schuhs hinter sich zu, geht in die Küche und wuchtet die beiden Tüten auf den Tisch. Dann legt er im Wohnzimmer eine CD von

Fabrizio De André in den Player, fährt die Lautstärke hoch und geht zurück in die Küche. Laut singt er mit:

All'ombra dell'ultimo sole,
s'era assopito un Pescatore,
e aveva un solco lungo il viso,
come una specie di sorriso.

Im Schatten der letzten Sonnenstrahlen,
war ein Fischer eingenickt,
und hatte eine Falte übers ganze Gesicht,
von der Art, wie ein Lächeln sie macht.

Singend wäscht er die Aubergine und schneidet sie in kleine Würfel. Er legt sie in ein Sieb und streut Salz darüber, um ihnen die Flüssigkeit zu entziehen. Dann wäscht und putzt er die Karotten, schneidet sie in Scheiben und wirft sie in einen Topf, füllt ihn mit Wasser und stellt sie auf den Herd. In einen zweiten Topf füllt er die geschnittenen Sellerie, in einem dritten die frischen Tomaten und stellt die Herdplatten auf eine mittlere Temperatur. Als Letztes schneidet er zwei Zwiebeln und gibt sie mit etwas Olivenöl in eine große Pfanne. Nach ein paar Minuten kippt er geschnittene Paprika hinzu und lässt beides zusammen braten. In der Zwischenzeit wäscht er die grünen Oliven und die Kapern, lässt sie abtropfen und gibt sie zusammen in eine kleine Schüssel. Zum Schluss rührt er Honig und Essig in einem Glas zusammen.
»Crêuza de mä«, singt Fabrizio De André jetzt.
Er wäscht die Auberginen ab und reibt sie mit Küchenpapier trocken. Mittlerweile sind die Karotten fertig. Er schüttet sie erst in das Sieb und dann in eine große Schüssel. Er rührt die Tomaten zu einer Soße und gibt sie dazu, ebenso die Sellerie. Nun kommen noch Zwiebeln, Paprika, Oliven und Kapern hinzu. Jetzt fehlt nur noch die Aubergine. Er erhitzt in der großen Pfanne etwas Olivenöl. Darin lässt er die Auberginen-

stücke gut braten, wendet sie hin und wieder, und als er fast fertig ist – klingelt es an der Tür.

Als Morello öffnet, steht Silvia vor ihm, mit einem schönen Lächeln im Gesicht und einer Flasche Rotwein in der Hand. Sie trägt ein langes, blaues Kleid aus einem fließenden Stoff. Ihre Haare sind jetzt offen. Mein Gott, was für eine Erscheinung! Direkt vor meiner Tür, denkt Morello und bittet sie hinein.

»Das ist ein spezieller Wein aus der Gegend; er heißt Clinton«, sagt Silvia und reicht Morello die Flasche.

»Grazie. Von diesem Wein habe ich schon gehört.« Morello schließt die Tür. »Und Gerhard?«

»Er kommt in zehn Minuten«, meint Silvia.

»Bocca di Rosa«, singt Fabrizio De André.

»Hey, das ist mein Lieblingslied von De André«, sagt Silvia.

»Kommen Sie mit in die Küche. Die Auberginen sind in der Pfanne, und ich muss sie im Auge behalten.«

Silvia lächelt und folgt ihm. Morello wendet die Auberginenstücke.

»Sind Sie aus Venedig?«, fragt er.

»Nein. Aus Mailand, aber, wie gesagt, seit fast zehn Jahren lebe ich hier.« Silvia füllt zwei Gläser mit Wein und gibt Morello eins.

Die beiden stoßen an. »Salute!«

»Und Sie?«, fragt Silvia

»Nenn mich Antonio. Antonio Morello aus Cefalù.«

Morello legt jetzt die gebratenen Auberginen auf ein Papiertuch. Silvia beobachtet ihn. »Was machen Sie … Was machst du da?«

»Das Papiertuch zieht das übrige Öl raus. So wird die Caponata nicht zu schwer für den Magen.«

Silvia sieht ihm zu und lächelt. Gehört sie zu den Frauen, die kochende Männer mögen?

»Jetzt kommt der wichtigste Moment«, sagt er.

Silvia kommt nahe an den Herd. In ihrem Weinglas bricht sich das Licht und vervielfacht ihr Gesicht mit den großen,

neugierigen Augen und dem Lächeln, von dem Morello nicht weiß, ob es nicht doch etwas spöttisch ist. Sie sieht ihm zu.
Morello wirft nun die Mischung aus Karotten, Sellerie, Oliven, Kapern, Paprika, Zwiebeln und Tomaten in die große Pfanne zu den gebratenen Auberginen. Dann erhitzt er die Pfanne wieder.
»Jetzt müssen wir nur Essig und Honig hinzufügen und alles zusammen kochen lassen. Für etwa fünf bis sieben Minuten, damit sich alle Zutaten harmonisieren können.«
Morello rührt vorsichtig um.
»Das riecht ziemlich gut …«
»Ein typisch sizilianisches Volksrezept aus dem 17. Jahrhundert. Jeder Sizilianer kennt die Caponata. Es gibt unzählige Varianten … diese Caponata zum Beispiel ist mit Paprika und Honig. Im Original gibt es keine Paprika und Zucker statt Honig. Und jetzt: fertig.«
Morello füllt eine kleine Portion in eine Kunststoffdose und stellt sie neben den Kühlschrank auf die Anrichte. Er nimmt drei große Teller aus dem Schrank. Dann schneidet er das Brot, legt es sorgfältig in einen kleinen Korb, den er mit einer Serviette ausgekleidet hat, und trägt ihn hinüber zu dem gedeckten Tisch.
Silvia folgt Morello, das Weinglas in der Hand. Er merkt, dass sie genau beobachtet, was er tut. Was hat das zu bedeuten? Bedeutet es überhaupt etwas? Er spürt, wie er unruhig und verunsichert wird. Und fasziniert. Er sieht sie an, um mehr aus ihrem Gesicht zu lesen.
Da klingelt es.

Morello reibt sich die Hände an einem Handtuch trocken und geht zur Tür. Davor steht der Muskelmann, den er vorgestern bereits kurz gesehen hat. Morello wird bewusst, dass der andere deutlich größer ist als er, vielleicht 1,85 Meter. Blonde kurze Haare, die randlose Brille und das kantige Gesicht, an das er sich noch erinnert. Sehr schick angezogen: weißes Hemd und darüber eine blaue Strickjacke. »Fitness for fun«, steht darauf.

»Buonasera. Sono Gerhard.« Ein kräftiger Händedruck. In der anderen Hand hält er eine Flasche Rotwein.

»Piacere. Antonio Morello. Kommen Sie herein.«

Gerhard begrüßt Silvia mit zwei Küsschen auf die Wangen – vertraut, aber nicht intim, wie Morello konstatiert – und setzt sich an den Tisch.

Morello schenkt Silvia und Gerhard ein.

»Salute!«

Die Caponata füllt er in eine große Schüssel, trägt sie stolz herein und stellt sie vor Silvia auf den Tisch. Erst schöpft sie sich, dann schiebt sie die Schüssel zu Gerhard.

»É buonissima«, sagt Silvia.

»Molto buona«, sagt auch Gerhard.

»Grazie«, antwortet Morello.

Gerhard stochert suchend in der Caponata.

»Kein Fleisch? Sind Sie Veganer oder Vegetarier?«

»No. Ich esse Fleisch, Fisch, Gemüse. Aber am liebsten Gemüse. Ich bin Sizilianer, müssen Sie wissen.«

Silvia klärt Gerhard auf. »Es heißt Caponata. Da gehört kein Fleisch hinein.«

»Wie haben Sie das gemacht? Es ist fantastisch. Das will ich unbedingt auch mal kochen!«

»Gerhard, per tu, va bene? Ich bin Antonio.«

Gerhard hebt das Glas. »Und ich Gerhard.«

»Entscheidend ist: Man muss alle Zutaten einzeln kochen, nur Zwiebeln und Paprika kannst du zusammen braten. Dann mischst du alles, stellst es wieder auf den Herd und vermengst es mit Honig und Essig. Fünf, höchstens sieben Minuten kochen lassen und fertig. Am besten schmeckt es kalt. Einen Tag danach ist es perfekt, aber auch nach vier, fünf Tagen im Kühlschrank schmeckt die Caponata immer noch fantastisch.«

»Das dauert lange … es wäre doch einfacher, alles zusammen zu kochen?«

»Schau, Gerhard, es ist so: Bei einer richtigen Caponata schmeckt die Karotte ganz leicht nach den anderen Zutaten, aber der Hauptgeschmack bleibt Karotte. Und das Gleiche passiert mit Sellerie und dem anderen Gemüse. Alles zusammen bildet die Caponata, aber jede Komponente behält ihre Identität. Was sie verbindet, ist die Mischung aus Honig und Essig. Deswegen ist es wichtig, alles getrennt zu kochen.« Morello hebt wieder sein Glas. »Salute!«

Silvia stößt zusammen mit Morello an. »Ich kenne nur wenige Männer, die so gut kochen können«, sagt sie.

Dann kommt die Frage, die er gefürchtet hat. »Was hat dich nach Venedig verschlagen?«, fragt Gerhard.

Silvia hebt interessiert den Kopf.

»Wegen meiner Arbeit … Aber ich rede nicht gern über meine Arbeit.«

»Was ist so schlimm daran, über die Arbeit zu reden? Wir sind erwachsene Menschen. Ich bin Architekturdozent an der IUAV, Istituto Universitario di Architettura di Venezia. Und Silvia …«

»Ach, ich studiere immer noch Architektur … an derselben Uni. Ich sollte schon lange fertig sein, aber … nun ja, ich bin es nicht. Fast dreißig und immer noch Studentin.«

Morello fühlt die Blicke der beiden auf sich.

Während er mit einem Finger über den Rand des Glases fährt, sagt er langsam: »Sagen wir so: Ich bin eine Art … Wächter.« Dann hebt er den Kopf: »Ich pass auf die Museen, Gemälde auf und so weiter.«

»Das ist schön«, sagt Silvia. »Ich bin in jeder freien Minute irgendwo in einem der Museen. Dann sehen wir uns sicherlich öfter.«

Als alle Teller leer sind, bietet Morello ihnen einen Espresso an, doch Gerhard steht auf und sagt: »Es hat wunderbar geschmeckt. Vielen Dank, Antonio. Und jetzt, Silvia, wollen wir unseren großzügigen Gastgeber allein lassen?« Er sieht auf

seine Uhr. »Ich muss noch für eine Stunde an den Schreibtisch.«

Morello blickt zu Silvia und sagt nichts.

»Also, ich würde gerne noch ein Glas trinken, wenn Antonio
einverstanden ist. Danach vielleicht noch einen Espresso.«

»Das würde mich freuen.« Morello nimmt die Flasche und füllt
Silvias Glas.

»Ja, denn …« Gerhard schiebt seinen Stuhl an den Tisch. »Hat
mich sehr gefreut, dich kennenzulernen, Antonio. Auf gute
Nachbarschaft. Das nächste Mal koche ich! Dann gibt's Fisch.
Magst du Fisch?«

»Si, certo.«

»Dann bis zum nächsten Mal. Ciao, Silvia, mach nicht so spät,
ich brauche morgen deine Hilfe.«

»Bis morgen«, sagt Silvia.

Morello schließt die Tür hinter Gerhard und setzt sich Silvia
gegenüber. Er gießt noch etwas Wein in sein Glas.

De André singt »Canzone dell'Amore Perduto«, das Lied über
die verlorene Liebe.

Silvia bewegt die Lippen und singt leise mit. Sie schaut Morello an. Der Kommissar nimmt all seine Kraft zusammen und
schaut zurück. Plötzlich liegt eine Spannung im Raum, die Morello fast mit den Händen greifen kann. Silvia lächelt, und er
sieht eine tiefe Traurigkeit in ihren Augen.

Ein neuer Song von De André. »Volta la Carta«. Ein schnelles,
fröhliches Lied.

Die Spannung verfliegt.

»Also, jetzt kannst du es sagen«, sagt Silvia.

»Was meinst du?«

»Deine Arbeit, hier in Venedig. Du bist kein Museumswächter.
Ich kenne jeden Museumswächter in Venedig. Du bist keiner.
Also?«

»Doch, doch, so eine Art Wächter. Nicht nur für Museen … für
Venedig … für ganz Venedig.«

Silvia hebt die Augenbrauen.

»Ich bin der neue Polizeikommissar in Venedig. Zuständig für Gewaltverbrechen.«
Silvia lacht laut. »Das ist nicht wahr? Der neue Kommissar für Gewaltverbrechen in Venedig – ein Sizilianer?«
Jetzt muss auch Morello lachen. Zum ersten Mal, seit er in Venedig ist.
»Die Venezianer sind es gewohnt, andere Kulturen zu dominieren, aber nicht, von einer anderen Kultur geführt zu werden. Ich glaube, du wirst es nicht leicht haben hier in Venedig.«
»Habe ich schon gemerkt. Aber ich bringe immer meine Arbeit zu Ende, auch hier in Venedig. Und du? Seit zehn Jahren in Venedig, um Architektur zu studieren?«, fragt Morello.
»Na ja, die Wahrheit ist … ich will nicht mehr zurück nach Mailand.« Silvia senkt den Blick.
Da klingelt sein Handy. Laut und ungebeten.

Morello schaut auf das Display.
»Entschuldige«, sagt er. »Das ist meine Mutter. Ich habe ihr zum Abschied ein Handy geschenkt. Jetzt hat sie wohl herausgefunden, wie es funktioniert. Meine Mutter spricht kein Italienisch, nur Sizilianisch. Du wirst womöglich nicht viel verstehen.«
Er dreht die Laustärke der Musik herunter.
Silvia lächelt. »Nur zu.«
»Mamma?«
»Antoniu comu stai? Wie geht es dir?«
»Mamma tutt'appostu cca. Mamma, alles gut hier.«
»Taliaju u teleggiurnali e ddici ca nto cuntinenti fa friddu! Accummogghiti ti raccumannu! Ich habe die Wettervorhersage im Fernsehen gesehen, und sie haben gesagt, dass es kalt ist dort oben im Norden! Deckst du dich nachts gut zu? Versprich es mir.« Die Mutter dröhnt aus dem Handy, dass Silvia es hören kann.

Morello zuckt verlegen mit den Schultern. Doch Silvia lächelt ihm zu.

»Ja, Mamma, ich pass schon auf. Ich habe gerade Gäste. Ich rufe dich morgen an. Gib Giulia einen Kuss.«

»Nein. Morgen bin ich nicht zu Hause. Bin gerade im Krankenhaus.«

»Was? Was ist denn passiert?«

»Ich weiß es nicht genau. Warte. Giulia will mit dir reden. Mach dir keine Sorgen um mich und komm nicht nach Cefalù! Hab dich lieb, Antonio.«

»Ich dich auch, Mamma.«

»Antonio?«

»Ciao, Giulia. Was ist mit Mamma?«

»Wir wissen es noch nicht. Sie hatte heute Morgen hohes Fieber. Die Ärzte haben ihre Untersuchungen noch nicht abgeschlossen. Am besten bleibt sie hier im Krankenhaus, dann werden wir sehen, ob es ihr morgen besser geht. Aber mach dir keine Sorgen und bleib, wo du bist. Ich rufe dich an und halte dich auf dem Laufenden. Va bene?«

»Va bene. Dann bis morgen. Un bacio. Ciao.« Morello schaltet das Handy aus. »Meine Mutter. Sie ist eine alte Frau und macht sich ständig unnötige Sorgen.«

»Unnötig?«, fragt Silvia.

Morello schaut sie an. Für einen kurzen Moment wird Morello ernst. »Manchmal schon.«

Silvia nickt, als habe sie etwas Wichtiges begriffen. »Ist Giulia deine … Frau?«

Morello lacht. »Nein. Giulia ist meine Schwester. Sie kümmert sich um alles, was meine Mutter braucht. Und du? Hast du Brüder oder Schwestern?«

»Nein. Ich bin ein Einzelkind. Ich glaube, für meine Eltern ist jemand wie ich schon ausreichend. Sie arbeiten den ganzen Tag und die ganze Woche, obwohl sie das nicht mehr müssten. Sie haben genug verdient.«

»Was meinst du damit? Hatten sie keine Zeit für dich?«

»Lass uns ein anderes Mal darüber reden. Va bene?«
Sie wird jetzt ein bisschen traurig. »Darf ich ein Lied auswählen?«
»Natürlich«, sagt Morello.
Silvia nimmt eine andere CD aus dem Regal und schwenkt sie in der Luft. »Darf ich?«
»Sicher.«
Sie legt die Scheibe in den CD-Player, und bald darauf singt Fabrizio De André »Girotondo«.

Nachdem er den Tisch abgeräumt hat und das schmutzige Geschirr in der Küche gestapelt hat, setzt sich Morello an den Schreibtisch. Er legt einen Zettel und Stift auf die Arbeitsfläche und nimmt sein Handy zur Hand. Er öffnet die Foto-App und vergrößert die Fotos mit den Fingern.
»Venezia Arrivo Passeggeri S. p. A., Geschäftsführer Marco Pallotti«, liest er laut und schreibt es auf.
Dann: »Roberto Zorzi, Chef der P. O. R. T. S. Srl. Beladefirma im Hafen.«
»Eugenio Casta, Chef der Hafenbehörde.«
Er arbeitet eine Stunde. Dann ruft er seine Schwester an.
»Antonio, was gibt's? Ich schlafe schon.«
»Ich mache mir Sorgen. Sag, wie ernst ist es mit Mamma?«
»Ich habe es dir doch gesagt. Ich weiß es nicht. Die Ärzte haben noch nichts gefunden. Und jetzt lass mich schlafen.«
Antonio Morello bleibt noch eine Weile sitzen und überlegt. Dann klappt er den Laptop auf und bucht für den nächsten Tag einen Flug nach Palermo.

4. TAG
SAMSTAG

Am nächsten Morgen putzt er sich gerade vor dem Spiegel die Zähne, als sein Handy klingelt. Auf dem Display liest er: Giulia.
»Ciao, Giulia. Wie geht es Mamma?«
»Ich bin gerade im Krankenhaus. Die Ärzte sagen, etwas mit dem Herz sei nicht in Ordnung. Sie wird gut überwacht.« Ihre Stimme zittert. »Sie sagen, man müsse die Untersuchungen abwarten. Das wird vielleicht ein paar Tage dauern.« Sie schluchzt.
»Ich habe einen Flug, Giulia. Ich bin heute Nachmittag in Cefalù. Am Sonntagabend fliege ich wieder zurück nach Venedig.«
»Nein! Das ist zu gefährlich. Bitte bleib in Venedig. Mamma will auch nicht, dass du dich in Gefahr begibst.«
»Ich pass schon auf. Aber – sag es niemandem, Giulia, hörst du? Sag es niemandem! Bis später.« Morello schaltet das Telefon aus.

Morello zieht den Reißverschluss seiner kleinen Reisetasche zu und stellt sie im Flur ab. Er hat nur das Wichtigste gepackt, ein dünner Pullover, ein Hemd, ein T-Shirt, zwei Unterhosen und ein paar Socken, Waschzeug. Mal wieder, wie immer, wenn er verreist, ist er zu früh dran. Es ist noch Zeit für einen Kaffee. Morello geht in die Küche. Das Mahlwerk der Kaffeemühle jault auf, und kurz danach füllt er das Pulver in die kleine Bialetti-Kaffeemaschine und stellt sie auf den Herd.

Gerade als er den Kaffee in eine Tasse fließen lässt, klingelt es unten an der Haustür.

Silvia?

Mit der Tasse in der Hand eilt er zum Türöffner, drückt ihn und lauscht. Er hört, wie jemand, der offenbar zwei Stufen auf einmal nimmt, die Treppen hinaufstürmt. Schade, das ist sicher nicht Silvia.

»Signor Commissario? Buongiorno … sono Claudio.«

Morello sieht den Taschendieb die letzten Stufen hinauflaufen.

»Solltest du nicht in einer Zelle sitzen?« Morello winkt Claudio hinein.

»Die haben mich wieder freigelassen, gestern Nachmittag. Ich musste versprechen, aufzuhören mit dem Taschendiebstahl.«

»Gute Entscheidung«, sagt Morello und trinkt einen Schluck Kaffee.

»Ist noch ein bisschen Kaffee übrig geblieben, Herr Kommissar?«, fragt Claudio.

Seufzend geht Morello in die Küche. Er zeigt auf das Regal mit den frischen Tassen und auf die Bialetti. Claudio nimmt eine kleine Tasse und gießt sich Kaffee ein.

»Was führt dich zu mir?«

»Ich habe erfahren, wo Sie wohnen, und auch, dass Sie hier allein leben. Ich habe mir gedacht, wie schwierig es wohl für einen Kommissar aus Sizilien ist, in Venedig zu leben … ich meine allein einkaufen, kochen, putzen. Diese Dinge, die uns manchmal lästig sind, für die man keine Zeit hat, die aber trotzdem gemacht werden müssen.«

»Du willst bei mir putzen? Das kannst du dir abschminken. Ich will nicht, dass die Wohnung plötzlich ausgeräumt ist.«

»Nicht ich, meine Großmutter würde gerne.«

Morello schaut Claudio skeptisch an: »Deine Großmutter?«

»Auch ich … ich meine, wenn ich aufhöre mit dem Taschendiebstahl, irgendwo muss ich Geld verdienen. Also habe ich mir gedacht: Vielleicht braucht der Kommissar jemanden, der, nun ja, sehr vertraut ist mit der Straße und Venedig sehr gut

kennt. Jemanden, der manche Sachen erledigen kann, was weiß
ich: einkaufen, reparieren und vor allem – Informationen besorgen. Und fürs Putzen, Aufräumen und Kochen, da gibt es
meine Großmutter; Nonna Angela, eine Heilige. Sie putzt und
flickt und bügelt perfettamente. Sie hat mich großgezogen.
Natürlich wohnen wir auch in Castello, wie alle guten Venezianer. Hier in San Pietro, direkt neben der Kirche.«

Claudio trinkt seinen Kaffee aus und stellt die Tasse auf die
Spüle. »Diese Küche«, sagt er und blickt sich um, »nun, meine
Großmutter könnte in dieser Küche Wunder bewirken.«

»Dir soll ich vertrauen? Einem Taschendieb?«, sagt Morello
und lacht.

»Ich habe aufgehört, Herr Kommissar. Ich schwöre es!« Claudio küsst zwei seiner Finger zur Bekräftigung.

Morello überlegt. Es gibt kaum etwas Sichereres auf dieser Welt
als einen Dieb, der eine Wohnung bewacht.

»Wie alt bist du?«

»Achtzehn, Herr Kommissar.«

»Achtzehn Jahre alt – und du willst als Informant der Polizei
arbeiten?«

»Nicht als Polizeiinformant. Polizei mag ich nicht, Herr Kommissar. Ich wäre gerne ein Informant nur für Sie persönlich.«

»Verstehe. Hör zu, wegen deines Engagements reden wir später noch mal. Aber deine Großmutter: in Ordnung. Meinst du,
sie kann hier alles aufräumen und sauber machen, bis ich am
Sonntagabend zurückkomme? Va bene?«

Claudio strahlt. »Sie freut sich – und braucht Geld.«

Morello zieht eine Schublade auf, holt einen zweiten Satz Haus-
schlüssel heraus und übergibt ihn Claudio.

»Gut, jetzt muss ich los. Noch eine ganz kleine Kleinigkeit:
Wenn hier in meiner Wohnung etwas verschwunden ist, dann
ist es mir scheißegal, *wer* es getan hat! Auch wenn ein Außer-
irdischer hier etwas weggenommen hat, wirst du im Knast landen, nicht für einen Tag, sondern für sehr lange Zeit. Hai ca-
pito?«

»Das wird niemals passieren. Danke, Herr Kommissar.«
»Warte! Ich habe noch eine Frage.« Morello holt den kleinen Zettel aus seiner Hosentasche und liest vor. »Da Mino. Ist eine Osteria hier in Castello. Kennst du sie?«
»Aber natürlich kenne ich die. Befindet sich in der Fondamenta San Giuseppe. Es ist nicht allzu weit von hier. Aber das ist kein guter Platz … nichts für Sie, Herr Kommissar.«
»Danke für den Ratschlag. Wir unterhalten uns darüber, wenn ich wieder zurück bin.«
Claudios Blick fällt auf die Reisetasche.
»Wollen Sie zum Flughafen, Herr Kommissar? Dann brauchen Sie bestimmt ein Boot?«
Morello nickt zustimmend.
»Sie brauchen kein Taxi zu rufen. Fabio, ein sehr guter Freund von mir, kein Dieb, keine Sorge, Herr Kommissar, hat ein kleines Boot. Ich leihe es mir aus und fahre Sie zum Flughafen.«
»Va bene. In zehn Minuten bin ich bereit.«
»Ich bin schon unten. Ich warte auf Sie an der Calle dietro il Campanile.«
Claudio reißt sein Telefon aus der Tasche und rennt aus der Wohnung. »Hey, Fabio, hier ist Claudio, hör mal …«, versteht Morello noch, dann ist er weg.
Morello trinkt den Kaffee aus. Venedig–Palermo, eine Stunde und vierzig Minuten Flug. Niemand weiß davon. Er kann es wagen. Er holt seine Reisetasche und geht los.

Am Ende der Calle dietro il Campanile wartet Claudio auf einem tuckernden kleinen Boot.
Morello steigt ein, und Claudio fährt los.
»Ich gebe Ihnen meine Telefonnummer. Wenn Sie am Sonntag zurückkommen, rufen Sie mich an. Ist egal, um wie viel Uhr, auch mitten in der Nacht. Ich hole Sie ab und fahre Sie nach Hause. Um wie viel Uhr fliegen Sie, Herr Kommissar?«

»10 Uhr 45.«
Claudio schaut auf sein Handy. »Wir haben jetzt neun Uhr. In vierzig Minuten sind wir am Flughafen. Alles kein Problem.«
»Alles kein Problem«, murmelt Morello. »Schön wär's.«
Von Arsenale aus steuert Claudio das Boot zwischen der Friedhofsinsel San Michele und der größeren Insel Murano hindurch. Claudio gibt ihm ein Zeichen, und Morello dreht sich um. Cannaregio liegt vor ihnen, indirekt beleuchtet von der Sonne, die sich für einen Augenblick hinter einem der Kirchtürme von Murano versteckt. Als sie bescheiden, aber sich ihrer Zauberkraft völlig bewusst, dahinter hervortritt, überschüttet sie die Lagune mit einem gleißenden Licht, das glitzernde Sterne auf dem Wasser verteilt. Wunderschön.
Doch Morello erinnert sie nur an einen Suchscheinwerfer, der über die Mauern seines Gefängnisses streift.

Langsam senkt sich das Flugzeug tiefer hinunter zum Wasser, um die Landebahn des Flughafens von Palermo anzusteuern, eine Landebahn, die aussieht, als sei sie in harten Kämpfen dem Meer abgerungen worden. Morello kramt seine schwarze Sonnenbrille aus dem Etui. Es ist besser, wenn ihn nun niemand erkennt.
Viel besser.
Die Leute, die ihn suchen, haben Augen und Ohren überall.
Deshalb – kein Mietwagen. Kein Taxi.
Er wird den Bus zum Bahnhof nehmen.
Aeroporto Palermo-Punta Raisi »Falcone e Borsellino«. Falcone und Borsellino! Morello lacht bitter, als er den Namen der Mafiajäger auf dem Namensschild in der großen Halle des Flughafens von Palermo liest.
Er weiß mehr darüber, als für seine Gesundheit und sein Leben gut ist.
Für Sara gut war.

Er geht zur Bushaltestelle.

Unauffällig checkt er die an- und abfahrenden Autos, als er mit zwölf anderen Passagieren auf den Bus wartet. Alles ruhig. Keine verdächtige Bewegung. Kein verdächtiges Auto. Keine verdächtigen Personen.

Da taucht ein Motorrad auf. Es fährt langsam. Untertourig. Fahrer und auf dem Soziussitz ein Beifahrer. Beide tragen schwarze Helme. Mit einem Schritt versteckt sich Morello hinter einer Stützsäule. Vorsichtig schaut er um die Ecke.

Das Motorrad, eine hochmotorisierte, teure und schnelle Kawasaki, fährt gemächlich am Bürgersteig entlang. Er hört den gurgelnden Motor der Maschine. Langsam gleitet sie an der Haltestelle vorbei. Morello atmet aus.

Er sieht den Bus in der Ferne auftauchen.

Doch dann hält das Motorrad direkt hinter der Haltestelle.

Morello drückt sich hinter die Säule.

Haben sie ihn gesehen?

Vorsichtig schiebt er den Kopf ein Stück vor.

Er sieht, wie der Beifahrer absteigt.

Sich umsieht.

Morello kalkuliert die Entfernung zum Eingang der Halle.

Zu weit, mit zwei, drei gezielten Schüssen wäre er ein leichtes Ziel.

Der Bus taucht auf. Entfernung zur Haltestelle: geschätzte 80 Meter.

Wenn er gleich hinter dem Bus in Deckung geht, gefährdet er die Passagiere.

Morello verwirft den Gedanken.

Soll er über die Straße rennen?

Direkt vor dem Bus losrennen.

Seine einzige Chance.

Er stellt die Reisetasche auf den Boden. Sie würde ihn nur behindern.

Er atmet konzentriert zweimal tief ein und aus.

Jetzt geht es um sein Leben.

Er spannt die Muskeln, drückt sich gegen den Pfeiler, um sich besser abstoßen zu können.
Da nimmt der Beifahrer den Helm ab.
Langes blondes Haar fällt auf schmale Schultern.
Es ist eine Frau.
Auch der Fahrer hat den Helm abgenommen. Ein Gesicht mit grauem Bart.
Die Beifahrerin küsst den Fahrer.
Englische Gesprächsbrocken wehen zu ihm herüber.
Engländer. Touristen.
Der Bus fährt vor und bremst.
Zischend öffnen sich die Türen.
Morello sieht sich noch einmal um, hebt die Reisetasche auf und steigt ein.

Der Bus hält direkt vor dem Bahnhof an der Piazza Giulio Cesare. Er lässt den McDonald's hinter sich und geht mit schnellen Schritten und gesenktem Kopf zu dem wartenden Zug nach Messina. Pünktlich um 14.30 Uhr verlässt er ihn wieder auf dem Bahnhof von Cefalù.
Es ist gefährlich.
Er weiß es.
Man kennt ihn in seiner Heimatstadt.
Doch andererseits: Niemand erwartet ihn.
Das ist seine Chance.
Und trotzdem: Er bleibt stehen und atmet tief die Meeresluft von Cefalù ein. Wie frisch sie ist! Wie sauber sie vom nahen Wasser herzieht. Am liebsten würde er sofort an den Strand zur Lungomare Giuseppe Giardina laufen und dort einen Weißwein trinken. Den Frauen nachsehen. Den spielenden Kindern den zu weit geschossenen Ball zurückwerfen. Seine Freunde umarmen. Die Mutter am Arm nehmen und mit ihr langsam zum Meer gehen. Eine Muschel aufheben oder einen glatten Stein.

Er ist zu Hause.

Merkwürdig – obwohl er weiß, dass er hier bedroht ist, fühlt er sich frei.

Er wird nach Cefalù zurückkehren.

Er fühlt es genau. Noch nie war er sich dessen so sicher wie in diesem Augenblick. Hier, genau an diesen Ort, gehört er hin.

Doch jetzt muss er vorsichtig sein.

Deshalb geht er mit schnellen Schritten durch die Via Antonio Gramsci und biegt nach zweihundert Metern links in die Via del Giglio ein. Dann sind es nur noch wenige Schritte, und er steht vor dem Haus, in dem er geboren wurde. Ein altes Haus. Sandsteinfassade. Nur ein Erdgeschoss und zwei Stockwerke. Er zieht den Schlüssel aus der Tasche und schließt die alte Holztür auf, die das Haus schon bewachte, als seine Mutter ihn hier auf die Welt brachte. Das Schloss klemmt jetzt ein wenig. Morello drückt die Tür mit der Schulter auf und verschwindet im Dunkel dahinter.

Das Türschloss im zweiten Stock öffnet sich leicht. Morello tritt ein und bleibt stehen.

»Giulia?«

Keine Antwort. Seine Schwester ist nicht zu Hause.

Morello stellt seine Reisetasche auf den Boden und geht in die Küche. Alles ist hier noch wie immer. An der Wand steht der kleine Tisch mit den drei Stühlen. Der Gasherd, die Spüle, der alte Schrank, der noch von den Eltern seines Vaters stammt, der Kühlschrank, das Bild der Santa Rosalia an der Wand. Morello lässt seinen Blick schweifen. Etwas ist anders. Etwas stimmt nicht. Er sucht, sieht sich um, doch er findet nichts. Alles ist wie immer.

Und doch …

Er setzt sich auf einen der Stühle.

Dann wird ihm bewusst: Es ist anders, hier in dieser Küche zu sitzen, als er es gewohnt ist. Er kennt jeden Zentimeter, aber nun hat sich ins Vertraute eine Spur Fremdheit eingeschlichen.

Cazzo – sein Blick hat sich geändert.

Er sieht die Küche seiner Mutter mit anderen Augen. Mit dem Blick des Sohnes, der zu Besuch kommt. Nicht mehr mit dem Blick desjenigen, der hier hingehört.

Die Küche ist viel kleiner, als er sie in Erinnerung hat.

Morello schüttelt den Kopf. Er möchte dieses neue Gefühl verjagen.

Er steht auf. Aus Mutters altem Schrank holt er zwei Kaffeetassen; die kleinen roten, die schon immer in diesem Schrank standen. Noch nie sind sie ihm aufgefallen, noch nie hat er über sie nachgedacht. Doch jetzt, da er aus dem Norden zurückkommt, fallen sie ihm auf.

Er nimmt zwei Gläser und versucht, nicht über sie nachzudenken. Es sind nur zwei Gläser. Gläser, die er schon tausendmal in der Hand gehalten hat. Er hebt eines gegen das Licht und betrachtet es. »Pass auf, lass das Glas nicht fallen. Es hat viel Geld gekostet.« Wie oft hat er diesen Satz gehört! Morello lächelt. Wenn er der Mutter beim Abtrocknen geholfen hat ... Wenn er vom Fußballspielen von der Straße zurückgekommen ist, durstig und dreckig, und eines der Gläser aus dem Schrank geholt und dann die Tür zur Speisekammer aufgerissen, den Krug mit dem Gemisch aus Zitronensaft und Wasser genommen, sich das Glas vollgegossen und es in einem Zug hinuntergekippt hat.

Vielleicht ist es dasselbe Glas, das er jetzt gerade in der Hand hält. Es war ein einfaches Glas. Mit geriffeltem Hals. Nichts Besonderes. Massenproduktion. Aus Prato vielleicht. Nur ein Glas, das seine Mutter vermutlich irgendwo auf dem Markt in Cefalù gekauft hatte.

Da ist er wieder! Der Blick von außen. Er kennt alles in dieser Wohnung. Und trotzdem ... Nichts ist ihm so vertraut, wie es einmal war. Morello schüttelt noch einmal den Kopf und stellt das Glas auf den Tisch. Er nimmt die kleine Kaffeemaschine aus dem Regal, schüttet Kaffeepulver aus der gelben Dose hinein und stellt die Maschine auf den Gasherd. Aus dem Kühlschrank (auch er ist viel kleiner als in seiner Erinnerung) holt er zwei

Flaschen Wasser und stellt sie neben die Gläser. Die Zuckerdose steht wie immer in dem mittleren Fach des Schranks. Aus der Schublade des Küchentischs nimmt er zwei kleine Löffel und legt sie auf den Tisch. Dann schaltet er den Gasherd an.
Als die Kaffeemaschine faucht, hört Morello, wie sich der Schlüssel in der Wohnungstür dreht. Er ist ganz ruhig. Nimmt die Kaffeemaschine und füllt die Tassen.
»Antonio? Bist du es?« Giulia kommt herein.
»Der Kaffee ist fertig«, sagt Morello.

Es war eine lange und feste Umarmung gewesen. So lange wie nie zuvor hatten sie einander festgehalten.
»Bist du schon lange hier?«
»Nein. Genau die Zeit, die ich gebraucht habe, den Kaffee vorzubereiten.«
Morello schenkt den Kaffee erst in Giulias Tasse, dann in seine. Sie trinken. Sie müssen nicht reden. Noch nicht. Es ist ihr Ritual. Sie kennen diesen Moment. Ein Blick in die Augen genügt. Giulia stellt ihre Tasse auf den Tisch. »Du hättest nicht kommen müssen. Mamma geht es bald wieder besser.«
»Ich will sie sehen. Mit ihr reden.«
»Nicht im Krankenhaus! Da arbeiten Leute, die dich kennen. Es genügen ein paar neugierige Augen oder ein leerer Geldbeutel – und du bist tot. Mamma wird voraussichtlich morgen Nachmittag entlassen. Du kannst sie hier zu Hause sehen.«
»Gut, dann machen wir es so.«
»Wie ist deine Arbeit – in der schönsten Stadt der Welt?«
Morello schaut seine Schwester mit einem skeptischen Blick an.
»Wusstest du, dass Venedig eine der schmutzigsten Städte in ganz Europa ist? Obwohl dort keine Autos fahren.«
»Ach was, das wusste ich nicht.«
»Kreuzfahrtschiffe verpesten die Luft mit den Abgasen des billigsten und schlimmsten Schweröls. Außerdem ist es dort so,

wie Mutter befürchtet hat: stinkig, kalt, nass und unfreundlich! So ist meine Arbeit in der schönsten Stadt der Welt.«
Giulia lacht.
Morello lacht auch. »Ich vermisse euch ... die frische Luft, das Essen und das Meer.«
»Wir vermissen dich auch, aber Mamma ist erleichtert, dass du endlich in Sicherheit bist, und ich bin es auch. Es ist besser so, als wenn noch einmal ...«
»Ja. Das stimmt. Einerseits ...«
»Wärst du geblieben, hättest du dein Leben lang in einer Kaserne leben müssen. So wie im letzten Jahr. Die Mafiosi haben nicht vergessen, was du hier getan hast.«
»Hab nur meine Arbeit gemacht.«
»Ja. Aber alles, was wir tun, hat Konsequenzen! Ich gehe jeden Tag durch die Stadt und höre immer noch, was die Leute über dich reden – und auch über mich. Gestern, als ich einkaufen war, habe ich gehört, wie die Ladenbesitzerin zu ihrer Freundin sagte: Da ist die Schwester des freien Hundes.«
»Es tut mir leid, Giulia.«
Sie legt ihre Hand auf seine. »Nein, Antonio. Ich bin sehr stolz auf dich. Mamma auch. Wir gehen mit hocherhobenem Kopf durch Cefalù. Du hast viele Freunde hier.«
»Meinst du?«
»Ja.« Giulia zieht ihre Hand zurück. »Ich gehe später wieder ins Krankenhaus und bleibe dort, bis Mamma eingeschlafen ist. Ich sage ihr besser nicht, dass du hier bist. Sie reißt sich sonst den Tropf aus dem Arm und rennt im Nachthemd hierher, um dich zu sehen. Morgen wird sie stattdessen eine Überraschung erleben. Du kannst über Nacht dein altes Zimmer haben. Es steht ein Bügelbrett drin und ein Wäschekorb. Sonst ist alles so, wie du es kennst.«
»Gut. Ich bin müde und lege mich eine Stunde aufs Ohr.«
»Mach das«, sagt Giulia und steht auf.

Morello steht vor dem Regal und betrachtet seine alten Bücher. Seine Lieblingsschriftsteller Leonardo Sciascia, Andrea Camilleri stehen dort. Sachbücher über die Mafia und die organisierte Kriminalität. »Cose di Cosa Nostra« von Giovanni Falcone. »È Stato la Mafia« von Marco Travaglio. »Il Patto Sporco« von Nino Di Matteo. Eine DVD mit dem letzten Interview von Paolo Borsellino und Bücher über Carlo Alberto Dalla Chiesa, Rocco Chinnici, Antonio Ingroia, Nino Di Matteo, Roberto Scarpinato, Richter und Polizisten, die gegen die Mafia gekämpft haben oder immer noch kämpfen. Alle außer Carlo Alberto Dalla Chiesa sind in Sizilien geboren. Stolze Sizilianer wie er! Namen, die für das bessere Sizilien stehen. Er wollte immer einer von ihnen sein. Stattdessen schickt man ihn nach Venedig.
Er zieht ein Buch über Leonardo da Vinci heraus und blättert darin. An einer Stelle wird davon erzählt, wie da Vinci herausfindet, dass bei jedem Baum die Gesamtdicke der Äste gleich groß ist wie die Dicke des Stammes.
Merkwürdig, dass er sich daran erinnert. Er schiebt das Buch zurück ins Regal.
Über dem Bett an der Wand hängt die Urkunde mit seinem Foto: Antonio Morello, Commissario di Polizia.
Morello legt sich auf das Bett und schließt die Augen.
»Antonio!«
Morello schreckt auf.
Giulia ruft aus dem Flur: »Es ist 18.00 Uhr. Ich gehe jetzt zu Mamma ins Krankenhaus.«
»Va bene! Sehen wir uns später.«

Natürlich kann er nicht schlafen. Er hätte es sich denken können. Zu viele Erinnerungen. Er dreht sich auf den Bauch. Er dreht sich auf die Seite. Er dreht sich auf den Rücken. Es hilft alles nichts. Morello steht auf, geht ins Bad und duscht. Er zieht sich wieder an und läuft in der Wohnung auf und ab. Er sieht aus dem Fenster. Draußen dämmert es. Bald wird es dunkel sein. Kein Mensch ist auf der Straße zu sehen. Natürlich nicht. Um 19 Uhr sitzt jeder in Cefalù beim Abendessen.

Er öffnet die Tür zur Speisekammer. Tatsächlich, ganz unten steht immer noch der Metallkasten seines Vaters mit dem Werkzeug. Er nimmt eine Zange und den alten Hammer und geht zurück in sein Zimmer. Dann schiebt er den Schrank beiseite und kniet sich hin. Mit der Zange zieht er die Nägel aus einem Stück Fußleiste, nimmt diese ab und greift mit der Hand in den Hohlraum, den er damals mit einem Löffel ausgehoben hat. Er fühlt das ölgetränkte Tuch und zieht es hervor. Dann bringt er die Bodenleiste wieder an, schlägt die Nägel hinein und schiebt den Schrank an seinen alten Platz.

Vorsichtig schlägt Morello das Tuch zurück. Da liegt sie, die alte Beretta 92. Er hat sie vor einigen Jahren bei einer Hausdurchsuchung in Gorgo Lungo sichergestellt und dann beschlossen, sie zu behalten. Geschossen hat er noch nie mit dieser Pistole. Er hat sie regelmäßig geölt und gereinigt und sie dann in dem Hohlraum der Fußleiste hinter dem Schrank versteckt, den er als Schuljunge ausgehoben hatte, weil er damals die Heftchen, die in der Schule von Hand zu Hand gingen, vor der Mutter verstecken musste.

Jetzt ist er froh, die Waffe zu haben. Er steckt sie mit einer schnellen Bewegung in den Hosenbund. Seine Armbanduhr zeigt 19.45 Uhr. Eine gute Zeit, um unerkannt durch Cefalù zu laufen. Nur eine Runde. Nicht mehr. Nur sehen, ob alles noch so ist wie früher.

Er läuft zum Ende der Via del Giglio, biegt in die Via Roma ein und erreicht nach ein paar Hundert Metern die Via Giacomo Matteotti. Er atmet tief ein. In den Fenstern hinter den Balkonen brennt Licht. Keine Vespas auf der Straße, kein Motorrad, das mit einem Beifahrer auf dem Soziussitz auf ihn zufährt.

Ein paar Touristen schlendern die Straße entlang und bleiben vor der ausgestellten Speisekarte eines Restaurants stehen, beraten sich und gehen weiter. Morello schiebt sich an ihnen vorbei. Ein Kellner sieht ihn. Doch es gibt kein Aufflackern des Erkennens in seinen Augen. Gut, dass er die Wohnung verlassen hat. Ein lang vermisstes Gefühl der Freiheit überwältigt ihn. Nach der Piazza Garibaldi mit den herabgelassenen Gittern vor den Geschäften läuft Morello weiter auf dem Corso Ruggero bis zur Piazza del Duomo. Auf dem Platz vor der Kirche vergewissert sich Morello mit einem schnellen Griff, dass die Waffe noch hinter dem Gürtel steckt. Im Garten der Osteria sitzen dicht gedrängt Gäste; Kellner tragen Pizza und Pasta, Wasser und Wein durch die Reihen.

Morello bleibt einen Augenblick stehen und beobachtet die Szene.

Niemand kümmert sich um ihn. Niemand schaut kurz auf und greift dann zu seinem Telefon.

Die Luft ist rein.

Alles ist gut.

Morello geht ein paar Schritte und steht genau vor den Treppen, die hinauf in die Kirche führen. Als Kind, in der Zeit, nachdem sie ihm im Krankenhaus von Palermo den Augenverband angelegt hatten, hatte er die Stufen gezählt. Achtzehn. Er erinnert sich genau. Deshalb zählt er jetzt jeden Schritt auf der Treppe mit. Ein, zwei, drei, vier … achtzehn.

Als er vor dem Kirchenportal steht, ist die Erinnerung an die blinden Monate seiner Kindheit so stark, dass er die Augen schließt und mit geschlossenen Augen den Weg durch das Gotteshaus sucht. Die Erinnerung lässt ihn nicht im Stich: sieben Schritte nach rechts, zweiundzwanzig Schritte nach links.

Er öffnet die Augen, und tatsächlich, er steht im rechten Seitenschiff genau in der Mitte.

So wie damals.

Doch diesmal ist Kommissar Morello ganz allein in diesem großen Dom.

Damals waren zwei Dinge wichtig: Schritte zählen und genau hinhören. Lange her. Die Stimmung seiner Mutter, ihre bodenlose Traurigkeit, hatte er nur durch ihre Stimme erfassen können, durch ihre endlosen Gebete in dieser Kirche, die Gespräche mit den Nachbarn.

»Herr im Himmel und auf Erden, mach, dass mein Sohn wieder sehen kann.« Was für eine Inbrunst, wie viel Liebe er in der Stimme seiner Mutter gehört hatte. Jeden Sonntag in einer der Bänke dieser Kirche. Jeden Samstag und häufig sogar wochentags in der Frühmesse. »Herr im Himmel und auf Erden, mach, dass mein Sohn wieder sehen kann.« Wieder und immer wieder. Antonio kniete oft neben ihr und hatte ein schlechtes Gewissen, weil er nicht mit der gleichen Frömmigkeit für seine eigene Gesundung betete wie seine Mutter. Stattdessen konzentrierte er sich auf die Geräusche, das Knistern des Rockes der Nachbarin eine Reihe vor ihm, die Schritte, wenn der Pfarrer aus der Sakristei kam und vor den Altar trat. Wo steht er jetzt genau? Wie viele Messdiener sind um ihn?

Wenn die Gemeinde das Vaterunser betete, hörte er, wie die Frau des Bäckers den Text herunterleierte, er hörte, wie der Nachbar aus dem ersten Stock so laut betete, dass seine Mutter und die Umstehenden seine Anwesenheit sicher mitbekamen, er hörte, wessen Stimme von echter Frömmigkeit getragen wurde.

Seine Ohren eröffneten ihm eine Welt, die er vorher nicht erfahren hatte.

Er erinnert sich an die leichte Enttäuschung, als der Arzt ihm den Augenverband abnahm und die Wucht der Helligkeit ihn blendete, obwohl die Krankenschwester zuvor die rasselnden Rollläden heruntergelassen hatte. Er erinnert sich, dass er die Augen geschlossen hielt, als er an der Hand der Mutter das Krankenhaus verließ und die Schritte bis zu der großen Eingangstür zählte. Er erinnert sich, dass er sich fest vornahm, dieses genaue Hinhören nie wieder zu verlernen.

Immer noch mit geschlossenen Augen greift Morello nach der

Lehne einer Kirchenbank und kniet sich nieder. Er ist weder so tiefgläubig wie seine Mutter noch so gewohnheitsmäßig gläubig wie seine Schwester. Er denkt eher: Glauben schadet nicht und kostet nichts. Er senkt den Kopf und bittet den Herrn um Gesundheit und ein langes Leben für seine Mutter und, da er schon mal dabei ist, dass er morgen Sizilien lebend verlassen kann.
Dann öffnet er die Augen. Er bestaunt wie früher das schönste Mosaik der Welt, Christus als Weltenherrscher, gold und blau und rot, wunderschön. Ruggero II., der Normannenkönig, ließ es anfertigen. Er schließt wieder die Augen, und seine Netzhaut reproduziert noch einmal das goldene Mosaik.
Ob er das Vaterunser noch auswendig kann?

Vater unser im Himmel,
geheiligt werde dein Name.
Dein Reich komme ...

Was ist das für ein schlurfendes Geräusch?
Morello ist sofort hellwach. Seine Hand greift zur Waffe. Doch es ist nur der alte Kirchendiener, der ein Bouquet aus weißen Rosen zum Altar schleppt.
Cazzo!
Morello steht auf und geht mit gesenktem Kopf zum Ausgang. Er läuft die Treppe herunter und geht in schnellen Schritten weiter auf dem Corso Ruggero bis fast zum Ende, dann biegt er nach links in die kleine Via dei Veterani, eine Straße, in der noch immer einige Fischer wohnen. Das Haus mit der 137, ein kleines Haus mit Balkon, gehört Salvo.

Morello klingelt an der Tür, wie er früher immer geklingelt hat: kurz, kurz, lang, kurz, kurz. Nur einen Atemzug später summt es und die Tür lässt sich aufdrücken. Morello tritt in den Flur.
Es ist dunkel.

»Salvo?«
Er lauscht.
Kein Geräusch.
Auch in der völligen Dunkelheit kennt Morello den Weg genau. Vier Schritte vor, einer nach links. Er greift nach dem Geländer und weiß, er steht nun vor der Treppe, die in die Wohnung im ersten Stock führt.
»Salvo?«
»Antonio? Bist du's?«
»Ja, Salvo, ich bin's.«
»Warte an unserem üblichen Ort.«

Morello geht durch die Dunkelheit zurück zur Tür und dann hinaus auf die Straße. Bis zum Porticciòlo, dem kleinen Hafen, sind es nur wenige Minuten.
Er muss vorsichtig sein. Die Bewohner von Cefalù sind von den Tischen aufgestanden, wo sie zu Abend gegessen haben. Manche von ihnen werden zum Hafen gehen, die Nacht genießen, Freunde treffen, vielleicht noch ein Glas Wein trinken. Der Porticciòlo ist der schönste Platz in Cefalù. Früher, als seine Augen noch verbunden waren, saß er oft mit Giulia hier und hörte den Wellen zu oder den Fischern, die ihren Fang an Land brachten. Am Klang ihrer Stimme konnte er hören, ob es ein guter Fang war oder nicht. Er hörte, wie sie die Kisten mit schweren Schritten durchs Wasser ans Ufer schleppten. An der Erregung in ihren Stimmen erkannte er den Grad der Ernsthaftigkeit, was die Kaufabsichten der Kunden betraf, die sich hier bereits drängten. Zehn Boote kamen oft gleichzeitig zurück, manchmal zwanzig, große und kleine, und alle schleppten sie die Beute der Nacht in Holzkisten an die Straße am Ufer. Hunderte dieser Kisten wurden aufgereiht, gefüllt bis zum Rand mit Sarden, Anciovi, Saraghi, Aguglie, Calamari, Tonni, Triglie, Cefali, Cernie, Gamberi, Sgombri, Orate, Pòlipi, Vongole und mit dem

König aller Fische, dem Schwertfisch, dem besten und teuersten Fisch, dem Fisch, der aber auch am schwierigsten zu fangen war. Im alten Hafen herrschte ein Spektakel, die Zurufe von Preisen und Mengen, die Streiterei unter den Kunden, wenn die Ware knapp wurde.

Er liebte es.

All das ist schon lange vorbei.

Der kleine Hafen, der Porticciòlo, ist zum Meer hin durch eine lange Mauer geschützt. Davor führt ein Steinweg an das Ende des Kais zu einer kleinen Holzbank. Dort, in der Dunkelheit der Nacht, wo kein Laternenlicht hinreicht, traf er sich früher mit Salvo.

Die Holzbank steht noch immer am selben Platz.

Morello setzt sich und wartet.

Er beobachtet den Strand und das Meer. Keine verdächtigen Bewegungen. Nur hier und da sieht er einzelne Spaziergänger und Liebespaare vor den schönen alten Häusern, die im maurischen Stil erbaut wurden und die Schönheit der Stadt begründeten. Gelb, ocker, braun, jetzt bestrahlt mit zahlreichen Lichtern, reihen sie sich bis zum lungomare, wo die Restaurants und Hotels leuchten. Alles glänzt, alles ist ruhig. Morello zieht die Luft durch die Nase ein, als könne er wie früher die gefangenen Fische riechen.

Meine Stadt, und doch kann ich mich darin nicht mehr frei bewegen.

»Du bist komplett verrückt, Antonio!«

Salvatore Costia, genannt Salvo, das Streichholz, kommt auf ihn zu. Als Kind war er dünn wie eine getrocknete Sardelle, und auf seinem Kopf blühte rotes Haar. Salvo, sein bester Freund, seit Kindestagen.

Sie umarmen sich schweigend und fest. Salvo hat eine Flasche Rotwein und zwei Pappbecher mitgebracht.

»Seit wann bist du hier?«, fragt er, während er den Korken zieht.

»Seit heute Nachmittag.«

»Hat dich jemand gesehen?«

»Nur meine Schwester und ... ich war in der Kirche. Ich bin mir nicht sicher, ob mich der alte Kirchendiener erkannt hat.«
Morello trinkt einen Schluck Rotwein.
»Der Kirchendiener? Scheiße. Aber darüber reden wir später. Erzähl erst mal, wie ist dein neues Leben in Venedig? Man sagt, es sei die schönste Stadt der Welt. Stimmt das?«
Morello verdreht die Augen. »Es ist schrecklich. Am liebsten würde ich sofort wieder herkommen! Cefalù ist meine Heimat, und außerdem habe ich hier noch ...«
Salvo unterbricht ihn. »Ja, und wenn du deinen Kopf nicht benutzt, wird Cefalù der Ort sein, an dem du getötet wirst. Du stehst auf der Todesliste von halb Cefalù und ganz Palermo! Du hast mehr als vierzig Mafiosi in den Knast gebracht. Schon vergessen?«
»Dich nicht, dich habe ich nicht in den Knast gebracht.«
»Antonio, ich habe schon einiges angestellt. Aber ich habe noch nie einen Menschen getötet, das weißt du.«
»Natürlich, das weiß ich, Salvo. Und ich weiß auch, was du für meine Mutter und meine Schwester tust.«
»Mach dir keine Sorgen um sie. Solange ich am Leben bin, sind deine Mutter und deine Schwester in Sicherheit. In Cefalù habe ich immer noch meine kleine Autonomie und kann Probleme selbst lösen. Aber auf Palermo – da habe ich keinen Einfluss. Was da entschieden wird, das muss ich respektieren. Du weißt schon, wie es funktioniert.«
Morello nickt. Salvo ist kein Mafioso. Er ist ein kleiner Mascalzone, ein Gauner. Jeder in Cefalù kennt ihn. Jeder respektiert ihn. Sogar die richtigen Mafiosi. Vor einigen Jahren war Morello Zeuge, wie sich Salvo gestritten hat. Vier Männer saßen an einem Tisch im Restaurant Al Porticciòlo. Unter denen war auch ein Mafioso. Es wurde viel gelacht und viel getrunken. Als die Rechnung kam, weigerte sich der Mafioso zu zahlen. Salvo wurde plötzlich ganz ruhig. In diesem Viertel von Cefalù, sagte er zu dem Mann, muss jeder Respekt zeigen vor jedem! Der Mafioso lachte ihn aus. Ich zahle nie. Doch, sagte Salvo, heute und

hier zahlst du. Sie gingen vor die Tür und schlugen sich. Es war ein harter Kampf. Er dauerte, bis die Polizei kam. Morello erinnerte sich, wie er aus dem Wagen stieg und die beiden keuchenden Männer sah. Er nahm den Mafioso wegen Zechprellerei fest und ließ Salvo laufen. Am Tag danach stand ganz Cefalù auf der Seite von Salvo. Ein Mafioso muss ein Ehrenmann sein. So sagt man hier. So ist der Mafiacode. Salvo hat dem Mafioso gezeigt, was Ehre bedeutet, ohne ein Mafioso zu sein. Seit diesem Tag haben sie auch in Palermo Respekt vor Salvo aus Cefalù.

»Apropos Palermo, weißt du, ob jemand von den Großen Geschäfte in Venedig macht?«

Salvo trinkt einen Schluck Wein. »Das weiß ich nicht. Du weißt, die Cosa Nostra macht Geschäfte überall, wo viel Geld zu verdienen ist.«

»Kreuzfahrtschiffe. Klingelt da etwas bei dir?«

»Kreuzfahrtschiffe? Möglich. Ich höre mich ein bisschen um. Aber es wird einige Tage dauern. Aber jetzt sag du: Warum bist du hier? Doch sicher nicht mit einem Kreuzfahrtschiff.«

Morello lacht. »Meine Mutter ist im Krankenhaus. Morgen kommt sie wieder nach Hause. Ich wollte sie sehen. Außerdem – nach allem, was passiert ist, wollte ich auch mal wieder hier sein.«

»Bist du mit dem Flugzeug gekommen?«

»Ja. Flugzeug, Bus, Zug. Aber, jetzt hör auf, dir ständig Sorgen um mich zu machen. Ich bin jetzt an einem sicheren Ort. Venedig!« Er bläst schnaubend die Luft aus seinen Lungen.

»Mit dem Flugzeug? Das ist nicht gut. Gefällt mir nicht. Und ich hoffe, du verstehst: Wenn die Cosa Nostra weiß, dass du hier bist, dann geht es nicht nur um dich, sondern auch um mich. Verstehst du? Wenn es um mich geht, dann geht es auch um deine Mutter und deine Schwester. Wenn Palermo sich einschaltet, kann ich sie nicht schützen.«

»Ich weiß, Salvo. Doch ich war vorsichtig. Der Kirchendiener … Ich gebe zu, er ist ein Risiko. Doch warum sollte er mich verraten?«

»Warum?« Salvo lacht und reibt Zeigefinger und Daumen zusammen. »Deshalb.«

Sie schweigen.

Morello spürt die Anspannung seines Freundes. »Es war schön, dich zu sehen, Salvo. Jetzt geh zurück. Ich folge in zehn Minuten.«

Salvo steht auf. »Ich hoffe, du kommst irgendwann wieder zurück nach Cefalù«, sagt er.

»Ich hab's mir fest vorgenommen.«

Morello steht auf und umarmt seinen Freund. Er hat beide Arme um seine Schultern gelegt und fest gedrückt und bemerkt plötzlich, wie Salvo erstarrt. Er löst sich von ihm und tritt einen Schritt zurück. Salvo deutet mit der Hand auf den Hafen.

Jetzt sieht es auch Morello.

Ein einzelnes Licht, das sich langsam an der Mauer entlang bewegt. Der Scheinwerfer eines Motorrads.

»Scheiße«, sagt Salvo.

Kurz danach ist das untertourige Brummen einer hochmotorisierten Yamaha nicht mehr zu überhören. Der Scheinwerfer wird größer.

»Zwei Typen auf der Maschine«, sagt Morello.

»Scheiße«, wiederholt Salvo. »Scheiße, Scheiße, Scheiße.«

»Ich kann durchs Wasser verschwinden.«

»Nein, bleib du hier. Im Dunkeln können sie dich nicht sehen. Ich gehe ihnen entgegen und checke, was sie wollen.«

Morello drückt sich an die Mauer. Er zieht die Beretta unter dem Gürtel hervor und entsichert die Waffe.

Salvo geht die Mauer entlang, bis der Scheinwerfer ihn erfasst. Er bleibt stehen und hält sich die Hand vor die Augen.

»Bist du es, Salvo?«, fragt einer der Männer.

»Ich bin's.« Salvo verschwindet aus dem Lichtkreis und geht auf das Motorrad zu. Morello sieht, wie er die beiden Männer mit Handschlag begrüßt. Er versteht nicht, was dort besprochen wird. Das Einzige, was er hört, ist: »aus Palermo«. Er sieht, wie die beiden Männer die Helme abnehmen.

Mehr muss er nicht wissen. Er kennt die Morde vom Motorrad aus. Zwei Killer und ein Motorrad. Ein Klassiker. Der Politiker Salvo Lima wurde so getötet, der Polizist Calogero Zucchero, der Staatsanwalt Gaetano Costa, der Generale dei Carabinieri, Carlo Alberto Dalla Chiesa – alle von zwei Killern vom Motorrad aus erschossen. Suchen die beiden ihn? Oder jemand anderen? Was wollen sie?

Er hört das machohafte Lachen, das er so hasst und das ihre Nervosität überspielen soll. Und die Angst dahinter. Aber er spürt auch ihre Entschlossenheit, das zu tun, was ihnen befohlen wurde. Er kann die Spannung bis in seine dunkle Ecke am Ende der Hafenmauer spüren.

Die Männer auf dem Motorrad reden mit Salvo. Es ist ein fragender Ton. Salvo dreht sich kurz in seine Richtung um. Nur ein kurzer Blick. Mehr muss Morello nicht wissen. Er drückt sich mit dem Rücken dicht an die immer noch warmen Steine der Mauer und bewegt sich vorsichtig Schritt für Schritt an ihr entlang, stets die Dunkelheit an dieser hinteren Ecke des Kais ausnützend. Sein Fuß streift vor jedem Schritt an der Mauer entlang, bis er endlich die Bucht findet, die ihm signalisiert, er hat die kleine Treppe erreicht, die auf die Mauer hinaufführt. Er bückt sich vorsichtig und schleicht auf allen vieren Stufe für Stufe hinauf. Oben, auf dem Kamm der Mauer, bleibt er liegen und späht vorsichtig über die Kante.

Er sieht die beiden Killer und Salvo fünfzehn Meter vor sich. Der Typ auf dem Soziussitz hat eine Pistole in der Hand und zielt in die Dunkelheit.

Er ruft: »Komm nach vorne ins Helle! Wir wollen dein Gesicht sehen.«

Salvo redet auf die beiden Männer ein. Morello versteht nicht jedes Wort, doch so viel, dass Salvo ihnen erzählt, der Mann im Dunkeln sei ein Kumpel, nicht der Mann, den sie suchen.

»Wenn das so ist, kann er sein Gesicht zeigen, oder?«, sagt der Motorradfahrer.

Morellos Herz schlägt jetzt schneller und so laut, dass die

beiden Killer es hören müssten. Vorsichtig schleicht er sich bäuchlings vorwärts, bis er jedes gesprochene Wort versteht.

Der Killer auf dem Soziussitz steigt ab und hält die Pistole an Salvos Kopf.

»Komm langsam raus und zeig uns dein Gesicht. Sonst tut es mir leid um deinen Freund.«

Morello sieht den Angstschweiß auf Salvos Stirn.

Der Killer entsichert die Waffe und senkt sie auf Salvos Oberschenkel.

»Vielleicht kommst du jetzt«, ruft er.

Morello muss handeln. Er springt. Er landet auf dem harten Boden, kämpft nur kurz mit dem Gleichgewicht und richtet sich auf. Die Beretta hält er in beiden Händen. Abstand zum Motorrad drei Meter. Zu weit. Sein Vorteil ist das Überraschungsmoment.

»Waffe weg. Leg sie vorsichtig auf den Boden und hebe deine Hände hoch.«

Morello sieht die Überraschung im Gesicht der beiden. Er sieht aber auch, wie der Killer sofort überlegt, ob er es wagen kann, die Waffe hochzureißen und auf Morello zu schießen.

»Denk erst gar nicht dran. Du bist tot, bevor du die Pistole oben hast. Waffe auf den Boden. Hände in die Luft.«

Der Fahrer hebt langsam die Hände über den Kopf. Der andere Mann bückt sich und legt vorsichtig seine Waffe auf den Boden und dreht sich zu Morello um.

Die beiden sind erstaunlich locker. »Sieh an, dann bist du also doch wieder hier. Du bist eigentlich schon tot. Du weißt es nur noch nicht. Aber du bist tot.«

Salvo geht in einem großen Bogen um die beiden Killer herum und stellt sich neben Morello. Er legt den Kopf schief und flüstert ihm ins Ohr: »Schieß! Du musst sie umlegen.«

Morello lässt die beiden Killer nicht aus den Augen und sagt: »Ihr seid wegen versuchten Mordes festgenommen.«

Die beiden lachen, als habe er einen Witz erzählt.

»Bist du verrückt?«, flüstert Salvo. »Schieß doch! Wenn wir sie

laufen lassen, sind wir beide tot. Du und ich. Meine Familie. Deine Schwester, deine Mutter. Knall die Arschlöcher ab.«
»Ich kann nicht.«
»Lass uns laufen und wir vergessen die Sache«, sagt der Fahrer.
Salvo lacht bitter. »Bitte, Antonio, ich fleh dich an. Drück ab. Leg sie um. Es ist nur Abschaum.«
Morello weiß, dass Salvo recht hat.
Er sagt: »Ich bin Polizist, du erinnerst dich.«
Die beiden Killer heben den Kopf. Sie wittern eine Chance. Einer senkt langsam die Hände. Morello hebt kurz die Beretta, und sofort schießen sie wieder in die Höhe.
»Wir müssen sie fesseln«, sagt Morello.
Der Fahrer grinst.
»Ihr seid so was von tot«, sagt er.
»Gib mir die Pistole«, flüstert Salvo.
»Auf keinen Fall.«
»Gib mir die Pistole.«
Morello schüttelt den Kopf.
Mit einer schnellen Bewegung rammt Salvo ihm den Ellenbogen in die Rippen. Mit der anderen Hand greift er nach der Beretta und entreißt sie ihm. Der Schmerz ist höllisch. Morello kann die Waffe nicht halten, öffnet die Hand, beugt sich nach vorne und schnappt nach Luft. Er sieht, wie einer der Killer nach der Pistole auf dem Boden greift. Er sieht, wie der zweite an seinen Hosenbund greift. Er sieht Salvos verzerrtes Gesicht. Er sieht, wie sein Freund die Schusshand hebt. Er sieht, wie Salvos rechte Hand nach oben fliegt. Er sieht, wie der Kopf des ersten Killers nach hinten gerissen wird. Er sieht, wie aus seinem Hinterkopf eine dunkle Fontäne von Blut, Knochen und Gehirnmasse in die Nacht geblasen wird. Er sieht den Schrecken im Gesicht des anderen Mannes. Er sieht, wie ein Geschoss seine Nase, Stirn und Augen wegreißt.
Das Motorrad fällt um. Dann ist es still.

Salvo atmet schwer, aber er wirkt ansonsten ruhig und beherrscht. »Die beiden Leichen müssen hier weg. Und zwar schnell. Je später sie gefunden werden, desto größer ist unser Vorsprung.« Er bückt sich, greift den toten Fahrer an den Handgelenken und will ihn wegziehen.

»Stopp«, sagt Morello. »Keine Fingerabdrücke. Wir ziehen ihre Handschuhe an.«

Sie knien sich vor die Toten und ziehen ihnen die Handschuhe ab und streifen sie sich selbst über. Dann zieht jeder eine Leiche an den Füßen am Ende des Kais um die Mauer herum. Dort türmen sich die großen Steinquader, die als Wellenbrecher die Mauer schützen sollen. Zwischen zweien dieser riesigen Brocken lassen sie die Leichen gleiten.

»Die Blutspur«, sagt Morello und deutet auf den Boden.

»Wenn wir Glück haben, sieht man sie erst morgen früh«, antwortet Salvo. »Wir müssen hier weg, und zwar schnell. Ich fahre das Motorrad. Schwing du dich hinten drauf.«

»Die Helme«, sagt Morello. »Wenn uns niemand erkennen soll, ziehen wir besser ihre Helme auf.«

»Scheiße, du hast recht.«

Sie heben die Helme der beiden Killer auf und stülpen sie sich über die Köpfe. Ihre Finger zittern, als sie die Kinnriemen schließen.

Salvo rennt zurück zum Motorrad, Morello folgt ihm.

»Du kannst morgen unter keinen Umständen das Flugzeug nehmen. Auch nicht den Zug.«

Er schaut auf seine Uhr. »Ich fahre dich zur Fähre. Um 23 Uhr geht die Nachtfähre nach Livorno. Die nimmst du. Los, steig auf.«

»Ich muss mich von meiner Schwester verabschieden. Da ist noch meine Reisetasche ...«

»Keinen Abschiedskuss. Keine Reisetasche. Wir fahren auf keinen Fall mit dieser Maschine durch Cefalù. Steig endlich auf.«

Mit einem Satz schwingt sich Morello auf den Rücksitz. Der Motor heult auf. Sie klappen die Visiere herunter und fahren los.

Zwölf Minuten später zieht Salvo ein Ticket an der Zufahrt zur Autobahn. Es ist kaum ein Wagen auf der Straße zu sehen. Morello schaut auf die Uhr. Fünf Minuten nach zehn. Sie werden es nicht rechtzeitig schaffen. Er beugt sich zu Salvos Helm nach vorne, um ihm zu sagen, dass er umkehren soll, als er mit einem jähen Ruck nach hinten gerissen wird. Mit beiden Händen klammert er sich an Salvos Schulter. Die Maschine macht einen Satz und rast los.

Als das Motorrad den Hafen erreicht, stoppt Salvo unmittelbar vor dem Terminal. Die Fähre liegt noch mit geöffnetem Maul am Kai. Im Schritttempo fahren Lieferwagen, Kombis mit Touristen, Kleinwagen aller Art und zwei Reisebusse hinein.

Salvo stellt den Motor ab. Morello rennt zum Schalter. Er bekommt noch eine Fahrkarte für eine Einzelkabine.

»Was wird jetzt mit dir passieren?«, fragt er Salvo, als er zurückkommt.

»Gar nichts«, antwortet Salvo. »Niemand hat uns gesehen. Niemand außer uns beiden kann sagen, wie es gelaufen ist. Das Motorrad werde ich verbrennen. Ich weiß auch nichts, wenn die Herren aus Palermo eine Erklärung von mir wollen. Wichtig ist, dass du kein Wort über die Sache verlierst und dass du hier niemals wieder ohne Polizeischutz auftauchst, zumindest, bis ich weiß, dass es für dich sicher ist.«

Morello nickt. Er schaut seinem Freund in die Augen. Dann fasst er mit seiner rechten Hand an das linke Ohr Salvos. »Tut es immer noch weh?«

»Nur wenn das Wetter wechselt. Jetzt verschwinde endlich. Steig auf diese verfluchte Fähre.«

Mit einer schnellen Bewegung steckt Salvo ihm die Pistole zu. »Schmeiß sie unterwegs ins Meer.«

»Danke. Du hast mein Leben gerettet und trotzdem, du weißt, etwas hat sich in dieser Nacht in unserem Leben verändert, für immer.«

»Jetzt hast du endlich einen Grund, mich in den Knast zu bringen.«

Morello lächelt traurig. »Ja, aber nur wenn ich nach Cefalù zurückkehre und hier wieder Kommissar werde.«
Dann umarmen sich die Freunde – ganz lange, wie es Morello vorkommt.
Dann geht er, ohne sich noch einmal umzudrehen.

Die Kabine ist klein und praktisch. Ein schmales Bett schmiegt sich an die Zwischenwand, es gibt einen Schrank (den er nicht braucht), einen kleinen Tisch, einen Spiegel und ein winziges Bad mit Toilette und Dusche. Es gibt ein Türschloss. Mit einem kräftigen Tritt könnte er die Tür aus den Angeln heben.
Sein Kopf ist leer, wie bei einer nahenden Ohnmacht. In seinem Bauch wächst ein immer stärker werdender Druck, der sich anfühlt, als wolle jemand sein Zwerchfell herauspressen. Er atmet tief ein und aus. Es hilft nicht.
Seinen Wochenendtrip nach Sizilien hat er sich anders vorgestellt.
Er legt sich auf das Bett und tippt eine SMS:

> Liebe Giulia, ich musste weg. Du hattest recht, es war zu gefährlich. Mir geht es gut. Bitte gib unserer Mutter einen dicken Kuss und lass mich wissen, wie es ihr geht. Das nächste Mal höre ich auf meine kluge ältere Schwester. Ich melde mich bald wieder. Bacio. Antonio. Bitte lösch diese Nachricht, wenn du sie gelesen hast.

Dann steht er auf und sieht auf die Uhr: 23.55 Uhr. Mit einem Handgriff prüft er, ob die Waffe noch fest im Gürtel sitzt, und vor dem Spiegel kontrolliert er, dass sie unter der Jacke nicht zu sehen ist. Dann verlässt er die Kabine.
Das Schiff ist groß, und die Reling ist lang. Morello geht an den Aufbauten vorbei, schaut durch ein Fenster in die Bar und das Restaurant. Hin und wieder sieht er rauchende Männer und

Frauen, die sich unterhalten oder einsam aufs dunkle Meer starren. Je weiter er zum Heck kommt, desto seltener werden die Passagiere. Schließlich ist er allein. Er schaut sich noch einmal um, zieht die Pistole mit einer schnellen Bewegung unter der Jacke hervor und lässt sie ins Wasser fallen.

Er wartet noch einen Augenblick, dann geht er zurück. Als er an der Bar vorbeikommt, überlegt er kurz und tritt ein. Die Hocker an der Theke sind nicht besetzt. Ein junges Pärchen sitzt an einem Tisch in der Nähe der Bar. An einem anderen Tisch hat sich eine Familie, die eine skandinavische Sprache spricht, auf die Sitzbank gequetscht. Zwei der drei Kinder haben den Kopf gegen die Rückwand gelehnt und schlafen mit geöffneten Mündern. Zwei alte Männer unterhalten sich an einem anderen Tisch gedämpft auf Italienisch über Salvini und die Lega, die jetzt auch in Sizilien zusammen mit Berlusconi regiert. Einige junge Leute mit Rucksäcken ringen mit dem Schlaf.

Morello setzt sich auf einen Hocker an der Theke und bestellt einen Espresso doppio. Als der Kellner die Tasse vor ihn hinstellt, betritt eine Frau den Raum. Sie bleibt an der Türschwelle stehen und überblickt die Szene. Ohne ihn anzusehen, geht sie zur Bar und setzt sich auf den Hocker am anderen Ende der Theke. Sie bestellt einen Cappuccino. Sie sieht nicht aus wie eine Sizilianerin. Morello lächelt über seine Besorgnis. Noch schickt die Mafia keine weiblichen Killer. Trotzdem behält er sie unauffällig im Auge. Mitte vierzig, mittellange braune Haare, Jeans, dunkelblaue Bluse und darüber eine ärmellose Wolljacke. Morello entspannt sich. In dieser Kleidung kann sie keine Waffe verstecken. Als sie aus der Gesäßtasche ein Taschenbuch von Andrea Camilleri zieht, weiß er, ihm droht keine Gefahr. Mafiosi lesen keine guten Bücher. Er bezahlt und geht zurück in die Kabine.

Zwei Jungs spielen Tischfußball. Er ist einer der beiden, das spürt er, der andere hat rote Haare – das muss Salvo sein. Einen Augenblick hat er nicht aufgepasst, und schon hat ihm Salvo mit der mittleren Figur der Dreierreihe einen Ball ins Tor geknallt.

Na warte! Er beugt sich vor, um die weiße Kugel besser treffen zu können, konzentriert sich, hält den Ball mit der Fünferreihe. Dann liegt plötzlich seine Schulmappe auf dem Kickertisch. Er wischt sie weg. Es ist so heiß in dieser Bar. Er schwitzt. Spürt den Schweiß, der über sein Gesicht und die Brust läuft. Dann rast die Wanduhr auf ihn zu. Merkwürdig, sie hat eine digitale Datumsanzeige. Dienstag, 27. Juni 1986, 11 Uhr 26 Minuten. Er weiß, was jetzt passieren wird, und schreit. Will es verhindern. Kann es nicht. Schreit noch einmal. Salvo spielt einfach weiter. Ich muss lauter schreien, denkt er. Die Schulmappe ist wieder da. Salvo spielt einfach weiter. Er schreit: Lauf, Salvo, lauf. Doch Salvo hört nicht. Dann der Schuss. Die Wanduhr fällt um. Er sieht die Uhrzeit riesengroß. 11 Uhr 26. Und Salvo spielt einfach weiter. Lauf, Salvo, lauf, du musst doch weglaufen. Er will sich nicht umdrehen und tut es doch. Drei Männer stehen am Eingang, Maschinenpistolen in der Hand, schwarze Motorradhelme auf dem Kopf. Eine Feuergarbe streicht über die Bar, die Theke splittert, der Spiegel kracht, Männer fliehen. Ihre Rücken färben sich rot. Sie stürzen. Du musst doch laufen, Salvo. Doch sein Freund wirft einen neuen Ball auf die Spielfläche des Tischfußballs. Alle schreien. Er schreit auch, doch er kann sich nicht hören in dem Chaos von Schüssen, splitterndem Holz, umstürzenden Stühlen und stinkendem Rauch. Er muss lauter schreien. Salvo schießt mit der Fünferreihe. Sein linkes Ohr ist rot. Schwitzt Blut aus. Spielt einfach weiter. Dann kommt Salvos Hand auf ihn zu, wirft ihn um. Er fällt unter den Kickertisch, schlägt mit dem Kopf gegen irgendetwas, eine Stange des Kickertischs, völlig verbogen, schlägt gegen seine Augen. Das Kind wird nie wieder sehen können, sagt seine Mutter leise. Nein, brüllt er, so laut er kann, und wacht auf.

5. TAG
SONNTAG

Morello torkelt aus dem Bett. Ihm ist schwindelig. Er zieht sich aus und geht in das winzige Bad. Betrachtet sich im Spiegel. Schwarze Bartstoppeln. Rot unterlaufene Augen wie ein Schlachterhund. Darunter Ringe, die jeden Olympioniken stolz gemacht hätten. Schrecken im Gesicht.

Er duscht. Er trocknet sich ab. Er zieht die verschwitzten Klamotten wieder an. Er bindet sich die Schuhe zu. Er greift sich mit beiden Händen in die schmerzenden Schultern. Er sieht durch das Bullauge ins dunkle Nichts. Er öffnet die Tür. Er schließt sie ab. Er geht den Flur entlang. Er stolpert. Er fällt. Er steht wieder auf. Er lässt seine Schultern kreisen. Er geht die Treppe hinauf. Er betritt die Bar. Er setzt sich an die Theke. Er bestellt einen Espresso doppio. Er fährt sich mit beiden Händen durchs Gesicht. Er weiß nicht, wie lange er dort gesessen hat.

Dann sagt eine Stimme: »Darf ich mich zu Ihnen setzen?« Eine Frauenstimme.

Ohne sich umzudrehen, zeigt er auf den freien Platz neben sich. »Certo.«

Die Frau setzt sich. Es ist die Frau, die er gestern Abend beobachtet hat. Die mit dem Buch. Jetzt liest sie nicht.

»Piacere, mi chiamo Teresa.«

»Piacere, Antonio.«

Er streckt die Hand aus. Sie schlägt ein. Es ist eine kräftige, trockene Hand. Angenehm.

»Sie haben schlecht geträumt in dieser Nacht«, sagt sie. Lächelt.
»Sehe ich so schlimm aus?«
Sie bestellt einen Cappuccino. »Ja, das auch, aber das ist nicht der Grund für meine Bemerkung.«
Doch Mafia. Morello fixiert sie. Eine schöne Frau, schlank, aber nicht dünn, ein rundes, waches Gesicht, schwarze Augen, die ihn aufmerksam mustern. Dunkelgrüner, ganzteiliger Anzug. Unmöglich, darin eine Waffe zu verstecken. Nicht einmal ein Messer. Vielleicht doch nicht Mafia.
»Sie sind eine Hellseherin?«
»Nein, ich habe meine Kabine neben Ihnen. Ich habe nicht gelauscht, aber Sie haben ziemlich laut geredet und geschrien.«
»Es tut mir leid. Ich hoffe, Sie konnten ein bisschen schlafen.«
»Nein. Konnte ich nicht.«
»Sie hätten besser das Flugzeug genommen.«
»Ungern. Wegen des ökologischen Fußabdrucks und dieser Dinge. Mein Plan war, mich auf diesem Schiff auszuschlafen und heute dann ausgeruht einen Termin in Livorno wahrzunehmen.«
»Das habe ich Ihnen vermasselt.«
»Gründlich.«
»Das tut mir leid. Ehrlich.«
»Wohnen Sie in Livorno?«
»Nein, ich reise weiter nach Venedig. Arbeit.«
»Oh, Sie arbeiten in der schönsten Stadt der Welt.«
Morello schnaubt.
Teresa trinkt ihren Cappuccino aus und stellt die Tasse energisch zurück auf den Unterteller. Dann schaut sie Morello nachdenklich an.
»Wir haben, mehr oder weniger, noch zehn Stunden, bevor wir Livorno erreichen«, sagt sie.
Morello zieht eine Augenbraue hoch und sieht der Frau ins Gesicht. Eine gute Figur. Er lässt den Blick über ihre Beine schweifen und sieht ihr dann in die Augen.
»Sie wirken etwas verspannt«, sagt sie.

»Sobald ich in Venedig bin, suche ich einen Physiotherapeuten auf.«

»Das ist mein Beruf.«

»Bitte?«

»Physiotherapie. Ich bin Physiotherapeutin. Ich schenke Ihnen eine Massage.«

Morello sieht sie erstaunt an. Es ist lange her, dass ihn eine Frau so direkt angemacht hat. Und diese Nummer ist witzig und originell.

Teresa zieht aus ihrer Tasche einen Geldbeutel. Sie legt Geld für den Cappuccino auf den Tisch und reicht ihm dann eine Visitenkarte.

Dott.ssa Teresa Carappi
Physiotherapeutin

»Wenn Sie keine Angst vor Frauen haben, massiere ich Sie.«

Morello lacht heiser. Was wird das? Er sieht die Frau an. Teresa lächelt, locker, entspannt, positiv.

Alles in allem das Gegenteil von ihm.

»Va bene«, sagt er unsicher.

Sie steht auf. Morello steckt die Visitenkarte in seine Hosentasche, legt einen Fünf-Euro-Schein neben die leere Tasse und folgt ihr.

Als sie vor seiner Kabine stehen, sagt sie: »Ich hole meine Tasche und komme gleich nach. In der Zwischenzeit können Sie sich ausziehen und hinlegen.«

Morello schließt seine Kabine auf. Wenn sie doch eine Killerin ist? Er entkleidet sich bis auf Unterhose und Unterhemd. Dann legt er sich auf das Bett.

Teresa tritt ein und schließt die Tür. Sie stellt ihre Tasche auf den Tisch und entkorkt eine kleine Flasche.

»Dieses Öl hilft, Ihre Muskeln zu entspannen, und lässt die Haut nicht trocknen. Aber Sie sollten schon das Unterhemd ausziehen.«

»Entschuldigung, ich bin es nicht gewöhnt …«

»Keine Angst, Sie sind nicht der erste Mann, den ich massiere.« Morello zieht das Unterhemd über den Kopf und wirft es auf den Boden. Aus den Augenwinkeln beobachtet er sie.

Er spürt, wie eine kühle, erfrischende Flüssigkeit auf seinen Rücken platscht. Als zwei warme Hände ihn berühren, schließt er die Augen.

»Ihre Muskulatur ist völlig verhärtet. Sagen Sie, wenn es zu schmerzhaft ist. Eine Massage sollte ein Genuss sein.«

»Va bene.«

Ihre Hände bearbeiten leicht und sicher seine rechte Schulter. Wärme steigt in ihm auf. Er fühlt jeden einzelnen ihrer Finger.

»Waren Sie beruflich in Sizilien?«

»Nein. Eigentlich wollte ich nur meine Familie besuchen. Meine Mutter musste ins Krankenhaus. Aber leider … Sie wissen, wie das ist. Dann muss man plötzlich zurück.«

Sie lacht rau. »Es tut mir leid wegen Ihrer Mutter. Ich hoffe, sie kommt bald wieder nach Hause.«

Teresas Hände massieren jetzt Morellos Wirbelsäule. Mit zwei Fingern bewegt sie jeden einzelnen Wirbel, vom Hals bis zu den Lenden. Danach spürt Morello ihre Hände im Nacken. Es fühlt sich gut an.

Ihre warmen Hände streicheln seine Brust. Ihr Kopf liegt auf seinem Bauch. Er spürt ihren Atem, ruhig und vertraut. Ihre Brüste liegen auf seinem Geschlecht.

»Ich liebe dich. Doch jetzt muss ich los, Antonio. Kann ich dein Auto nehmen?«

Morello fährt hoch und schreit: »Nein.«

Aus dem Lautsprecher tönt eine männliche Stimme. »Bitte machen Sie sich bereit zum Aussteigen. Wir legen in wenigen Minuten in Livorno an.«

Morello wacht auf. Er schaut sich um und merkt, dass er allein ist.

Cazzo! Er ist eingeschlafen, während Teresa ihn massiert hat. Diesmal hat er von Sara geträumt. Und immer dieser Satz: »Ich

muss los, Antonio.« Dieser eine unvergessliche Satz: »Ich muss los, Antonio.«
»Bitte machen Sie sich bereit zum Aussteigen. Wir legen in wenigen Minuten in Livorno an«, wiederholt der Lautsprecher.
Er springt aus dem Bett und zieht sich an.

Das Taxi braucht nur zehn Minuten bis zum Hauptbahnhof an der Piazza Dante.
Er hastet durch die Halle und sitzt kurz danach im Zug nach Florenz.
Er nimmt sein Handy und zieht die Visitenkarte Teresas aus der Tasche.
»Pronto? Teresa? Sono Antonio.«
»Ciao. Wie geht es dir?«
»Bene. Ich wollte mich bedanken für die Massage und mich entschuldigen, dass ich eingeschlafen bin.«
Sie lacht ihr raues Lachen. »Gerne. Ich konnte dann endlich auch in meiner Kabine einschlafen.«
»Teresa, ich wollte wissen, ob ich wieder was gesagt oder erzählt habe, als ich geschlafen habe. Es ist mir peinlich, das zu fragen, aber …«
»Du hast eine Menge erzählt, was ich nicht verstanden habe. Doch mach dir keine Sorgen. Ich bin schweigsam wie ein Grab. Falls wir uns noch einmal treffen sollten, dann werde ich dir sagen, was ich von dir erfahren habe. Va bene? Ich bin öfter unterwegs, Vorträge, Kongresse und so weiter. Irgendwann bin ich sicher auch in Venedig.«
»Va bene. Dann bist du zum Essen eingeladen.«
»Gerne.«
»Also – bis irgendwann wieder, Teresa.«
»Ciao, Antonio.«

Der Zug kommt pünktlich um 20.20 Uhr im Hauptbahnhof Santa Maria Novella von Florenz an. Um 20.40 Uhr geht ein Zug nach Venedig. Er fühlt sich merkwürdig ausgeruht und starrt während der Fahrt durchs Fenster in die undurchdringliche Nacht.

Eine SMS erscheint auf seinem Handy:

> Mama ist wieder zu Hause, es geht ihr gut. Sie weiß
> nicht, dass du hier warst. Bacio. Giulia.

Morello seufzt erleichtert.

Kurz vor 23.00 Uhr hält der Zug auf Gleis 7 in Venedig an. Er fühlt sich abgerissen und schmutzig in seinen Klamotten. Vermutlich stinken sie. Über die Strada Nuova läuft er durchs Cannaregio-Viertel zu seiner Wohnung. Die Küche ist aufgeräumt und strahlt vor Sauberkeit. Sein Bett ist frisch bezogen; das Wohnzimmer ist aufgeräumt. Er zieht sich aus, wirft seine Kleider in den Wäschekorb, duscht, legt sich ins Bett und schläft traumlos bis zum Morgen.

6. TAG
MONTAG

Kling-dong, kling-dong, kling-dong.

Mühsam stemmt sich Morello aus dem Bett und gähnt. Er taumelt zum Fenster und zieht die Vorhänge zurück. Der Kirchturm steht immer noch schief vor seinem Haus.

Noch schiefer als am Freitag? Morello ist sich nicht sicher.

Bevor er die Treppen hinabsteigt, holt Morello die Tupperdose mit der Caponata aus dem Kühlschrank.

Der Verkäufer erkennt ihn wieder, als er beim Holzboot ankommt, und begrüßt ihn mit Handschlag. Morello überreicht ihm die Dose. »Das ist die Caponata, die ich Ihnen neulich versprochen habe.«

»Danke! Ich bin neugierig. Ich werde auch meine Mutter probieren lassen. Sie ist die Köchin in dieser Trattoria.« Er deutet mit dem Daumen auf die Trattoria Alla Rampa gegenüber dem Holzboot.

»Bin gespannt, die Meinung Ihrer Mamma zu hören. Buona giornata.«

Am Anfang der Via Garibaldi biegt er links ab in eine Schatten spendende Allee.

Am Eingang eines Parks steht ein Bronzemonument von Garibaldi. Italiens Staatsgründer steht aufrecht und stolz auf der Spitze eines Steinhaufens, der von einem Teich umgeben ist. Dutzende Schildkröten schwimmen in dem Wasser, krabbeln auf den Felsen umher oder liegen übereinander auf den ersten sonnigen Plätzen.

Ein Hund, ein kleiner Mischling, irgendetwas zwischen Jack Russell, Mops und sehr vielen anderen Rassen, schnüffelt an Morellos Hosenbein und bellt dann heiser und laut die Schildkröten an.

»Casanova! Geh da weg! Komm sofort hierher«, keift eine Frauenstimme.

Zwei Frauen, die eine Mitte vierzig, die andere kaum zwanzig, kommen auf ihn zu. Die jüngere Frau schiebt einen roten Kinderwagen.

Der Hund hört sofort auf zu bellen, dreht sich um und trollt sich missmutig zu den beiden Frauen.

Die ältere Frau trägt eine Jogginghose mit weißen Seitenstreifen und ein kurzärmliges T-Shirt, Turnschuhe und eine riesige Sonnenbrille. Sie legt den Hund an die Leine.

»Entschuldigung«, sagt Morello. »Ihr Casanova mag Garibaldi nicht und Schildkröten offenbar auch nicht.« Er lächelt sie an.

»Mag sein. Doch davon abgesehen ist er ein freundlicher Hund.« Sie streichelt den Köter, der jetzt die Zunge aus dem Maul hängen lässt und laut hechelt.

»Casanova ist ein ungewöhnlicher Name für einen Hund.«

»Mir fiel kein anderer Name ein, der zu ihm passen könnte. Schon als Welpe lief er immer zu den Hündinnen.«

»Dafür dürfen Sie ihn nicht tadeln. Ich kann Ihren Hund sehr gut verstehen.«

Die beiden Frauen lachen. Die ältere Frau lauter als die junge.

»Wohnen Sie auch hier im Castello?«, fragt sie.

»In San Pietro.«

»Aber Sie sprechen nicht wie ein Venezianer.«

»Sizilianer.«

»Aha. Hier in Venedig kenne ich überhaupt keinen Süditaliener.« Ihr Gesicht verzieht sich, als sie das Wort »Süditaliener« ausspricht, als leide sie an plötzlichem Bauchweh.

»Mamma«, sagt ihre Tochter tadelnd. »Schimpf nicht schon wieder über die Süditaliener. Immerhin stehen wir hier vor dem Denkmal Garibaldis, des Mannes, der Italien vereinigt hat.«

»Ich sage, was ich will.«

»Wir Sizilianer haben keine so guten Erfahrungen mit Garibaldi gemacht«, sagt Morello.

»Warum nicht?«, erkundigt sich die jüngere Frau und schiebt den Kinderwagen sanft vor und zurück.

»In allen italienischen Schulbüchern steht geschrieben: Garibaldi hat Italien vereinigt. Er versprach uns Sizilianern soziale Gerechtigkeit. Er versprach den Bauern Land, das er den Großgrundbesitzern nehmen wollte. Das war der Vertrag und das Versprechen. Sizilien erhebt sich, wirft die Bourbonen aus dem Land, und die Menschen bekommen dafür – Gerechtigkeit. Aber er brach dieses Versprechen, und die Folgen spüren wir bis heute. Ich vermute, auch im Kopf Ihrer Frau Mutter.«

»Was ist mit meinem Kopf? Was soll da drin sein? Ich spüre da nichts von Garibaldi.«

»Haben Sie einen Moment Zeit? Ich erzähle Ihnen die Geschichte aus meiner Sicht, aus der Sicht eines Sizilianers. Aber es kann einen Moment dauern.«

»Wir haben Zeit, nicht wahr, Mamma?«

»Als Garibaldi mit seinen Leuten auf unsere Insel kam, revoltierten die Menschen schon in vielen Dörfern und Städten gegen die französische Fremdherrschaft und die mit ihnen verbundenen Großgrundbesitzer. Es gab Rebellionen überall, in Cefalù, meiner Heimatstadt, und in vielen anderen Orten. Wie eine Kettenreaktion erfasste der Aufstand Sizilien. Die Bevölkerung rebellierte gegen die reichen Grundbesitzer mit den Rufen: Viva Garibaldi, vogliamo le terre! – Es lebe Garibaldi, wir wollen das Land! Doch niedergeschossen wurden die Bauern von Garibaldi und seinen Männern. Verraten wurden die einfachen Leute, die ihm geglaubt hatten, er würde das Land an die verteilen, die es bestellen.«

Morello hat nun die Aufmerksamkeit der beiden Frauen. Interessiert hörte die jüngere zu, misstrauisch die ältere.

»In Bronte, einem kleinen Ort am Fuße des Ätna, kämpften

die Menschen schon lange gegen die ungerechte Landverteilung und die Ohnmacht der Bevölkerungsmehrheit aus Kleinbauern, Halbpächtern und Landarbeitern. Sie kämpften dagegen, dass sie behandelt wurden wie Sklaven, und dagegen, dass sie in einem Landstrich mit guten Ernten hungern mussten. Ihr Zorn richtete sich nicht nur gegen die Herrschaft der französischen Bourbonen, sondern auch gegen die der englischen Großgrundbesitzer. Ermutigt durch Garibaldi, brach in Bronte der Aufstand los. Häuser der Unterdrücker und ihrer Unterstützer brannten. Es kam leider zu einem Massaker, bei dem sechzehn Adlige und Offiziere umgebracht wurden, einschließlich des Barons des Dorfes mit Frau und Kindern, des Notars und des Priesters. Garibaldi schickte seinen General Nino Bixio nach Bronte. Seine Soldaten schlugen den Aufstand nieder. Bixio verhängte den Belagerungszustand. Er eröffnete einen Schauprozess und erschoss öffentlich Aufständische. Er sorgte für Ruhe, nicht für Gerechtigkeit. Entgegen seinen Idealen und seinen Versprechungen trat Garibaldi, der Volkstribun und Befreier der Nation, in Bronte offen auf die Seite der einheimischen und englischen Großgrundbesitzer. Es stimmt, Italien wurde vereinigt, aber in Sizilien bestanden die feudalen Strukturen weiter, und die meisten Menschen blieben bettelarm. Aus dieser Zeit stammen bis heute viele Vorurteile zwischen den Italienern. Die Vorurteile der Venezianer gegenüber den Süditalienern, zum Beispiel.«

»Ich mag sie trotzdem nicht«, sagt die ältere Frau. Sie befreit Casanova wieder von der Leine.

»Das habe ich schon bemerkt. Aber eigentlich sollten Sie in dieser Stadt doch an Menschen unterschiedlicher Herkunft gewohnt sein. Ich habe neulich gehört, im Jahr kommen 30 Millionen Touristen aus allen Ecken der Welt hierher.«

»Da haben Sie recht, das sind wir gewohnt. Doch die Hauptsache ist, sie gehen schnell wieder weg. Vor allem die Süditaliener.«

»Sieht so aus, als seien Sie eine Anhängerin der Lega von Matteo Salvini.«
»Selbstverständlich. Er ist der Einzige, der die Ausländer endlich wieder zurückschicken wird.«
»Als Ausländer meinen Sie vermutlich hauptsächlich Ihre Landsleute aus dem Süden?«
»Richtig. Was Garibaldi gemacht hat, die Vereinigung Italiens, ist für uns im Norden eine Katastrophe. Von mir aus können Sie dieses Denkmal mit nach Sizilien nehmen. Hier ist er nicht erwünscht! Gehen wir, Casanova!«
Grußlos dreht sich die Frau um und geht. Ihre Tochter zuckt entschuldigend mit den Achseln und schiebt den Kinderwagen hinter ihr her.
Nur Casanova bleibt noch stehen, sieht abwechselnd zu Morello, dann zu den Schildkröten, als könne er sich nicht entscheiden, wen er zuerst anbellen soll.

Am Ende der Allee stellt sich Morello in die Gruppe der Wartenden an der Haltestelle Giardini. Es ist noch früh, doch die Touristen haben bereits die Kontrolle über die Stadt übernommen. Franzosen, Amerikaner und Japaner stehen an der Haltestelle und warten auf das nächste Vaporetto. Morello erinnern sie nicht an Urlauber, sondern an Jäger auf einer Safari. Ihre Waffen sind nicht Flinte und Gewehr, sondern die gezückten Kameras und die in die Luft gereckten Smartphones.
Morello steigt zum ersten Mal in seinem Leben auf ein Vaporetto. Er registriert misstrauisch das leichte Schaukeln des Bootes und wundert sich, dass die Jäger, die sich an den Bug des Bootes drängen, sofort beginnen, Fotos zu schießen. Als sie an der kleinen Insel San Giorgio vorbeifahren, mit der berühmten Kirche Palladios, drängelt sich die Meute auf die linke Seite des Vaporettos, sodass das Boot für einen Moment

ins Schlingern gerät. Morello ist froh, als er an der Haltestelle San Marco wieder festen Boden erreicht. Er wühlt sich auf dem Weg zum Kommissariat durch die Menschenhorden.

Im Büro begrüßt er Viola Cilieni und fragt nach Anna Klotze. Viola lächelt Morello an. »Buongiorno, Signor Commissario. Anna ist auf dem Weg zum Vice Questore. Er hat alle Kollegen in sein Büro gerufen. Gehen Sie am besten auch gleich zu ihm.«
Als er das Büro des Vice Questore erreicht, beginnt dieser gerade mit seiner Ansprache. »Buongiorno. Ich soll euch zunächst die Glückwünsche von Questore Perloni ausrichten. Er ist zufrieden mit eurer Arbeit, allerdings müssen wir Pietro Rizzo jetzt schnell finden. Morgen Vormittag wird er auf einer Pressekonferenz über den Stand der Ermittlungen berichten. Dazu braucht er deinen Bericht, Morello. Die Fahndung nach dem Tatverdächtigen Pietro Rizzo läuft auf vollen Touren. Alle Ausgänge von Venedig werden überwacht. Die Brücken, der Bahnhof, der Hafen, der Flughafen. Er kann natürlich im Kofferraum eines Freundes die Stadt verlassen haben oder mit einem Boot geflohen sein, wahrscheinlicher aber ist, dass er sich noch in Venedig aufhält. Auf Befehl von Questore Perloni bündeln wir daher alle Kräfte, um ihn zu fassen. Auch ihr sollt die Fahndung verstärken.«
Morello hebt die Hand, um zu widersprechen, doch ein Blick Lombardis, ein intensiver Blick, der »Warte doch mal ab« bedeuten könnte, lässt sie rasch wieder sinken.
»Ferruccio und Mario, ihr patrouilliert in Zivil zwischen Markusplatz und Rialto. Alvaro, du gehst zum Scali Marittimi, dem Seehafen, und der Kommissar fährt mit Anna zusammen zum Venezia Arrivo Passeggeri. Dort werden heute zwei Kreuzfahrtschiffe erwartet. Alle einverstanden?«
Zustimmendes Gemurmel im Raum.
Wieder fängt Morello den Blick Lombardis auf.

Er versteht: Lombardi gibt ihm Gelegenheit, im Hafen zu ermitteln. Inoffiziell. Wenn etwas schiefgeht, dann trägt allein Morello die Verantwortung.
So läuft das also hier. Anders als in Cefalù, wo Vittorio Bonocore, sein Chef und väterlicher Freund, immer hinter ihm stand.
Bis er ihn nach Venedig abschob.
Morello nickt Lombardi unmerklich zu, signalisiert sein Einverständnis.
Das war genau das, was Morello wollte: zusammen mit Anna eine unauffällige Runde im Hafen drehen. Doch was bedeutet der Blick Lombardis am Ende wirklich? Steht der Vice Questore auf seiner Seite, ist aber zu vorsichtig, es offen zu sagen?
Er geht in sein Büro und schreibt den Bericht für den Questore.
In der Zwischenzeit sorgt Anna Klotze dafür, dass sie einen Termin bei den wichtigsten Geschäftsführern des Hafens bekommen.

»Natürlich alles nur Männer«, sagt sie zu Morello, als sie das Kommissariat verlassen.
»Großartig, dass du das so kurzfristig geschafft hast.«
»Dringende Mordermittlung – da öffnen sich alle Türen und Tore, sogar die des Allerheiligsten von Venedig.«
Eine Mitarbeiterin der Hafenbehörde erwartet sie am Terminal, einem riesigen Klotz aus Glas und Metall, der von einem leicht geneigten gläsernen Turm überragt wird.
»Von hier aus, dem Venezia Arrivo Passeggeri, können die Passagiere die Vaporetti nehmen oder zu Fuß in die Stadt gehen.«
Anna Klotze: »Ich kenne das Terminal. Wann können wir mit dem Geschäftsführer sprechen?«
»Herr Pallotti erwartet Sie.«
Am Ende eines langen Flures werden sie an eine Assistentin des Geschäftsführers weitergereicht. »Herr Pallotti ist gerade

sehr beschäftigt, aber ich habe Ihnen zehn Minuten freigeschaufelt.«

»Das ist sehr freundlich von Ihnen«, sagt Morello.

Die Sekretärin lächelt ihm zu und öffnet eine gepolsterte Tür. Dahinter ist eine zweite Tür, diesmal aus Holz. Die Assistentin klopft, lauscht auf das »Avanti« und tritt dann vorsichtig ein.

»Die Herrschaften von der Polizei!«

Morello hört Anna Klotzes wütendes Schnauben bei dem Wort »Herrschaften«.

Hinter einem großen schwarzen Schreibtisch erhebt sich Marco Pallotti. Morello schätzt ihn auf 55 Jahre. Er scannt die äußeren Eindrücke: 1,75 Meter groß, schmal, kurz geschnittene schwarze Haare, Lesebrille auf einer markanten römischen Hakennase, dunkelbraune Augen, längliches, freundliches Gesicht.

Mit offenen Armen kommt er auf sie zu. »Setzen Sie sich doch bitte. Kaffee? Wasser?«

Man setzt sich an einen Besprechungstisch, dessen Farbe sorgfältig mit der des Schreibtisches abgestimmt ist.

»Herr Pallotti, ich will Ihnen nicht zu viel von Ihrer kostbaren Zeit stehlen. Ich bin der neue Kommissar für Gewaltverbrechen in Venedig. Ich nehme einfach die Gelegenheit wahr, Sie kennenzulernen und etwas über den Hafen und das Terminal für Kreuzfahrtschiffe zu erfahren. Wie viele Passagiere fertigen Sie denn ab und welche Umsätze machen Sie?«

Marco Pallotti scheint zu wachsen. Er strahlt Morello an. »Gerne, gerne. Unsere Gesellschaft wurde 1997 gegründet. Wir verwalten derzeit zehn multifunktionale Terminals, sechs große Parkplätze und sieben Kais in den Gebieten von Marittima, St. Basilio und Riva dei Sette Martiri. Seit dem Gründungsjahr 1997 haben wir insgesamt 30 Millionen Kreuzfahrtpassagiere aus 200 verschiedenen Ländern hier in unserem Terminal empfangen.«

Er lehnt sich zurück, hebt die Hände und lächelt. »Allein im letzten Jahr hatten wir 1 546 337 Passagiere. Unser Jahresumsatz beträgt 33,66 Millionen Euro. Und unser Nettogewinn stolze 3,86 Millionen.«

»Sie machen diese Arbeit gern, das spürt man«, sagt Morello.

»Es ist eine großartige Tätigkeit. Stellen Sie sich vor: 14 000 Quadratmeter auf zwei Etagen; das Terminal 109/110 ist das größte Terminalgebäude im ganzen Mittelmeerraum. Früher war es ein Lagerhaus für Baumwolle. Heute können wir gleichzeitig zwei hintereinanderliegende Schiffe abfertigen. Bei allen technischen Systemen – von der Klimaanlage und dem Feuerlöschsystem über die Aufzüge und Rolltreppen bis hin zu allen Eingriffen in die Struktur des Gebäudes – wurde die Philosophie des Energiesparens und der ökologischen Nachhaltigkeit …«

Er redet sich in Rage, denkt Morello und hebt die Hand.

»Herr Pallotti, ich ermittele in dem Mordfall Grittieri. Der junge …«

Das Gesicht des Geschäftsführers verdüstert sich schlagartig.

»Ich habe davon in der Zeitung gelesen.« Er schüttelt den Kopf. »Schlimme Sache.«

»Sie haben vielleicht auch gelesen, dass das Mordopfer Mitglied der studentischen Vereinigung gegen Kreuzfahrtschiffe war. Diese jungen Leute behaupten, die Kreuzfahrtschiffe hätten keinen Nutzen für Venedig. Es sind zwar viele Menschen, die hier für ein paar Stunden aussteigen, aber die Passagiere essen an Bord, übernachten nicht in den lokalen Hotels und kaufen meist nur Krimskrams.«

Pallottis Gesicht verdüstert sich noch mehr. »Ich kenne, äh, kannte Francesco Grittieri. Sehr kluger Junge, leider etwas verblendet in dieser Sache. Seine Mutter hält Anteile an unserer Gesellschaft. Schlimme Sache für die ganze Familie.«

Kurzes Schweigen.

Dann holt Pallotti tief Luft. »Man soll die Toten ehren, aber der junge Grittieri hatte sich verrannt. Wir sind sehr wichtig für die Ökonomie der Stadt. Zum Nutzen für Venedig gibt es eine Studie von Prof. Cesare Dosi, dem ehemaligen Dekan der Fakultät für Wirtschaftswissenschaften der Universität von Padua. Der wirtschaftliche Wert der Kreuzfahrtschiffe für Venedig beläuft sich demnach auf 435 Millionen Euro pro Jahr.«

Pallotti macht eine Pause. Breite Falten durchfurchen seine Stirn.

»Ein Verzicht auf die Großschiffe würde bedeuten: 5,4 Prozent des lokalen Umsatzes würden wegfallen. Etwa 5 000 Arbeitsplätze dazu. Venedig kann sich das nicht leisten.«

Morello gibt sich beeindruckt. »435 Millionen Euro pro Jahr«, wiederholt er. »Diese Studie, von der Sie sprachen, wer hat sie in Auftrag gegeben?«

Die Falten graben sich tiefer in Pallottis Stirn. »Nun ja«, sagt er. »Wir haben natürlich ein Interesse daran, solche Zahlen zu erforschen.«

»Verstehe«, sagt Morello. »Eine letzte Frage: Wie hoch ist der Anteil der Familie Grittieri an der Firma?«

»Das ist nicht einfach zu beantworten«, sagt Pallotti. »Es ist alles nicht so einfach. Dieses Unternehmen, die Venezia Arrivo Passeggeri S. p. A., gehört fünf Eigentümern: der Firma Arcles mit einem Anteil von 35 Prozent, der Filpart mit 18, der Sapre mit 15 Prozent, der P. O. R. T. S. Srl. mit 25 Prozent und schließlich noch der Handelskammer von Padova mit 7 Prozent. Frau Grittieri ist an der P. O. R. T. S. Srl. beteiligt. Nur Frau Grittieri übrigens, nicht die Familie.«

»Ich habe gefragt, wie hoch der Anteil von Frau Grittieri ist.«

»Das entzieht sich meiner Kenntnis. Ich kenne die internen Angelegenheiten der Anteilseigner nicht.« Pallotti sieht demonstrativ auf seine Armbanduhr.

»Vielen Dank für Ihre Zeit«, sagt Morello und steht auf. »Das war sehr aufschlussreich.«

»Gerne«, sagt Pallotti und springt auf.

Man reicht sich die Hand. Man verspricht, in Kontakt zu bleiben. Man versichert sich, wie angenehm das Gespräch gewesen sei. Dann gehen Morello und Anna Klotze hinaus. Morello dreht sich noch einmal um und öffnet schnell die Holztür zu Pallottis Büro.

Der Geschäftsführer steht hinter seinem Schreibtisch und telefoniert.
Morello hört ihn sagen: »... und dann erkundigte er sich nach dem Anteil der Grittieri.«
Morello lächelt und schließt die Tür.

»Gut. Interessant. Als Nächstes möchte ich zu dieser Firma, an der Frau Grittieri beteiligt ist«, sagt Morello, als sie wieder auf der Straße stehen.
»Sie meinen die P. O. R. T. S. Srl.?«
»Ja. Was macht dieses Unternehmen?«
»P. O. R. T. S. Srl. lädt alles ein und aus, was in diesem Hafen ein- und ausgeladen wird. Der Sitz ist in der Fondamenta Santa Lucia 23, in der Nähe des Hauptbahnhofs. Kleiner Spaziergang gefällig?«
Nach zwanzig Minuten stehen sie vor dem Sitz der Firma in der Nähe der modernen Brücke Ponte della Costituzione.
Roberto Zorzi empfängt sie. Der Geschäftsführer ist 48 Jahre alt, ein dynamisch wirkender Mann, trainiert und gut angezogen. Ein Schädel, auf modische Art kahl geschoren, kantiges Gesicht, blaue Augen, die ständig in Bewegung zu sein scheinen und die kalt bleiben, selbst als er Morello lächelnd die Hand reicht.
Ein typischer italienischer Geschäftsmann, denkt Morello. Er erinnert ihn an Gianpaolo Tarantini, der Berlusconi Nutten für seine Bunga-Bunga-Partys besorgt und sie auch bezahlt hat, in der berechtigten Hoffnung, im Gegenzug bei einer öffentlichen Ausschreibung der Gesundheitsbehörden in Bari mitverdienen zu können.
»Ah, der neue Kommissar. Ich freue mich, Sie kennenzulernen. Wie ich heute in der Zeitung las, haben Sie den ersten großen Fall bereits gelöst. Gratulation. Wir kennen natürlich alle die Familie Grittieri.«
Morello hebt bescheiden die Hände. »Der Fall ist noch nicht

ganz gelöst, aber wir haben wesentliche Ergebnisse erzielt, das schon. Der Questore Perloni wird den Zwischenstand morgen auf einer Pressekonferenz mitteilen.«

»Was kann ich für Sie tun?«

Sie sitzen in einem modern eingerichteten Büro mit Blick auf den Canal Grande.

»Routinefragen, Signor Zorzi, reine Routinefragen. Die bedauernswerte Familie Grittieri, sagen Sie, ist nicht an Ihrem Unternehmen beteiligt?«

»Gestatten Sie, dass ich Sie unterbreche, Herr Kommissar. Nicht die Familie, sondern nur Frau Grittieri ist an unserem Unternehmen beteiligt.«

»Das ist sicherlich eine wichtige Unterscheidung«, sagt Morello.

»Für Frau Grittieri schon.«

»Für Herrn Grittieri vermutlich auch.«

Zorzi lacht. »Ja, ganz sicher. Sie haben Humor, Herr Kommissar. Das gefällt mir.«

»Was macht die Firma P. O. R. T. S. Srl. eigentlich genau?«

»Das ist ganz einfach. Unsere Firma ist zuständig für das Be- und Entladen der Schiffe. Koffer, Trolleys, Rucksäcke, Pakete und Päckchen.«

»Koffer, Trolleys, Rucksäcke, Pakete und Päckchen«, wiederholt Morello. »Diese Koffer, Trolleys, Rucksäcke, Pakete und Päckchen – die gehören den Kreuzfahrtpassagieren, die in Venedig bleiben, stimmt's?«

Zorzis Verhalten verändert sich plötzlich. Sein unruhiger Blick wird noch hektischer. Seine Pupillen rasen hin und her. Er schluckt und fährt sich mit der rechten Handfläche über die Stirn. Als er sie wieder wegnimmt, sieht Morello einen Schweißfilm auf seiner Haut.

»Ja, natürlich.« Seine Stimme klingt nun gepresst und rau.

Morellos Blick sucht den von Anna Klotze. Hat sie auch die plötzliche Unsicherheit von Zorzi bemerkt? Doch sie beobachtet mit unbeteiligter Miene den Geschäftsführer und sieht nicht zu Morello.

»Wie viel Prozent der Koffer, Trolleys, Rucksäcke, Pakete und Päckchen bleiben in Venedig?«

»Herr Kommissar, das kann ich nicht genau sagen. Es ist unterschiedlich. Manchmal viele, manchmal wenige. Es hängt davon ab, wie viele Passagiere in Venedig ihre Reise beenden oder unterbrechen. Manchmal endet auch eine Kreuzfahrt in Venedig. Dann gehen alle Koffer von Bord. Eine Prozentzahl? Schwierig. Ich kann natürlich unsere Marketingexperten fragen, wenn Sie das unbedingt wollen.«

»Lassen Sie nur, aber noch eine Frage. Wenn ich richtig informiert bin, ist Ihre Firma an der Venezia Arrivo Passeggeri S. p. A. beteiligt.«

»Stimmt«, bestätigt Zorzi. Und verstummt.

Wieder wischt er sich Schweiß von der Stirn.

»Und an Ihrer Firma ist wiederum Frau Grittieri beteiligt. Können Sie mir sagen, mit wie viel Prozent?«

»Das ist nicht so einfach zu beantworten. Es ist ein komplexes Geflecht …«

»Hören Sie, Herr Zorzi. Ich stelle Ihnen nur einige harmlose Fragen. Ich will nur ein paar Informationen. Entweder Sie geben sie mir oder ich muss sie mir holen.«

Roberto Zorzi sieht erschrocken auf. »Ist schon gut, Herr Kommissar. Ich möchte nur die Privatheit unserer Anteilseigner schützen. Privacy, Sie verstehen.«

»Ich verstehe es immer besser. Bei der Polizei ist eure Privacy absolut sicher.«

»Was wollen Sie wissen?«

»Ich wiederhole mich ungern. Wie hoch ist der Anteil von Grittieri?«

Wieder bilden sich Schweißperlen auf der Stirn Zorzis.

»20 Prozent.«

Morello stößt einen Pfiff aus. »Das ist eine ganze Menge.«

»Ja, das ist es. Frau Grittieri ist der größte Anteilseigner unserer Firma.« Er reibt sich mit beiden Händen den schweißnassen Kopf. »Was wollen Sie sonst noch wissen?«

Morello steht auf. »Jetzt sind wir fertig.«
Morello und Anna Klotze gehen, ohne Roberto Zorzi die Hand zu schütteln.
Als sie auf der Fondamenta Santa Lucia die freie Luft einatmen, sagt Morello: »Heute haben wir uns ein gutes Mittagessen verdient. Wir besuchen jetzt noch den Chef der Hafenbehörde, danach lade ich Sie in ein gutes Restaurant ein, falls Sie eins in Venedig kennen.«

Wenig später sitzen Anna und Morello in einem kahlen Besprechungszimmer und warten auf Eugenio Casta, den Präsidenten der Hafenbehörde.
Anna Klotze setzt ihren Chef über die Aufgaben der Hafenbehörde ins Bild. »Casta ist der Mann, der die größte Macht im Hafen hat. Die Hafenbehörde ist die oberste Instanz hier. Sie kontrolliert den kompletten Betrieb und verwaltet den ganzen Laden.«
»Wie kam Casta zu seinem Job? Wird er gewählt?«
Anna Klotze schüttelt den Kopf. »Der Präsident wird per Erlass des Ministeriums für Infrastruktur und Verkehr ernannt.«
Morello lacht grimmig. »Er ist also von der Politik abhängig.«
»Sie sollten vielleicht etwas vorsichtiger sein. Mit Signor Casta dürfen Sie nicht so reden wie mit Signor Zorzi.«
Bevor Morello etwas sagen kann, wird die Tür aufgerissen, und der Präsident stürmt mit großen Schritten ins Zimmer. Ohne ihnen die Hand zu geben, setzt er sich an das Kopfende des Tisches, grüßt sie mit einem lauten »Buongiorno« und sagt dann: »Ich habe schon gehört von dem neuen Kommissar, willkommen in Venedig! Wie kann ich Ihnen helfen?«
Morello schätzt Casta auf etwa sechzig. Das Überraschendste an ihm ist sein volles rotes Haar und der rote Schnurrbart. Er trägt eine dieser teuren Brillen mit Flexbügeln und einen mittelblauen, gut sitzenden Anzug mit grauer Krawatte. An

seinem linken Arm glänzt eine goldene Armbanduhr, und den rechten Mittelfinger ziert ein breiter Goldring.

»Antonio Morello, Signor Presidente. Das ist Anna Klotze, Ispettrice e Sostituta Commissario. Ich bin hier, um mich vorzustellen und danach … nun, ich habe einige wenige Fragen. Damit ich mir ein klares Bild machen kann, was am Hafen läuft. Ich hoffe, Sie damit nicht zu belasten.«

Casta schaut auf seine Armbanduhr. »Nur zu.«

»Ich wollte wissen, ob Sie Kenntnis von illegalen Geschäften am Hafen haben.«

Casta hebt überrascht den Kopf. »Nein. Ordinäre kleine Fälle hatten wir. Aber nichts Besonderes.«

»Was verstehen Sie unter ordinären Fällen?«

»Diebstahl. Wir haben einmal zwei Mitarbeiter dabei erwischt, wie sie beim Beladen den Koffer eines Passagiers geöffnet haben.«

»Sonst nichts?«

»Eine Schlägerei unter Mitarbeitern hatten wir auch einmal. Es ging um die Ehefrau des einen. Alles in allem nichts, was unser Sicherheitsdienst nicht in den Griff bekommt.«

»Das ist alles?«

Casta lacht. »Sie klingen enttäuscht, Herr Kommissar. Verstehen Sie, jedes Jahr kommen zwischen 1,5 und 2 Millionen Passagiere in unserem Hafen an, aus verschiedenen Ländern, unterschiedlichen Kulturen. Manchmal, sehr selten, haben wir Passagiere gefasst, die nicht hätten an Bord sein dürfen.«

»Was meinen Sie?«, fragt Morello.

Eugenio Casta schaut ihn irritiert an. »Blinde Passagiere. Flüchtlinge, die sich in Alexandria oder sonst wo an Bord geschmuggelt haben. Wir haben strenge Kontrollen. Aber alle Illegalen, die wir gefunden haben, sind bei Ihren Kollegen von der Polizia Marittima gelandet. Sie haben eine detaillierte Liste.«

Wie empfindlich ein so mächtiger Mann sein kann, denkt Morello. Er sieht Anna Klotzes mahnenden Blick und beschließt, weiter in dieser Wunde zu bohren.

»Wissen Sie, ich komme aus Sizilien und habe öfter den Hafen von Palermo durchsucht. Wir haben regelmäßig illegale Waffen, Drogen, gestohlene Kunstobjekte gefunden, sind aber auch auf korrupte Mitarbeiter der Hafenbehörde gestoßen. Ich wollte wissen, ob Ihnen hier ähnliche Fälle bekannt sind.«

Casta lehnt sich weit zurück. Er fixiert Morello mit zusammengekniffenen Augen, als sähe er ihn in diesem Augenblick zum ersten Mal. »Glauben Sie, wir sind hier in Palermo?«, sagt er gedehnt. »Wir sind in Venedig, da gibt es so etwas nicht. Wir sind hier nicht in Sizilien.«

Anna Klotze mischt sich ein: »Signor Presidente, bei allem Respekt, hier in Venedig hat es den MO.S.E.-Skandal gegeben. Giancarlo Galan, ehemaliger Präsident von Veneto, Mitglied von Forza Italia, der Bürgermeister …«

Eugenio Casta springt auf und schreit Anna Klotze an: »Der MO.S.E.-Skandal hat gar nichts mit dem Hafen zu tun! Ich bin seit drei Jahren Präsident und unter meiner Führung gibt es keine Korruption und keine Bestechung. Dieser Hafen ist rein wie die Mutter Gottes.«

Er atmet schwer. Morello und Anna Klotze betrachten ihn. Plötzlich werden seine Augen schmal. Er beugt sich nach vorne und fixiert Morello.

»Sie sind der neue Kommissar in Venedig? Gefällt Ihnen der Job? Ja? Wollen Sie das bleiben? Ich gebe Ihnen einen guten und kostenlosen Rat: Passen Sie auf, dass Sie nicht plötzlich Kommissar in Sibirien sind, zusammen mit Ihrer Kollegin.« Er sieht auf die Uhr. »Und jetzt entschuldigen Sie mich bitte. Ich habe nämlich noch einige wirklich wichtige Dinge zu erledigen.«

Als sie das Gebäude der Hafenbehörde verlassen haben, sagt Anna Klotze: »Entschuldigen Sie, Commissario. Meine Bemerkung über den MO.S.E.-Skandal hat die Situation eskalieren

lassen. Aber es ging mir gegen den Strich, dass hier in Venedig alles so rein sein soll ...«
Morello lächelt ihr zu. »Das war genau richtig, Anna. Wir wissen nun, dass der Chef der Hafenbehörde nicht nur mächtig ist, sondern auch sehr empfindlich, wenn die Sprache auf illegale Geschäfte kommt. Es ist jetzt 14.00 Uhr. Meinst du, wir kriegen hier irgendwo etwas zu essen? Kennst du ein gutes Lokal? Ich lade dich ein.«
Sie nickt. »Lassen Sie uns ins Vino Vino an der Ponte delle Veste gehen.«
Am Terminal Ferrovia quetschen sie sich in ein überfülltes Vaporetto und fahren bis zur Ponte Rialto. Bis zur Ponte delle Veste sind es nur wenige Minuten, die sie schweigend gehen.

»Ich mag diese Terrasse«, sagt Anna Klotze und nimmt von einem Kellner die Speisekarte entgegen.
Sie sitzen auf der Außenterrasse des Lokals Vino Vino. An den Wänden rankt wilder Wein und vermittelt ihnen das Gefühl, sie säßen in einem Garten. Die meisten Tische sind besetzt. Sie hören das murmelnde Geräusch eines Brunnens und die gedämpfte Unterhaltung der anderen Gäste. Gleich als sie das Lokal betreten haben, stürzte ein Kellner auf Anna Klotze zu, begrüßte sie überschwänglich und führte sie in eine Nische im hinteren Teil.
»Ja, sehr schön hier. Muss ich zugeben«, sagt Morello.
»Buontschiorno, Mauro«, sagt Anna Klotze zu dem Kellner.
»Questo è il nuovo Commissario, appena arrivato a Venezia, dalla Sicilia. Das ist der neue Kommissar, der gerade aus Sizilien nach Venedig gekommen ist.«
»Ich freue mich, Sie kennenzulernen, Signor Commissario«, sagt der Kellner mit einer galanten Verbeugung. »Mein Name ist Mauro.«
Morello schüttelt seine Hand. »Grazie.«

»Ich bin auch Sizilianer. Ich stamme aus Santo Stefano di Camastra.«

»Ah, das Dorf, aus dem die Keramik kommt. Ein sehr schöner Ort. Ich stamme aus Cefalù.«

»Cefalù! Das kleine Palermo, wie man sagt. Der schönste Ort in ganz Sizilien.«

»Und – wie gefällt es dir hier?«

Mauro sagt: »Ich lebe hier seit 30 Jahren … und manchmal habe ich sehr große Sehnsucht nach zu Hause und vor allem nach dem guten sizilianischen Essen.«

»Aber in Venedig kocht man doch auch gut«, wirft Anna Klotze ein.

»Schon. Aber die sizilianische Küche ist viel abwechslungsreicher.«

»Das sagt jeder über die Küche seiner Heimat«, sagt Anna Klotze.

»Doch bei unserer Insel stimmt es besonders«, sagt Morello. »Sizilien wurde immer wieder von fremden Völkern erobert. In Sizilien waren die Griechen, die Araber, die Römer, die Normannen, die Franzosen, die Spanier. Auf unserer Insel mischten sich schon immer die Kulturen und damit auch die Kochkünste.«

»Die Griechen brachten Oliven, Honig und Wein.« Mauro spricht nun mit Begeisterung. »Die Römer kultivierten den Hartweizen, ohne den es keine Pasta gäbe.«

»Den Arabern«, sagt Morello, »verdanken wir Reis, Zitronen, Zucker, Mandeln. Die Normannen«, er wendet sich an den Kellner, »sag mal, was verdanken wir den Normannen?«

»Stockfisch, Fleischrouladen. Aber die Araber haben unsere Küche am stärksten beeinflusst. All das ergab eine sehr gesunde, abwechslungsreiche Ernährung, viel Gemüse, wenig Fleisch. Wir Sizilianer haben seit Jahrhunderten eine so gesunde Küche, wie sie heute in jedem Ernährungsratgeber empfohlen wird.«

»Und die venezianische Küche ist anders?«, fragt Morello den Kellner.

»Völlig anders! Die Venezianer haben eine andere Geschichte und eine andere Tradition. Zu uns, nach Sizilien, kamen immer andere Kulturen. Wir nahmen alles auf, und alles mischte sich. Die Venezianer fuhren hinaus und eroberten andere Länder. Sie sind eng mit dem Meer verbunden, viel enger als wir Sizilianer. Deshalb stopfen sie sich alles in den Mund, was unter der Wasseroberfläche schwimmt oder krabbelt.«

»Das hört sich doch sehr verlockend an«, sagt Morello schmunzelnd. »Was empfiehlst du mir jetzt?«

»Als Vorspeise müssen Sie unbedingt die Sarde in saor probieren und Baccalà mantecato, danach rate ich Ihnen zu Pasta al nero di seppia.«

Morello überlegt kurz und sagt dann: »Va bene.«

»Für Signorina Anna Gemüse und Salat. Wie immer?«

»Si. Krazie, Mauro.«

»Zu trinken?«, fragt Mauro.

»Ein Glas Weißwein für mich«, sagt Morello.

»Und nur Wasser für la Signorina Anna«, sagt der Kellner und schneidet ein übertrieben trauriges Gesicht.

»Nur Wasser«, bestätigt Anna Klotze lachend.

Der Kellner macht sich auf den Weg ins Restaurant.

»Bist du öfter hier?«, fragt Morello.

»Ja, hier treffe ich mich mit meinen Freundinnen.« Sie zögert einen Augenblick. »Herr Kommissar, darf ich Sie etwas fragen?«

»Nur zu.«

»Warum sind Sie bei uns? Es gibt auf dem Kommissariat die wildesten Gerüchte, warum Sie von Sizilien nach Venedig versetzt wurden.«

»Ich weiß, es hat deiner Karriere geschadet, dass ich hier aufgetaucht bin.«

»Um ehrlich zu sein«, sie zögert einen Augenblick, »ich hatte gehofft, den Job zu bekommen. Klar, ich weiß, Ferruccio Zolan ist vor mir mit einer Beförderung dran, aber ich weiß auch, dass ich besser bin als er. Ich konnte mir alles vorstellen, nur dass jemand aus Sizilien auftaucht und diesen Posten wegschnappt, dafür reichte meine Fantasie nicht.«

Der Kellner stellt ein Glas Weißwein vor Morello und füllt Wasser in Anna Klotzes Glas. Dann stellt er einen Korb mit Weißbrot auf den Tisch.

»Salute«, sagt Morello.

»Salute«, antwortet Anna Klotze. »Sie müssen mir das erklären.«

»Ich bin nicht sicher, ob ich das kann. Offiziell heißt es, ich sei zu meinem eigenen Schutz in Venedig. Es könnte aber genauso gut sein, dass man mich in Cefalù loswerden wollte. Um es kurz zu machen: Ich habe eine Gruppe von Politikern festgenommen, die mit der Mafia zusammengearbeitet haben. Das hat für einige Aufregung gesorgt. Ich bekam Drohungen, es gab einen Anschlag, der …« Er schwieg.

Anna Klotze: »Diese Politiker, waren sie schuldig? Oder haben Sie Fehler bei den Ermittlungen gemacht?«

»Ich habe meine Arbeit gemacht. Ich habe eine recht einfache Grundeinstellung zu meiner Arbeit. Ein Polizist hat Recht und Gesetz zu schützen. Und er hat Verbrecher, große und kleine, hinter Schloss und Riegel zu bringen. So einfach ist das. Und so habe ich es gemacht.«

»Sie haben sich mit der Mafia angelegt?«

»Sarde in saor und Baccalà mantecato für den Kommissar aus Cefalù«, sagt der Kellner. »Und gesunden Salat und Gemüse für seine schöne Kollegin.«

Morello stochert mit der Gabel in der Vorspeise und probiert dann vorsichtig. »Schmeckt tatsächlich sehr gut.«

»Wie Mauro sagte: Sie essen hier alles, was unter der Wasseroberfläche schwimmt oder krabbelt.«

Sie lachen und essen.

»Sie sind also tatsächlich echten Mafiosi begegnet?«

»Ich habe ihnen Handschellen angelegt. Ein gutes Gefühl, glaub mir.«

»Wann sind sie Ihnen zum ersten Mal begegnet?«

»Das willst du wirklich wissen?«

»Ja klar.«

»Es war kurz nach meinem zwölften Geburtstag. Da kam Don Michele, einer der ehrenwerten Herren aus Cefalù, zu Besuch. Das war ein großes Ereignis für uns. Der Mann wurde zwei Wochen vorher angekündigt. Meine Mutter putzte und schrubbte die komplette Wohnung blitzblank. Sie begann zwei Tage vorher zu kochen. Die beste Flasche Wein musste auf den Tisch. Ich wurde im Waschkübel abgeschrubbt. Sonntagsanzug und so weiter.«

»Kam er wegen Ihnen? Wegen eines zwölfjährigen Buben?«

»Nein, er kam wegen der bevorstehenden Parlamentswahl. Und meiner Mutter.«

»Ihrer Mutter?«

»Ja.«

»Und?«

»Obwohl ich damals noch klein war, erinnere ich mich ganz gut an das Gespräch. Vielleicht bilde ich mir die Erinnerung aber auch nur ein, weil meine Mutter mir die Geschichte erzählt hat. Die Erinnerung trügt manchmal. Wie auch immer … Wenn meine Erinnerung und die meiner Mutter korrekt ist, lief es so: Don Michele sagte zu meiner Mutter: ›Signora Morello, ich weiß, du gehst nicht zur Wahl. Doch in vier Wochen wird gewählt.‹ Don Michele nahm einen kräftigen Schluck von unserem besten Wein, schaute mich an und sagte dann: ›Ich habe gehört, Antonio kommt immer mit kaputten Schuhen in die Schule.‹ Das stimmte. Ich hatte nur ein Paar Schuhe, und die waren mir zu klein geworden. Meine Mutter hatte die Kappen abgeschnitten, damit meine Zehen nicht länger vorne anstoßen und meine Füße verkrüppeln. Also schauten meine Zehen vorne aus den Schuhen heraus. Ich schämte mich, mit diesen Schuhen in die Schule zu gehen. Doch ich wusste auch, wir hatten kein Geld. Erst recht nicht für neue Schuhe, aus denen ich nach ein paar Monaten sowieso wieder rausgewachsen wäre.«

Anna Klotze sagt: »Ich glaube, ich trinke doch ein Glas Weißwein.« Sie gibt Mauro ein Zeichen. »Chiedo scusa, Commissario. Ich wollte Sie nicht unterbrechen.«

»Ist schon gut, Anna.«

Mauro holt die leeren Teller. »Und? Wie hat es Ihnen geschmeckt?«

»Unglaublich gut. Sardellen und Baccalà auf diese Weise habe ich noch nie gegessen. Complimenti.«

»Grazie, Commissario. War der Salat gut, Signorina Anna?«

»Ausgezeichnet. Wie immer.«

»Freut mich.«

»Ich möchte auch ein Glas Wein, denselben wie der Commissario«, sagt Anna.

Der Kellner ist überrascht. »Ich dachte, Sie trinken keinen Alkohol ...«

»Stimmt, aber wie sagt man: Es gibt immer ein erstes Mal.«

Morello lächelt Anna an.

Mauro mach sich auf den Weg ins Restaurant.

»Wie geht die Geschichte weiter, Commissario?«

Morello trinkt einen Schluck.

»Don Michele machte meiner Mutter ein Angebot. Es war tatsächlich ein Angebot, das sie nicht ablehnen konnte. Er sagte: ›Signora Morello, du gehst wählen. Ich sage dir, welche Partei du wählen wirst. Dafür gebe ich euch jetzt das Geld, damit ihr Antonio morgen ein Paar neue Schuhe kaufen könnt.‹«

»Und dieses Angebot habt ihr angenommen?«

»Natürlich. Sofort. Wir dachten alle während des Essens mit Sorge daran, dass Don Michele sich die Sache noch einmal überlegen könne. Es war ein Geschenk. Ein Geschenk aus heiterem Himmel. Ich freute mich auf meine neuen Schuhe, wie ich mich nie mehr wieder auf neue Schuhe gefreut habe. Man muss sich das vorstellen, ich bekam ein paar nagelneue Schuhe – für nichts.«

»Doch, für eine Wahlmanipulation.«

»Sicher. Aber das bedeutete uns nichts. In Sizilien ist der Staat nicht vorhanden. Wen man wählt, das hat keine Auswirkung auf das harte Leben der Leute. Ein Paar Kinderschuhe dagegen bedeutet etwas sehr Konkretes.«

»Democrazia Cristiana?«, fragt Anna.

»Genau, ja, diese Partei. Und es funktionierte. Damals wie heute. Die Democrazia Cristiana bekam eine satte Mehrheit in Sizilien, und einer von ihnen wurde dank der Stimmen aus Sizilien Ministerpräsident. Und in Cefalù freute sich vermutlich nicht nur eine Familie über neue Schuhe.«

Morello schweigt kurz und sagt dann: »Ich schäme mich noch heute dafür.«

Der Kellner bringt Anna Klotze ein Glas Wein, schenkt Morello nach und verschwindet gleich wieder.

»Was ich mit dieser kleinen Geschichte erzählen will, ist: Die Mafia kann nicht existieren ohne die Politik«, sagt Morello. »Sie ist nur deshalb so stark, weil ihr die Verschmelzung mit der italienischen Politik gelungen ist. Ohne diese Verbindung wäre die Mafia nur eine von vielen anderen kriminellen Organisationen, die man mit normaler Polizeiarbeit zerschlagen könnte. Die Politik macht sie unzerstörbar. Und bestimmte Parteien haben diese Unterstützung gern angenommen. Im Gegenzug geben sie der Mafia, was sie fordert, Grundstücke, Bauaufträge auf kommunaler Ebene. Straffreiheit, Sonderrechte auf der italienischen Bühne. Politik und Verbrechen – ich weiß nicht, was davon schlimmer ist.«

»Warum macht die Politik das mit?«

»Vergiss nicht: Die Mafia besorgt die Stimmen. Sizilien wählt immer, wie es für die Mafia günstig ist. Früher die Christdemokraten, dann lange Zeit Berlusconi.«

»Und heute? Wohin gehen die Mafiastimmen heute?«

»Zu Berlusconi und Salvinis Lega. Zusammen haben sie in Sizilien mal wieder die Mehrheit erreicht. Gegen den sizilianischen Stimmblock im Parlament kann in Italien nicht regiert werden. Und diese Stimmen sind die Stimmen, die die Mafia hält.«

»Und ich Idiotin wunderte mich, dass bei der letzten Wahl in

Sizilien so viele für die Lega stimmten. Wo doch jeder weiß, dass die Lega die Süditaliener hasst.«
»Jetzt weißt du, wie solche Wahlergebnisse zustande kommen.«
»Mit einem Paar Kinderschuhe.«
»Eines der schönsten Erlebnisse meiner Polizeilaufbahn war, als ich Don Michele Handschellen angelegt habe. Er war schon alt.«
»Wurde er verurteilt?«
»Er starb an Altersschwäche – in einem Hochsicherheitstrakt in Parma.«
»Die Pasta für den Herrn Kommissar, Gemüse für unsere Anna«, sagt der Kellner und serviert ihnen schwungvoll das Essen.
»Und die Politiker, die Sie verhaftet haben?«
»Der Prozess beginnt in einigen Monaten.«
»Solche Heldentaten kann ich leider nicht aufweisen.«
»Es gibt nicht nur Heldentaten. In den letzten Monaten habe ich versucht, den Handel mit Kunstgegenständen aus Syrien zu unterbinden. Die Mafia kauft sie für kleines Geld auf, meist von den terroristischen Organisationen, bringt die Gegenstände nach Italien, und von hier aus werden sie über den offiziellen Handel weiterverkauft. Ich habe nicht herausgefunden, wo und wie die Gegenstände in den legalen Handel eingefädelt werden.«
»Aber Sie haben die korrupten Politiker festgenommen.«
Morello nickt. »Alles hat seinen Preis. Die Zeitungen, die der Mafia nahestehen, gaben mir einen netten Spitznamen.«
Anna Klotze hebt den Kopf. »Verraten Sie ihn mir?«
»Den Spitznamen bekam ich an dem Tag, als ich den Consigliere Comunale Maurizio Sgarra verhaftet habe. Verhaftet wegen Stimmenkauf durch die Mafia. Die Empörung unter den Freunden der ehrenwerten Gesellschaft war groß. Die Zeitung *Il Giornale per la Sicilia* schrieb in großen Buchstaben und auf der ersten Seite: Il Cane senza padrone azzanna il politico innocente! – Der freie Hund beißt den unschuldigen Politiker.«

»Sie haben angedeutet, es gab sogar einen Anschlag?«

»Darüber will ich nicht reden. Scusa, Anna.«

»Schon gut. Schmeckt Ihnen die Pasta?«

»Ausgezeichnet. Und das Gemüse?«

»Fantastisch. Hier in Venedig kann man jeden Tag frisches Gemüse bekommen, überall.«

Als sie das Besteck zur Seite legt, fragt sie ihn: »Commissario, sagen Sie mir als interessierter Polizistin: Gibt es einen Unterschied, wenn Sie einem Verbrecher oder einem Politiker die Handschellen anlegen?«

Morello lacht. »Oh ja, das ist etwas komplett anderes.« Er spießt eine Gabel Spaghetti auf, taucht sie in die Tintenfischsoße und sagt: »Es ist so: Ein Mafioso, ein Killer, ein Räuber, ein Betrüger … all diese Verbrecher wissen oder ahnen zumindest, dass sie früher oder später im Knast landen. Deswegen bleiben sie immer ruhig, wenn man sie schnappt; sie drehen nicht durch, verlieren niemals die Kontrolle und akzeptieren den Knast, ohne sich zu beschweren. Es ist ein Risiko, das ihnen bewusst ist. Sie rechnen mit einer Verhaftung und hatten Zeit genug, sich zu überlegen, wie sie dann reagieren würden. Für manche Mafiosi oder Kriminelle bedeutet der Knast sogar wachsendes Ansehen. Als würde ein Offizier einen weiteren Stern auf die Schulterklappe bekommen. Ein Politiker reagiert völlig anders. Verrückt, aber wahr: Politiker rechnen niemals mit ihrer Verhaftung! Wenn ein Politiker in der Zelle sitzt, dann ist angeblich ›sein Leben vorbei‹. Alles ist ruiniert. Obwohl er vielleicht nur drei oder vier oder fünf Jahre bekommt.«

Morello bricht ein Stück Brot ab und wischt damit die Reste der Soße aus dem Teller.

»Ich sage dir eins: Politiker sind Schauspieler. Wenn ich einen von ihnen verhören musste, dann habe ich den Vernehmungsraum wie eine Bühne vorbereitet. Wie ein Theater, in dem ein Schauspieler den letzten Auftritt seines Lebens hat. Das Licht muss stimmen, es muss den Hauptdarsteller hervorheben, ihm schmeicheln, er braucht einen bequemen Stuhl, der Tisch muss die richtige Höhe haben, sogar eine Tischdecke, wenn es sein muss. Wenn er aus der Zelle gebracht wird, muss es ein Auftritt sein. Dann setze ich mich ihm gegenüber und schaue mir das Spektakel an! Manchmal spielen sie Komödie, manchmal spielen sie Drama, manchmal improvisieren sie, manchmal haben sie ihren Text auswendig gelernt, und manchmal haben sie ihn vergessen, manche haben Lampenfieber, andere bekommen Panik.

Aber es ist immer genau wie im Theater!

Ich liebe das Theater, und ich erkenne sofort, ob ein Schauspieler gut oder schlecht spielt. Wenn ich einen Politiker verhöre, achte ich nicht auf seinen Text, sondern auf seine Gefühle. Ich schmecke seine Angst, seine Empörung, ich spüre die Hoffnungslosigkeit und die Hoffnung, ich achte auf jede Schwankung seiner Stimme, ich merke mir jede Armbewegung und jede Körperdrehung. Später, vielleicht am nächsten Tag, höre ich mir die Audioaufnahme seines Auftritts an.«

Anna und Morello haben ihr Mahl beendet.

»Darf es noch etwas sein?«, fragt der Kellner. »Dolce, Caffè?«

»Einen Espresso?«, fragt Morello seine Mitarbeiterin.

Als Anna Klotze nickt, setzt sich der Kellner in Richtung Küche in Bewegung.

»Da unterscheidet sich Ihre Arbeit in Venedig aber gründlich von der in Sizilien«, sagt sie.

»Dessen bin ich mir nicht so sicher.«

Anna Klotze hebt die linke Augenbraue und sieht Morello fragend an.

»Nach Hunderten von Ermittlungen, sagte Giovanni Falcone einmal, habe er gelernt, dass die organisierte Kriminalität nicht existieren könne ohne Hilfe oder Kollaboration der ›feinen Denker‹ und der kultivierten Köpfe. Er hatte recht: Nur die kultivierten Köpfe wissen, wann sie Gewalt benutzen müssen. Nur sie vermögen, die Gewalt zu dosieren, wie ein guter Koch den Aglio, das Olio und das Peperoncino in der Pasta. Nicht zu viel, sonst wird die Gewalt kontraproduktiv. Nicht zu wenig, sonst wirst du nicht mehr respektiert. Und in Italien gehen diese feinen Denker und diese kultivierten Köpfe normalerweise in die Politik. Überall in Italien.«

»Und hier in Venezia? Sie denken, es wimmelt hier von kultivierten Köpfen?«

Morello lächelt Anna an.

Der Kellner serviert die Espressi.

Beide rühren in ihrem Kaffee.

»Deshalb wollten Sie unbedingt heute die Gespräche im Hafen führen, nicht wahr?«

Morello zuckt mit den Schultern und trinkt seinen Espresso aus.

»Aus diesem Grund haben Sie bei dem Verhör von Pietro Rizzo die Augen geschlossen und mir die Fragen überlassen?«

Morello nickt.

Anna hält mit aufgestütztem Ellenbogen die kleine Tasse in der Hand und sieht ihn an.

Morello verschränkt die Arme hinter seinem Kopf. »Rizzos Stimme war nicht aufgeregt, auch nicht panisch. Sie klang normal, bis kurz vor Schluss des Verhörs.«

»Als er floh.«

»Ja, aber ich bin mir ziemlich sicher, dass er nicht der Täter ist.«

»Pfff …« Mit einem zischenden Geräusch stößt Anna Klotze Luft aus. »Und morgen gibt der Questore seine Pressekonferenz …«

»Ich habe einen Bericht geschrieben und ihm empfohlen zu sagen, dass wir weiterermitteln, und zwar in alle Richtungen.«

»Er will aber bestimmt einen schnellen Erfolg verkünden.«

»Wichtig ist ganz etwas anderes«, sagt Morello, »nämlich der pathologische Befund. Übermorgen kommt Dottoressa Gamba zurück, und sie wird die Untersuchung der Leiche Francesco Grittieris abschließen. Dann werden wir wissen, ob zwei verschiedene Messer verwendet wurden. Also ob wir es mit zwei Tätern zu tun haben.«

»Unsere Simulation mit der Puppe legt das nahe, nicht wahr?«

»Es spricht einiges dafür, dass es zwei Täter waren.«

Plötzlich werden Anna Klotzes Augen größer. »Sie denken, die Mafia ... Nein, im Ernst, Commissario, das denken Sie doch nicht wirklich? Sie sind nicht mehr in Sizilien. Hier gelten andere Regeln. Also ... das ist absurd.«
Morello schaut auf die Uhr. »Mach Feierabend, Anna. Ich glaube, für heute war es genug mit Mafia und Korruption.«
»Ich brauche ein bisschen Zeit, um zu verdauen, was Sie mir erzählt haben.«
»Dann sehen wir uns morgen im Kommissariat. Danke, dass du mir dieses Restaurant gezeigt hast.«
Morello zahlt. Dann gehen sie.

Als Morello nach Hause kommt, zieht er sich schnell aus und springt unter die Dusche. Cefalù steckt ihm in den Knochen. Das heiße Wasser prasselt auf seinen Kopf und den Rücken. Doch sobald er die Augen schließt, sieht er, wie die beiden Köpfe gegen die Hafenmauer geschleudert werden. Er sieht Salvos verzweifeltes Gesicht.
Morello trocknet sich ab. Er zieht eine bequeme Hose und ein frisches T-Shirt an. Er schiebt eine CD von Paolo Conte in den Player. Dann legt er sich aufs Sofa und lässt die Gespräche im Hafen noch einmal vor seinem Auge und seinem Ohr vorbeiziehen.
Das Handy stößt einen kurzen Laut aus. Eine SMS:

> Ciao, Antonio. Hier ist alles gut. Hoffe, bei dir auch.
> Wegen der Palermo-Venezia-Geschäfte: Angelo Carini.
> Anwalt aus Palermo. Ich weiß nicht, was für Geschäfte er macht, aber auf jeden Fall auch welche in Venezia.
> Er ist »Punciutu«. Abbraccio. Salvo.

Morello schreibt zurück: *Grazie.*
Punciutu – Salvo benutzt einen Code. Das sizilianische Wort

heißt »gestochen«. Es beschreibt aber auch das Aufnahmeritual der Cosa Nostra. Dem neuen Mitglied wird in einen Finger gestochen. Das austretende Blut tropft auf ein kleines Heiligenbild. Anschließend wird das Bild auf der offenen Handfläche verbrannt.

Morello versteht sofort, was Salvo ihm mitteilt: Carini gehört zur Mafia.

Paolo Conte singt: Diavolo Rosso.

Der schnelle Rhythmus spricht zu ihm: Antonio, dein Leben ist auf einer Achterbahn. Die Klarinette rast los. Halte dich fest, Antonio, aber habe keine Angst. Das Akkordeon hebt ihn hoch in die Luft, höher, noch höher. Ihm wird schwindelig. Dann geht es in den Abgrund. Eine Geige schwingt sich in die Lüfte. Wird schneller. Ekstatisch. Ihm wird schwindelig. Alles dreht sich. Dann setzt Contes ruhige, raue Stimme ein. Alles wird gut. Rrrrrr. Das Telefon klingelt.

Morello steht auf. Paolo Conte spielt Klavier. Er kann nicht abschalten. Morello dreht ihn leiser und nimmt ab.

»Antonio?«

Er erkennt die Stimme sofort.

»Vice Questore Bonocore! Wie geht es Ihnen?«

»Gut, gut, Antonio. Wie ist das Wetter in der schönsten Stadt der Welt?«

»Ich weiß nicht, Signor Vice Questore. Vermutlich Nebel. Ich müsste zum Fenster hinausschauen.«

»Nein, Morello, eigentlich geht es mir nicht um das Wetter.«
Pause.

Dann: »Wenn du das nächste Mal Urlaub in Cefalù machst, versprich mir, dass du mich besuchst.«

Cazzo, Bonocore weiß mal wieder alles.

»Es war kein Urlaub, Signor Vice Questore. Ich wollte nur wissen, ob es meiner Mamma gut geht. Sie hat Probleme mit dem Herzen.«

»Ich habe mich nur gewundert: Du bist mit dem Flugzeug gekommen, aber den Rückflug hast du verstreichen lassen.«

»Ich hatte Lust, die Fähre zu nehmen.« Kurze Pause. »Wie ist
die Lage da unten?«

»Wir haben zwei Leichen im Hafen gefunden. Zwei bekannte
Killer der Mafia. Und ich frage mich, ob du mir etwas darüber
sagen kannst?«

»Leider gar nichts, Signor Vice Questore. Ich kümmere mich
nicht mehr um solche Leute. Ich bin jetzt Museumswächter in
Venedig, wo Sie mich hingeschickt haben.«

»Es ist besser so, Antonio. Je seltener du nach Cefalù kommst,
desto weniger Probleme haben wir hier.«

»Ich verstehe, Signor Vice Questore.«

»Wenn du das nächste Mal kommst, ruf mich vorher an.«

»Das mache ich.«

»Guten Abend, Antonio.«

»Guten Abend, Signor Vice Questore.«

7. TAG
DIENSTAG

Am nächsten Morgen holt ihn Alvaro mit dem Polizeiboot an der Holzbrücke bei der Fondamenta Quintavalle ab.

»Buongiorno, Alvaro, come stai?«

»Bene, Signor Commissario. Es scheint ein schöner Tag zu werden.«

»Dessen bin ich mir nicht so sicher. Meine erste Pressekonferenz in Venedig! Pflegst du noch den gleichen Fahrstil? Muss ich mich anschnallen?«

»Nein, nein, Herr Kommissar. Heute fahren wir ganz gemütlich. Die Pressekonferenz soll um neun Uhr beginnen; das heißt sie fängt um zehn, wahrscheinlich aber erst um elf an.«

Das Motorboot tuckert langsam los.

»Bist du dir sicher?«

»Seit ich in unserem Kommissariat bin, und das sind schon drei Jahre, ist es immer so gewesen. Der Questore Perloni fängt nie an, bevor nicht alle Journalisten im Saal sind. Und die Journalisten wissen das. Also kommen sie zu spät. Perloni liebt es, vor die Presse zu treten, er liebt es, sein Foto in der Zeitung zu sehen. Deshalb fängt er nicht eher an, bis jeder angemeldete Journalist eingetroffen ist. Das ist das Spiel.«

Morello unterbricht ihn: »Danke, Alvaro – ich werde die Fahrt genießen.«

Alvaro lacht und steuert das Boot langsam an der Insel San Pietro di Castello vorbei. »Sie haben sich einen schönen Platz zum Wohnen ausgesucht, Herr Kommissar.«

Morello wirft einen irritierten Blick auf die Insel. »Es ist nicht gerade Cefalù«, knurrt er widerwillig.

Alvaro steuert das Boot unter der Holzbrücke hindurch in Richtung Rio die Giardini. Auf der rechten Seite tauchen Häuser auf, normale Häuser, keine Luxusbauten wie am Canal Grande. Häuser, die aussehen, als würden sie von normalen Menschen bewohnt. Castello ist kein reiches Viertel, und Morello ist froh, dass das Kommissariat ihm eine Wohnung in diesem Stadtteil besorgt hat. Auf der linken Seite sieht Morello eine Gondelwerkstatt, Lagerhallen, noch mehr Lagerhallen, dann sehr viele Lagerhallen. Nachdem Alvaro das Boot an den Giardini della Biennale vorbeigesteuert hat, biegt er in die Lagune ab, Richtung Canal Grande. Die Vaporetti tuckern kreuz und quer, Lasttaxis fahren stur in einer Spur, und die ersten Gondeln tauchen unverhofft aus den Seitenkanälen auf und verschwinden in anderen.

Am Ufer Riva degli Schiavoni fährt Alvaro rechts unter der Brücke Ponte della Pietà hindurch. Morello erkennt sie wieder. Wenn er zu Fuß zum Kommissariat geht, muss er über diese Brücke. Der Kanal, den sie jetzt befahren, heißt Rio dei Greci. Morello mustert die Häuser, die er rechts und links sieht. Anders als in Castello sieht man ihnen den Reichtum an.

»Haben Sie schon erkannt, auf welcher Seite von Venedig wir uns befinden?«

Morello nickt.

»Sehr gut, dann werden Sie Venedig bald kennen.«

»Das glaube ich nicht.«

»Es ist einfach. Stellen Sie sich immer den Plan von Venedig vor. Es ist ein Fisch mit einem Kopf, einem Bauch und einem Schwanz. Zu dem Kopf gehören die Viertel Santa Croce, wo der Hauptbahnhof steht, Cannaregio und Dorsoduro. Im Bauch befinden sich San Marco und San Polo. Und das letzte Viertel bildet den Schwanz: Castello, wo Sie wohnen, Herr Kommissar.«

»Cazzo, ich wohne im Schwanzviertel.«

Morello ruft sich die Gestalt von Venedig ins Gedächtnis. Er hat den Stadtplan mehrere Male studiert, und jetzt versteht er – Alvaro hat recht: Venedig ist ein Fisch mit einem riesigen Kopf.
»Der Bauch von Venedig ist am reichsten«, sagt Alvaro.
»Wie bitte?«
»Ich meine, wir sind jetzt an der Grenze zwischen Castello und San Marco. Hier endet der Schwanz und fängt der Bauch an. Noch ein paar Hundert Meter weiter und wir sind am Markusplatz. Bauch reich! Schwanz arm. Ganz einfach.«
Morello lächelt Alvaro an.

Das Boot nähert sich der kleinen, nur für Polizeiboote reservierten Anlegestelle. Vor dem Eingang des Kommissariats steht eine Gruppe von Journalisten, raucht, redet und wartet.
Gut, dass man ihn hier noch nicht kennt.
Eine junge Frau löst sich aus der Gruppe und kommt auf ihn zu. Sie zieht ein Smartphone aus der Tasche, drückt und wischt auf der Oberfläche herum und hält das Ding dann Morello vors Gesicht.
»Sie sind der neue Kommissar Antonio Morello, nicht wahr? Der freie Hund aus Sizilien, stimmt's?«
»Ja. Aus Sizilien. Haben Sie etwas dagegen?«
»Ich nicht, aber man sagt, Sie seien ›empfohlen worden‹. Darf ich fragen, wer Sie für diesen Posten in Venedig empfohlen hat?«
Morello bleibt stehen und fixiert die Frau. »Nein, dürfen Sie nicht! Entschuldigung, aber ich muss jetzt rein. Alles, was ihr über den neuen Kommissar wissen wollt, werdet ihr durch den Questore Attilio Perloni erfahren.«
»Aber mich interessiert Ihre Meinung. Perlonis Sprüche kennen wir schon.« Die Journalistin lächelt.
»Sobald ich etwas zu sagen habe, rufe ich Sie persönlich an.«

»Dann nehmen Sie meine Karte.«
Die Frau reicht ihm eine Visitenkarte. Morello liest: Petra Mareschi, Journalistin, *La Voce della Laguna*.
Er steckt sie ein und geht an der Frau vorbei ins Kommissariat.
Er hört, wie sie hinter ihm herruft: »Ein freier Hund in Sizilien – und ein domestizierter Hund hier in Venedig?«
Morello steigt die Treppe hoch und sagt leise: »Vaffanculo.«
Doch an der Tür dreht er sich noch einmal um und fragt: »Welche Sorte Hund ist Ihnen denn lieber?«
Sie lacht. Laut und herzhaft. »Einen freien Hund an der Lagune fände ich gut. Aber Venedig bräuchte ein ganzes Rudel davon.«

Kurz danach steckt er den Kopf in das Büro von Viola Cilieni.
»Buongiorno, Viola. Ist der Questore Perloni schon da?«
Viola hebt die Augenbrauen. »Da können Sie noch ein paar Kaffee trinken gehen, Kommissar. Es ist immer die gleiche Geschichte mit den Pressekonferenzen. Um 9 Uhr soll sie sein, aber es geht nie vor 11 Uhr los.«
»Alvaro erzählte mir schon davon.«
Viola lacht. »Ja. So ist das bei uns.«
»Gut, dann gehe ich in mein Büro.«
»Va bene, Signor Commissario. Soll ich Ihnen einen Espresso bringen?«
»Das wäre großartig. Und sobald Anna kommt, sag mir Bescheid. Schicke sie gleich in mein Büro.«
»Certo«, sagt Viola mit einem schönen Lächeln.
In seinem Büro schreibt Morello auf einen Zettel:

Angelo Carini, Anwalt aus Palermo, Geschäfte in Venedig.

Viola tritt ein und bringt Morello einen Espresso doppio.
Der Kommissar gibt Viola den Zettel. »Kannst du etwas über diese Person herausfinden? Haben wir irgendetwas über diesen Mann in der Datenbank?«
»Certo, Signor Commissario. Ich mache es gleich. Übrigens, Anna ist gerade gekommen. Soll ich sie hereinschicken?«
»Si, grazie.«
Der Kommissar schlürft den Espresso. Er ist ausgezeichnet, kräftig, schwarz und süß.
»Buontschiorno, Commissario.« Anna tritt mit einer Tasse Cappuccino in der Hand in sein Büro.
»Buongiorno, Anna. Setz dich bitte.«
Anna setzt sich. Sie sieht gut aus. Dunkelblaue Jeans, weiße Turnschuhe, ein rotes T-Shirt unter einer schwarzen Lederjacke. Ihre langen Haare hat sie zu einem Zopf gebunden, der über ihre Schulter hängt.
»Geht es dir gut? Ich meine, nach allem, was ich dir gestern erzählt habe.«
»Herr Kommissar, alles gut. Aber ich habe viel nachgedacht und habe viele neue Fragen. Vielleicht haben Sie irgendwann Zeit dafür.« Anna lächelt und trinkt einen Schluck ihres Cappuccinos.
»Nachdenken ist immer gut. Über deine Fragen reden wir später. Ich wollte heute, sobald die Pressekonferenz zu Ende ist, eine Osteria besuchen. Es sei denn, die Dottoressa Gamba hat wichtige Neuigkeiten. Ich möchte, dass du mitkommst. Die Osteria heißt Da Mino. Kennst du das Lokal?«
Anna schüttelt den Kopf.
»Gut, ich kenne jemanden, der uns dort hinführen kann.«
Viola Cilieni tritt wieder ein. »Kommissar, der Vice Questore will Sie in seinem Büro sehen.«
Morello steht auf. »Wir sehen uns später, Anna.«

Als Morello das Büro seines Chefs betritt, thront Felice Lombardi hinter seinem riesigen Schreibtisch wie ein unzufriedener König und liest mit gerunzelter Stirn ein Blatt Papier, das er in Armeslänge vor seinem Gesicht hält. Mit einer kurzen Kopfbewegung deutet er auf den Stuhl vor seinem Schreibtisch. Morello setzt sich.

»Wenn das so weitergeht, brauche ich eines Tages noch eine Lesebrille«, knurrt er und schiebt das Papier noch ein paar Zentimeter weiter von sich weg.

»So wie es aussieht, würde sich jeder Optiker über Ihren Besuch freuen, Signor Vice Questore.«

»Die sollen an anderen verdienen. Ich lese gerade die Stellungnahme des Questore Perloni für die Pressekonferenz.«

»Ich hoffe, Sie haben es formuliert.«

»Leider hat er sich nicht an meinen Vorschlag gehalten.«

Morello zuckt mit den Schultern. »Tja, die Oberen machen, was sie wollen.«

Lombardis Blick fixiert Morello: »Ironie am Morgen verursacht bei mir Sodbrennen.«

»Es war nicht ironisch gemeint.«

»Schluss mit dem Geplänkel, Morello. Ich wollte dir nur sagen, ich bin nicht einverstanden mit dem, was Perloni gleich auf der Pressekonferenz verkünden wird.«

Lombardi steht auf und geht ans Fenster. Er holt eine Zigarette aus seiner Jackentasche, öffnet das Fenster, zündet die Zigarette an und nimmt einen tiefen Zug.

»Man hat fast ein schlechtes Gewissen, wenn man sich heutzutage eine Zigarette ansteckt.«

»Ich hoffe, der Questore verkündet nicht, dass der Fall gelöst ist.«

»Bonocore hat mir viel von dir erzählt. Er sagte, du wärst so stur wie eine Herde Maulesel. Du könntest keine Kompromisse eingehen. Willst immer mit dem Kopf durch die Wand.«

»Das ist eine ganz gute Beschreibung, Signor Vice Questore.«

»Gut, aber jetzt musst du etwas dazulernen. Du musst lernen, eine Sache aus einer anderen Perspektive zu betrachten. Nachher siehst du eine Show. Du musst jedoch nicht jedes Wort auf der Pressekonferenz auf die Goldwaage legen, sondern du musst verstehen, dass diese Show gut für deine Arbeit ist.«

»Wovon reden Sie, Signor Vice Questore? Wenn der Fall abgeschlossen wird, ist das falsch. Es wäre ein großer Fehler. Geradezu schwachsinnig!«

»Jetzt reg dich wieder ab. Das ist genau, was ich dir sagen wollte! Du siehst nur, was gesagt wird, und du verstehst nicht, was für eine Wirkung es auf deine Arbeit haben wird.«

Morellos Gesicht spiegelt völliges Unverständnis.

Lombardi seufzt, wirft die Zigarette aus dem Fenster und lässt sich elegant auf seinen Schreibtischstuhl gleiten.

»Perloni macht seine Show, und die Presse bekommt ihr Brot. Ganz Venedig beruhigt sich, und du kannst weiter deine Arbeit machen. In aller Ruhe, ohne Staub aufzuwirbeln. Hast du jetzt verstanden?«

Morello ist beeindruckt. Sein Chef hat recht. Wahrscheinlich muss er tatsächlich lernen, die Dinge manchmal aus einer anderen Perspektive zu betrachten.

»Habe verstanden«, sagt Morello. »Ich erwarte ohnehin morgen eine neue Wendung in dem Fall. Wie ich Ihnen bereits sagte: Dottoressa Gamba kommt zurück aus London und wird die genauere Obduktion vornehmen. Sie wird den Wundkanal des entscheidenden Stiches oberhalb des Schlüsselbeines untersuchen. Wahrscheinlich werden wir morgen mit Sicherheit wissen, dass es zwei Messer, also auch zwei Täter waren, die Francesco Grittieri getötet haben. Ich nehme an: Der erste Täter hielt ihn fest, und der zweite Mörder fügte ihm diesen einen, tödlichen Stich zu. Dann stachen sie wahllos auf den Sterbenden ein. Sie wollten die Professionalität des ersten Stiches vertuschen.«

»Gut, gut, Morello. Wir werden sehen. Jetzt gehen wir. Die Pressekonferenz fängt an. Lauschen wir dem Questore Perloni.«

In dem großen Konferenzraum sitzt ein Dutzend Journalisten hinter aufgeklappten Laptops. Die Rai ist mit einer Kamera vertreten, ein Lokalsender mit einer zweiten. Am Kopfende steht ein Tisch mit einem weißen Tuch und fünf Namensschildern. Links außen ist zu lesen: Ferruccio Zolan (Vice Commissario), dann folgt: Felice Lombardi (Vice Questore), Attilio Perloni (Questore), Antonio Morello (Commissario), Anna Klotze (Ispettrice Sostituta Commissario).

Lombardi und Morello setzen sich auf ihren Platz. Sofort schlüpft auch Anna Klotze hinter den Tisch und setzt sich neben ihn. Nun strömen weitere Journalisten in den Raum und setzen sich, Laptops werden aufgeklappt, Notizbücher aus Jackentaschen gezogen, Kugelschreiber gezückt. Eine gespannte Atmosphäre legt sich über die Szene.

Dann folgt der Einzug des Stars. Ferruccio Zolan geht vor dem Questore, um dem Helden des Tages den Weg zu bahnen. Perloni ist erstaunlich klein, doch was ihm in der Länge fehlt, gleicht er mit Fülle in der Körpermitte aus. Wie eine Kugel, denkt Morello, der seinen obersten Chef zum ersten Mal sieht: eine große Kugel, die mit erstaunlicher Beweglichkeit den Gang zwischen den Tischen entlangkullert. Blauer Anzug, blütenweißes Hemd, dunkle Krawatte, schmaler Haarkranz, schwarz eingefasste Brille, kalte Augen. Er bleibt stehen, begrüßt zwei Journalisten mit Handschlag, schlägt einem anderen freundschaftlich auf den Rücken und zwängt sich dann an Anna Klotze und ihm vorbei zu seinem Platz. Morello hört, wie er leise zu Lombardi sagt: »Der Corriere della Sera hat sogar jemanden aus Mailand geschickt.«

Kameraverschlüsse klicken. Perloni lächelt. Blitzlichter spiegeln sich in seinen Brillengläsern. Dann hebt er die Hand, und es wird bis auf das Summen der Fernsehkameras still im Saal.

»Signore e Signori, vielen Dank, dass Sie alle zur heutigen Pressekonferenz gekommen sind. Venedig wurde von einer Tragödie erschüttert. Diese Tragödie hat als Opfer eine unserer wichtigsten und ich darf auch sagen: geschätztesten

Familien in Venedig erwählt. Jeder von Ihnen weiß, was die Familie Grittieri für uns, für alle Venezianer bedeutet. Der Spross der Familie, der junge Francesco Grittieri, ist brutal ermordet worden, und unsere Pflicht ist es, den Täter zu fassen. Deswegen hat unser Kommissariat von Anfang an alle Kräfte konzentriert, koordiniert von Vice Questore Lombardi, um den Täter zu identifizieren und nach ihm zu fahnden.«

Perloni hebt ein Foto von Pietro Rizzo hoch. Kameras klicken. »Wir fahnden nach diesem Mann. Dieses Foto, auf Papier und als Datei, ist in der Pressemappe, die Sie nach dieser Konferenz am Ausgang erhalten. Wir bitten um Ihre aktive Mithilfe bei der Fahndung.«

Er hebt die Stimme. »Es handelt sich um Pietro Rizzo, 28 Jahre alt. Wir haben in seiner Wohnung die Tatwaffe mit Blutspuren des Opfers gefunden. Auch dazu liegen Fotos in Ihrer Pressemappe. Die Mordmotive: Rivalität, Rache und Eifersucht. Die Fahndung läuft, und wir sind sicher, dass wir Pietro Rizzo bald in Haft haben. Die Nachfrage für diese Pressekonferenz war größer, als wir erwartet haben. Trotzdem, ich hoffe, die Zahl der Pressemappen ist ausreichend. Darin finden Sie alle Details. Fragen werden wir heute aus ermittlungstaktischen Gründen nicht beantworten. Ich bedanke mich und wünsche Ihnen noch einen schönen Tag.«

Einige Journalisten heben irritiert die Hand zu einer Frage, aber die meisten sind schon aufgesprungen und rennen zu dem Tisch am Ausgang, um ein Exemplar der Pressemappe zu ergattern.

Perloni, Morello, Lombardi, Klotze und Zolan stehen auf. »Keiner von euch spricht mit der Presse. Ich erwarte euch alle in fünf Minuten in meinem Büro«, sagt Perloni. Dann eilt er zu dem Korrespondenten des Corriere della Sera.

Nach fünf Minuten sind sie alle da. Bis auf den Questore, der sich wieder einmal verspätet. Morello blickt sich um: ein schönes Büro, das eher wie ein Wohnzimmer aussieht. Dunkles, fast schwarzes Holz an den Wänden, schwere Teppiche auf dem Boden, zwei Ölgemälde mit der Rialtobrücke hinter dem Schreibtisch des Chefs, goldgerahmte Urkunden daneben. Der Schreibtisch ist genauso groß wie der des Vice Questore, doch er scheint aus dunklerem, teurerem Holze geschreinert zu sein. Lombardi sitzt versunken in einem Sessel, die Hände vorm Gesicht gefaltet. Anna Klotze sitzt aufrecht auf einem Stuhl und schaut sich neugierig um. Zolan sitzt neben ihr, die Hände tief in die Hosentaschen gesteckt, den Blick gesenkt. Jeder hängt seinen Gedanken nach.

Zehn Minuten später wird die Tür weit aufgeworfen, und Perloni poltert herein. »Bravi! Ihr habt gute Arbeit geleistet. Aber eines ist nicht gut. Pietro Rizzo hätte niemals fliehen dürfen.« Perloni lässt sich auf den Stuhl hinter seinem Schreibtisch fallen.

Morello hebt den Kopf. »Signor Questore, es tut mir leid: Die Flucht von Pietro Rizzo war meine Schuld.«

»Ich dachte, das sei ein erfahrener Kommissar, den man uns da geschickt hat. Wie kann ein Verdächtiger einfach fliehen? Solche Fehler dürfen in unserem Kommissariat nicht mehr vorkommen. Aber abgesehen davon habt ihr gute Arbeit geleistet.«

»Danke, Signor Questore.«

»Also dann, an die Arbeit. Pietro Rizzo ist noch nicht gefasst worden. Lombardi, bleib noch einen Augenblick!«

Alle anderen stehen auf und verlassen das Büro.

Auf dem Flur bleibt Zolan plötzlich stehen. »Wir haben Glück, dass der Questore heute gute Laune hat«, sagt er.

Morello sieht ihn fragend an.

Anna Klotze sagt: »Bitte, Ferruccio, fang jetzt nicht wieder an mit deinen blöden Kommentaren.«

»Wieso? Sollten wir untereinander nicht ehrlich sein?«

Morello hört die ernste Verbitterung in seiner Stimme.

»Moment«, sagt er. »Wenn in unserem Team jemand etwas sagen will, dann soll er das auch tun. Ferruccio, wenn du etwas zu sagen hast, dann spuck es aus.«

»Ich meine, Pietro Rizzo, der Mörder, wird in unserem Kommissariat verhört. Der neue Kommissar und noch zwei Polizisten sitzen dabei und lassen den Mörder entkommen wie drei Amateure. Ich dachte, der Questore wird uns alle bestrafen, zumindest mit einer vorübergehenden Suspendierung habe ich gerechnet. Aber wie gesagt: Wahrscheinlich hat er heute tatsächlich gute Laune, und wir wurden verschont.« Ferruccio Zolan steht vor ihnen, sein Kopf ist rot angelaufen, den Blick auf den Boden gerichtet, die Fäuste in den Hosentaschen geballt.

»Vielleicht hat der Questore ein bisschen mehr Verständnis als du. Stronzo!« Anna Klotze dreht sich um und geht mit großen Schritten davon.

Morello schaut Zolan in die Augen. »Mir scheint, es gefällt dir, auf Fehlern der Kollegen herumzureiten.«

»Mir wäre das nicht passiert.«

»Woher weißt du das? Rizzo saß nicht als Beschuldigter vor uns, sondern als Zeuge. Außerdem, unerwartete Situationen können immer auftreten, auch bei dir.«

Ferruccio Zolan wird laut. »Stimmt, aber ich hätte Pietro Rizzo Handschellen angelegt.«

Morellos Stimme wird leise. »Handschellen? Du würdest einem Zeugen Handschellen anlegen? Sehr effektiv, wirklich. Mit Handschellen reden Zeugen ja bekanntlich viel eher.«

»Wenn wir seine Wohnung sofort durchsucht hätten, dann säße der Mörder jetzt in einer Zelle. Stattdessen schicken Sie mich zur Hafenbehörde. Unnötig und reine Zeitverschwendung!«

Auf dem Flur kommen ihnen mehrere Polizisten in Uniform entgegen.

»Solange ich Kommissar bin, entscheide ich, welche Arbeit nötig ist. Und glaube mir, nichts davon ist grundlos.«

Morello lässt Zolan stehen.

In seinem Vorzimmer hebt Viola den Kopf, als er eintritt.
»Kommissar, ich habe Sie gesucht. Wegen Angelo Carini.«
»Hast du etwas herausgefunden?«
Sie reicht ihm einen Zettel. »Nicht viel. Er ist ein erfolgreicher Rechtsanwalt aus Palermo. Er hat vor sechs Jahren in Venedig eine Wohnung gekauft. Nicht vorbestraft. Keinen Hinweis auf die Cosa Nostra im Polizeicomputer.«
»Haben wir die Adresse seiner Wohnung?«
»Ja. Steht auf dem Zettel.«

Morello setzt sich hinter seinen Schreibtisch und denkt nach. Nach ein paar Minuten steht er auf und geht in das Café La Mela Verde. Allein an einem Tisch sitzt Anna Klotze. Er setzt sich neben sie.
»Willst du was trinken?«
Anna schüttelt den Kopf.
Morello bestellt einen Espresso doppio.
»Manchmal kann ich ihn nicht ertragen«, sagt sie.
»Ich verstehe dich. Auf jeden Fall hat Zolan nicht dich mit ›Amateur‹ gemeint, sondern mich. Vielleicht hat er immer noch nicht verdaut, dass er nicht Kommissar geworden ist.«
»Seit ich hier bin, wirft er mir dumme Fehler vor. Meistens zu Unrecht.« Anna Klotze wirft ihre Haare zurück.
Morello nickt. »Unser Team ist noch keins. Wir halten noch nicht zusammen. Unsere Kollegen haben Vorbehalte gegen mich und wahrscheinlich gegen dich auch.«
»Sie hassen mich, weil ich besser bin.«
»Weil eine Frau besser ist als die gesamte geballte Männlichkeit in unserem Team. Für schwache Männer ist das schwer zu ertragen.«
Anna Klotze lächelt.
»Doch jetzt«, sagt Morello, »müssen wir weiterermitteln. Ich bin überzeugt, dass der Mord von Francesco Grittieri mit den

Kreuzfahrtschiffen zu tun hat. Aber ich verstehe noch nicht, wieso. Für diesen Ermittlungsstrang finde ich bei Zolan keine Hilfe. Hilfst du mir?«
»Ich bin dabei, Signor Commissario.«
Morello lächelt. »Super. Dann los. Wir müssen zur Osteria Da Mino. Dort waren die zwei Hafenarbeiter, die Francesco Grittieri verprügelt haben. Ich möchte die beiden finden.«
»Haben Sie die Adresse?«
Morello nickt. »Fondamenta San Giuseppe in Castello.«
»Dahin können wir zu Fuß gehen.«
»Gut. Dann los.«

Sie überqueren die kleine Ponte dei Greci und laufen durch eine kleine Gasse in Richtung Castello. Anna geht voran. Morello tippt eine Nachricht in sein Smartphone: *Bin unterwegs zur Osteria Da Mino. Es wäre gut, wenn du mir helfen könntest. Il Commissario.*
»Ich habe eine Nachricht an Claudio geschickt.«
»Claudio? Wer ist Claudio?«
Morello schaut auf sein Handy: Bin in fünf Minuten an der Vaporetto-Haltestelle Giardini. Dort warte ich auf Sie. Claudio.
»Ich erkläre es dir gleich. Aber zuerst: Wie lange dauert es bis zur Haltestelle Giardini?«
»Zehn, maximal fünfzehn Minuten.«
Morello tippt in sein Telefon: Va bene. Wir sind gleich dort.
»Erinnerst du dich an meinen ersten Arbeitstag? An den jungen Taschendieb?«
»Si, certo. Wir habe ihn entlassen mit dem Versprechen, dass er nie wieder was mit Taschendiebstahl zu tun hat. Stimmt, der hieß Claudio!«
Sie laufen weiter auf der Calle della Pescaria bis zur Riva degli Schiavoni. Hier biegen sie nach links und laufen weiter Richtung Giardini.

»Na ja. Ich habe gesagt, dass ich ihm helfen werde, ein bisschen Geld zu verdienen. Als Gegenleistung für Informationen.«
Anna wirft ihm einen skeptischen Blick zu. »Sie meinen, der Taschendieb wird unser Informant?«
»So etwas in der Art. Er kennt sich sehr gut aus mit allem, was in Castello passiert und nicht nur dort – offiziell und inoffiziell.«
»Aber er ist so jung. Noch nicht mal zwanzig Jahre alt.«
»Achtzehn. Und sehr schlau.«
»Das wäre der erste Informant in der Geschichte des Kommissariats.«
»Nein, Anna. Er ist kein Informant des Kommissariats. Er ist mein Informant. Niemand darf es wissen, außer dir natürlich.«
»Va bene, Commissario. Verdeckte Ermittlungen. Spannend. Doch Sie müssen mir auch etwas versprechen.«
»Versprechen?«
»Ja, erzählen Sie mir mehr von Ihren Erfahrungen mit der Mafia.«
»Von mir aus.«
Sie gehen weiter auf der Riva dei Sette Martiri bis zur Vaporetto-Haltestelle Giardini.
Unterwegs schweigen sie.

Claudio kommt ihnen fröhlich winkend entgegen, doch sobald er Anna erkennt, bleibt er abrupt stehen. Sein Gesicht verfinstert sich.
»Ciao, Claudio. Danke, dass du da bist.«
»Herr Kommissar, bitte entschuldigen Sie – aber können wir unter vier Augen reden?«
Morello schaut kurz zu Anna. Sie nickt zustimmend.
»Certo.«
Morello und Claudio gehen ein paar Meter am Ufer entlang.
»Ich vertraue Ihnen, doch ich möchte lieber nicht mit den

anderen Polizisten zusammenarbeiten. Diese Frau macht mir Angst. Das ist keine Frau, das ist eine Kampfmaschine.«

Morello lacht. »Bleib ruhig. Anna ist meine Kollegin. Du musst mit ihr nicht zusammenarbeiten, nur mit mir. Ich verspreche dir, dass sie den anderen Polizisten nichts verraten wird. Va bene?«

Claudio wirft einen schnellen Blick auf Anna Klotze. »Ich weiß nicht«, sagt er unsicher. »Versprechen Sie mir, dass diese Kampfmaschine sich niemals mit mir anlegt?«

»Ich schwöre es.« Morello küsst Ring und Mittelfinger.

»Va bene«, sagt Claudio.

Morello gibt Anna ein Zeichen. Sie kommt zu den beiden Männern.

»Anna, das ist Claudio.«

»Ja. Wir kennen uns schon.« Sie geht einen schnellen Schritt auf Claudio zu, der erschreckt zurückweicht. »Commissario!«, schreit er.

Anna Klotze lacht. Morello auch.

»Verstehe, das ist Ihre Art von Humor«, sagt Claudio. »Kann ich gar nicht drüber lachen.«

»Schluss mit lustig. Jetzt erzähl mal: Was erwartet uns in dieser Osteria?«, fragt Morello.

»Da Mino … ist nicht nur eine Osteria. Es ist ein Treffpunkt für Arbeiter und Nicht-Arbeiter.«

»Du meinst Arbeiter und Touristen?«

»Nein, Kommissar. Mit Nicht-Arbeitern meine ich Leute, wie soll ich sagen, Leute wie ich, die sich arrangieren müssen, um Geld zu verdienen.«

»Arrangieren? Deswegen warst du ein Taschendieb, ein Krimineller?«, sagt Anna und wendet sich ihm zu.

Claudio weicht drei Schritte zurück.

»Ich war kein Krimineller!«

»Ein Taschendieb ist ein Krimineller.«

Morello verdreht die Augen. »Basta! Anna, gib ihm eine Chance. Cazzo! Der Junge will uns helfen.«

»Entschuldigung, Herr Kommissar.«

»Und du, rede mal Klartext, damit es keine Missverständnisse gibt.«

»Va bene, Signor Commissario. In Castello wohnen Arbeitslose, arme Leute und Leute, die sich arrangieren müssen, um Geld zu verdienen. Hier in diesem Viertel finden Sie nix Gucci, nix Prada, kein Luxushotel, kein Sterne-Restaurant. Dieses Viertel ist Arbeiterklasse, wenn es überhaupt Arbeit gibt. Da Mino ist eine Osteria, das ist was völlig anderes als ein Restaurant. Wer da hingeht, kommt meistens, um zu trinken und um seine Probleme zu vergessen oder über seine Probleme zu reden.«

»Wir können dort nichts essen?«, fragt Morello.

»Natürlich kann man dort auch essen, aber wie gesagt, es ist kein Restaurant, die haben nur kleine Gerichte. Keine große Auswahl. Man isst, was da ist. Dort habe ich auch Kleinkriminelle gesehen und selten eine Frau. Keine Touristen und besonders keine Polizisten. Die mögen sie dort nicht. Ab und zu passiert dort auch was Unangenehmes. Deswegen habe ich Sie schon gewarnt: Es ist kein guter Ort für Sie, und erst recht nicht für Ihre Kollegin. Obwohl – sie sieht ja ziemlich stark aus.«

Morello fragt Anna. »Was denkst du? Wollen wir in die Osteria Da Mino essen gehen?«

Anna lächelt Morello zu. »Gerne, Commissario. Ich mag solche Orte. Außerdem: Ich sehe ja ziemlich stark aus.«

»Gut. Und du, Claudio, wenn du Hunger hast, komm mit. Du bist eingeladen.«

»Nein. Kommissar. Keine gute Idee. Dort kenne ich alle Stammgäste. Es schadet meinem guten Ruf, wenn ich dort mit zwei Polizisten aufkreuze.«

»Hab verstanden. Wie gelangen wir von hier aus zu der Osteria?«, fragt Morello.

Claudio zeigt auf die kleine Brücke, die zum Viale Giuseppe Garibaldi führt.

»Nach der Brücke sofort rechts. Fondamenta San Giuseppe. Nach fünf Minuten finden Sie die Osteria. Ich komme dann

kurz danach vorbei und tue so, als würde ich Sie nicht kennen. Und Sie müssen auch so tun. Versprochen?«
»Va bene. So machen wir's. Grazie, Claudio.«
»Krazie«, sagt Anna.
Claudio bleibt stehen, während Morello und Anna über die kleine Brücke gehen und sofort danach rechts abbiegen. Die Fondamenta San Giuseppe ist eine lange und schmale Straße neben einem Canale. Nach wenigen Minuten stehen sie vor der Osteria Da Mino.
Morello schaut auf seine Armbanduhr: 14 Uhr.
»Am besten essen wir zuerst und schauen uns die Gäste an.«
»Va bene, Commissario.«
Morello öffnet die Tür.

Die Osteria besteht aus einem einzigen großen Raum. Die linke Seite wird von einer langen Theke eingenommen. Ein Mann unbestimmbaren Alters steht dahinter und trocknet Gläser ab. Er schickt einen misstrauischen Blick in ihre Richtung, gefolgt von einem geknurrten »Buongiorno«.
»Buongiorno«, antwortet Morello freundlich. »Wir wollten etwas essen. Ist das noch möglich?«
»Ja. Die Küche ist zu, aber ich schaue, was noch übrig ist. Setzen Sie sich.«
Der Mann dreht sich um und verschwindet hinter einem bunten Perlenvorhang.
Nur vier Gäste sind noch im Da Mino. An dem Tisch in der hintersten rechten Ecke sitzen zwei Männer. Einer sticht mit einer Gabel in eine riesige Portion Spaghetti aglio e olio, der andere isst das typische Fegato alla veneziana, Kalbsleber mit Zwiebeln. Sie sind ungefähr im gleichen Alter, etwa um die vierzig. An zwei weiteren Tischen sitzt jeweils ein Mann vor einem Glas Rotwein. Einer der beiden ist jung, noch keine dreißig. Der andere Mann ist älter, etwa sechzig Jahre alt. So

ausdruckslos, wie er in seinen Wein starrt, wird es nicht sein erstes Glas sein.

Ein Tisch mit drei Stühlen steht direkt rechts, in der Nähe der Tür. Eine perfekte Position, um den Raum im Auge zu behalten.

Morello und Anna ziehen sich ihre Jacken aus und setzen sich. Der jüngere der beiden Männer schaut zu ihnen herüber und lächelt.

Sicher nicht meinetwegen, denkt Morello.

Er sieht erstaunt, dass Anna den Blick mit einem leichten Lächeln erwidert. Morello legt seine Hand auf die ihre. Anna sieht ihn irritiert an, dann lächelt sie auch ihm zu.

Angenehm, ihre Körperwärme zu spüren.

Der Wirt kommt zu ihnen. »Es gibt nicht mehr viel Auswahl. Was wir haben, sind verschiedene Ciccheti, und als ersten Teller kann ich Ihnen Bigoli in salsa bringen.«

Bevor Morello sich erkundigen kann, was das ist, erwidert Anna Klotze: »Bringen Sie uns doch eine Mischung aus verschiedenen Cicceti, eine Flasche stilles Wasser und zwei Ombrette de rosso.«

Der Wirt lächelt ihr zu und verschwindet in der Küche.

Morello bemerkt zu seinem Befremden, dass alle Männer, mit Ausnahme des alten Alkoholikers, interessiert zu ihrem Tisch starren. »Cicchetti? Ombrette? Was sind das?«, fragt er leise.

»Cicchetti sind kleine Stücke Brot mit Aufstrich. Wie im Restaurant Vino Vino. Sie erinnern sich? Ombrette sind kleine Gläser Wein. Man sagt das so in Veneziano.«

»Du hast Antipasti und Wein bestellt?«

»Richtig.«

»Ich denke, du trinkst keinen Alkohol.«

»Natürlich nicht. Im Restaurant gestern – das war nur eine Ausnahme. Und jetzt – ich nippe nur dran. Zur Tarnung. Austrinken müssen Sie die beiden Gläser.«

»Verstehe. Hör zu: Zuerst müssen wir wissen, ob jemand hier im Hafen arbeitet.«

»Am besten fragen wir den Wirt.«

Morello nickt Anna zu.

Der Wirt kommt mit zwei Tellern Cicchetti und stellt sie schweigend auf den Tisch. Dann geht er an die Theke und holt Gläser, Wasser und Wein.

»Krazie«, sagt Anna.

Der Wirt lächelt ihr zu. »Sie sind nicht aus Venezia, stimmts?«

»No. Ich bin aus Österreich, und mein Mann ist aus Sizilien. Sind Sie der Besitzer?«

»Ja. Das ist meine Osteria, ich bin Mino.«

Morello fängt an zu essen und überlässt Anna die Initiative.

»Freut mich, Sie kennenzulernen.« Anna steht auf und schüttelt Mino die Hand. »Ich heiße Anna. Bin Journalistin und schreibe gerade einen Bericht über die Kreuzfahrtschiffe.«

Einer der beiden Männer, die zusammen an einem Tisch sitzen, ruft: »Mino!« Er hebt sein Glas hoch. »Noch zwei!«

Eine absichtliche Unterbrechung, denkt Morello sofort.

»Entschuldigung.« Mino geht zurück hinter die Bar.

Anna folgt ihm und stellt sich an die Theke. Morello ist überrascht. Was hat sie vor?

»Wissen Sie, ob ich mit jemandem reden kann, der am Hafen arbeitet?«

Mino antwortet nicht. Er nimmt eine halbe Flasche Wein aus dem Regal und bringt sie an den Tisch mit den beiden Männern. Einer von ihnen flüstert etwas in sein Ohr. Morello beobachtet es aus den Augenwinkeln.

Mino geht wieder zurück hinter die Theke und spricht mit Anna. Morello versucht zu lauschen, doch die beiden reden so leise, dass er nichts verstehen kann.

Plötzlich geht Anna, mit einem kleinen Glas Wein in der Hand, zum Tisch der beiden Männer. Morello registriert erstaunt, wie schwingend ihr Gang plötzlich ist.

Anna lacht, und die beiden Männer erheben ihre Gläser. Anna Klotze setzt sich zu ihnen.

»Ciao, Mino.«

»Ciao, Claudio.«

Morello hat nicht bemerkt, wie Claudio die Osteria betreten hat. Der ehemalige Taschendieb geht zur Theke, bestellt einen Weißwein, lehnt sich mit dem Rücken an den Tresen und betrachtet das Lokal.

Morello fühlt sich unwohl. Anna Klotze hat ihn als ihren Mann vorgestellt. Und jetzt sitzt sie bei den beiden Männern am Tisch und lacht.

So verhält sich doch keine Ehefrau.

Was hat sie sich für eine Strategie ausgedacht? Ihn würdigt sie jedenfalls keines Blicks mehr. Beunruhigt sieht er, wie die beiden Männer Anna Klotze einen weiteren Wein spendieren.

Sie trinkt doch gar nicht.

Er beschließt, hinüberzugehen und sie an seinen Tisch zurückzuholen.

Doch in diesem Augenblick betreten zwei weitere Männer die Osteria. Schmutzige Hosen, blaue Arbeitsjacken und schwere Schuhe. Einer der beiden trägt einen langen schwarzen Bart. Auch die beiden schätzt Morello auf Mitte vierzig. Die beiden gehen zielstrebig an die Theke, stellen sich neben Claudio und bestellen Wein.

Anna steht plötzlich auf und setzt sich wieder zu Morello.

»Und? Macht es Spaß mit zwei Männern?«, fragt er.

Anna schaut ihn spöttisch an.

»Entschuldigung, blöde Bemerkung; ich war nervös und habe mir Sorgen gemacht.«

»Ist alles gut. Die sind beide nett. Sie haben mir gesagt, dass die beiden Männer an der Theke im Hafen arbeiten.«

Morello wirft wieder einen kurzen Blick zur Theke.

»Gut, dann würde ich sagen, wir gehen da hin und stellen uns als Polizisten vor und reden mit den beiden.«

Sie stehen auf und stellen sich an die Theke neben die beiden Arbeiter.

Claudio nimmt sein Glas und geht an einen Tisch an der hintersten Wand.

Morello zieht seine Dienstmarke aus der Tasche und zeigt sie den beiden Männern.

»Ich bin Antonio Morello, Commissario di Polizia, und das ist meine Kollegin Anna Klotze.«

Die beiden Männer schauen kurz auf die Marke, drehen sich um und bestellen bei Mino noch einen Wein.

»Wir wollen nur kurz mit euch beiden reden«, sagt Anna Klotze.

»Worüber?«, fragt der Arbeiter mit dem schwarzen Bart.

»Über eure Arbeit im Hafen«, sagt Morello.

»Dann sollten Sie besser mit unserem Chef reden.« Der Mann dreht ihnen den Rücken zu.

»Wir wollen auch über Francesco Grittieri reden«, sagt Morello.

Schlagartig liegt eine wachsame Spannung im Raum. Langsam dreht sich der Mann wieder um und fixiert Morello. Auch sein Kumpel hebt den Kopf. Er stößt sich von der Theke ab, baut sich vor Morello auf, starrt ihn an. Eine Hand hat er lässig auf eine Stuhllehne gelegt. Doch seine Körperhaltung ist alles andere als lässig. Sein Gesicht ist nun so nahe an Morellos, dass sich die Nasenspitzen fast berühren.

»Lass uns in Ruhe«, sagt er so laut, dass jeder im Lokal aufsieht.

»Wir haben nichts zu reden, erst recht nicht über Grittieri oder über irgendeinen anderen scheißreichen Venezianer. Und mit der Polizei reden wir ganz sicher nicht.«

Morello kann den Weingeruch seines Atems riechen.

»Du weißt gar nicht, was ich dich fragen will, und machst hier ein Riesentheater«, sagt Morello leise. »Ich kann dir Handschellen anlegen und dich aufs Kommissariat mitnehmen. Vielleicht bist du nach ein paar Stunden in der Ausnüchterungszelle gesprächiger.«

Plötzlich stehen alle vier Männer von ihren Tischen auf und kommen langsam auf Morello und Anna Klotze zu. Nur Claudio bleibt in seiner Ecke sitzen. Mino bezieht Position hinter der Theke, die Arme demonstrativ vor der Brust gekreuzt.

Morello hebt die Arme. »Macht keinen Fehler, den ihr später

bedauern würdet. Wir wollen nur mit euch reden. Am besten, ihr setzt euch wieder.«

Niemand rührt sich.

Morello spürt, wie sich Anna Klotzes Körper neben ihm spannt. Sie streckt ihre Finger aus und ballt sie zu einer Faust, streckt sie wieder und ballt erneut eine Faust. Er sieht sie kurz an. Sie nickt ihm unmerklich zu.

Mit einer plötzlichen Bewegung ergreift der Bärtige einen Stuhl und will ihn Morello über den Kopf schlagen. Der Kommissar bemerkt die Attacke zu spät. Er federt einen Schritt zurück, doch der Stuhl trifft ihn in die Seite. Morello hebt die Hände, packt den Stuhl an einem Bein und zieht. Der Bärtige lässt los. Morello torkelt nach hinten. Er sieht eine erhobene Faust auf sein Gesicht zurasen. Doch bevor ihn der Schlag trifft, verzerrt sich das Gesicht des Mannes. Er nimmt die plötzliche Bewegung Anna Klotzes neben sich nur schemenhaft wahr, die mit der rechten flachen Hand den Schlag des Mannes pariert und ihm gleichzeitig das linke Knie in den Unterkörper rammt. Mit einem Schmerzgeheul krümmt er sich. Anna Klotze schlägt ihm von unten einen sauberen Haken unters Kinn. Der Bärtige fällt krachend auf den Boden.

Sein Kumpel stürzt sich auf Anna Klotze. Sie fällt. Morello holt aus und schlägt ihm den Stuhl auf Kopf und Schulter. Anna windet sich unter dem Mann heraus und springt auf. Sie packt den Kerl wie eine Wrestling-Kämpferin und schlägt seinen Kopf auf den Boden. Die anderen Männer springen auf und kommen mit erhobenen Fäusten auf Morello zu. Er sieht, wie Anna Klotze den beiden am Boden liegenden Männern Handschellen anlegt.

»Der Erste, der eine falsche Bewegung macht, kommt mit ins Kommissariat!«

Anna steht wieder auf und stellt sich neben Morello. »Hat noch jemand Lust auf eine neue Erfahrung?«, fragt sie in die Runde. Die vier Männer scheinen beeindruckt. Sie drehen sich langsam um und gehen zurück an ihre Tische.

Die beiden Festgenommen stöhnen.

Morello atmet schwer. »Wie die Situation jetzt ist, nehme ich euch alle mit. Das gilt auch für dich, Mino, und für alle, die noch in deiner Küche sind.«

Mino kommt hinter der Theke hervor und geht langsam zu Morello und Anna Klotze. Er reibt sich die Hände an einem Handtuch trocken, obwohl sie nicht nass sind. Anna Klotze spannt sich.

Mino bleibt vor ihnen stehen und legt das Tuch auf einen Tisch.

»Herr Kommissar, in der Küche ist niemand. Meiner Meinung nach ist es besser, wenn wir hierbleiben, ich meine – alle!«

Mino wirft einen Blick auf die beiden am Boden liegenden Arbeiter. Zustimmendes Gemurmel.

»Gut. Dann schließ die Türe zu und setz dich zusammen mit den anderen hier an den Tisch.«

Mino schlurft zur Tür und schließt sie ab.

Anna zieht die beiden Arbeiter auf die Beine. Sie setzen sich, die gefesselten Hände in dem Schoß.

»Wer von euch hat Francesco Grittieri verprügelt?«

»Herr Kommissar, die Männer hier sind arbeitslos. Abgesehen von diesen beiden hier.« Mino deutet auf die Männer mit den Handschellen.

Niemand antwortet auf Morellos Frage.

»Gut, ihr wollt es nicht anders. Anna, ruf bitte Verstärkung, damit wir diese Gesellschaft heute Nacht in den Zellen des Kommissariats unterbringen.«

Mino hebt beschwichtigend die Hand. »Von diesen hier war es niemand.«

Erneut zustimmendes Gemurmel.

»Ich brauche zwei Namen.«

Schweigen.

Anna Klotze zieht ihr Handy aus der Hosentasche.

»Mario Carli und Fausto Milo«, sagt Mino gedehnt. »Der blonde Junge kam hierher, und die beiden hatten getrunken. Sie hatten Angst um ihren Job. Sie meinten es nicht böse.«

Morello notiert die beiden Namen.
»Sie wohnen in Castello?«
Mino nickt.
Morello sagt: »Das war eigentlich alles, was wir erfahren wollten.«
Anna Klotze schließt die Handschellen der beiden Männer auf.
Der Kommissar setzt sich auf einen Stuhl.
In der hintersten Ecke kauert Claudio hinter einem Tisch. Jetzt steht er auf und ruft: »Mamma mia, was für eine Frau! Ich glaube, ich habe mich eben verliebt. Dieser Kinnhaken – unglaublich.«
Anna Klotze sieht auf und lacht.
Morello sagt: »Mino, ich brauche etwas zu trinken. Mach mir einen Espresso doppio und einen Grappa. Danach kannst du die Tür wieder aufschließen.«
»Einen Espresso nehme ich auch«, sagt Anna Klotze.
»Ich auch«, sagt Claudio.
Mino geht hinter die Theke. Kurz danach faucht die Kaffeemaschine.

Eine Stunde später sitzt er mit Anna Klotze in seiner Küche. Morello hat Spaghetti aglio e olio gekocht.
Er stellt zwei Teller davon auf den Tisch und öffnet eine Flasche Rotwein.
»Wir sind heute einen großen Schritt vorangekommen«, sagt er zu Anna Klotze. »Wir wissen nun, wer die beiden Männer waren, die Francesco Grittieri verprügelt haben. Wir suchen sie bei ihrer Arbeitsstelle im Hafen auf und verhören sie.«
Als sie schweigt, sagt er: »Danke. Ohne dich hätte ich heute Prügel bezogen.«
»Erzählen Sie mir etwas von Ihnen.«
»Von mir?«, fragt Morello überrascht. »Da gibt es nicht viel zu erzählen. Ich wurde in Cefalù geboren und ging dort …«

»Mein Gott, wenn Männer über sich reden, hört es sich immer so an, als leierten sie einen auswendig gelernten Lebenslauf herunter. Wenn das so schwierig ist, dann erzählen Sie mir von der Mafia. Das ist ja ohnehin Ihr Lieblingsthema.«

Morello trinkt einen Schluck und lehnt sich im Stuhl zurück.

»Mafia bedeutet Korruption. Mafia bedeutet Verbindung mit der Politik und Macht.«

»Nun ja, das sind nicht gerade Neuigkeiten.«

Morello hebt die Gabel und lächelt entschuldigend.

Anna sagt: »Korruption haben wir hier auch, Sie wissen schon, der MO.S.E.-Skandal. 35 Personen haben wir in den Knast gebracht, darunter auch Giancarlo Galan, den ehemaligen Kulturminister, der zusammen mit Silvio Berlusconi die Partei Forza Italia gegründet hat.«

»Und Marcello Dell'Utri«, sagt Morello.

Anna runzelt die Stirn.

»Marcello Dell'Utri war ebenfalls ein Mitbegründer der Forza Italia, das meine ich. Aber er war nicht nur das. Er war der Mittelsmann zwischen Cosa Nostra, geführt von Totò Riina und Bernardo Provenzano, und der Forza Italia, geführt von Berlusconi.«

»Mir klingen die Ohren«, sagt Anna Klotze. »Können wir nicht über Verbrecher reden, ohne gleich die höchsten Politiker des Landes zu nennen – in einem Atemzug?«

»Ich glaube, das geht nicht, weil das Gespräch dann immer unvollständig sein wird. Erinnere dich, die Mafia organisiert in Sizilien einen riesigen Stimmenblock für das Parlament. Ohne diese Stimmen ist eine Regierungsbildung schwierig, und nach dem Krieg haben alle führenden Politiker diese Stimmen gerne genommen.«

»Und dafür der Mafia gegeben, was sie brauchte?«

»Si.«

»Wie ist die Mafia überhaupt entstanden?«

Morello legt die Gabel beiseite.

»Die Mafia entstand in Westsizilien. Das war immer der

mächtigere und vor allem der reichere Teil Siziliens. Hier wurde sie stark. Du musst wissen: In Sizilien herrschten immer Eroberer von außerhalb zusammen mit einheimischen und ausländischen Großgrundbesitzern. Gegen diese gab es wieder und wieder Aufstände und Revolten der Bauern, der Handwerker, der einfachen Leute. Um diese Revolten niederzuschlagen, rekrutierten der Großgrundbesitz Gesindel, Mörder, Verbrecher aller Art, die bereit waren, gegen kleines Geld auf ihre Landsleute zu schießen oder ihnen die Kehle durchzuschneiden. Diese Leute wurden von allen verachtet. Sowohl von denen, auf die sie schossen, als auch von denen, die ihnen den Auftrag dazu gaben. Es war Abschaum. Menschlicher Müll. Das ist der Anfang der Mafia.«

»Kann ich einen Schluck Rotwein haben?«

»Ich dachte, du magst keinen Alkohol?«

»Heute mache ich eine Ausnahme. Schon wieder.«

»Gern.« Morello lacht und füllt ihr Glas.

»Und dann?«, fragt Anna Klotze und nimmt einen großen Schluck.

»Irgendwann fingen sie an, auf eigene Rechnung zu arbeiten. Sie mordeten nicht mehr nur für die Großgrundbesitzer, sondern zogen eigene Geschäfte auf. Als Garibaldi Italien vereinigte, stellte er sich schützend vor die einheimischen und englischen Großgrundbesitzer, gegen die Bauern, die eine Landreform forderten. Kennst du den Film ›Der Leopard‹?«

»Meine Mutter war als Teenager verliebt in Alain Delon. Wegen dieses Films.«

»Wenn alles bleiben soll, wie es ist, muss sich alles ändern«, zitiert Morello. »So ging es Sizilien. Die ausländischen Eroberer wurden vertrieben. Die einheimischen und englischen Großgrundbesitzer blieben und wurden ehrenwerte Bürger der neuen Republik, und mit ihnen blieben die gedungenen Verbrecher. Die Bauern und Handwerker mussten weiter unterdrückt werden. Die feudalen Strukturen Siziliens blieben intakt.«

»Plötzlich schmeckt mir Wein sehr gut. Denken Sie, ich werde jetzt eine Alkoholikerin, Signor Commissario?«

»Ich hoffe nicht, und wenn, dann bedauere ich es.«

Anna Klotze nimmt noch einen Schluck. »Ich prügele mich auch nicht jeden Tag mit verdächtigen Personen. Schenken Sie noch einmal ein?«

»Bist du sicher?«

»Jawohl, bin sicher. Erzählen Sie weiter!«

»Es gibt viel zu erzählen. Jedenfalls funktionierte das System der Mafia nach dem Krieg eigentlich perfekt. Bei der ersten Wahl nach dem Krieg erhielten die Christdemokraten von der Democrazia Cristiana 35 Prozent der Stimmen.«

»Vermutlich waren da sehr viele aus Sizilien dabei«, sagt Anna Klotze und greift nach ihrem Rotweinglas.

Morello lacht. »Richtig vermutet. Es gab in Italien fast ein halbes Jahrhundert lang keine Regierung, an der die Christdemokraten nicht beteiligt waren. Ab 1992/93 zerlegten sie sich in einem Strudel von Korruption, und wie aus dem Nichts tauchte Berlusconi mit der Forza Italia auf.«

»Vermutlich mit einem großen Stimmenanteil in Sizilien.«

»Wieder richtig vermutet.«

Anna Klotze schiebt Morello ihr Glas über den Tisch. Er füllt Rotwein nach. Er steht auf, geht in die Küche und kommt mit einer neuen Flasche zurück.

»Ich habe gerade mal gegoogelt. Giulio Andreotti, der Chef der Christdemokraten, war sieben Mal Ministerpräsident und einundzwanzig Mal Minister.«

»Giulio Andreotti, die hässlichste Ratte, die je in Italien gelebt hat, war bis 1992 der Garant der alten Verabredung zwischen Cosa Nostra und dem italienischen Staat. Erinnerst du dich, was 1992 geschah?«

Anna überlegt kurz, dann: »Tangentopoli! Mani pulite!«

Sie wischt mit einem Stück Brot die Soße aus dem Teller.

»Möchtest du noch eine Portion Spaghetti?«

Sie schüttelt den Kopf. »Erzählen Sie weiter.«

»Mani pulite, saubere Hände, richtig. Mutige Staatsanwälte wie die Mailänder Antonio Di Pietro, Gherardo Colombo und Piercamillo Davigo deckten das komplette System von Korruption, Amtsmissbrauch und illegaler Parteienfinanzierung auf. Die beiden mächtigsten Parteien, die Democrazia Cristiana und die Sozialistische Partei Italiens, waren die korruptesten. Sie brachen zusammen und verschwanden aus dieser Welt.«

Anna Klotze: »Darauf trinken wir.«

Sie stoßen an.

»Ein paar Wochen zuvor, ich werde den Tag nie vergessen, wurden in dem extra für diesen Prozess gebauten Bunker von Palermo die Urteile im Maxi-Prozess gegen die Cosa Nostra bestätigt. Ein einmaliger Prozess in Italien: 475 Angeklagte, 19 lebenslange Haftstrafen, 2.665 Jahre Freiheitsstrafe, 11 Milliarden Lire Geldstrafe, 114 Freisprüche. Unter den zu lebenslanger Haft verurteilten Verbrechern waren der Boss der Bosse Totò Riina, genannt ›die Bestie‹, und Bernardo Provenzano, genannt ›der Traktor‹. Sie waren noch auf freiem Fuß, aber in Abwesenheit zu lebenslangem Knast verurteilt.«

»Für den Fall, dass die Polizei sie fassen sollte …«

»Ja, aber noch waren sie frei, tobten vor Wut. Dass ein Berufungsgericht die Strafen gegen die Mafia bestätigt, war im System Italiens nicht vorgesehen. Diesen Schlag gegen die Herrschaft der Mafia in Sizilien verdanken wir besonders zwei Männern …«

»Giovanni Falcone und Paolo Borsellino, das weiß jedes Kind«, sagt Anna Klotze.

»Meine Helden«, sagt Morello leise.

Anna Klotze trinkt noch einen Schluck Rotwein. »Hoffentlich gewöhne ich mir das nicht an.«

»Ab morgen kannst du wieder Abstinenzlerin sein. Heute ist ein besonderer Tag.«

Anna Klotze hebt den Blick und sieht Morello mit einem merkwürdig verhangenen Blick an. »Wie meinen Sie das?«

Ein Moment der Stille zwischen ihnen. Er hält einige Sekunden, bis Anna Klotze leicht seufzt, das Glas abstellt und dann sagt: »Na gut, dann erzähl weiter.«

»Nun ja, Anna.« Morello ist heiser und weiß nicht warum.

Er räuspert sich: »Der Maxi-Prozess, der sechs Jahre dauerte, war für Totò Riina, die Bestie, der Beweis, dass der Staat durch Falcone und Borsellino den bisher ausgehandelten Pakt mit der Mafia gekündigt hatte. Deshalb erklärte er dem Staat den Krieg. Eigenhändig schrieb er eine Todesliste, auf der wichtige Politiker standen; auch Giulio Andreotti.«

»Wieso wollte Riina ausgerechnet Andreotti töten, mit dem er angeblich so gut zusammengearbeitet hat?«, fragt Anna.

»Nicht nur Andreotti sollte sterben. Die Todesliste trug wichtige Namen der Democrazia Cristiana und des Partito Socialista Italiano. Für die Mafia waren die früheren Verbündeten jetzt Verräter, weil sie den Maxi-Prozess nicht gestoppt haben, wie das sonst bei Prozessen gegen die Mafia üblich war. So kam es zum Krieg. Als Ersten erschossen sie Salvatore Lima. Er war Andreottis Mann in Sizilien, seit 1956. Dann wurde die Todesliste der Mafia bekannt gegeben – und jetzt ging den Politikern der Arsch auf Grundeis. Sie hatten eine Heidenangst, und das zu Recht.«

»Kann ich mir vorstellen.«

»Totò Riinas Strategie war, Krieg zu führen gegen den Staat, um danach Frieden zu seinen Bedingungen mit ihm zu schließen.«

»Wieder ein Zitat aus dem ›Leopard‹?«

»Nein. Das hat Totò Riina gesagt.«

»Genannt ›die Bestie‹.« Anna Klotze steht auf und streckt sich. Wie attraktiv sie ist! Eine große Frau. Kräftig. Gut aussehend. Tolle Figur.

Sie zieht ihr Jackett aus und hängt es über die Stuhllehne.

Morello nimmt schnell noch einen Schluck Rotwein, damit es nicht so aussieht, als würde er sie anglotzen.

»Bist du müde?«, fragt er.

»Ich bin ein bisschen betrunken. Vertrage nicht so viel. Erzähl weiter.«

Sie gähnt.

»Dann kam der 23. Mai 1992. 17 Uhr 58. 500 Kilo Sprengstoff sprengen auf der Autobahn Palermo–Capaci Giovanni Falcone, seine Frau Francesca Morvillo und drei Männer seiner Eskorte in die Luft.«

»Dein Held«, sagt Anna Klotze leise.

»Ja, zusammen mit Borsellino war er mein Held. Die Angst brachte einige Politiker auf die Todesliste. Nun kommt etwas Grundlegendes: Der Kommandant der Carabinieri, Antonio Subranni, wurde beauftragt, Kontakt mit der Führung der Cosa Nostra aufzunehmen. Er sollte herausfinden, was die Verbrecher fordern, um die Morde an den Politikern zu beenden. Und so kam es, dass der Staat sich an einen Tisch mit der Cosa Nostra setzte und verhandelte.«

Anna wird plötzlich ernst. »Das kann ich nicht glauben! Herr Kommissar. Ich bin Polizistin. Ich habe geschworen, das Gesetz zu verteidigen, und jeder Carabinieri hat den gleichen Schwur …«

Morello unterbricht Anna. »Auch ich habe diesen Schwur geleistet.«

Anna schüttelt den Kopf. »Sie erzählen mir, der Staat verhandelt mit Verbrechern, mit Mördern, die mit internationalem Haftbefehl gesucht werden?«

Morello trinkt noch einen Schluck. »Der Kommandant der Carabinieri, Antonio Subranni, schickt zwei Untergebene, Mario Mori und Giuseppe De Donno, zu Vito Ciancimino, einem Politiker, von dem jeder weiß, dass er von der Cosa Nostra kontrolliert wird. Ciancimino informiert Totò Riina, dass man bereit sei für eine neue ›Abmachung‹ zwischen Staat und Mafia. Doch Paolo Borsellino hat von den Verhandlungen erfahren – und um diese schmutzige Abmachung zu stoppen, wollte er alles der Staatsanwaltschaft von Caltanissetta berichten.«

»Deshalb musste er umgebracht werden?«

Morello nickt.

»Commissario, Sie denken also ernsthaft, dass unser Staat …

Vielleicht haben wir zu viel getrunken, und ich denke, dass es jetzt besser ist …«

»Ich bin nicht betrunken. Du hast mich nach der Mafia gefragt, und ich habe geantwortet.«

»Ich kann Ihre Geschichte nicht glauben. Aber erzählen Sie ruhig weiter. Wie liefen Ihrer Meinung nach diese Verhandlungen?«

»Totò Riina schrieb eigenhändig eine Liste mit den Forderungen der Cosa Nostra. Erstens: ein neues Gesetz, welches die Kronzeugenregelung für Mafiosi aufhebt, die mit den Ermittlungsbehörden zusammenarbeiten; also keine Strafminderung oder Freilassung, keine neue Existenz, kein Geld und so weiter. Zweitens: keine strenge Einzelhaft für Mafiosi mehr. Dann drittens: keine Enteignung von Mafiosi nach Schuldsprüchen. Viertens: keine lebenslange Haft für Mafiosi. Und zuletzt fünftens: Rückgängigmachung der Urteile im Maxi-Prozess.«

Anna hebt das Glas, betrachtet den Wein im Schein des Lichts, trinkt und fragt: »Und? Wie hat die Politik reagiert?«

»Sie hat die strenge Einzelhaft für 334 Mafiosi aufgehoben. Ein klares Zeichen dafür, dass der Staat sich der Mafia ergeben hat.«

»Ist in der Flasche noch was drin?«

Morello schenkt ihr nach.

»Warum machst du weiter, Commissario Antonio Morello aus Sizilien, genannt ›Der freie Hund‹?«

»Weil ich nicht der Erste bin und auch nicht der Letzte sein werde, der es geschafft hat, Mafiosi und mächtige, arrogante Menschen zu verhaften. Weil ich nicht der Einzige bin, der glaubt, etwas ändern zu können. Weil ich nicht bestechlich bin.«

Annas Zunge ist schwer geworden. »Na toll. Sie sind nicht bestechlich, und ich bin es auch nicht. Also frage ich mich: Werden wir Unbestechlichen alle sterben – wie Giovanni Falcone und Paolo Borsellino?«

»Nicht alle unbestechlichen Polizisten sterben. Denke an Antonio Ingroia, Francesco Del Bene, Roberto Tartaglia, Vittorio

Teresi, Roberto Scarpinato und an Nino Di Matteo. Er ist ein sizilianischer Staatsanwalt, und er hat es geschafft, nach einem fünfjährigen Prozess ein historisches Urteil zu erstreiten – ohne zu sterben.«

Anna ist am Ende ihrer Kräfte. »Der Rotwein ist alle«, sagt sie. Ihre Stimme ist undeutlich. Sie steht auf und lässt sich auf Morellos Sofa fallen.

Sie schließt die Augen und flüstert: »Und wie lautete dieses historische Urteil?«

»Das solltest du als unbestechliche Polizistin wissen: Am 20. April 2018 verurteilte das Gericht drei hochrangige Offiziere der Carabinieri, Mario Mori, Antonio Subranni und Giuseppe De Donno, zu langjährigen Haftstrafen. Ebenso den Mitbegründer von Forza Italia Marcello Dell'Utri und die Mafiosi Leoluca Bagarella und Antonio Cinà. Dell'Utri war der Bote zwischen der Cosa Nostra und der damaligen Regierung von Silvio Berlusconi. Es ist auch gerichtlich bestätigt worden, dass Berlusconi die Cosa Nostra bezahlt hat; nämlich von 1974 bis 1994. Sogar, als er Ministerpräsident war!«

Anna hat nun die Augen geschlossen und atmet in regelmäßigen Zügen ein und aus. Doch Morello hat sich in Rage geredet und bemerkt es nicht.

»Was ich sagen will ist: Ein Teil des Staates hat mit der Cosa Nostra eine neue ›schmutzige Abmachung‹ geschlossen, aber ein anderer Teil hat es geschafft, sich dagegenzustellen. Es ist noch nichts verloren. Und Nino Di Matteo lebt immer noch! Anna, er lebt noch. Das ist es, was mir Mut gibt. Anna?«

Jetzt erst merkt Morello, dass Anna Klotze tief und fest schläft. Er holt eine Decke und breitet sie vorsichtig über ihr aus.

Dann geht auch er schlafen.

8. TAG
MITTWOCH

214   Eine schlimme Nacht.
Er sah kurz auf, und sein Herz lief über wegen ihres verliebten Lächelns. Ich muss los, Antonio, sagte sie. Und dann: Ich bin spät dran. Kann ich den Fiat nehmen?
Er brüllte: Nein.
Doch er konnte nicht anders. Obwohl er wusste, was geschehen würde, griff er, ohne vom Buch aufzusehen, in die Hosentasche und zog, in Gedanken immer noch ganz bei Andrea Camilleris neuster Geschichte, den Autoschlüssel heraus und warf ihn ihr zu.
Sie beugte sich über ihn.
Sie küsste ihren lesenden Mann.
Sie ging, ohne dass er aufsah.
Er hörte, wie die Tür hinter ihr zuschlug, und blätterte um.
Dann krachte die Bombe, und seine Welt ging unter.
Kling-dong.
Mein Gott, ist er froh, dass diese Nacht vorüber ist.
Morello nimmt all seine Kraft zusammen und steht auf.
Kling-dong, hämmert der schiefe Kirchturm.
Was macht er nur in Venedig?

Noch benommen von seinem Traum tappt er ins Bad, sprüht sich Wasser ins Gesicht und betrachtet sich im Spiegel. Sie

sehen nicht schön aus, seine rot unterlaufenen Augen, und das unrasierte Kinn auch nicht.
Sein Aussehen – sind die beiden Flaschen Wein oder der Traum daran schuld? Ob Anna noch schläft? Er putzt sich die Zähne, zieht seinen beigen Bademantel an und öffnet vorsichtig die Tür zum Wohnzimmer.
Die Couch ist leer.
Die Wolldecke, mit der er Anna Klotze gestern Abend zugedeckt hat, liegt zusammengefaltet auf dem Sofa.

»Buongiorno, Commissario, Sie brauchen bestimmt einen Doppio?«, sagt Viola Cilieni, als er ins Kommissariat kommt.
»Buongiorno, Viola. Sehe ich so aus?«
»Um ehrlich zu sein: Genau so sehen Sie aus.«
»Ein Doppio wäre großartig.«
»Selbstverständlich.«
»Ich habe eine Bitte: Es geht um zwei Männer aus Venedig, wahrscheinlich aus Castello. Sie heißen Mario Carli und Fausto Milo. Ich brauche ihre Adressen und alles, was dein Computer über sie weiß. Vor allem, wo sie arbeiten.«
»Kommt nach dem Kaffee. Kann aber etwas dauern.«
»Wenn die Dottoressa Gamba anruft, bitte sofort durchstellen.«
Morello geht ins Lagezentrum. Mehrere Polizisten sitzen vor Computerschreibtischen und telefonieren. Zolan sitzt an dem hintersten Arbeitsplatz und tippt etwas in den Computer.
»Wie sieht es aus?«, fragt Morello.
»Die Zeitungen haben heute das Foto von Rizzo gebracht. Wir ersaufen gerade in Hinweisen. Ich brauche unbedingt Verstärkung, um allen Tipps nachzugehen.«
»Ich rede mit Lombardi. Ist eine brauchbare Spur dabei?«
»Ist noch zu früh, das zu sagen. Bis heute Mittag haben wir alle Hinweise gesichtet«, knurrt Zolan und beugt sich wieder über den Bildschirm.

Morellos Handy klingelt.
Er sieht auf das Display. Die Pathologin Dottoressa Gamba.
Morello nimmt sofort an.
»Wo ist die Leiche?«, fragt sie.
»Welche Leiche?«, fragt Morello verblüfft.
»Unser Adonis. Der ist weg«, sagt sie.
»Wie bitte? Wie meinen Sie das: weg?«
»Hier liegt ein Bescheid, dass die Polizei die Leiche an die Angehörigen übergeben hat.«
»Davon weiß ich nichts.«
»Perloni hat unterschrieben.«
»Ich warte dringend auf das Ergebnis Ihrer Untersuchung, Dottoressa. Ich muss wissen, ob Francesco Grittieri mit zwei verschiedenen Messern erstochen wurde.«
»Verraten Sie mir bitte, wie ich ohne Leiche einen Wundkanal untersuchen soll?«
»Wo ist die Leiche?«
»Das frage ich Sie! Wenn Sie es auch nicht wissen und Perloni ohne Ihr Wissen unterschrieben hat, dann vermutlich aufgebahrt im Palazzo der trauernden Familie.«
»Packen Sie alles ein, was Sie für die Untersuchung brauchen. Ich hole Sie mit dem Polizeiboot ab. Jetzt!«
Gamba lacht rau und legt auf.

Alvaro jagt das Polizeiboot mit hoher Geschwindigkeit durch den Canal Grande. Blaulicht und Sirene scheuchen Wassertaxis und Gondeln zur Seite. Morello steht neben Alvaro und starrt wütend nach vorne. Die Pathologin sitzt auf der hinteren Bank und lächelt, die braune Ledertasche mit ihren Instrumenten fest gegen die Brust gepresst. Anna Klotze steht in der Mitte des Bootes, ihre Haare wehen im Fahrtwind.
Wie diese Marianne auf dem Gemälde im Louvre, denkt Morello. Freiheit, Unabhängigkeit. Unabhängigkeit von der selbst-

herrlichen Vorherrschaft einer kleinen, reichen und sehr mächtigen Oberschicht. Wie kann Perloni die Leiche des jungen Grittieri freigeben, obwohl die Untersuchungen noch nicht abgeschlossen sind? Ein Wink aus einer reichen Familie – und die Polizei tut, was von ihr verlangt wird. Ist es das?
Morello widert es an.
Ist es überall so? In Cefalù. In Palermo. Und in Venedig auch? Nicht mit mir. Nicht in Cefalù. Und auch nicht in Venedig.
Es wird Zeit, dass sie auch hier den freien Hund kennenlernen. Er wird in diesen Palazzo gehen und den Sarg öffnen. Er wird sich nicht um die Befindlichkeit einer reichen Familie kümmern, sondern Gamba wird, wenn es sein muss, am offenen Sarg den Wundkanal aus der Leiche herausschneiden. Dann wird man sehen. Dann wird er erfahren, wie viele Täter es wirklich waren. Alvaro steuert das Boot mit blinkendem Blaulicht längsseits an einen Steg. Morello und Anna Klotze springen ans Ufer. Er reicht Gamba die Hand und hilft ihr auf festen Grund.
»Gehen wir«, sagt sie.

Die große Tür des Palazzo Grittieri steht offen. Im Eingang hängt ein Blumenkranz mit schwarzem Trauerflor und der Aufschrift: »Lutto« – Trauer.
Gedämpfte Orgelmusik wälzt sich die Treppen hinab.
Morello nimmt zwei Stufen auf einmal. Anna Klotze folgt ihm. Sie wartet auf die Dottoressa, die ihr mit kleinen Schritten folgt. Die Tür im ersten Stock ist nur angelehnt. Morello stößt sie auf.
»Buongiorno, Commissario«, sagt das Dienstmädchen. »Haben Sie eine Einladung?«
»Die brauche ich nicht. Wo ist der Sarg?«
Die junge Frau deutet entgeistert auf eine Tür.
In großen Schritten eilt Morello auf sie zu und stößt sie auf.

Dahinter befindet sich ein großer Salon, in dem sich eine illustre Trauergemeinde eingefunden hat. Schwarz gekleidete Personen stehen in kleinen Gruppen beisammen und unterhalten sich in gedämpftem Ton. Champagnergläser in altersfleckigen Händen. Hüte mit Schleiern. Gehstöcke mit Silberknäufen. Gebeugte Rücken. Hohe Schuhe.

Orgelmusik, deren Quelle Morello nicht identifizieren kann.

Müde Blicke taxieren ihn.

Alberto Grittieri sitzt auf einem Sessel am Fenster. Eingefallenes Gesicht mit hervorstehenden Backenknochen. Seine Augen haben sich weit in die Höhlen zurückgezogen. Obwohl er erst 59 Jahre alt ist, wie Morello aus den Akten weiß, stützt er sich jetzt auch auf einen Stock, den er sich zwischen seine Füße gestemmt hat. Er ist innerhalb einer Woche ein alter Mann geworden. Ein gebrochener Mann.

Daneben steht seine Frau, kraftvoll, aufrecht und in einem schwarzen Kostüm mit kurzem Rock eine verstörende Art von Erotik ausstrahlend, die inmitten dieser überalterten Trauerversammlung bizarr wirkt. Neben ihr, in einem langen schwarzen Leinenkleid, blass und vornübergebeugt, die einzige junge Person im Raum: Das muss Marina sein, Francesco Grittieris jüngere Schwester.

Morello sieht sich um. Er sucht den aufgebahrten Sarg. Doch in diesem Salon gibt es keinen Sarg.

Morello fackelt nicht lange. In wenigen Schritten steht er vor der Familie Grittieri.

»Die Obduktion Ihres Sohnes ist noch nicht abgeschlossen. Sie ist für die Ermittlung jedoch grundlegend. Bitte zeigen Sie mir den Sarg Ihres Sohnes.«

Als weder Alberto Grittieri noch seine Frau eine Regung zeigen, legt er Schärfe in seine Stimme: »Und zwar jetzt. Jetzt sofort.«

Mit unendlicher Mühe hebt Grittieri den Gehstock. Langsam, als sei es eine unzumutbare Kraftanstrengung, hebt er ihn, bis die versilberte Spitze waagerecht und zitternd in der Luft hängt. Sie weist auf die Wand gegenüber.

Dort steht von Kerzen beleuchtet und auf schwarzem Samt und weißen Lilien gebettet – eine Urne.

»Bist du jetzt zufrieden?«
Lombardi steht am offenen Fenster und raucht.
Morello senkt den Kopf. »Nein, natürlich nicht. Ich wurde ausgetrickst.«
»Du denkst, die Grittieris hätten den eignen Sohn ermorden lassen? Das willst du mir als dein großartiges Ermittlungsergebnis verkaufen?«
»Nein. So ist es ziemlich sicher nicht. Alberto Grittieri, der Vater, er ist um Jahre gealtert, seit ich ihn das letzte Mal sah. Er trauert wirklich. Trotzdem …«
»Trotzdem … was?«
»Trotzdem wurde eine wichtige Spur vernichtet. Der Wundkanal hätte bewiesen …«
»Ich sag dir mal, wie das in dieser Stadt läuft. Eine einflussreiche Familie muss eine Trauerfeier für ihren Sohn organisieren. Die Gepflogenheit in diesen Kreisen verlangt, dass dies innerhalb einer bestimmten Zeit geschieht. Morgen ist die Beerdigung. Es gibt Schwierigkeiten. Man kennt den Questore. Man greift zum Telefonhörer. Man ruft den Questore an. Der Questore hilft. So ist das gelaufen. Mehr ist da nicht dahinter.«
»Vielleicht. Das Problem ist, dass wir es nicht beweisen können. Das Problem ist, dass mögliche Beweise vernichtet wurden. Ich halte das für ein großes Problem.«
»Morello, du hast ganz andere Probleme. Was glaubst du, welche Telefondrähte im Augenblick im Hintergrund glühen. Perloni hat wegen dir das Gesicht verloren. Er hilft der Familie Grittieri. Unbürokratisch, könnte man sagen. Und du platzt in ihre Trauerfeier und sorgst für das Stadtgespräch in den vornehmen Kreisen. Glaub mir, du hast im Augenblick andere Probleme.«

Das Telefon klingelt.

Lombardi wirft die Zigarette aus dem Fenster, geht zum Schreibtisch, nimmt den Hörer ab und meldet sich. Dann sagt er: »Ja, Signor Questore, er sitzt gerade in meinem Büro.«

Morello hört eine wütende Stimme aus dem Hörer schreien, doch er kann kein Wort davon verstehen.

»Er kommt«, sagt Lombardi, als er den Hörer auflegt.

Zwei Minuten später reißt Questore Perloni die Tür auf und stampft in das Büro.

Er brüllt Morello an: »Was glaubst du, wer mich heute alles angerufen hat? Dein Auftritt bei der Trauerfeier der Grittieri, was glaubst du …« Er ringt um Worte.

»Bitte setzen Sie sich«, sagt Lombardi.

»Nicht nötig. Ich bleibe nicht lange«, sagt Perloni und starrt Morello hasserfüllt an. »Ich war von Anfang an gegen deine Versetzung zu uns. Du kannst deine Sachen packen. Du bist suspendiert, und ab morgen will ich dich in meinem Commissariato nicht mehr sehen. Fahr zurück nach Sizilien. Hier passt du nicht hin.«

Lombardi sagt: »Signor Questore, es ist …«

Perloni schreit ihn an. »Es war auch dein Fehler, diesen Versager zu uns zu holen. Er geht zurück. Basta. Morgen ist er weg. Die Versetzung ist bereits unterschrieben.« Er dreht sich um, läuft hinaus und knallt die Tür hinter sich zu.

»Bist du jetzt zufrieden?«, wiederholt Lombardi. »Du kommst schneller nach Cefalù zurück, als du geglaubt hast. Geh zu deinen Leuten und verabschiede dich.«

Morello steht auf. Er fühlt sich müde und leer. Mit einer Hand stützt er sich auf die Lehne des Stuhls. »Es ist überall gleich«, sagt er. »Überall.«

Lombardi sieht ihn an. Morello meint, so etwas wie Verständnis in seinem Blick zu lesen.

»Verabschiede dich von deinen Leuten, Morello. Es war kurz, aber nicht langweilig mit dir.«
Morello sieht auf. »Danke, Signor Vice Questore.«

Neuigkeiten verbreiten sich schneller als die Pest. Als Morello die Tür zum Büro von Viola Cilieni öffnet, tupft sie sich gerade eine Träne aus dem Gesicht.
»Ach, es ist schrecklich, Commissario, ich habe mich noch nicht so richtig an Sie gewöhnt, und jetzt sind Sie schon wieder weg.«
»Ja, so war es nicht geplant.«
»Und ich habe gerade die Nachforschung über diesen Anwalt Angelo Carini beendet. Viel habe ich allerdings nicht herausgefunden.«
»Das interessiert mich. Zeig her.«
Sie reicht ihm einen Ausdruck. Er überfliegt die Daten: geboren 1955 in Baucina, Nordsizilien, in einer armen Bauernfamilie, auf Vermittlung des örtlichen Pfarrers Besuch des Gymnasiums, vom Pfarrer vermutlich an die Cosa Nostra weitergeleitet, die das Jurastudium in Palermo und Oxford bezahlte. Als Anwalt für die Vatikanbank tätig, dann die eigene Kanzlei in Palermo, Via della Libertà, ganz in der Nähe des Teatro Massimo. Seit acht Jahren besitzt er eine Wohnung in der Nähe des Markusplatzes, Campo San Polo 2173. Auf dem dazugehörigen Foto kauert ein buckliger Mann auf einem pittoresken Sessel, die Hände unter dem Kinn verschränkt, den halslosen Kopf nahezu kokett zur Seite geneigt, und blickt mit dünnen Lippen und aufmerksamen Augen in die Kamera.
Keine Vorstrafen. Noch nie angeklagt.
Morello steckt das Papier ein.
»Danke, Viola«, sagt Morello und reicht ihr die Hand. »Schade, dass wir uns vermutlich nicht mehr wiedersehen.«
»Ich hätte mich sicher an Sie gewöhnt.«

»Jetzt wirst du dich vermutlich an Zolan gewöhnen müssen.«
Sie schneidet eine Grimasse und dreht sich um.

Ferruccio Zolan sieht nur kurz auf, als Morello das Lagezentrum betritt.
»Ich wusste, dass das nicht gut gehen würde«, knurrt er und hämmert weiter auf seinen Computer ein.
»Nun, dann wirst du doch bald Commissario sein.«
»Ab morgen.«
»So schnell?«
»Räum deine persönlichen Sachen heute noch aus dem Schreibtisch. Ich werde morgen früh …«
»Du hast es ziemlich eilig.«
Zolan sieht ihn an. »Bescheuerte Idee, einen Süditaliener hierher zu berufen.«
Morello dreht sich um und geht.

»Schade, Commissario, ich hätte mit Ihnen gerne noch die eine oder andere Verfolgungsjagd durch die Lagune unternommen.«
»Daraus wird wohl nichts, Alvaro.«
»Ich weiß. Zolan hat es mir gesagt.«
Sie reichen sich die Hände.
»Wenn dich deine Füße oder dein Boot jemals nach Sizilien tragen, melde dich bei mir. Ich kenne ein paar gute Restaurants.«
»Das mache ich, Commissario, ganz sicher.«

»Commissario, mit wem prügele ich mich nun in zwielichtigen Spelunken?«

»Du wirst schon noch genügend Bösewichte finden.«
»Wer wird mich über die Mafia aufklären?«
»Zunächst einmal wirst du befördert werden, wenn Zolan meinen Posten übernimmt.«
»Wahrscheinlich schon, doch Ferruccio als Chef ...«
Sie verzieht den Mund zu einer Schnute.
»O.k., pass auf. Morgen bin ich weg, aber heute bin ich noch da. Wir haben noch eine Ermittlung. Vernehmung der beiden Arbeiter, die Francesco Grittieri verprügelt haben.«
»Wir fahren in den Hafen?«
»Zieh die Uniform an und sei in einer halben Stunde im Café La Mela Verde. Wir trinken noch einen Espresso ...«
»Doppio?«
»Genau, zwei Espressi doppi, und dann startet unsere letzte Ermittlung.«

Er hat nicht viel zu packen. Aus dem kleinen Schrank im Büro holt er paar Klamotten, einige Bücher. In der Schublade des Schreibtischs liegt ein Bilderrahmen mit Foto: Sara und er.
Wie könnte ich dir in die Augen schauen.
Sie gehen an der Hafenstraße von Cefalù entlang und sehen nicht auf den Boden, nicht auf die Speisekarten der Restaurants, nicht zu dem Drama der untergehenden Sonne; sie halten sich an der Hand und sehen sich in die Augen. Mehr nicht. Sie finden den Weg, ohne hinzusehen. Morello sieht sie, und dann ist da plötzlich ein anderes Bild: *die beiden Killer an der Hafenmauer, der Kopf, der mit Wucht gegen die Mauer geschleudert wird, die Fontäne aus Blut, Knochen und Hirnmasse, das fallende Motorrad, der zweite Schuss.*
Er schüttelt sich. Die Erinnerung verschwindet.
Er greift in seinen Geldbeutel und holt die Visitenkarte heraus: Petra Mareschi, Journalistin, *La Voce della Laguna*.
Er wählt ihre Nummer.

»Auch ein freier Hund braucht manchmal Hilfe«, sagt er. Dann reden sie.

Anna und Morello stehen vor dem Venezia Arrivo Passeggeri am Hafen. Ihre Ausweise und Anna Klotzes Uniform verschaffen ihnen sofort Zutritt in das Innere der Abfertigungshallen. Im Augenblick herrscht noch gespannte Ruhe. Es werden zwei Kreuzfahrtschiffe erwartet, erzählt ihnen eine junge Frau, die mit wichtigem Gesicht und einem Klemmbrett in der Hand ihren Weg kreuzt. Sie erklärt ihnen, wie sie zur Gepäckausgabe gelangen.
An einem Fließband steht ein Mann in Arbeitskleidung und wuchtet einen Koffer vom Band.
»Guten Tag! Wie suchen zwei Ihrer Kollegen: Mario Carli und Fausto Milo. Wissen Sie, wo wir die beiden finden können?«, fragt Anna Klotze.
Der Mann setzt den Koffer ab und mustert Anna. Die groß gewachsene Frau in der Polizeiuniform beeindruckt ihn sichtlich. »Ist etwas Schlimmes passiert?«
»Nein. Wir wollen nur ein paar Fragen stellen«, sagt Morello.
Der Mann mustert ihn unwillig und wendet sich wieder Anna zu. »Sie machen Pause.« Er deutet auf eine Stahltür. »Dahinter ist ein Lager. Am Ende des Raumes sehen Sie eine Tür. Sie führt zu unserem Pausenraum.«
Er nimmt den Koffer wieder auf und schleppt ihn zu einem Regal.
Morello hat die Tür bereits geöffnet. Er steht in einem saalartigen Raum mit riesigen Metallregalen voller Koffer, Trolleys und Taschen. Am Ende sehen sie eine Holztür.
»Danke«, sagt Anna und folgt Morello. Vor der Holztür dreht sich der Kommissar zu Anna Klotze um.
»Ich hoffe, es gibt nicht noch einmal eine Schlägerei«, sagt Morello.

»Mach dir keine Sorgen. Ich bin auf alles vorbereitet.«
Sie öffnet die Tür.

Eine Rauchwolke quillt ihnen entgegen. Morello schwenkt den Arm, um den Nebel zu vertreiben.
»Tür zu«, schreit eine heisere Stimme.
Fünf Männer sitzen um einen kleinen Tisch. Alle rauchen.
Fünf kräftige Männer.
»Keine Schlägerei«, flüstert er Anna Klotze zu.
Doch sie scheint nicht beeindruckt zu sein. Sie stellt sich vor den Männern auf.
»Polizei! Mein Name ist Anna Klotze. Das ist Kommissar Antonio Morello.«
Keine Regung. Keine Aufmerksamkeit. Niemand grüßt. Die Männer schauen trübe auf die Tischplatte und ziehen an ihren Zigaretten.
Anna Klotze tritt noch einen Schritt näher an den Tisch heran, zieht langsam ihre blaue Uniformjacke aus. Nun heben sich die Blicke. Mit aufreizender Langsamkeit lässt sie die Jacke auf einen freien Stuhl gleiten.
Was zur Hölle macht sie, denkt Morello. Sie sieht gut aus in der engen weißen Bluse. Will sie einen Striptease hinlegen? Die Augen der Männer spiegeln eine ähnliche Erwartung.
Nun krempelt Anna Klotze langsam die Ärmel ihrer Bluse hoch. Erst den rechten, dann den linken. Es kommen trainierte muskulöse Arme zum Vorschein.
Sie steht ganz locker vor den Männern. Das Gesicht ernst und konzentriert.
Die Atmosphäre ändert sich schlagartig. Anna Klotze strahlt nun eine bösartige Gefährlichkeit aus.
»Also. Damit wir uns richtig gut verstehen: Wir haben nur ein paar Fragen an Mario Carli und Fausto Milo. Alle anderen können jetzt aufstehen und draußen warten.«

Niemand rührt sich. Jemand bläst ihr Rauch ins Gesicht.

Blitzartig schnappt ihre Hand nach vorne und zieht den Mann am Ohr hoch. Morello hört einen überraschten Schmerzensschrei.

»Ihr habt die Wahl: Entweder ihr macht, was ich sage, oder es wird sich hier jemand ernsthaft verletzen. Und glaubt mir: Ich bin es ganz sicher nicht.«

Da drückt der erste der fünf Männer seine Zigarette aus. Ein zweiter folgt ihm. Als sie aufstehen, wirft ein dritter seine Kippe auf den Boden, tritt sie aus und steht ebenfalls auf.

»Unsere Zigarettenpause ist ohnehin zu Ende«, sagt er und schlurft zur Tür.

Die beiden anderen folgen ihm.

»Macht die Türe zu«, ruft Anna Klotze ihnen nach.

Sie tun es.

»Die Höflichkeit verlangt, dass ihr euch dem Kommissar vorstellt«, sagt Anna Klotze.

»Ich bin Mario, und das ist Fausto.«

Mario trägt einen braunen Vollbart. Er ist deutlich älter als Fausto.

»Ihr habt also Francesco Grittieri verprügelt«, sagt Morello und setzt sich zu ihnen an den Tisch.

Mario wirft einen besorgten Blick auf Anna Klotze.

»Sie tut euch nichts, wenn ihr unsere Fragen beantwortet. Ansonsten … sieht es schlecht für euch aus.«

Die beiden Männer senken ihre Blicke.

Morello und Anna warten auf eine Antwort, aber die beiden Arbeiter schweigen.

»Ein junger Mann ist ermordet worden, und ihr beide seid verdächtig! Entweder redet ihr, oder wir nehmen euch mit – und ihr werdet wegen Mordes angeklagt«, sagt Anna Klotze.

Die beiden schauen erschrocken hoch.

»Nein! Wir haben mit dem Mord an Francesco Grittieri nichts zu tun, Herr Kommissar«, sagt Fausto. »Es tut uns sehr leid, was mit dem Jungen passiert ist. Ja, es stimmt: Wir haben

uns mit ihm gestritten, und wir haben ihn auch geschlagen. Er kommt in unsere Osteria und will, dass die Kreuzfahrtschiffe aus Venedig verschwinden. Davon wollte er uns überzeugen. Uns! Uns, die wir dort arbeiten. Dieser Spinner der Gruppe ...«
»Studenti contro navi da crociera«, sagt Anna Klotze.
»Wie immer sie heißen, diese Deppen. Hier am Hafen arbeiten Hunderte Männer, die ihre Familie ernähren müssen. Diese Studenten sind verwöhnte Kinder, die nicht mal wissen, was Arbeit bedeutet«, sagt Mario.
»Francesco Grittieri arbeitete in einer Gondelwerkstatt«, antwortet Anna Klotze.
»Das haben wir erst später erfahren«, sagt Fausto. »Erst nach dem Streit haben wir in der Zeitung gelesen, dass der Junge allein, ohne Hilfe seiner Eltern, sein Geld verdient hat. Und dass er uns auch nicht bei der Polizei angezeigt hat.« Fausto senkt wieder den Blick auf den Tisch.
»In Francesco Grittieri habt ihr euch also gründlich geirrt. Verprügelt habt ihr ihn trotzdem«, sagt Anna Klotze.
Jetzt senkt auch Mario den Blick.

Morello und Anna trinken an der Bar des Terminals einen Espresso.
»Diese beiden Männer sind keine Mörder«, sagt Anna Klotze.
»Einverstanden.«
»Das war's also, Commissario. Unsere letzte Ermittlung. Nicht sehr erfolgreich. Was wirst du jetzt tun?«
»Morgen schlafe ich aus. Dann spreche ich mit dem Vermieter. Packe meine Sachen zusammen. All diese Dinge. So, wie es aussieht, fliege ich dann zurück nach Sizilien, zurück in meine Kaserne, in der ich aus Sicherheitsgründen leben muss.«
»Und dort wirst du weitere Politiker verhaften?«
Morello zuckt mit den Schultern.

»Ich habe übrigens ein wenig Akten studiert. Über den Anschlag. Es tut mir sehr leid, Commissario. Deine Frau …«
»Jeden Tag denke ich: Ich wollte, ich wäre zum Auto gegangen. Nicht sie. Sie hatte nichts mit alldem zu tun. Es ist …«
Er kann nicht weitersprechen. Anna Klotze legt ihm sanft die Hand auf den Arm.
»Ich habe in dieser einen Woche viel von dir gelernt. Es … es tut mir leid, dass …«
»Commissario.« Alvaro steht plötzlich neben ihnen. Hinter ihm stehen zwei uniformierte Kollegen.
»Wo kommst *du* denn her?«, fragt Anna Klotze verwundert.
Alvaro deutet nach rechts. Mario Rogello und Ferruccio Zolan kommen auf sie zu. Mario schlenkert ein Paar offene Handschellen in der rechten Hand.
Sie bauen sich vor Morello auf.
»Antonio Morello, Sie sind festgenommen. Wir verhaften Sie wegen Amtsanmaßung. Sie treten im Hafen als Polizist auf, obwohl Sie suspendiert sind. Strecken Sie beide Hände aus.«
»Pack die Handschellen weg, du blöder Idiot«, faucht Anna Klotze Mario Rogello an.
»Der Questore Perloni hat uns befohlen, Sie festzunehmen. Am besten, Sie kommen freiwillig mit, sonst …«
Auf seinen Wink hin treten die beiden uniformierten Polizisten näher.
»Avanti! Wird's bald, süditalienisches Arschloch?«, sagt Zolan und grinst.

In der Zelle steht nur eine schmale Pritsche.
Morello liegt auf dem Rücken und denkt nach. Es ist dunkel. Er ist hundemüde, doch seltsamerweise fühlt er sich völlig klar im Kopf. Das war also Venedig. Nach dieser Festnahme werden sie ihn endgültig aus dem Polizeidienst entlassen.
Was ist hier schiefgelaufen? Hat die Wut auf diese Stadt dazu

geführt, dass er sich verrannt, die falschen Schlüsse gezogen hat, die falschen Menschen verdächtigt? War er zu langsam? Hätte er das Wochenende hier nutzen müssen, statt nach Sizilien zu fliegen? Oder sind hier in dieser angeblich schönsten Stadt der Welt die gleichen Mächte am Werk wie daheim in Cefalù?

So oder so. Die Niederlage ist umfassend und zerstört alles, was er ist und was er will.

Letztlich haben sie erreicht, was sie immer erreichen wollten.

Nun ist er erst recht ein freier Hund. Aber im Unterschied zu früher auch einer ohne Macht und Möglichkeiten.

Er schließt die Augen, aber erst am frühen Morgen schläft er ein.

9. TAG
DONNERSTAG

Um sieben Uhr bringt ihm ein Polizist ein Tablett mit einem ungenießbaren Frühstück. Morello rührt es nicht an. Um acht Uhr kontrollieren zwei Polizisten mit einem Spiegel die Eisenstäbe in den Fenstern seiner Zelle.
»Wollt ihr wissen, ob ich in der Nacht die Stäbe angesägt habe?«
»Es tut uns leid. Wir haben Anweisung.«
Er legt sich auf die Pritsche und wartet.
Nichts geschieht.

Um halb zwölf Uhr dreht sich der Schlüssel im Schloss seiner Zelle.
»Buongiorno, Commissario Antonio Morello.«
»Buongiorno, Signor Vice Questore. Sind Sie hier, um mir das Mittagessen zu bringen?«
Lombardi wirft einen Blick auf das Tablett.
Er lächelt. »Nein, ich bin hier, um Sie zum Frühstück einzuladen.«
Morello lächelt ebenfalls. »Gern.«

Morello und Lombardi sitzen im Caffe La Mela Verde. Vor ihnen stehen zwei Cappuccini und ein Cornetto.

»Du bist noch cleverer, als ich dachte«, sagt Lombardi.

Morello verschlingt gierig das Cornetto alla crema. »Finden Sie, Herr Vice Questore …?«

»Die Presse zu alarmieren war ein kluger Zug.« Lombardi trinkt einen Schluck Cappuccino. »Willst du noch ein Cornetto?«

»Ja, gerne. Ich habe wirklich Hunger …«

Lombardi winkt der Kellnerin und beugt sich vor. »Heute Morgen, noch vor sechs, war er am Telefon. Ich dachte, er bekommt gerade einen Herzinfarkt. Er wollte unbedingt wissen, wer die Presse informiert hat. Dass er die Leiche freigegeben habe. Deine Ermittlungen behindere. Er hat getobt – das kannst du dir nicht vorstellen.«

Lombardi legt ein Exemplar der Zeitung *La Voce della Laguna* vor ihn auf den Tisch.

»Glückwunsch – du hast es auf die Seite eins geschafft.«

»Warum behindert Questore Perloni eine Mordermittlung?«, liest Morello laut vor.

»Du brauchst nicht weiterzulesen. Als sich kurz nach acht die Zentralredaktion des *Corriere della Sera* meldete und wissen wollte, was da los sei, wurde er ganz klein.«

Morello lächelt Lombardi an. »Hat sie gut geschrieben?«

»Was immer du erreichen wolltest: Du hast es erreicht. Kennst du diese Journalistin: Petra Mareschi?«

»Nur flüchtig.«

»Sie hat Perloni beschrieben als ›Freund der Mächtigen‹, dazu bereit, sogar über ›eine Leiche zu gehen‹, um seinen Erfolg zu bekommen. So eine Art Schakal.«

»Dann hat die Journalistin tatsächlich gut geschrieben.«

»Ich freue mich sehr, dass du wieder im Amt bist, Commissario Morello.«

»Wer sagt, dass ich dieses Amt wieder möchte?«

»Perloni. Er will keinen Skandal mit ihm als Hauptfigur.«

»Ich stelle eine Bedingung.«

Lombardi stöhnt auf.

Die Kellnerin stellt das Cornetto auf den Tisch.

Morello beißt hinein und sagt dann: »Ich möchte, dass Anna Klotze meine Stellvertreterin wird.«

»Gut, ich werde mit Perloni reden. Vielleicht nicht schlecht, dass er lernt, dass Fehler ihren Preis fordern. Und jetzt: Geh nach Hause. Ruh dich aus. Und am Freitag schaust du dir die Beerdigung von Francesco Grittieri an.«

Nachdem Lombardi das La Mela Verde verlassen hat, bleibt Morello noch eine Weile unschlüssig sitzen. Dann steht er auf und geht ins Kommissariat zurück.

Ohne auf den erschrockenen Blick von Viola Cilieni zu achten, geht er durchs Vorzimmer und reißt die Tür zu seinem Büro auf. Zolan sitzt hinter seinem Schreibtisch und räumt einige Papiere in die oberste Schublade. Ein Familienfoto in silbernem Rahmen steht auf Blickweite auf der Schreibplatte. Morello nimmt es und wirft es dem überraschten Zolan zu.

»Verschwinde aus meinem Büro.«

Zolan sieht ihn entgeistert an.

»Was zum Teufel ...«

»Ich bin wieder dein Vorgesetzter, Zolan. Wenn du hier nicht innerhalb von drei Minuten verschwunden bist, nehme ich dich wegen Amtsanmaßung fest.«

Er setzt sich auf den Besucherstuhl und sieht Zolan beim Packen zu.

Morello schließt die Tür zu seiner Wohnung auf. Wie sauber alles ist. Claudios Großmutter war gestern da, und jetzt strahlt alles vor Sauberkeit. Die Küche ist aufgeräumt. Das Bett ist neu bezogen. Fantastisch.

Nur er fühlt sich schmutzig. Schnell zieht er sich aus und wirft seine Klamotten in den Wäschekorb. Er riecht unter seinen

Achseln. Ein seltsamer Geruch. Er riecht an seinen Armen. Er kann nicht identifizieren, was für ein seltsamer, unangenehmer Geruch das ist. Er geht unter die Dusche, seift sich ein und bürstet sich ab. Mehrmals.

Dann zieht er eine leichte Hose und ein T-Shirt an und legt eine CD von Fabrizio De André ein: »Non al Denaro, non all'Amore, ne al Cielo«. Er sucht das Lied »Un Giudice« und singt mit:

Cosa vuol dire avere
un metro e mezzo di statura
ve lo rivelan gli occhi
e le battute della gente
o la curiositá
di una ragazza irriverente
che si avvicina solo
per un suo dubbio impertinente
vuole scoprir se è vero
quanto si dice attorno ai nani
che siano i più forniti
della virtù meno apparente
di tutte le virtù
la più indecente.

Was das bedeutet,
eineinhalb Meter groß zu sein,
verraten euch die Augen und die Witze der Leute,
oder die Neugierde eines respektlosen Mädchens
das sich nur wegen
ihres unverschämten Zweifels nähert:
Sie will feststellen, ob es stimmt,
was man über die Zwerge sagt,
dass sie am besten ausgestattet sind
mit der am wenigsten sichtbaren Kraft,
der unanständigsten unter allen Kräften.

Er riecht unter seinen Achseln. Immer noch dieser Geruch. Merkwürdig. Er hat sich geduscht. Er hat sich geschrubbt. Er hat frische Klamotten angezogen, und immer noch riecht er seltsam.

Plötzlich wird ihm klar: Es ist der Geruch der Zelle! Oder genauer: Es ist gar kein Geruch, sondern nur ein Gedanke. Etwas, was sich nur in seinem Kopf abspielt, das jedoch so stark ist, dass es wie ein Geruch wirkt. Ein Gedanke, den er noch nicht verdaut hat. Ein Kommissar will einen Mörder in den Knast bringen, aber am Ende landet er selbst im Loch. Das könnte der Plot für einen Film sein. Spannend jedoch nur auf der Leinwand. Wenn man es selbst erlebt, dann ist es deprimierend. Die Geschichte erinnert ihn an einen seiner Lieblingsfilme: »Ermittlungen gegen einen über jeden Verdacht erhabenen Bürger« von Elio Petri. Der Kommissar selbst ist der Mörder, wegen seiner beruflichen Reputation wird gegen ihn jedoch niemals ermittelt. Ein grotesker Film. Nur: Sein Leben ist kein Film. Er saß tatsächlich im Gefängnis. Der freie Hund wurde eingefangen.

Er versinkt in dunkle Gedanken.

In diesem Augenblick klingelt es. Er steht auf, schaltet die Stereoanlage aus und macht die Tür auf. Silvia steht vor der Tür und lächelt ihn an.

»Buongiorno, Commissario. Darf ich reinkommen?«

»Aber natürlich, ich wollte gerade ins Bett ...«

»Was? Um diese Uhrzeit willst du ins Bett? Dann lasse ich dich allein.«

»Äh. Unsinn. Ich lag gerade auf dem Sofa und war in Gedanken ... irgendwo ganz weit weg. Komm rein. Ich mache einen Kaffee. Va bene?«

»Grazie. Ich habe die Musik gehört und dachte, dass du heute zu Hause bist.«

In der Küche fliegen Morellos Hände zum Schrank, zur Kaffeemühle, zur Kaffeemaschine, zum Herd. Während das Wasser heiß wird, geht er zurück ins Wohnzimmer.

Silvia steht vor seiner Stereoanlage. Sie hält eine CD von Rino Gaetano in den Händen. »Rino Gaetano ist nach Fabrizio De André mein Lieblingssänger. Eigentlich mag ich alle Liedermacher: Jannacci, Venditti, De Gregori, Dalla, Mina, Battisti, Conte ...«

Wie schön sie heute aussieht. Silvia trägt ein blaues ausgestelltes Kleid, das mit roten Blumen bedruckt ist. Der V-Ausschnitt fällt Morello besonders ins Auge. Über dem Kleid eine leichte schwarze Jacke. Sie sieht toll aus. Wie kann er ihr das sagen? Noch während er überlegt, faucht die Kaffeemaschine. Erleichtert geht er in die Küche und kommt kurz danach mit zwei Tassen Kaffee zurück.

Sie setzen sich an den Tisch.

»Du gehst heute nicht zur Arbeit?«

Morello schüttelt den Kopf und trinkt einen Schluck Kaffee.

»Ich habe in der Zeitung von dir gelesen. Magst du mir erzählen, was dir alles widerfahren ist?«

»Lieber nicht. Ich würde einiges von dem, was ich in den letzten Tagen erlebt habe, lieber vergessen.«

»Dann komm doch mit. Ich habe auch frei. Wir könnten bei dem schönen Wetter einfach in Venedig spazieren gehen.« Sie nippt an ihrem Kaffee. »Hast du Lust?«

»Ich habe die Nase gestrichen voll von Venedig.«

»Ach, komm schon! Ich zeige dir die schönen Seiten der Stadt.« Sie wirkt so frisch; begeistert wie ein Kind. Sie wird ihn aus seinem schwarzen Loch befreien.

Silvia spürt, wie seine Ablehnung brüchig wird. Sie legt ihre Hand auf seine. »Keine Widerrede«, sagt sie. »Ich hole meine Tasche und warte am schiefen Turm auf dich.«

Sie springt auf und ist verschwunden.

Morello trägt seufzend die beiden Kaffeetassen in die Küche. Im Flur schaut er in den Spiegel. Unrasiert. Missmutig. Ein Knastbruder.

Mach dir nur keine Hoffnung. Eine Frau wie Silvia ist unerreichbar für einen Hund wie dich. Und vergiss nicht, in welcher Gefahr eine Frau neben dir schwebt! Denk an Sara, Kommissar Morello!
Er schließt die Augen und schüttelt den Kopf.

Als er die Haustür hinter sich schließt, sieht er Silvia inmitten der Gruppe der alten Frauen am Fuße des schiefen Turmes sitzen und einen Schwatz halten. Als er zu ihnen kommt, grüßen die alten Damen fröhlich den neuen Nachbarn.
»Die scheinen dich alle bereits bestens zu kennen. Wie hast du das …?«, fragt Silvia erstaunt, als sie zur Brücke gehen.
»Ja, natürlich.« Er genießt ihre Verwunderung. »Schließlich wohne ich schon seit über einer Woche in Venedig. Da lernt ein Sizilianer seine Nachbarschaft kennen …«
Er muss lächeln, als er ihren fragenden Blick sieht. Langsam verfliegt seine schlechte Stimmung. Aus einer Laune heraus bietet er Silvia seinen Arm an und freut sich, als sie sich bei ihm unterhakt. Heute will er nur ein Siciliano sein, dem es gefällt, neben einer wunderschönen Frau durch Venedig zu spazieren. Schade, dass es nicht Cefalù ist.
An der Haltestelle Giardini warten sie auf das Vaporetto. Er stöhnt auf, als er sieht, dass das ankommende Schiff bereits mit Touristen vollgestopft ist. Silvia und er stehen auf der mittleren Plattform dicht gedrängt zwischen vielen. Um ihr Halt zu geben, umfasst er ihre Hüfte. Sie lässt es geschehen. Es ist eng. Ihre Brust drückt gegen seine Brust. Zum ersten Mal findet er doch einen positiven Aspekt an dieser Touristenplage. Die kleinen Wellen lassen das Vaporetto schwanken, und bei jeder Schwankung müssen sie mit Ausgleichsbewegungen gegensteuern, um das Gleichgewicht zu halten, sodass die Fahrt ihm vorkommt, als würden Silvia und er einen kleinen Tanz aufführen.

»Entschuldigung, es ist sehr eng.«
»Macht nichts.«
»Ich hoffe, du bringst mich nicht auf den Markusplatz. Ich will nicht wieder durch das Inferno gehen. Das habe ich schon hinter mir.«
Silvia lächelt Morello an. »Keine Sorge.«
Morello freut sich. »Gut. Aber wohin fahren wir jetzt?«
»Wir steigen gleich um, bei San Zaccaria. Wir gehen nach San Giorgio Maggiore.« Sie lächelt ihn an.
Der Kommissar seufzt erleichtert. Plötzlich drücken sich die Touristen auf die linke Seite des Vaporettos. Kameras klicken. Sie fotografieren die kleine Insel San Giorgio Maggiore, als gäbe es sie morgen nicht mehr.

An der San Zaccaria steigen Morello und Silvia aus und wechseln auf das Vaporetto der Linie 2, das sie in drei Minuten auf die Insel bringt, die eben noch das Objekt der Begierde aller Fotoobjektive und Smartphone-Linsen war. Sie verlassen das Schiff an der Anlegestelle direkt vor der Chiesa di San Giorgio.
Sie stehen auf einem mit großen Steinen gepflasterten Platz, der den Blick auf eine beeindruckende Kirchenfassade freigibt. Morello streckt sich. Es ist schönes Wetter. Nicht kalt, aber auch nicht zu heiß. Die Sonnenstrahlen werden von der weißen, beeindruckenden Fassade der Kirche San Giorgio reflektiert.
»Diese Fassade hat Andrea di Pietro della Gondola, genannt Andrea Palladio, gebaut. Das ist einer meiner Helden. Schon mal was von ihm gehört?«
Morello schüttelt den Kopf.
Silvia deutet über das Wasser hinüber. »Dort drüben ist der Markusplatz. Du siehst den Campanile. Palladio hat eine Sichtachse hinüber zum Markusplatz geschaffen. Seine Architektur will deinen Blick lenken …«

»Das ist ihm gelungen«, sagt Morello, legt die Hand über die Augen und schaut hinüber zum Wahrzeichen der Stadt.

»Von hier aus sieht man die Touristen nicht«, sagt er.

Silvia lacht.

»Ich kenne mich nicht aus in solchen Architektursachen. Um ehrlich zu sein, ich habe davon keine Ahnung. Vielleicht bin ich nicht die richtige Person für so eine Besichtigungstour. Du langweilst dich sicher bald mit mir.«

Ihr Lachen versiegt mit einem Schlag. Ganz ernst ist ihr Gesicht, als sie zu ihm sagt: »Ich mache mit dir keine Besichtigungstour. Ich will dir auch nichts beibringen. Was ich will, ist …« Sie wendet sich ab.

»Sorry, Silvia, hab ich etwas Falsches gesagt? Ich wollte nicht…«

Sie dreht sich mit einem Ruck um. »Ich wollte dir nur zeigen, was *mir* an dieser Stadt gefällt. Ich habe schon begriffen, dass du nicht gern hier bist. Aber es gibt Gründe, dass *ich* hier bin. Und es gibt Gründe, warum ich hierbleiben will, trotz all der Riesenprobleme, die diese Stadt hat. Diese Gründe wollte ich dir zeigen – und ich dachte, dass dich das vielleicht interessiert.«

Morello geht auf sie zu. »Verzeih mir, Silvia. Ich bin manchmal ein ziemlicher Trottel. Es tut mir leid.«

»Wir können auch zurückfahren und irgendwo eine Tasse Kaffee trinken.«

»Das machen wir nicht. Ich möchte jetzt die Fassade dieser Kirche durch deine Augen kennenlernen.«

»Wirklich?«

»Ich schwöre es.« Er küsst zwei gekreuzte Finger.

Sie holt tief Luft. »Also gut. Andrea Palladio hat die Architektur neu definiert. Er hat das Gleichgewicht zwischen maximaler Helligkeit und den perfekten geometrischen Formen gefunden. Ein Symbol für die göttliche Macht.«

»Das siehst du an diesem Kircheneingang?«

Er schaut noch einmal genauer hin. »Was mir an dieser Fassade

gefällt, ist, dass sie nicht so kompliziert ist: vier Säulen, ein Quadrat und zwei Dreiecke. Irgendwie eine klare Sache.«
Silvia lacht und schlägt die Hände zusammen. »Bin total einverstanden mit dir. Die klassische Tempelform. Über Jahrhunderte und Jahrtausende bewährt. Nebenan, auf der Insel Giudecca, gibt es noch zwei Kirchen, auch von Palladio entworfen. Die Basilica del Redentore und die Kirche Santa Maria della Salute.«
»Palladio muss sehr gläubig gewesen sein. Hat er denn nur Kirchen gebaut?«
»Nein, in Vicenza, seinem Geburtsort, hat er mehrere Villen errichtet. Doch diese beiden Kirchen drüben auf der Giudecca sind etwas Besonderes. Sie wurden als Dank für die Rettung vor der Pest gebaut. Zwischen 1575 und 1577 gab es eine Epidemie mit 50 000 Toten, danach starben bei einer zweiten Welle zwischen 1630 und 1631 an die 80 000 Menschen.«
»Wenn ich etwas Kritisches bemerken darf: In einer Stadt, wo in die Kanäle gepinkelt und gekackt wird, kann man nichts anderes erwarten als die Pest. Mich wundert es, dass ich sie noch nicht habe.«
»Ach komm. Die Pest heute in Venedig? Ist nicht möglich.«
»Das sagst du. An meinem ersten Tag in Venedig bin ich in einen der Kanäle gefallen. Ich dachte, jetzt bekomme ich bestimmt die Pest.«
»Du bist in einen Kanal gefallen? Das glaube ich dir nicht.«
Morello erzählt ihr die Geschichte, wie er an seinem ersten Arbeitstag Claudio festgenommen hat und dabei in den Kanal gefallen ist.
Silvia lacht, bis ihr die Tränen kommen.
Es ist schön, sie lachen zu sehen. Morello sieht ihr gerne dabei zu. Es führt dazu, dass er über sich selbst lachen kann.
»Und zum Schluss standen wir beide in Unterwäsche bei einem Friseur und trockneten mit dem Fön meinen neuen Anzug.«
»Das ist jetzt erfunden!«
»Nein, so war es wirklich.«

»Du bist so komisch.«
»Ist das ein Kompliment?«
»Ich weiß nicht. Ein bisschen vielleicht schon.«
»Dann also sind wir jetzt wieder ernst. Wie geht es weiter mit der Architektur?«
»Ach, Antonio, du verstehst aber auch gar nichts. Es geht nicht einfach um Architektur.« Sie macht eine alles umfassende Armbewegung. »Es geht um alles da. Das Wasser. Die Stadt. Das Licht. Die Geschichte. Die Malerei.«
»Die Malerei?«
»Ja klar. In dieser Kirche war einmal eines der schönsten Gemälde von Paolo Caliari zu sehen, bekannt als Veronese: Die Hochzeit zu Kana. Das Gemälde wurde von Napoleon gestohlen und nach Paris gebracht. Wenn du es heute sehen willst, musst du in den Louvre gehen. Leider.«
Leise sagt Morello: »Mit dir würde ich gern den Louvre besichtigen.«
Zum Glück hört Silvia es nicht.

Mit dem Vaporetto sind sie in wenigen Minuten auf der Insel Giudecca. Sie verlassen das Boot an der Haltestelle genau vor der Basilika Redentore.
»Schau dir diese riesige Gemäldesammlung an«, erklärt ihm Silvia, als sie die Kirche betreten. »Die Werke einiger der bedeutendsten italienischen Maler findest du hier, alle konzentriert an einem Ort. Der große Jacopo Robusti, genannt Tintoretto, Francesco da Ponte, Leandro Bassano, Paolo Piazza, Pasqualino Veneto, Alvise Vivarini, Lazzaro Bastiani, Jacopo Negretti, Pietro Muttoni detto Pietro della Vecchia, Francesco Guardi …«
»Stopp, Silvia, stopp.«
»Langweile ich dich?«
Morello schüttelt den Kopf. »Das könntest du nicht, selbst

wenn du es wolltest. Mir kam gerade nur eine Idee. Wegen Napoleon.«

»Wegen Napoleon?«

»Es ist doch komisch: Er klaut in der Kirche, wo nur ein einziges Gemälde hängt. Und hier hängen Hunderte von Gemälden und keines hat er mitgenommen. Wenn er hier ein Bild gestohlen hätte, das hätte niemand gemerkt!«

Silvia lacht über Morellos Logik.

»Außerdem, man weiß hier gar nicht mehr: Sind das Kirchen oder Museen? Geht man hierhin, um zu beten oder um Kunst zu betrachten?«

Silvia lacht laut. Morello ist zufrieden. Er hat sie zum Lachen gebracht.

»Gewissermaßen hast du recht. Auf jeden Fall ist es so: Diese Kirche ist vielleicht die wichtigste in ganz Venedig. Jedes Jahr im Juli feiern wir hier einen der wichtigsten Feiertage: La Festa del Redentore, Ende der Pest, du weißt schon. Stell dir vor, sie bauen dann eine Holzbrücke von der Fondamenta delle Zattere bis hierhin zum Campo del Redentore. Über 300 Meter, damit die Menschen zu dieser Kirche pilgern können. Danach gibt es ein riesiges Feuerwerk. Es ist immer wunderbar.«

Sie nimmt seine Hand, als wäre dies selbstverständlich. »Komm, fahren wir zurück.«

Morello nickt und hofft, dass sie die Hand nicht mehr loslässt.

In der Nähe von Campo Santa Margherita fragt Morello: »Wo gehen wir hin?«

»Jetzt will ich dir meine Lieblingskirche zeigen.«

»Oh! Zur Abwechslung mal eine Kirche!«, stöhnt Morello und lacht.

»Diese ist ganz besonders.«

Sie laufen nebeneinander über den Campo Santa Margherita, als hätten sie das schon oft getan, überqueren eine Brücke und dann sind sie am Campo San Pantalon.

»Wir sind da.«

»Keine schöne Kirche, zu der du mich geführt hast. Sie hat Risse und Löcher in der Fassade und sieht aus, als hätte man sie nicht zu Ende gebaut.«

»Komm mit. Wichtig ist, was man drinnen sehen kann.«

Dicht beieinander gehen sie drei Treppenstufen hinauf und treten durch eine bescheidene Holztür in die Dunkelheit des Kirchenraums.

Silvia neigt ihren Kopf zu Morello und flüstert: »Schau an die Decke.«

Er hebt den Kopf und je mehr sich seine Augen an die Dunkelheit gewöhnen, desto deutlicher schält sich aus dem Dunkeln eine spektakuläre Szene heraus. Wie in einem modernen Wimmelbild entstehen plötzlich Hunderte von dicht gedrängten Figuren unter dem Dach der Kirche. Manche scheinen zu fliegen, andere stürmen eine Treppe hinauf. Morello sieht Soldaten, einfache Leute, er sieht Engel, die mit ihren Flügeln flattern wie eine dicht gedrängte Rotte von Fledermäusen am Vesuv.

»Es ist das größte Gemälde der Welt, das je auf Leinwand gemalt wurde: das Martyrium des San Pantalon, gemalt von Giovanni Antonio Fumiani«, flüstert sie ihm zu.

Morello schaut nach oben und ist sprachlos.

»Leg dich hin.«

»Was?«

»Leg dich auf eine Bank und schau nach oben, dann siehst du besser.«

Morello tut, was sie sagt.

Sie setzt sich neben ihn.

Er spürt die Wärme ihres Körpers neben sich und ist für einen Augenblick versucht, die Augen zu schließen.

Er hört ihre geflüsterten Worte. »Es ist ein beeindruckendes Szenario. Beide Räume, der malerische und der architektonische,

verschmelzen zu einer einzigen Struktur und erzeugen ge-
meinsam eine absolut einzigartige visuelle Illusion. Dieses Gemälde erstreckt sich über eine Fläche von 443 Quadratmetern,
auf der sich Hunderte von Charakteren treffen.«

Morello starrt immer noch gebannt an die Decke.

»Fumiani brauchte mehr als zwanzig Jahre, um dieses Werk zu
erschaffen. Von 1680 bis 1704. Angeblich stürzte er vom Ge-
rüst, als er dem Gemälde den letzten Schliff gab. Es ist buchstäblich ein Lebenswerk.«

Morello steht wieder auf und schaut Silvia an. »Unglaublich!
Zwanzig Jahre Arbeit, und dann stirbt er bei einem Sturz.«

Als sie aus der Kühle der Kirche hinaus auf den Platz treten, ist
es, als habe die Sonne nur darauf gewartet, sie zu wärmen.

»Ich bewundere Fumiani«, sagt Silvia. »Er hat sein Leben ganz
diesem einen Werk gewidmet. Es war seine Lebensaufgabe.«
Sie sieht ihn nachdenklich an. »Ich wünschte, ich hätte auch
eine Lebensaufgabe. Ein Ziel, dem ich mein Leben widmen
könnte. Stattdessen … ich studiere endlos, beschäftige mich
mit schönen Dingen, die mich interessieren, aber manchmal
denke ich, ich führe ein nutzloses Leben.«

»Du? Nutzlos?« Morello schmunzelt.

»Lach mich nicht aus. Doch, manchmal fühle ich mich so. Aber
sag du, hast du ein Lebensziel?«

»Allerdings«, sagt Morello grimmig.

»Verrätst du es mir?«

»Mein Lebensziel ist eine Utopie.«

»Verrätst du es mir trotzdem?«

»Ich will die Mafia besiegen.«

»Oh. Da bist du in Venedig aber am falschen Ort.«

»Ich bin nicht freiwillig hier. Ich wurde gegen meinen Willen
hierher versetzt. Angeblich zu meinem eigenen Schutz. Aber
ich bin mir nicht sicher, ob das die Wahrheit ist.«

»Ist sie gefährlich, deine Lebensaufgabe?«

»Ja, das ist sie. Ich kann dabei auch wie Fumiani von einem Ge-
rüst fallen.«

Sie gehen schweigend nebeneinander durch die engen Gassen.
»Sollen wir etwas essen?«, fragt Morello nach einer Weile.
»Gern.«
»Du kennst dich besser aus. Wo können wir gut essen?«
»Wir gehen ins Paradiso Perduto, in das verlorene Paradies. Es ist ein Bacaro in Cannareggio.«
»Bacaro? Was ist das?«
»Ein Bacaro ist eine Mischung zwischen Restaurant und Osteria.«

Sie kämpfen sich durch die überfüllten Gassen, quälen sich über die Ponte degli Scalzi, doch die Mühe lohnt sich. Nach zwanzig Minuten erreichen sie das Il Paradiso Perduto und erwischen den letzten freien Tisch direkt neben dem kleinen Rio della Misericordia.
Morello mustert die anderen Gäste.
»Du checkst immer deine Umgebung, Antonio, ist mir aufgefallen. Du siehst dich um, betrachtest die Leute, als wolltest du gleich Handschellen herausziehen und jemanden verhaften. Du bist nicht im Dienst. Du hast einen freien Tag und bist mit deiner Nachbarin in einem Bacaro. Völlig ungezwungen.«
»Sorry. Ich fühle mich wohler, wenn ich sehe, was für Leute um mich herum sind.«
»Hier sind keine Mafiosi, Antonio, nur Studenten, alternative Leute, Künstler. Hier wird am Abend gegessen, getrunken, man gibt Konzerte und tanzt. Blues, Jazz, Rock. Es ist einer meiner Lieblingsorte in Venedig, und man bekommt gutes Essen. Komm, wir holen uns etwas davon an der Theke.«
Morello und Silvia gehen in das Innere des Bacaro. Alte Holztische und alte Holzstühle bestimmen den Stil der Einrichtung. Unverputzte rote Backsteine und Holz an den Wänden. Ein warmes Ambiente. Auf einer langen Theke stehen mehrere Teller mit verschiedenen Sorten von Cicchetti und Antipasti.

Morello holt zwei leere Teller und füllt sie mit unterschiedlichen Vorspeisen.

Silvia besorgt eine Flasche Wasser und einen halben Liter Rotwein.

Sie gehen wieder ins Freie und setzen sich an ihren Tisch.

»Hm ... wolltest du schon immer Architektur studieren?«

Silvia lächelt Morello an. »Ja. Schon von klein auf. Schon im Kindergarten habe ich den Jungs die Bauklötzchen und die Legosteine weggenommen.«

»Aber Architektur kann man auch in Mailand studieren oder in Rom oder irgendwo anders in Italien?«

»Certo. Es gibt überall in Italien Architekturfakultäten. Aber nirgendwo lebt die Architekturgeschichte noch so wie hier. Hier ist alles Historie. Jeder Quadratmeter.«

»Außer dem Hafen.«

Sie lacht. »Stimmt, außer dem Hafen. Aber ansonsten ist Venedig eine der schönsten Städte der Welt. Es ist einzigartig.«

»Wegen Palladios Kirchen?«

»Und vielem mehr.«

»So viel mehr, dass du nie wieder zurück nach Mailand gehen willst?«

Silvia schaut Morello in die Augen. Sie wird wieder traurig.

»Mailand ist eigentlich eine sehr schöne Stadt, aber kein Vergleich zu Venedig. Außerdem will ich nicht mehr in der Nähe meiner Eltern leben.«

Morello schaut sie nur an, ohne sie zu unterbrechen.

»Als ich noch in Mailand lebte, kam es zwischen meinem Vater und meiner Mutter zu einem heftigen Streit, meinetwegen. Mein Vater wollte, dass ich Betriebswirtschaft an der Wirtschaftsuniversität Luigi Bocconi studiere und dann in seiner Firma arbeite, um eines Tages seinen Platz zu übernehmen. Er leitet einen der größten Industriekonzerne Italiens. Dagegen wollte meine Mutter, dass ich in die Modebranche gehe, in ihre eigene Firma.« Silvia trinkt einen kleinen Schluck Wein.

»Beide haben sich ständig gestritten und Pläne für meine Zukunft entworfen, obwohl sie genau wussten, dass ich Architektur studieren wollte. Na ja, das ist jetzt schon viele Jahre her.«

Sie schaut Morello in die Augen.

»Ich bin zufrieden hier, Antonio. Ich habe meinen Platz gefunden.«

»Ich danke dir für alles, was du mir heute gezeigt hast. Ich gebe zu, dass ich beeindruckt bin. Doch dass Venedig die schönste Stadt der Welt sein soll, davon bin ich nicht überzeugt.«

»Diese Stadt ist das größte architektonische Wunder der Welt. Unter unseren Füßen fließt das Meer. Stell es dir einfach vor. Eine ganze Stadt ist über dem Wasser gebaut worden: Brücken, Kirchen, Häuser, Palazzi, Türme.«

Silvias Mimik wird lebhafter, und Morello ist zunehmend verzaubert von der Begeisterung, mit der sie von *ihrer* Stadt erzählt.

»Weißt du, was ich hier am schönsten finde?«

»Nein.«

»Man hört hier nur das Leben der Menschen.«

»Wie meinst du das?«

Silvia schaut Morello an und lächelt. »Mach die Augen zu!«

»Wieso?«

»Komm. Mach einfach, was ich dir sage. Ich zeige dir, was ich meine.«

Morello schließt seine Augen.

»Was hörst du gerade?«

»Stimmen von Menschen. Sie reden und lachen. Geräusche von Geschirr, das gestapelt wird. Ich rieche Essen und Salzwasser und einige andere Gerüche, die ich nicht gerade liebe.«

»Siehst du, das meine ich. Man hört fast nur Menschen. Keine Autos. Keine Lkws, keine Motorräder, keine Züge. Keine Straßen. Hier gibt es Kanäle, und statt Autos findet man Gondeln und Vaporetti.«

»Ich rieche dich, dein Parfüm.«

Er spürt ihre Verlegenheit.

»Das wollte ich dir zeigen. Mach die Augen besser wieder auf, und sag ehrlich: Ist das nicht toll?«

»Du hast recht. Ich bin so an den Verkehr gewöhnt, dass er mir schon nicht mehr auffällt. Aber etwas stört mich sehr an deiner Stadt.«

»Was denn?«

»Dieser verdammte Glockenturm vor unserem Haus! Das Geläute lässt mich nicht schlafen. Außerdem fürchte ich mich davor, dass er umfällt und auf unser Haus stürzt. Wir sollten unbedingt etwas unternehmen. Vielleicht mit dem Bürgermeister reden, dass er den Turm repariert, und mit dem Priester, dass die Glocken nicht zu früh läuten.«

Sie lachen. Morello fühlt sich völlig unbeschwert. Hat er die letzte Nacht im Gefängnis verbracht? Er hat es fast vergessen.

»Ich meine es total ernst!«

»Diesen Glockenturm hat der Architekt Mauro Codussi gebaut, im Jahr 1490. Vor mehr als 500 Jahren, und er wird in den nächsten hundert Jahren nicht umfallen.«

»Ich hoffe, du hast recht.«

Sie stoßen an und trinken.

»Ich mag auch nicht, dass diese absurden Monster, die Kreuzfahrtschiffe, so nahe an die Stadt fahren. Sie zerstören diese Stadt.«

»Da bin ich völlig deiner Meinung. Für Venedig ist das tödlicher als für jede andere Stadt der Welt.«

»Und noch etwas stört mich hier: die Massen an Touristen! Es sind nicht nur zu viele, sie sind aggressiv! Als Tourist solltest du entspannt sein. Stehst auf um zehn oder elf Uhr, nimmst ein Frühstück, duschst dich und dann gehst du ganz entspannt durch die Stadt. Meinethalben fotografierst du auch. Aber nicht Hunderte Fotos pro Sekunde! Als Bürgermeister von Venedig würde ich ein neues Gesetz schaffen: nicht mehr als zwanzig Fotos pro Tag! Sonst bekommst du eine Strafe! Cazzo!«

Er hat so laut gesprochen, dass es plötzlich an allen Tischen

still geworden ist. Alle Gäste schauen ihn an. Dann brandet Applaus auf. Silvia klatscht fröhlich mit.
Der Wirt stellt zwei Gläser Grappa auf den Tisch. »Die gehen aufs Haus!«

Als sie nach dem Essen aufstehen, hakt sich Silvia bei ihm unter. Morello bedauert, dass sie bereits vier Minuten später vor der nächsten Kirche stehen.
»Die Chiesa della Madonna dell'Orto war Tintorettos Lieblingskirche. Hier sind die schönsten seiner Werke zu finden. Und hier ist er begraben, zusammen mit seinen Söhnen Domenico und Marietta und seinem Schwiegervater.«
»Dessen Bilder wir schon in der Basilica del Redentore gesehen haben?«
»Ja. Wahrscheinlich der wichtigste Maler Venedigs. Es gibt auch eine interessante Geschichte über die Madonna dell'Orto zu erzählen. Willst du sie hören?«
»Unbedingt.«
»Es war einmal der Bildhauer Giovanni de Santi, der in der Nähe dieser Kirche lebte. Im Auftrag des Pfarrers sollte er eine Statue der Jungfrau Maria für die Kirche anfertigen. Doch die Figur geriet ihm derart hässlich, dass der Pfarrer sie zurückwies, noch bevor sie fertig geworden war. De Santi stellte die unvollendete Statue in seinen Garten. Seine Frau beobachtete, dass die Statue in der Nacht seltsame Blitze ausstrahlte. Diese Nachricht verbreitete sie in der ganzen Stadt, und der Garten des Bildhauers wurde innerhalb von wenigen Tagen zu einem Ziel für Pilgerfahrten. Am Ende bekam die Statue ihren Platz in der Kirche, und der Bildhauer erhielt eine große Summe Geld.«
»Tolle Geschichte. Ich weiß nicht, wessen Weisheit größer ist, die des lieben Gottes oder die des Bildhauers.«
»Oder die der Frau des Bildhauers.«
»Stimmt, sie ist wahrscheinlich die Klügste bei diesem Spiel.«

»Komm, gehen wir rein und schauen uns die Madonna an.«
Nachdem sie sich die Gemälde Tintorettos angeschaut haben,
stehen sie vor der Statue della Madonna dell'Orto.
»Meine Bewunderung für die Frau des Bildhauers steigt ins Un-
ermessliche. Die Statue ist tatsächlich grandios hässlich. Und
sie blinkt in der Nacht?«
»So sagt man.«
Silvia nimmt seine Hand, als wäre es eine Selbstverständlich-
keit, und zieht ihn aus der Kirche.
Hand in Hand laufen sie nun weiter auf der Fondamenta Nuove,
von der aus sie die kleine Insel San Michele sehen, den Friedhof
Venedigs. Francesco Grittieri wird morgen dort beerdigt werden. Morello weiß, dass er dazu noch einige Vorbereitungen
treffen muss, aber jetzt will er nicht daran denken.
»Wir laufen nun zur letzten Station unseres Spazierganges. Es
ist ein kleiner Garten in der Nähe unserer Wohnung.«
Sie lässt seine Hand los und beschleunigt ihren Schritt.
Als sie in Castello ankommen, umrunden sie das Gelände der
Arsenale und schlendern durch die Salizada Streta, bis sie eine
kleine, modern wirkende Brücke erreichen. In wenigen Schritten haben sie den Kanal überquert und passieren nun einen Eingang, der in die wehrhaften Mauern des Arsenale eingelassen
ist, und sind plötzlich umgeben von hohen, Schatten spenden-
den Nadelbäumen, Platanen, großen Feigenbäumen auf klei-
nen Wiesen. Nur wenige Menschen sind hier unterwegs, eine
Familie mit drei Kindern und ein älteres Paar.
Plötzliche Stille umfasst sie. Es ist ein ruhiger, nahezu melan-
cholischer Ort.
Sie gehen schweigend bis zum Ende des Gartens und sehen hi-
nüber zum großen Turm des Arsenale-Geländes.
»Ein wunderschöner Garten«, sagt Morello leise.
Sie setzen sich auf eine Bank.
»Wünschen der Herr noch einige Informationen zu diesem
Ort?«
»Ich bitte sehr darum.«

»Piet Oudolf hat 2010 diesen Garten für die Architektur-biennale entworfen.«

»Piet, was ist das für ein Name? Kommt er aus … dem Norden?«

»Er ist Holländer. Einer der berühmtesten Gartengestalter auf der ganzen Welt.«

»Es ist ein sehr schöner Garten, nur ein bisschen melancholisch.« Er überlegt kurz. »Wusstest du, dass bei Bäumen die Gesamtdicke der Äste immer exakt gleich groß ist wie die Gesamtdicke des Stammes?«

Silvia sieht ihn verwirrt an. »Nein, das wusste ich nicht. In Bio-Sachen bin ich noch nie gut gewesen.«

»Leonardo da Vinci beobachtete das bereits vor 500 Jahren.«

»Kennst du dich etwa mit Bäumen aus?«

»Eher mit da Vinci. Ich habe als Junge viel über ihn gelesen.«

»Mmh. Interessant.«

»Ja, das liegt daran, dass ein Baumstamm gewissermaßen ein Rohrsystem darstellt, in dem die Säfte noch oben geleitet werden.«

»Die Säfte … soso!«, sagt Silvia langsam.

»Die Äste müssen immer dünner sein als der Stamm, sonst staut es sich.«

»Das sollte es auf keinen Fall.«

Die Dämmerung hat eingesetzt. Fledermäuse flattern zwischen den großen Bäumen. Die Ringeltauben suchen sich Schlafplätze für die Nacht. Im schwachen Licht sieht der Torre di Porta Nuova, der Turm gegenüber, ziemlich traurig aus.

Sie spricht aus, was er denkt.

»Schau mal, Antonio. Findest du nicht auch, dass der Turm des Arsenale ein bisschen traurig aussieht? Er wurde errichtet, um Schiffsmasten auf die im Arsenale gebauten Schiffe aufzusetzen. Doch er wurde nie in Betrieb genommen. Wenn du nicht das machen kannst, wozu du geboren bist, oder das, was dir gefällt, dann bist du unglücklich.«

Er legt seinen Arm um sie. »Du bist nicht nur eine schöne,

sondern auch eine sehr, sehr kluge Frau.« Er macht eine kurze
Pause und sagt dann: »Ich danke dir für diesen besonderen
Tag.«
Sie sieht ihn ernst an. »Er ist noch nicht vorbei.«
Sie beugt sich über ihn und küsst ihn.

10. TAG
FREITAG

252 Die Barca funebre, die die Urne des jungen Grittieri auf den Friedhof nach San Michele bringen wird, liegt an der Anlegestelle des Palazzo Grittieri und schaukelt sanft auf den Wellen. Das Schiff ist groß wie ein Vaporetto, aus tiefschwarzem Holz gezimmert und mit aufwendigen silbernen Borten und Bändern an den Seiten verziert. Im Heck befindet sich ein Kabinenaufbau, in dem mindestens zehn Personen Platz finden. Davor, auf dem Deck, ist ein Tisch montiert, der mit schwarzem Samt überzogen ist. Der Schiffsführer steht im Bug hinter einem großen Steuerrad und blättert in einem Pornoheft.

Morello gibt Claudio das Fernglas zurück.

»So vornehm werden wir beide unsere letzte Fahrt nicht antreten«, sagt Claudio. Er hat sich von einem Freund ein Boot ausgeliehen und es schräg gegenüber dem Palazzo Grittieri an der Anlegestelle eines der vielen unbewohnten Paläste angetäut.

Jetzt öffnet sich auf der anderen Seite eine Tür, und Alberto Grittieri erscheint, energisch gestützt von seiner Frau. Der Schiffsführer schiebt eilig das Heft in einen Rucksack, verstaut diesen hinter einer Tür und hilft Grittieri ins Boot. Dann reicht er Frau Grittieri die Hand. Doch sie schüttelt den Kopf, macht einen großen Schritt und steht auf den Planken. Es folgt ein älterer Priester, der die Urne mit beiden Händen trägt. Er kämpft bei dem Schritt aufs Boot mit dem Gleichgewicht, doch die junge Grittieri, Francescos Schwester, hält ihn am Arm, sodass

die Urne unbeschadet aufs Boot kommt. Der Schiffsführer, der die Eltern in die hintere Kabine begleitet hat, nimmt die Urne und stellt sie in einen Behälter, der fest auf dem Tisch montiert zu sein scheint. Der Priester bleibt kurz davor stehen, hebt segnend die Hand und drängt sich dann an Francescos Schwester vorbei in die Kabine am Heck.
»Gib mir noch einmal das Fernglas«, sagt Morello.
Drei weitere schwarz gekleidete Personen, zwei Frauen und ein Mann, steigen ins Boot. Morello studiert ihre Gesichter. Er kennt sie nicht.
»Onkel und Tante Grittieri«, sagt Claudio.
Die Barca die funebre legt ab. Claudio löst die Taue von Fabios Boot und startet den Motor.
»Halte genügend Abstand«, befiehlt Morello.

Die Barca mit Francesco Grittieris Urne hält nicht an der offiziellen Haltestelle der Friedhofsinsel San Michele, sondern legt direkt bei der Chiesa di San Michele in Isola an. Claudio wendet das Boot und lässt Morello am Fährterminal an Land.
Die gesamte Insel ist von einer ockerfarbenen Mauer umzäunt. Morello passiert ein gotisches Steintor und bleibt überrascht stehen. Die Toteninsel mit ihren Palmen und den rot blühenden Rosen kommt ihm vor wie der Garten Eden.
Als er sieht, dass Schifftaxis immer weitere Trauergäste ausladen, zieht Morello sich weiter zurück und beobachtet mit dem Fernglas die Ankommenden. Er kennt niemanden, außer Perloni, der mit seiner Frau kommt.
Er schaut sich um. Hinter ihm liegt ein Meer aus weißen Grabkreuzen und dunklen Grabplatten, geschmückt mit bunten Plastikblumen und den verblassten Fotos vor langer Zeit Verstorbener. Die kleine Glocke der Kirche ruft die Trauernden zum Beginn des Gottesdienstes, begleitet von den hellen Klageschreien der über ihm kreisenden Möwen.

Durch das Fernglas beobachtet Morello die Ankunft von Francesco Grittieris Freunden. Francesca Nicoli ist leichenblass und wird gestützt von Marco Padoan. Alle sind da, doch sie wirken wie ein unerwünschter Fremdkörper in der Menge der Trauergäste der ehrenwerten Familie Grittieri.

Morello hört das Knirschen von Schritten auf dem Kiesweg hinter ihm. Eine vornübergebeugte Gestalt schreitet auf einem Weg weiter rechts an ihm vorbei. Er erkennt ihn sofort. Er sieht aus wie auf dem Foto, das Viola Cilieni ihm vorgelegt hat, vielleicht um ein paar Jahre gealtert.

Hinter der Person laufen zwei kräftige junge Männer in dunkelbraunen Anzügen. Leibwächter. Morello kommt es vor, als hätte er sie irgendwo schon einmal gesehen.

Angelo Carini, Rechtsanwalt aus Palermo, begibt sich zu den Trauernden.

Morello läuft zurück zur Haltestelle. Er sieht Claudio dreißig Meter entfernt auf dem Boot liegen, das ruhig im Wasser dümpelt. Nackt bis auf die Unterhose liegt der Dieb auf dem Deck und döst vor sich hin. Oder schlimmer: Er schläft. Morello winkt. Morello schreit. Ohne Erfolg. Wertvolle Zeit geht verloren.

Er ruft ihn auf dem Handy an. Vom Ufer aus beobachtet Morello, wie Claudio mühsam den Kopf hebt und sich orientiert. Dann springt die Mailbox an. Auf dem Boot sinkt Claudio zurück aufs Deck und in den Schlaf. Morello flucht und wählt erneut. Abermals sieht er, wie Claudio unwillig den Kopf hebt. Dann, immerhin, steht er auf, geht ein paar Schritte zum Vorderdeck, hebt seine Hose auf, greift in die Innentasche, zieht das Handy hervor, schaut aufs Display, erkennt, dass Morello angerufen hat, erschrickt, starrt zum Ufer, hebt die Hände vor die Stirn, um nicht von der Sonne geblendet zu werden, sieht Morello, und winkt ihm dann zu, immer noch schlaftrunken.

Kurz danach sitzen beide im Boot, Kurs San Polo.

»Hast du alles, was du brauchst?«, fragt Morello. »Bist du jetzt wach?«

»Hellwach«, sagt Claudio und gähnt. Er öffnet eine kleine Tür in der Holzverkleidung neben dem Steuerrad und zieht einen Rucksack heraus. »Ja, Kommissar. Vergessen Sie nicht, dass ich ein Profi bin.«

Morello schaut Claudio mit skeptischem Blick an.

»Entschuldigung, Herr Kommissar, ich wollte sagen: dass ich ein Profi war.«

»Bravo. Das, was wir jetzt machen, werden wir niemals wiederholen. Und noch wichtiger ist, dass du niemandem davon erzählst. Sonst werde ich …«

»Ich weiß, Sie sperren mich in den Knast ein.«

»Für immer!«

»Ist schon gut, Commissario. Wohin müssen wir fahren?«

Morello holt aus seiner Hosentasche den Zettel, den Viola ihm gegeben hat.

»Campo San Polo. Da befindet sich eine Wohnung. In die muss ich rein.«

»Darauf freue ich mich besonders. Eine Wohnung in Campo San Polo ausrauben.«

Morello packt Claudio am T-Shirt und zieht ihn zu sich heran.

»Moment, Freundchen! Da wird gar nichts geraubt!«

Claudio sieht ihn mit großen Augen an. »Aber Sie haben gesagt, wir müssen in eine Wohnung einbrechen.«

»Richtig! Einbrechen, habe ich gesagt, aber nicht rauben.«

Claudio ist verwirrt. »Einbrechen in eine Wohnung, die bei dieser Adresse bestimmt einem Stinkreichen gehört, und ich darf nicht mal einen Stift klauen?«

»Nicht einmal einen Stift. Du betrittst die Wohnung auch gar nicht. Du machst mir nur die Tür auf und basta. Den Rest erledige ich. Du hilfst mir als Polizist. Bei der Ermittlung im Falle Francesco Grittieri. Der Junge, ein bisschen älter als du, der ermordet wurde.«

»Ich dachte, der Mörder sei bereits identifiziert?«
»Ich kann dir jetzt nicht alles erklären, Claudio. Aber ich brauche deine Hilfe. Wenn du mir helfen willst, dann mach das und halt endlich die Klappe!«
»Zu Befehl, Signor Commissario. Ich halte die Klappe.«
Claudio lächelt.
Morello gefällt dieses Lächeln nicht.

Claudio steuert das Boot durch den Canal Grande. Morello beobachtet, wie konzentriert der ehemalige Taschendieb hinter dem Steuerrad des Bootes agiert. Es herrscht reger Verkehr auf dem Wasser. Vaporetti kreuzen von Haltestelle zu Haltestelle, Wassertaxis fahren stur geradeaus, Gondeln mit sich selbst fotografierenden Touristen treiben in Ufernähe.
Als sie die Ponte di Rialto bereits sehen, biegt Claudio nach rechts in einen der größeren Canale ein. Dann legt er an und bindet das Boot fest.
»Showtime!«, sagt Claudio und schultert den Rucksack. »Gehen wir einbrechen!«

Der Campo San Polo ist ein bemerkenswert großer Platz. Einige Palazzi säumen ihn, es gibt Restaurants und Cafés mit Tischen und Stühlen unter großen Schirmen, einige wenige Bäume, unter denen alte Männer auf roten Bänken sitzen – und natürlich jede Menge Touristen.
Claudio bleibt stehen und lässt seinen Rucksack zu Boden gleiten. Er zieht zwei amerikanische Baseballmützen hervor und reicht eine Morello.
»Ziehen Sie diese tief in die Augen. Hier wird überall fotografiert. Ich will später nicht auf einem Foto erkannt werden.«

»Du bist echt ein Profi.« Morello nimmt die Coppola ab, steckt sie ein und setzt die Baseballkappe auf.
»Ich war Profi. Jetzt mache ich solche Sachen nur noch im Auftrag des Herrn Kommissars.«
Sie gehen einmal rund um den Platz. Die Tür in der Nummer 2173 ist eine hohe, in sattem Grün gestrichene Tür, die nicht besonders gesichert scheint. Morello sieht sich um. Keine Überwachungskameras. Aber die Touristen fotografieren unentwegt. Morello zieht die Kappe noch etwas tiefer ins Gesicht. Als sie bei der zweiten Runde an der schweren grünen Tür der Hausnummer 2173 vorbeikommen, geht Claudio ganz ruhig darauf zu, bleibt vor der Tür stehen, greift in die Hosentasche, als ziehe er einen Schlüssel hervor, steckt etwas ins Schlüsselloch, von dem Morello weiß, dass es ein Dietrich ist, und öffnet die Tür. Sie schlüpfen in einen dunklen Flur.
»Zweiter Stock«, sagt Morello.
»Bleiben Sie hier stehen«, sagt Claudio und steigt die Treppe hinauf.
Nach ein paar Minuten kommt er wieder zurück.
»Es gibt eine Kamera vor der Tür. Ich habe eine Tüte darübergestülpt. Wir können gehen. Die Türe ist angelehnt. Es waren drei Schlösser. War nicht einfach.«
»Du gehst vor die Tür. Wenn dieser Mann kommt, rufst du mich an. Sofort. Verstanden.«
Er reicht Claudio das Papier mit Angelo Carinis Foto.
Claudio nickt und verschwindet durch die Außentür auf den Campo San Polo.

In der Wohnung ist es dunkel. Es riecht nach abgestandener Luft. Morello würde gerne die Fensterläden weit aufreißen und Licht und Wärme und Sauerstoff hereinlassen.
Muffig riecht es hier, denkt er. Muffig wie die gesamte Cosa Nostra.

Er hat sich die weißen Latexhandschuhe übergestreift, die er üblicherweise an einem Tatort trägt. Er wird keine Fingerabdrücke hinterlassen, DNA-Spuren jedoch reichlich.

Er macht zunächst einen Orientierungsrundgang. Leise geht er von Zimmer zu Zimmer, um sicher zu sein, dass er allein in der Wohnung ist. Es gibt einen langen Flur, von dem fünf große Räume abzweigen, Wohnzimmer, Küche mit Speisezimmer, Schlafzimmer, ein großes Arbeitszimmer und ein Gästezimmer, spartanisch eingerichtet mit einem kleinen Bett, Schrank, Tisch und Stuhl. Es gibt ein erstaunlich luxuriöses Badezimmer mit einer begehbaren Dusche und einer in einen Whirlpool verwandelten Badewanne. Toilette in einem eigenen Raum, vom Bad und vom Flur erreichbar.

Morello kontrolliert das Bad und findet nur eine elektrische Zahnbürste, einen Braun-Rasierapparat, herb riechendes Duschgel, ein Parfüm von Givenchy. Aber keinen Schminkkram, keine Tuben, Tiegel, Damenrasierer, keine Antibabypillen – nichts, was darauf hinweist, dass in dieser Wohnung eine Frau wohnt oder häufig zu Gast ist.

Die Küche ist nahezu aseptisch sauber. Nicht einmal eine gebrauchte Tasse steht auf dem Tisch oder in der blank geputzten Spüle. Morello zieht die Tür des Geschirrspülers auf. Einige Tassen, zwei identische Teller, vier Messer, zwei Kaffeelöffel sind darin, mehr nicht. Im Kühlschrank stehen eine angebrochene Packung Milch und zwei Flaschen Lugana-Weißwein. Eine Plastikbox beherbergt drei Sorten Käse, eine andere Butter.

Auch das Arbeitszimmer ist peinlich genau aufgeräumt. Schwerer Teppich. Ein Schreibtisch aus dunklem Holz, mit polierter Arbeitsfläche und dem neusten MacBook von Apple. Wie an einem dünnen Ärmchen hängt eine silberne externe Festplatte zur Datensicherung an einem schwarzen Kabel. Die Schubladen sind abgeschlossen. Ein kleinerer Besprechungstisch mit drei Stühlen. Das Interessanteste ist ein schwerer Metallschrank mit Zahlenschloss, der direkt am Fenster steht.

Morello klopft gegen das Metall. Mindestens drei Zentimeter dick. Keine Chance, ihn zu öffnen.

Morello bleibt vor dem Schrank stehen. Wie kann er ihn aufmachen?

Keine Chance.

Dann ruft er Claudio an.

»Die Luft ist rein, Herr Kommissar. Ich sitze auf einer Bank vor dem Haus und sehe mir jeden, der vorbeigeht, genau an.«

»Ich habe einen Auftrag für dich. Aber du musst dich beeilen.«

»Ich habe zurzeit keine weiteren Pläne, Herr Kommissar.«

Morello nimmt das Datensicherungsgerät an dem MacBook in die Hand.

»Notier dir bitte: externe Festplatte von Lenovo, 1 Terabyte, silbern, das neuste Modell. Besorg mir sofort dieses Gerät. Hast du verstanden? Und hast du genügend Bargeld?«

»Verstanden. Bargeld habe ich leider nicht genug.«

»Cazzo! Dann komm in den Flur. Beeil dich.«

Zwei Minuten später steht Claudio vor der Wohnung des Anwalts. Morello reicht ihm zwei 50-Euro-Scheine.

»Kann ich das Wechselgeld vielleicht behalten, Herr Kommissar?«

»Nur wenn du genau die gleiche Festplatte bringst und du dich beeilst. Lauf in den nächsten Computerladen.«

Claudio überlegt einen Augenblick. Dann rennt er die Treppe hinab.

Eine halbe Stunde später steht er wieder vor der Tür.

»Verdammt, Claudio, das hat ja ewig gedauert! Ich brauche die Verpackung nicht. Gib mir nur das Gerät. Und jetzt setz dich wieder unter den Baum und halte Wache. Und gib mir die Dietriche für die Wohnung.«

Claudio reißt den Karton auf und zieht die Festplatte heraus. Dann drückt er Morello drei größere schlüsselähnliche

Metallstäbe in die Hand, dreht sich um und geht die Treppe hinunter.

Kaum steht Morello wieder im Arbeitszimmer, summt sein Funktelefon. Er nimmt ab.

»Was gibt es denn noch, Claudio?«, fragt er genervt.

»Der Mann ist da. Er schließt gerade die untere Tür auf. Ein zweiter Mann ist bei ihm.«

»Cazzo!«

Morello rennt zur Tür und öffnet sie. Er hört zwei männliche Stimmen im Hausflur. Vorsichtig drückt er die Tür wieder zu und schließt sie mit Claudios Dietrichen ab. Dann geht er leise ins Arbeitszimmer und drückt sich hinter den Metallschrank.

Es knirscht, als sich die Schlüssel in den drei Schlössern der Wohnungstür drehen. Dann das raue Lachen zweier Männer im Flur. Einer der beiden geht durch den Flur ins Bad.

Morello lauscht. Er hört den harten Strahl eines Wasserhahns. Doch so laut kann ein gewöhnlicher Wasserhahn nicht sein. Er versteht: In den Whirlpool wird Wasser eingelassen.

Da öffnet sich die Tür des Arbeitszimmers.

Morello presst sich so eng wie möglich in die Ecke zwischen Fenster und Panzerschrank. Er hört Schritte, dann das Knirschen eines Stuhls und schließlich das sonore Surren, als das MacBook das Betriebssystem hochfährt. Tipp, tipp, klappert die Tastatur, als Angelo Carini das Passwort eingibt.

Eine Weile hört Morello nichts außer dem einlaufenden Wasser im Bad.

Dann eine Stimme: »Cara, la vasca da bagno è piena. Liebling, das Wasser ist eingelaufen.«

»Gleich, gleich«, sagt der Anwalt. »Ich beantworte nur noch eine E-Mail.«

»Ich habe dein Lieblingsbadesalz genommen«, gurrt die Stimme aus dem Bad.

Wieder tippert die Tastatur.

»Jetzt ist das Wasser schön heiß. Komm doch, ich liege schon drin. Du kannst doch nachher weiterarbeiten.«

Carini knurrt etwas, was Morello nicht versteht. Dann wird ein Stuhl gerückt. Der Laptop zugeklappt. Schritte. Die Tür wird geöffnet und wieder geschlossen.

Stille.

Morello atmet vorsichtig aus. Das war knapp. Er schaut um die Ecke seines Verstecks und geht langsam zum Laptop des Anwalts. Er zieht die externe Festplatte ab, steckt das neue Gerät ans Kabel und lässt Carinis Festplatte in seiner Tasche verschwinden.

Dann wartet er.

Als er Minuten später eindeutige Laute aus dem Bad hört, öffnet er vorsichtig die Tür des Arbeitszimmers.

Er sieht hinaus.

Mist, die Tür des Badezimmers steht offen. Er hat freien Blick auf den Whirlpool.

Und die beiden Männer haben einen ebenso freien Blick auf ihn. Doch sie sind abgelenkt. Morello sieht, wie der Kopf des unbekannten Mannes in einer Schaumkrone verschwindet. Der Anwalt lehnt sich zurück, die Augen geschlossen, die schmalen Lippen geöffnet. Morello schlüpft in den Flur, geht leise zum Ausgang und zieht sachte die Tür hinter sich ins Schloss.

»Es ist ein großer Jammer«, sagt Claudio, als sie auf dem Weg zurück zum Boot sind.

»Cazzo, was jammerst du? Wir hatten Glück. Das war ziemlich knapp, dass wir nicht erwischt wurden.«

»Bei allem Respekt, Herr Kommissar: Mich hätte niemand erwischt. Sie schon. Ich bin Profi in solchen Dingen. Und ich frage mich, was passiert, wenn der Rechtsanwalt jetzt seinen Computer anschaltet. Sie wissen schon, die neue Festplatte.«

»Eigentlich kümmert mich das nicht. Es wird vermutlich ein Programm geladen, das die Festplatte installiert. Der Anwalt wird den Kopf schütteln und fluchen, wie dämlich Computer sind, und dann die Eingaben drücken, die das Programm von ihm verlangt. Selbst wenn nicht, es spielt keine Rolle.«
Sie erreichen das Boot.
Morello reicht Claudio die Hand. »Du hast mir sehr geholfen, Claudio.«
»Das freut mich, Herr Kommissar.«
»Ich gehe zu Fuß weiter.«
»Aber glauben Sie nicht, dass ein Händedruck, so viel Ehre er auch bedeuten mag, zu wenig ist für meine Dienstleistung?«
»Wo du recht hast, hast du recht«, seufzt Morello und zieht seinen Geldbeutel aus der Tasche.

»Ah, mein Commissario! Komm und setz dich zu mir. Gibt es Neuigkeiten?«
»Ja. Und ich brauche Ihre Unterstützung.«
»Schon wieder ... Was ist los?« Lombardi lehnt sich gönnerhaft in seinem Schreibtischstuhl zurück.
»Mir wurde eine Festplatte zugespielt. Vermutlich wegen des Artikels ... Sie wissen schon.«
»Geben Sie das Ding unseren Spezialisten im Kommissariat.«
»Mir wäre es lieber, es würde zunächst vertraulich laufen. Nur Sie und ich würden davon wissen, und es hätte keine offenkundige Verbindung zu dem Fall Francesco Grittieri.«
»Mmh, kann das gefährlich werden? Für mich, meine ich.«
»Nein. Sie haben das Ding erhalten und wollen wissen, was da drauf ist.«
»Mmh.«
»So schnell wie möglich, verstehen Sie. Und außer Ihnen und mir braucht niemand zu wissen ... zunächst jedenfalls nicht.«
»Verstehe, verstehe.« Lombardi zupft an seinem Bart und denkt

nach. »Ich kenne da jemand, der mir noch etwas schuldig ist. Das könnte die Sache beschleunigen.«

»Das wäre großartig.«

»Also geben Sie mal das Ding her.«

Lombardi streckt die Hand aus, und zögernd legt Morello die Festplatte hinein.

11. TAG
SAMSTAG

Heute ist Samstag. Ein freier Tag. Er will nur ins Büro laufen, noch einmal die Akten durchgehen – und stellt fest, dass es in Venedig keine Rolle spielt, was für ein Wochentag ist. Die Plätze und Straßen sind jeden Tag überfüllt.

Auf der Wache dagegen ist wenig los. Ein uniformierter Kollege telefoniert. Ein anderer liest Zeitung. Er legt sie erschrocken zur Seite, als Morello durch die Tür kommt.

In seinem Büro sucht er die Kassette mit den Verhören heraus. Er legt sie in das Abspielgerät, stöpselt den Kopfhörer ein, legt die Füße auf den Schreibtisch und hört sich die Vernehmung von Pietro Rizzo noch einmal an. Er konzentriert sich wieder intensiv auf den Klang der Stimme. Sie klingt traurig. Er hört nicht dieses feine, kaum wahrnehmbare Stocken, dem häufig die Lüge folgt. Wütend wird Rizzo erst später, als Morello ihn direkt verdächtigt, Francesco Grittieri ermordet zu haben. Aber auch diese Wut ist verständlich. Morello hat sie provoziert. Er hört die Vernehmung noch ein zweites, ein drittes und ein viertes Mal. Doch er hört nichts Verdächtiges.

Er legt das Gespräch mit Rizzos Eltern ein.

»Unser Sohn ist ein guter Junge. Er ist impulsiv, aber er ist sicher kein Verbrecher«,

hört er den Vater mit brüchiger Stimme sagen.

»*Unser Sohn war immer ein besonderes Kind, sehr sensibel. Vielleicht liegt es daran, dass er ein halbes Jahr ...*«
»*Länger, das war länger ...*«
»*Sei doch einmal still und unterbrich mich nicht dauernd ... Pietro hat für einige Zeit auf dem Hof meiner Eltern gelebt. Er hatte damals Keuchhusten. Das ist ansteckend, wissen Sie. Mein Mann und ich, wir mussten arbeiten, und so brachten wir Pietro zu meinen Eltern.*«

Pause.

»*Er hat seine Großeltern sehr geliebt.*«

Schluchzen. Morello spult das Band ein Stück vor.

»*Wir gehen jetzt besser. Aber Sie sollen eines ganz sicher wissen: Pietro ist kein Mörder.*«

Die Tür geht auf.
»Hallo, Zolan. Komm rein.« Morello unterbricht die Aufnahme und winkt seinen Stellvertreter herein.
»Entschuldigung, Commissario. Man sagte mir eben, dass Sie da sind und heute arbeiten ... ich wusste gar nicht ...«
»Alles o. k. Setz dich.« Morello deutet auf den Stuhl vor seinem Schreibtisch und nimmt den Kopfhörer ab. Zolan setzt sich. Morello richtet sich auf: »Und du? Warum bist du nicht am Samstag bei Frau und Familie?«
»Ich will endlich wissen, wo dieser Kerl sich versteckt hält. Will noch einmal alle Berichte lesen. Prüfen, ob ich irgendetwas übersehen habe. Irgendwas! Es lässt mir einfach keine Ruhe.«
»Ich höre mir gerade die Vernehmung seiner Eltern an. Er hat seine Großeltern sehr geliebt, sagt seine Mutter grade.« Morello deutet auf das Abspielgerät. »Habt ihr den Hof der Großeltern überprüft?«
Zolan lächelt nachsichtig. »Der Hof wurde verkauft, als Rizzos

Großvater starb. Er war ein kleiner Bauer drüben bei Salzano an der A4. Das ist schon einige Jahre her.«

»Lebt seine Großmutter noch?«

»Ja. Sie wohnt in einem Seniorenheim in Mestre.«

»Das ist schlimm.«

»Ja, schlimm«, bestätigt Zolan. »Ich hoffe, meine Kinder nehmen mich auf, wenn ich einmal alt bin und nicht mehr richtig gehen kann.«

»Darauf kann man sich heutzutage nicht mehr verlassen, Zolan.«

»Weiß Gott, da haben Sie recht«, sagt sein Stellvertreter und verzieht das Gesicht, als plagten ihn Bauchschmerzen.

»Hast du das Heim überprüft? Vielleicht wollte Rizzo ein bisschen Bargeld bei der Großmutter abschöpfen. Um seine Flucht zu finanzieren.«

Zolan lächelt. »Ich bin schon lange bei der Polizei und beherrsche meinen Beruf. Ich bin lange vor Ihnen auf diese Idee gekommen. Wir haben das Heim ein paar Tage lang überwacht.«

»Nichts gefunden?«

»Nichts gefunden«, wiederholt Zolan. »Die alte Dame läuft mit einem Rollator durch den Garten des Heims. Fast immer in Begleitung eines Pflegers.«

Er steht auf. »Ich gehe dann in mein Büro zurück.«

»O. k.« Morello setzt den Kopfhörer wieder auf, schaltet das Abspielgerät ein, spult zurück und legt erneut die Füße auf den Schreibtisch.

Zolan schließt die Tür hinter sich.

»*Unser Sohn ist ein guter Junge …*«

Morello legt den Kopfhörer wieder ab, steht auf, geht zur Tür und tritt auf den Flur.

»Zolan – nur eine Frage: Wieso hat Rizzos Großmutter einen eigenen Pfleger?«

Zolan dreht sich genervt um. »Vermutlich, weil sie ihn braucht. Aber ich weiß, dass es nicht Pietro Rizzo ist. Meine Leute haben Fotos gemacht.«

»Bring sie mir. Bring mir diese Fotos.«
»Commissario, ich bin heute an meinem freien Tag zur Arbeit gekommen, um einige Spuren noch einmal zu prüfen. Nicht um mit sinnloser Arbeit meine Freizeit zu verplempern.«
»Bring mir diese Fotos. Sofort.«
Morello dreht sich um und geht zurück in sein Büro.

Eine halbe Stunde später klopft Zolan an seine Tür. Er überreicht Morello stumm und mit missmutiger Miene sechs Fotos. Alle zeigen eine alte Frau und ihren Pfleger. Auf dem ersten Foto schiebt sie vornübergebeugt einen Rollator auf einem Gartenweg. Ihre Beine sind mit elastischen Binden umwickelt. Morello fallen die braunen Halbschuhe auf, über deren Ränder faltige Haut hängt. Die Frau lächelt auf dem Foto. Ihr Blick ist energisch nach vorne gerichtet. Offensichtlich manövriert sie mit ihrer Gehhilfe ganz konzentriert. Neben ihr geht ein jüngerer Mann. Seine rechte Hand ist halb erhoben, eine behütende Geste, bereit, die Frau zu stützen oder aufzufangen, falls sie stürzen sollte. Der Pfleger trägt Straßenkleidung, schwarze Jeans, schwarzes Hemd, Baseballmütze und eine Brille mit einem schwarzen Horngestell. Er hat einen schwarzen Vollbart und, das erkennt Morello trotz der Mütze, eine Vollglatze.
Auf dem zweiten Foto sind die alte Frau und der Pfleger einige Schritte weiter. Nun ist das Gesicht des jungen Mannes besser zu erkennen. Es ist nicht Pietro Rizzo. Oder doch? Die Wangen sind dicker, das Gesicht wirkt deutlich breiter.
Nein, er ist es nicht.
»Könnte das ein älterer Bruder des Gesuchten sein?«, fragt Morello.
»Rizzo hat keine Geschwister«, sagt Zolan besserwisserisch.
Auf dem dritten Bild stützt der Pfleger die alte Dame, als sie sich gerade auf einer Bank niederlässt. Hinter ihr ist ein Blumenbeet zu sehen, links ein Gebilde mit mehreren unterschiedlich

großen und in verschiedenen Farben bemalten Holzstücken, die nebeneinander an einer Schnur aufgereiht hängen.

»Was ist das?«

»Eine Klanginstallation. Wenn man mit einem Stab dagegenschlägt, erzeugt jedes Holzstück einen anderen Ton.«

»Du hast dich wirklich mit der Sache beschäftigt. Kompliment, Zolan.«

»Im Kindergarten meiner Tochter gibt es etwas Ähnliches. Man kann kleine Lieder darauf spielen.«

Auf dem vierten Bild sitzen die alte Frau und der Pfleger nebeneinander und unterhalten sich. Beide Gesichter sind gut zu erkennen. Das fünfte Foto ist nahezu identisch.

»Verblüffend, wie vertraut die beiden miteinander sind«, sagt Morello. »Gehört der Pfleger zum Heim? Genießt Rizzos Großmutter dort einen Sonderstatus oder gibt es besondere medizinische Anforderungen?«

»Commissario – mir genügte es zu sehen, dass es nicht Rizzo ist.« Zolan Stimme klingt genervt.

»Wie heißt das Heim?«

»La Ultima Fermata. Kann ich jetzt endlich gehen?«

»Nein, warte noch einen Augenblick.«

Morello nimmt den Hörer ab. »Verbinden Sie mich bitte mit dem Altenheim La Ultima Fermata in Mestre.«

Zolan setzt sich schnaubend.

Zehn Minuten später sagt Morello zu Zolan: »Dieser junge Mann ist erst seit Kurzem ausschließlich zur Pflege von Rizzos Großmutter bestellt. Er wird nicht vom Heim bezahlt. Man hat ihm jedoch ein kleines Zimmer im Keller zur Verfügung gestellt, wo er ›mehr haust als wohnt‹, wie die Leiterin mir sagte. Sie geht davon aus, dass der junge Mann von Rizzos Eltern bezahlt wird. Welchen Beruf hatte sein Vater noch mal?«

»Er fuhr ein Vaporetto.«

»Die Mutter?«

»Verkäuferin. Jetzt sind beide in Rente.«

»Und du glaubst, dass die Rente der beiden ausreicht, um einen Privatpfleger für die alte Frau zu bezahlen?«

»Sicher nicht«, sagt Zolan und steht auf. Er greift sich an den Kopf. »Aber natürlich! Marta Calloni! Sie haben die Zeugin vernommen. Erinnern Sie sich?«

»Allerdings. Sie schreibt ihre Doktorarbeit über das MO.S.E.-Projekt. Zuvor arbeitete sie viele Jahre bei der Rai als Maskenbildnerin. Im Interview sagte sie, sie habe es sattgehabt, ihr Leben lang Gesichter zu schminken und falsche Bärte aufzukleben.« Morello steht auf. »Ich nehme drei Uniformierte mit. Wollen Sie mitkommen?«

»Cazzo, klar komme ich mit.«

Das Seniorenheim La Ultima Fermata liegt am Rand von Mestre. Man biegt von der Straße nach Zelarino unmittelbar nach einer scharfen Kurve rechts in einen schmalen Weg ein, fährt zwei Kilometer und hofft dabei die ganze Zeit, dass kein Auto oder gar ein Mähdrescher entgegenkommt. Nachdem man eine kleine Brücke überquert hat, liegt auf der rechten Seite der Gebäudekomplex.

La Ultima Fermata erinnert Morello eher an einen modernen Campus als an ein Altersheim. Es besteht aus mehreren kleinen Bungalows, die sich um ein größeres Gebäude mit Flachdach gruppieren, das wohl die zentralen Einrichtungen – Küche, Verwaltung, medizinische Versorgung – beherbergt. Ein Eingang mündet in den Garten, den Morello von den Fotos kennt, die Zolan ihm gezeigt hat. Die Klanginstallation mit den farbigen Holzkörpern ist von dem Zivilfahrzeug aus, in dem er und Zolan sitzen, gut zu sehen.

»Wir sollten die Festnahme so durchführen, dass die alte Frau es nicht mitbekommt«, sagt Zolan.

»So viel Einfühlungsvermögen habe ich nicht von dir erwartet.«

»Sie können sich Ihren Zynismus sparen, Commissario. Ich

ärgere mich, dass ich hier nicht gründlicher ermittelt habe und auf diese Spur gekommen bin.«
»Noch wissen wir nicht, ob der Pfleger Rizzo ist.«
»Trotzdem, Commissario, ich bin frustriert und ich schäme mich.« Zolans Stimme klingt gepresst.
Morello wirft seinem Stellvertreter einen schnellen Blick zu, um sich zu vergewissern, dass er diese Bemerkung ernst meint. Sie steigen aus und gehen zu dem Haupteingang. Die drei Polizisten, die sie mitgenommen haben, bleiben draußen stehen, um mögliche Fluchtwege abzusichern.

Im Büro der Direktorin besprechen sie mit ihr den Plan. Laura Canesti, eine etwa 45 Jahre alte Frau, energisch, schlank, fast schon mager, nickt entschlossen, als sie ihr von ihrem Verdacht gegen den Pfleger der alten Frau berichten.
»Ich hätte es mir denken können«, sagt sie. »Mario Russo, so stellte er sich vor, hatte keine Ahnung von Pflege, als er vor wenigen Tagen hier ankam. Er konnte nichts. Buchstäblich nichts. Hatte noch diese natürliche Abscheu, der alten Dame die Windeln zu wechseln. Doch er lernte sehr, sehr schnell und war von einer wirklich reizenden Hingabe zu … nun ja, wenn es die eigene Großmutter ist, muss man sich vielleicht auch nicht wundern.«
Sie drückt auf den Knopf einer Sprechanlage. »Mario Russo, kommen Sie bitte zur Direktion. Mario Russo, bitte zur Direktion.«
Morello bleibt auf seinem Stuhl sitzen. Zolan bezieht Position hinter der Tür.

Nach ein paar Minuten klopft es an der Tür.
»Sie wollten mich sprechen?«

»Ja, komm herein.«

Der Pfleger tritt zwei Schritte vor.

»Du hast Besuch. Diese beiden Herren möchten dich sprechen.«

Morello dreht sich zu ihm um.

Für einen kurzen Augenblick sieht er das jähe, erkennende Aufblitzen in den Augen des jungen Mannes. Dann hat er sich sofort wieder unter Kontrolle. Zolan hat die Tür geschlossen und wartet.

Morello geht auf ihn zu. »Pietro Rizzo, ich verhafte dich wegen des Verdachts, Francesco Grittieri ermordet zu haben. Alles, was du ab jetzt sagst, kann …« Mit einer schnellen Bewegung greift er an den Bart des Pflegers und zieht.

Der Mann stößt einen Schmerzensschrei aus und hält Morellos Hand fest.

Der Bart geht nicht ab.

Der Pfleger ist nicht Pietro Rizzo.

So eine Scheiße, denkt Morello.

»Was machen Sie denn da?«, schreit die Direktorin und springt hinter ihrem Schreibtisch auf. »Sie tun ihm weh!« Wütend läuft sie auf Morello und den Pfleger zu.

»Es tut mir leid«, stammelt Morello. »Entschuldigung. Es war ein Missverständnis.«

»Ich werde mich über Sie beschweren«, sagt die Frau und legt schützend die Arme um den Pfleger.

Da mischt sich Zolan ein. »Nicht so zögerlich, Herr Kommissar«, sagt er.

Er geht zu dem Pfleger, der sich im Arm der Direktorin die Wange reibt. Blitzschnell greift er ihm ins Gesicht, packt die Haare und zieht mit aller Kraft. Sein Gesicht ist dabei vor Anstrengung völlig verzerrt.

Es gibt ein hässliches, ratschendes Geräusch, als sich der Bart von Pietro Rizzos Gesicht löst.

»Du musst jetzt nicht frustriert sein«, sagt Morello, als sie über die Brücke zurück in das Kommissariat fahren. »Du hast hart an der Fahndung nach Rizzo gearbeitet. Ich mache dir einen Vorschlag.«

»Doch, ich bin frustriert und ich schäme mich sehr, Commissario. Ihnen ist die Sache mit dem Privatpfleger aufgefallen, mir nicht. Ich bin wütend über mich selbst.«

»Cazzo, der dämliche Süditaliener. Zolan, ich habe eine alte Mutter. Meine Schwester Giulia kümmert sich um sie. Ich könnte keinen Privatpfleger bezahlen. Es war Zufall, dass mir das aufgefallen ist.«

»Sie wissen genauso gut wie ich, dass es kein Zufall war.«

»Ich wollte dir einen Vorschlag machen.«

Zolan schweigt.

»Du kannst alles Lob von Lombardi und Perloni für dich haben. Lass mich aus dem Spiel. Verbuche es als deinen Erfolg. Du hast es verdient.«

Zolan schaut ihn von der Seite an. »Das würden Sie machen?«

»Unter einer Bedingung: keine blöden Bemerkungen mehr über die dämlichen Süditaliener.«

Zolan lacht.

»Du lachst«, sagt Morello. »Das habe ich bei dir nicht so oft gesehen. Das ist doch ein guter Anfang. Einverstanden?«

»Die Kollegen bringen Rizzo gerade ins Untersuchungsgefängnis. Ich würde Sie gerne zu einem Espresso …«

»Doppio«, unterbricht Morello.

»… zu einem Espresso doppio einladen. Es wäre eine große Ehre für mich. Dann rufe ich Lombardi an.«

Morello streckt ihm die Hand entgegen.

Zolan schlägt ein.

12. TAG
SONNTAG

Kling-dong, kling-dong, kling-dong.

Morello zieht die Decke über den Kopf.

Kling-dong, kling-dong, kling-dong.

Das darf nicht wahr sein! Heute ist doch Sonntag.

Sein freier Tag.

Genervt packt Morello das Kissen und drückt es sich auf den Kopf.

Kling-dong, kling-dong, kling-dong. Er hört die dämlichen Kirchenglocken immer noch.

Morello stellt ein Bein auf den Boden, dann, immer noch mit geschlossenen Augen, das andere. Er taumelt in die Küche, und immer noch im Halbschlaf hört er diesen schrecklichen Lärm.

Kling-dong, kling-dong, kling-dong.

Ohne nachzudenken nimmt er die Kaffeemaschine aus dem Regal, schraubt sie auf, füllt Wasser in den unteren Behälter, mahlt die Kaffeebohnen, schüttet das Pulver in das Sieb, schraubt alles wieder zusammen, stellt die Kaffeemaschine auf den Herd, dreht den Gashahn nach rechts, sieht, wie die blauen Flammen züngeln, überlegt, ob er sich noch einmal ins Bett legt, bis der Kaffee fertig ist, verwirft diesen Gedanken aber wieder, weil er immer noch diesen Lärm hört: Kling-dong, kling-dong, kling-dong.

Langsam wird er wach. Eine elende Weise, an einem arbeitsfreien Tag aufzustehen.

Morello geht ins Wohnzimmer, sucht eine CD und legt sie in

den Player. Er dreht die Lautstärke auf und geht wieder in die Küche.

Fabrizio De André singt: »Don Raffaè«.

Yeah, das gefällt ihm.

Lauthals singt er mit.

Io mi chiamo Pasquale Cafiero
E son brigadiero del carcere oiné
Io mi chiamo Cafiero Pasquale
E sto a Poggio Reale dal cinquantatré
E al centesimo catenaccio
Alla sera mi sento uno straccio
Per fortuna che al braccio speciale
C'è un uomo geniale che parla co' me.

Ich heiße Pasquale Cafiero
Und ich bin Brigadier des Oiné-Gefängnisses
Ich heiße Cafiero Pasquale
Und ich bin seit dreiundfünfzig bei Poggio Reale
Nach Hunderten Schlössern
Abends fühle ich mich wie ein Lappen
Zum Glück in der speziellen Gefängnisabteilung
Gibt es einen brillanten Mann, der mit mir spricht.

Er freut sich über das erlösende Geräusch der Bialetti-Kaffeemaschine. Er nimmt sie vom Herd, schnappt sich eine Tasse aus dem Schrank, schlurft ins Wohnzimmer und setzt sich an den Tisch. Das Kling-dong der Glocken vermischt sich mit der Musik. Irgendwie passen sie zusammen. Er trinkt einen Schluck Kaffee.

Ah che bell' 'o café
Pure in carcere 'o sanno fá
Co' a ricetta ch'a Ciccirinella
Compagno di cella
Ci ha dato mammà.

Ah, wie gut schmeckt der Kaffee
Selbst im Gefängnis können sie ihn machen
Dank des Rezepts von Ciccirinella
Kumpel aus der Zelle
Das die Mamma ihm gab.

Ein freier Tag! Wäre er noch in Cefalù, wäre er von der Kaserne aus zu seiner Mutter gefahren. Er hätte sie am Arm genommen, und zusammen mit Giulia wären sie zur Kirche gegangen. Jetzt sitzt er hier in dieser fremden Stadt. Obwohl, das muss er zugeben, so richtig fremd ist sie ihm nicht mehr. Kopf, Bauch und Schwanz – Venedig. Und er wohnt im Schwanzviertel. Das gefällt ihm.

Er sieht zum Fenster hinaus. Die Sonne ist schwach, aber es wird heute warm werden. Einige ältere Frauen sind auf dem Weg zur Kirche. Er geht ins Bad, duscht, rasiert sich und schaut erneut zum Fenster hinaus. Eine Familie mit zwei Kindern erscheint. Morello zieht seinen Anzug an. Mit einer schwungvollen Bewegung setzt er die Coppola auf und verlässt die Wohnung.

Die Kirchenglocken schweigen. Der Herr sei gepriesen. Er geht den Weg unter den Schatten spendenden Pappeln zum Kirchenportal und tritt ein. Vor den Kirchenbänken erstreckt sich eine freie Fläche mit rot-weiß gemusterten Fliesen, darüber eine große weiße Kuppel; eine kleinere, bunt bemalte Kuppel wacht über dem Altar. Es ist eine helle, freundliche Kirche. Morello setzt sich in eine der hinteren Bänke und sieht sich um.

Es sind nicht viele Gläubige, die an diesem Sonntagvormittag den Weg in die Kirche gefunden haben. Die meisten Besucher sind ältere Damen, die in den ersten drei, vier Bankreihen sitzen. Morello muss an seine Mutter denken. Sie würde gut zu diesen Ladys passen, mit ihren hellen, sorgsam gebügelten Blusen, den dunklen Röcken, den grellgrünen oder blauen Fächern, mit denen sie sich in unterschiedlichem Tempo Luft zuwedeln, je nachdem, wie spannend das Gespräch mit der Nachbarin gerade ist. Ein Mann im Rollstuhl, kaum älter als fünfzig Jahre, wird von einer jungen Frau in die Kirche geschoben. Er wird von den Damen lebhaft begrüßt, der Mann lächelt beseelt, die junge Frau, die ihn schiebt, studiert aufmerksam ihr Smartphone.

Ein Küster kommt aus der Sakristei, legt ein Blatt auf den Ambo und rückt das heilige Buch am Altar zurecht. Dann greift er zu einem silbernen Glöckchen. Hell und heiter schallt es durch den großen Raum.

Die kleine Gemeinde steht auf und singt ein Kirchenlied.

Der Priester erscheint, in ein grünes Gewand gekleidet. Er geht eilig zum Altar, stimmt in das Lied ein, dann wendet er sich den Besuchern zu und erteilt ihnen seinen Segen.

Einige Nachzügler tauchen auf. Eine Familie mit zwei Kindern geht mit eiligen Schritten an ihm vorbei und setzt sich in die Bank vor ihm. Ein älteres Paar kommt ebenfalls zu spät und erntet missbilligende Blicke. Man scheint sich zu kennen in dieser Gemeinde. So wie in Cefalù, wo die Kirche auch Treffpunkt der alten Leute aus dem Ort ist. Der einzige Ort, an dem seine Großmutter Rosa ihre alten Freundinnen trifft, zumindest jene, die noch leben.

Glaubt er an Gott? Morello ist sich da nicht sicher. Vielleicht. Wenn es ihn gäbe, dann wäre es hilfreich für alle, er würde ein Zeichen setzen. Er denkt an seinen Religionsunterricht. Der Pfarrer hat die Kinder geschlagen. Morello spürt für einen Augenblick erneut den Schmerz, wenn der Schlag mit Zeige- und Ringfinger unversehens hinter sein Ohr traf. Es tat höllisch weh. Daran erinnert er sich gut.

Plötzlich stehen alle auf. Der Pfarrer betet, die Gemeinde spricht nach.

Mea culpa,
mea culpa,
mea maxima culpa.

Durch meine Schuld,
durch meine Schuld,
durch meine übergroße Schuld.

Er fühlt plötzlich, wie Tränen über sein Gesicht rollen. Durch seine übergroße Schuld lebt Sara nicht mehr. Er würde diese Schuld bis zu seinem letzten Atemzug spüren; die Last tragen. Jeden Tag. Einsam sein bis ans Ende seiner Tage. Allein. In einer fremden Stadt. In einer Stadt, deren Probleme riesengroß sind. Ich möchte nach Hause.

Nach Cefalù.

Doch dort warten die Killer auf ihn.

Eine ältere Frau tritt vor das Mikrofon neben dem Altar und berichtet der Gemeinde, dass sie Gott im Gebet finde. Ein Mann, auch er hat die siebzig sicher schon erreicht, geht mit unsicheren Schritten ebenfalls zum Mikrofon und sagt, er habe keine Angst vor dem Tod. Er sei bereit. Er habe gesündigt, doch der Herr habe ihm seine Sünden vergeben. Dann geht er mit den gleichen unsicheren Schritten zurück und setzt sich in die erste Bank.

Es wird mehr geredet im Gottesdienst als früher. Als er noch ein Kind war, sprach nur der Priester. Nicht Sizilianisch, sondern nur Latein.

Nun spricht der Priester. Er zitiert etwas aus dem Korintherbrief. Morello hört nicht zu, sondern verfängt sich in seinen eigenen Überlegungen. So wie er sich früher bei Predigten in sein Inneres zurückgezogen hat. In Tagträume. In Überlegungen über Gott und die Welt. Macht die Kirche bessere Menschen aus den Gläubigen? Morello wiegt das Dafür und das Dagegen ab. Diese alten Leute haben einen Platz, an dem sie sich treffen, sich vergewissern, dass sie noch da sind, noch leben. Es hilft ihnen vermutlich, dem Ende entgegenzusehen oder vielleicht auch das Unvermeidliche anzunehmen.

Andererseits hasst er die Kirche, weil sie mit dem Verbrechen kooperiert, sogar ein Teil davon ist. Don Michele hat in Cefalù immer einen reservierten Ehrenplatz ganz vorne, nahe am Altar, gehabt. Jeden Sonntag war dieser Schwerverbrecher vom Pfarrer mit beiden Händen begrüßt worden.

Der Glaube sei kein Supermercato, predigt der Pfarrer gerade auf der Kanzel. Allein die heilige Mutter Kirche kann den Weg weisen zu wahrer Spiritualität.

Dem kleinen Mädchen vor ihm ist langweilig. Es schmiegt sich an seine Mutter. Es möchte etwas sagen, doch die Mutter hält einen Finger vor ihren Mund. Dem Kind fallen das Stillsitzen und Zuhören schwer. Auch die Mutter hört nicht zu. Sie scheint in ihre eigenen Gedanken versunken und fächelt ihrer Tochter Luft zu, ohne sie dabei anzuschauen.

Dann erneuter Gesang, die unvermeidliche Kollekte. Die heilige Mutter Kirche nimmt auch Kleingeld.

Amen.

Morello steht auf und geht ins Freie.

Es ist ein schöner Platz vor der Kirche. Die großen Platanen gefallen ihm, der Lärm der Zikaden, der Blick auf die roten Mauern von Arsenale, die Brücke und die Boote am Kai.

»Herr Kommissar, ich bin sehr froh, dass ich Sie persönlich kennenlerne.«

Morello dreht sich überrascht um.

Eine der Frauen streckt ihm die Hand entgegen. Graue Haarsträhnen, sorgfältig gelegt, große Brille, dahinter freundliche braune Augen, wach und interessiert. Sie ist klein, reicht Morello gerade bis zur Brust. Aber energisch, daran lässt sie keinen Zweifel.

Morello nimmt ihre Hand. Er kann ihre Knochen spüren, jeden einzelnen, ihre Haut ist fleckig und dünn, aber die Handflächen sind fest und rau.

»Sie kennen mich nicht. Ich habe schon zweimal Ihre Wohnung geputzt. Vielen Dank für das Geld. Es ist viel zu viel, aber ich kann es gut gebrauchen.«

»Sie sind Claudios Großmutter? Nonna Angela?«

»Si«, bestätigt sie. »Ich bin Nonna Angela. Ich bin froh, dass

Claudio ab und zu etwas für Sie tun kann. Er ist ein guter Junge.«

Sie laufen ein Stück unter den Platanen entlang.

Die Frau hakt sich bei ihm unter. »Mein Kreislauf ... Manchmal ist mir schwindelig. Man kommt in die Jahre ...«

Morello merkt, wie sie ihn mit leichtem Druck am Arm zu dem schiefen Turm lenkt. Dort haben sich bereits ein Dutzend älterer Frauen versammelt. Einige sitzen auf den Vorbauten des Turms und unterhalten sich, andere haben Stühle aufgestellt.

»Angela«, ruft eine der Damen mit rauer Stimme, »sag bloß: Hast du uns jetzt diesen jungen Mann weggeschnappt? Feiern wir bald eine Hochzeit?«

Die Verlegenheit von Claudios Großmutter bereitet Morello großes Vergnügen. Er nimmt die alte Dame in den Arm und winkt den Frauen zu: »Noch nicht! Wir können uns einfach nicht einigen, welche Ringe wir kaufen sollen. Angela besteht auf einem Diamanten.«

Allgemeines Lachen.

»Recht so«, ruft eine. »Das hätte ich auch tun sollen. Ich hab für weniger jeden Tag das Haus geschrubbt.«

»Dort drüben wohne ich«, sagt Nonna Angela und weist auf einen Bau, der sich direkt an die Kirche anlehnt. »Das war einmal der Palast des Patriarchen von Venedig. Lange her. Dann war es eine Kaserne. Heute ist es baufällig, aber die Stadtverwaltung meint, der Bau sei für ältere Leute gut genug.«

Sie zieht ihn am Arm. Über einen gepflasterten Durchgang gelangen sie in einen Innenhof mit Kreuzgang. Aus den hellen Quadern auf dem Boden quält sich büschelweise Gras und Löwenzahn. Ein trocken gefallener alter Brunnen aus hellem Stein steht in der Mitte des Platzes. Der Kreuzgang, gestaltet mit wunderschönen, aber teilweise abgebrochenen Halbbögen, befindet sich in einem desolaten Zustand.

Nonna Angela weist auf ein offen stehendes Fenster, aus dem ein Vorhang weht.

»Da wohnen Claudio und ich«, sagt sie. »Die Stadt lässt alles

verrotten. Wenn etwas kaputtgeht, müssen wir es selbst reparieren. Zum Glück kennt sich Claudio mit vielen Dingen aus.«
»Das tut er«, bestätigt Morello.
»Die Stadt wartet, bis wir tot sind. Ich wette, danach machen sie ein Luxushotel daraus. Schade, dass ich dann nicht mehr da bin, um mich zu wehren.«
Sie gehen zurück zu den anderen Frauen.
Als Morello sich nach zwei Stunden von ihnen verabschiedet, fühlt er sich so jung wie noch nie in Venedig.

Morello geht über die Brücke San Pietro, biegt rechts auf die Salizada Streta und läuft bis zum Ponte dei Pensiere. Er überquert die kleine Brücke in den Garten. Langsam geht er bis zur Bank, wo ihn vorgestern Silvia so überraschend geküsst hat. Er setzt sich an den Rand des Canale und schaut zu dem traurigen Turm.
Es war ein langer, schöner Kuss. Es kommt ihm vor, als spüre er ihn immer noch. Als sie lächelnd ihr Gesicht zurückzog, strich sie ihm mit einer zärtlichen Geste übers Gesicht. Dann stand sie auf und ging.
Er war sitzen geblieben, noch ganz betäubt. Jetzt, da er das Gefühl dieses Kusses wieder in sich wachruft, kann er sich nicht mehr erinnern, wie lange er noch auf der Bank sitzen geblieben war. Es war schon dunkel gewesen, und die Möwen kreischten nicht mehr, als er aufgestanden und in seine Wohnung zurückgegangen war. Ganz leicht war er sich vorgekommen. Er hatte noch ein schwaches Licht hinter Silvias Fenster im Erdgeschoss gesehen, aber er unterdrückte den dringenden Wunsch, auf ihre Klingel zu drücken. Er wollte allein sein, und vielleicht ging es ihr auch so.
Erst als er mit einem Glas Rotwein auf seiner Couch saß, sich immer noch verzaubert fühlte von allem, was er an diesem Tag erlebt hatte, brach das schlechte Gewissen über ihn herein wie

ein Sturzbach im Frühling. Er hatte den ganzen Tag nicht an Sara gedacht. Nun kam er sich vor, als habe er sie verraten. Und er fürchtete sich vor der Nacht und seinen Träumen.

Doch nun sitzt er erneut in diesem Garten, in dem er Sara verraten hat. Es ist Zeit, Ordnung in seine Gedanken und sein Leben zu bringen.

Es geht um Schuld, natürlich. Mea maxima culpa, um seine übergroße Schuld. Er fühlt sich wie eine Figur aus Dantes »Göttlicher Komödie«, die im Fegefeuer auf seinen Urteilsspruch wartet. Schuldig oder unschuldig. Einzug ins Paradiso oder ewige Verdammnis in der Hölle. Er ist ein Angeklagter, der auf sein Urteil wartet.

Ist er schuld, dass er nach Venedig geschickt wurde? Ist er schuld, dass Zolan, Rogello, Perloni und halb Venedig ihn nicht als Kommissar haben wollen? Ist er schuld, dass zwei Mafiakiller erschossen wurden? Ist er schuldig, weil er Silvia geküsst hat, obwohl er immer noch Sara liebt und immer lieben wird? Vor allem: Ist er schuld an Saras Tod?

Wenn er die letzte Frage objektiv beantwortet, ist die Antwort eindeutig. Er ist schuldig. Schuldig, schuldig, schuldig. Niemand kann sein Leben dem Kampf gegen die Cosa Nostra widmen und dann glauben, er könne ein glückliches Leben führen. Nicht einmal ein normales Leben. Er wusste es. Doch die Liebe hatte ihn geblendet. Er hatte tatsächlich gedacht, ein freier Hund könne auch die Liebe leben.

Er könne Vater werden.

Er sah nichts außer schwarzen, grauen und hellen Flecken auf dem Ultraschallbild. Schatten, die sich bewegten und die für ihn keinen Sinn ergaben. Bewegungen, die ihn überwältigten; ihm Tränen in die Augen trieben, ihm das Glück und die Begeisterung bis in die hinterste Herzkammer pumpten. Sara sah sich das Hin und Her auf dem Bildschirm mit gerunzelter Stirn an, als wisse sie nicht, was sie davon zu halten habe. Die Cosa Nostra war ihm in diesem Augenblick völlig schnurz. Alles würde gut werden. Er war ein Idiot.

Im Unterschied zur göttlichen Komödie ist sein Leben ein Abstieg. Er war schon im Paradies. Nun ist er im Fegefeuer. Der nächste Schritt würde das Inferno sein. Doch nie mehr wieder würde er einen Menschen mit in den Abgrund reißen.

Auch nicht Silvia.

Nie mehr wieder.

Er hat sein Leben einer Sache gewidmet.

Sein Leben. Nicht das Leben von irgendjemand anderem.

Die frische, salzige Luft erinnert ihn an Cefalù. Er hebt den Kopf. Er hat eine Entscheidung getroffen. Er wird niemanden mehr in Gefahr bringen.

Diese Entscheidung erleichtert ihn. Aber sie füllt ihn auch mit Wehmut und einem tiefen Schmerz in der Brust. Er atmet noch einmal tief ein und aus.

Sizilien. Alles, was mit Sizilien zu tun hat, kann er nur in Sizilien erledigen. Er wird Sara rächen. Er wird nicht eher ins Inferno absteigen, bis er ihren Mördern Handschellen angelegt hat.

Auch dies ist eine Entscheidung, die er auf dieser Parkbank trifft.

Auf der ihn vorgestern eine hinreißende Frau geküsst hat.

Er vertreibt die Erinnerung daran.

Jetzt ist er in Venedig. Jetzt muss er den Fall Grittieri lösen.

Alles andere wird folgen.

Was weiß er über diesen Fall?

Er zieht sein Notizbuch aus der Tasche und schreibt:

Sicher ist:
Die Tatwaffe war ein Messer.
Eleonora Grittieri verdient am Hafengeschäft.
Der Anwalt Carini ist ein Mann der Mafia und hat Verbindungen zur Familie Grittieri.
Pietro Rizzo ist verhaftet worden; die Indizien

sind für eine Verurteilung ausreichend; in seiner Wohnung wurde die Tatwaffe mit Blutspuren gefunden.

Pietro Rizzo hat ein Bündel von Motiven für die Tat. Allerdings sind es eher schwache Motive.

Er war eifersüchtig auf Francesco Grittieri, und sie haben sich häufig heftig gestritten.

Die Aktionen der »Studenti contro navi da crociera« schadeten dem Hafengeschäft.

Mario Carli und Fausto Milo haben Francesco Grittieri verprügelt.

Die Kreuzfahrtschiffe bringen einigen Leuten sehr viel Geld.

Das sind die Fakten. Und jetzt die Vermutungen.

Francesco Grittieri wurde vermutlich mit zwei verschiedenen Messern getötet. Wahrscheinlich waren es zwei Täter.

Alberto Grittieri hat die Leiche seines Sohnes einer gründlichen Autopsie entzogen.

Der Mord von Francesco Grittieri hat mit dem Hafengeschäft zu tun.

Wenn die Mafia mit dem Anwalt Carini damit zu tun hat, geht es um die vier wichtigsten Geschäftsfelder der Mafia: Drogen, Waffen, Kunstschätze, Bauwirtschaft. Oder um Geldwäsche.

Doch vielleicht ist es so, wie Lombardi gesagt hat: Manchmal sind Fälle einfach zu lösen. Pietro Rizzo war eifersüchtig und hat den jungen Grittieri getötet. Schluss, Ende, aus. Er schüttelt den Kopf. Etwas gefällt ihm nicht an diesem einfachen Schluss. Vielleicht erfährt er morgen durch die Untersuchung der Festplatte mehr. Er steht auf und läuft langsam durch den Garten zurück. Man wird sehen.

Er fühlt sich besser.

Er hat Entscheidungen getroffen.

Doch sein Körper scheint seine Entschlüsse noch nicht akzeptiert zu haben; denn sobald er an Silvia denkt, atmet er schneller ein und aus.

Als er seine Wohnung betritt, knurrt sein Magen. Er stellt eine Pfanne auf den Herd, gießt Olivenöl hinein, eine klein geschnittene Knoblauchzehe, lässt sie kurz braten, wirft dann einige Kirschtomaten hinein und dreht das Gas herunter. Er holt einen Topf, füllt ihn mit Wasser und stellt ihn auf die zweite Flamme. Eine Viertelstunde später füllt er sich die Spaghetti auf einen Teller.

13. TAG
MONTAG

»Buongiorno, Commissario. Einen Espresso?«, fragt Viola Cilieni.

»Grazie.«

»Gerne. Der Vice Questore hat mir heute Morgen eine Mappe gegeben. Er sagte etwas von einer Festplatte. Ich habe die Mappe auf Ihren Schreibtisch gelegt.«

»Danke.«

Morello geht in sein Büro. Da liegt sie, eine blaue Mappe. Ohne Adresse. Ohne Stempel. Ohne Absender. Er fragt sich, wie Lombardi es in dieser kurzen Zeit geschafft hat, diese Festplatte auswerten zu lassen. Carabinieri? Vielleicht Militärgeheimdienst. Er setzt sich an den Schreibtisch und öffnet vorsichtig die Mappe. Es hängt viel davon ab.

Jeder denkt: In der schönsten Stadt der Welt gibt es keine Mafia. Korruption, das schon, wie überall auf der Welt. Aber keine Mafia, hier bist du sicher.

Er hat diese Geschichte nie geglaubt.

Entweder er hat recht, oder er bildet sich alles ein. Er sieht die Mafia überall, weil er bereits verrückt geworden ist. Seine Hand zittert.

Er zwingt sich, ruhig zu sein.

Achtsamkeitsübung – von Sara gelernt.

Er befeuchtet die Kuppe seines rechten Zeigefingers

Obwohl er nervös ist, setzt er sich ruhig an den Schreibtisch. Er schlägt die Mappe auf. Auf der ersten Seite findet er eine handgeschriebene Notiz.

Dies ist die erste Lieferung der Daten der externen Festplatte, die Daten der letzten beiden Monate. Weitere Informationen folgen, doch dazu brauche ich mehr Zeit. Es war nicht einfach.

Er ist aufgeregt. Morello zwingt sich, ruhig und systematisch die Unterlagen durchzulesen. Ein Blatt nach dem anderen. Bankauszüge. Dauerauftrag für die Miete. Stromabrechnungen. Kreditkartenabrechnungen. Posten für Posten prüft er, macht sich Notizen. Der Anwalt bezahlte 25 000 Euro für eine Uhr von Patek Philippe. Buchungen für Flüge nach Palermo, Rom und Zürich. Unzählige Restaurantrechnungen. Ein Dauerauftrag von 3 200 Euro an einen Marco Rosso, vermutlich seinen Liebhaber. Anzüge von Brioni und Armani scheint er zu bevorzugen. Ein weiterer Dauerauftrag für Strom. Einer fürs Internet. Er bezahlt mit seiner Visa-Karte in Schuhgeschäften, im Feinkostladen, in einer Vinothek (drei Kisten Barolo), in der Apotheke. Es gibt Kosten für Wassertaxis, Hotelabrechnungen in Rom und Zürich, viel Geld für ein luxuriöses Leben.
Doch wo kommt das Geld her? Morello sucht. Er blättert vor. Er blättert zurück. Dann findet er Überweisungen größerer Beträge auf Carinis Konto bei der Vatikanbank.
Doch dann sieht er es. Es ist eine Überweisung der Firma P. O. R. T. S. Srl. an die Kanzlei Carini: 400 000 Euro. »Für Rechtsberatung«, steht auf der zugehörigen Rechnung 342/2019. Noch am gleichen Tag überwies Carini den Betrag auf sein Vatikanbankkonto.
Der Kreis schließt sich.
Es folgen E-Mails. Verabredungen zum Abendessen. Buchungen von Hotels. Schlüpfrige Nachrichten an Marco Rosso. »Ich vermisse dein Vögelchen, dein Adler.« Mein Gott. Du bist kein Adler. Du bist ein hässlicher Vogel. Einer mit nacktem Hals. Einer, der sich vom Aas ernährt.

Der Terminkalender. Termine in seiner Kanzlei in Palermo. Nicht immer ist klar, welche Besprechungspunkte sich hinter den Abkürzungen verbergen. Abendessen. Treffen in Züricher Schwulenlokalen.
Dann ein Eintrag für den heutigen Tag, der ihn sofort hellwach macht.
Datum: Montag, 21. September 2019. *Il Carico 19. Terminal 117. Nave Alessandria.*
Il Carico, die Lieferung, am Terminal 117. Schiff Alexandria.
Er ruft die Internetseite des Hafens auf.
Es kommt kein Schiff namens Alexandria an.
Mist.
Nur die MS Mare, ein großes Kreuzfahrtschiff, wird gegen Abend erwartet.
Morello checkt die Route des Schiffes.
Es kommt von Beirut, dann Alexandria (Ägypten), Palermo, Venedig.
Yes! Das ist es. Treffer!
Heute Abend! Heute Abend kriege ich dich.
Morello steht auf, nimmt die Mappe mit und geht.

Ohne anzuklopfen stürmt er in das Büro des Vice Questore.
»Signor Vice Questore, ich brauche heute Abend alle verfügbaren Kräfte für einen Großeinsatz im Hafen. Die Mafia bringt heute eine größere Lieferung nach Venedig. Ich brauche Überwachungseinheiten …«
Er wirft den Ausdruck aus Carinis Terminkalender auf Lombardis Schreibtisch. Lombardi liest das Papier und bleibt im Gegensatz zu Morello völlig ruhig. Er streicht sich über seinen Bart.
»Buongiorno, Commissario. Setz dich. Was liefert uns die Mafia?«
»Wie meinen Sie das?«

»Wie ich das meine? Das war doch eine klare Frage, Morello: Was liefert deiner Meinung nach die Mafia heute Abend? Kokain? Schnellfeuergewehre?«

»Ich weiß es nicht, Signor Vice Questore. Doch sie liefert ganz sicher etwas. Lesen Sie den Eintrag in diesem Terminkalender.«

Lombardi beugt sich wieder auf das Papier.

»Das kann alles heißen, Morello. Oder nichts. Vielleicht kommt eine Frau mit dem schönen Namen Alexandria am Terminal 117 an. Vielleicht die Schwester.«

Lombardi holt die Festplatte aus seiner Schreibtischschublade und legt sie vor Morello auf den Schreibtisch. »Wir fangen ganz vorne an. Wie kamst du zu dieser Festplatte?«

»Sie wurde mir zugespielt.«

»Zugespielt, so. Sie gehört dem Rechtsanwalt Carini. Das ist ein unbescholtener Bürger. Keine Vorstrafen. Keine Einträge im Mafia-Register. Nichts.«

»Er ist ein Anwalt der Cosa Nostra. Vermutlich ihr Geschäftsführer in Venedig.«

Lombardi schaut Morello ernst in die Augen. »Woher weißt du das?«

»Von einem Vertrauensmann aus Sizilien.«

»Dessen Namen du mir nicht verraten kannst?«

»Leider nicht. Aber er ist zuverlässig. Die Information stimmt.«

»Weißt du, was ich glaube, was wirklich stimmt?«

»Sagen Sie es mir.«

»Ich glaube, dass du jetzt völlig durchdrehst. Du bist besessen von der Mafia. Du siehst sie überall. Sogar hier in Venedig. Ich verstehe das, sie haben deine Frau in die Luft gesprengt.«

»Und mein ungeborenes Kind.«

»Oh, das wusste ich nicht. Das tut mir sehr leid.«

Er steht auf, geht zum Fenster, holt eine Schachtel Zigaretten aus der Brusttasche, überlegt es sich anders, steckt die Schachtel wieder zurück, geht zu Morello und legt ihm mit einer väterlichen Geste die Hand auf die Schulter.

»Es ist eine schwere Zeit für dich. Ich weiß das. Aber du musst endlich diese schreckliche Zwangsneurose ablegen, die dich hinter jeder Ecke die Mafia lauern sieht.«

»Zwangsneurose?«

Lombardi zieht die Hand von seiner Schulter zurück. »Ja, du hast eine Zwangsneurose. Deshalb bist du hier. Du bist in Venedig. Wir haben reichlich Probleme in dieser Stadt, aber die Cosa Nostra gehört nun mal nicht dazu. Dem Himmel sei Dank.«

»Ich wurde hierher versetzt, damit ich meine Zwangsneurose kuriere? Bin ich deshalb in Venedig?«

»Ja, verdammt noch mal. Du machst alle verrückt mit deinem Mafiaspleen. Deine Leute beschweren sich bei mir. Sei froh, dass Zolan diesen Rizzo festgenommen hat. Schließ den Fall endlich ab!«

»Heute Abend landet ein Kreuzfahrtschiff im Hafen und bringt eine vermutlich gefährliche, auf jeden Fall aber illegale Ladung nach Venedig.«

»Welche Beweise hast du, verdammt noch mal? Dieses Papier ist sicher kein Beweis.«

»Mein Instinkt sagt mir das.«

»Dein Instinkt, soso. Und was soll ich deiner Meinung nach tun?«

Morello atmet auf. Er erläutert dem Vice Questore in ruhigen Worten seinen Plan. Lombardi hört ihm aufmerksam zu.

Als Morello fertig ist, lehnt er sich zurück und sieht Lombardi an. Der Vice Questore hat den Blick gesenkt und streicht sich mit der rechten Hand über seinen Bart.

Dann sieht er auf. »Du bist völlig übergeschnappt. Wegen deines Spleens soll ich die größte Polizeiaktion einleiten, die ich in Venedig jemals kommandiert habe. Was, glaubst du, würde Perloni dazu sagen?«

»Ich schlage vor, wir informieren den Questore erst nach dem Ablauf der Aktion.«

Lombardi lacht trocken. Das Lachen geht in heiseres Husten über.

»Du verlangst von mir ernsthaft, ich soll meinen Job riskieren wegen deiner fixen Ideen? Das ist nicht normal, Morello. Du kannst gehen.«

Morello steht auf, geht zur Tür und dreht sich noch einmal um. »Signor Vice Questore, Sie und ich, wir sind beide Polizisten. Wir haben geschworen, Gesetz und Recht zu verteidigen. Nun kommt einer Ihrer Kommissare zu Ihnen und teilt Ihnen mit, dass ein Verbrechen geschehen wird. Er weiß es. Er spürt es. Mit jeder Faser seines Polizistenherzens ist er überzeugt, dass heute Abend etwas Wichtiges geschieht. Ihr Kommissar hat nur einen Hinweis, vielleicht keinen Beweis, aber einen sehr deutlichen Hinweis. Und was machen Sie? Sie werfen diesen Polizisten, der nach bestem Wissen und Gewissen seinen Beruf ausübt, aus Ihrem Büro? Ist das übrig geblieben von Ihrem Eid? Sind Sie wirklich noch ein Polizist?«

Lombardi sieht von seinem Schreibtisch auf und knurrt: »Raus. Sofort! Ich will dich heute nicht mehr sehen.«

Morello geht von Büro zu Büro. Zu jedem sagt er: »In einer halben Stunde im Besprechungsraum.«

Als alle am Tisch sitzen und einen Kaffee genommen haben, steht er auf. »Es ist eine ernste Situation. Nach meiner festen Überzeugung liefert die Mafia heute Abend mit dem Kreuzfahrtschiff MS Mare eine illegale Fracht in Venedig an. Ich sage euch gleich zwei Dinge. Ich weiß nicht, was geliefert wird, ob es Drogen oder Waffen sind, die da geliefert werden. Zweitens, Lombardi ist gegen die Operation. Ich übernehme die Verantwortung. Falls wir keinen Erfolg haben, kann es Ärger geben.«

»Kommissar«, fragt Zolan gedehnt, »stiften Sie uns gerade zu einem Dienstvergehen an? Das kann nicht Ihr Ernst sein! Auf mich können Sie dabei auf keinen Fall rechnen.«

»Wenn es schiefgeht – und es kann schiefgehen –, werde ich

sagen, ich habe den Einsatz befohlen und ihr alle wusstet nicht, dass Lombardi dagegen ist. Weitere Einwände?«

Mario Rogello meldet sich.

»Bevor du redest, nimmst du eine andere Kaffeetasse«, faucht Anna Klotze ihn an.

Viola Cilieni klopft zustimmend auf die Tischplatte.

Rogello hat erneut eine Kaffeetasse in der Hand, aus der sich der Busen einer halb nackten Frau rekelt.

Mario wird wütend. »Anna, du kannst mich mal. Diese Tasse gefällt mir. Es ist mein gutes Recht, sie zu benutzen, sooft ich will. Bloß weil du so verklemmt bist, lasse ich mich von euch nicht in meiner persönlichen Freiheit einschränken.«

Demonstrativ fährt er mit dem Daumen über den Busen der Figur.

Anna Klotze steht auf und baut sich drohend vor Mario auf. »Gib die Tasse her!«

»Ich denke nicht daran.«

Anna Klotzes Hand schießt vor, packt Marios Ohr und zieht ihn hoch. Sie hält den Arm ausgestreckt, sodass er sie nicht erreichen kann.

»Stopp, verdammt noch mal«, schreit Morello. »Seid ihr alle wahnsinnig geworden? Anna, lass Mario los. Wir brauchen ihn noch.«

Niemand lacht.

»Mario«, fährt er fort. »Du hast recht. Du hast das Recht, diese Tasse zu benutzen. Sie ist nicht verboten. Aber du merkst doch, dass die Frauen im Team sich dadurch beleidigt fühlen. Oder?«

Anna Klotze lässt ihn los. Er wirft ihr einen wütenden Blick zu und setzt sich wieder. Anna Klotze geht zurück an ihren Platz.

»Auf dich wirft diese Tasse nicht gerade ein gutes Licht. Sie stört. Also trink deinen Kaffee aus und wirf das Ding in den Mülleimer. Wir haben einen wichtigen Einsatz zu besprechen.«

»Ich denke nicht daran.«

Da springt Zolan auf. »Doch, du denkst dran, und du wirst jetzt genau das tun, was der Commissario sagt. Ich sage euch mal

was: Wir sind kein Team. Wir waren noch nie eins. Diese dämliche Tasse ist bloß ein Ausdruck für unsere Erbärmlichkeit. Ihr habt alle in der Zeitung gelesen, wie großartig ich war, dass ich Pietro Rizzo festgenommen habe. Ich sage euch jetzt, wie es wirklich war.«
Morello sagt: »Setz dich wieder, Zolan.«
»Nein, Commissario, ich setze mich nicht. Alle an diesem Tisch sollen wissen, dass Sie es waren, der die Idee hatte, dass Rizzo sich als Pfleger versteckt. Ich fand die Idee völlig absurd. Ich dachte, der Commissario hat keine Ahnung. Aber er hatte recht. Und jetzt schlägt er wieder etwas vor, das ich – Entschuldigung, Commissario – für absolut bescheuert halte. Aber jetzt habe ich einen Verdacht. Ich habe den Verdacht, dass ich mich schon wieder irre. Ich habe den Verdacht, dass unser Commissario wieder recht hat. Und ich möchte nicht, dass Verbrecher deshalb gewinnen, weil meine Einsichtsfähigkeit beschränkt ist. Sprechen wir es doch aus: Wir alle hier haben Vorurteile. Ein Kommissar aus Sizilien! Der kann nichts taugen. Doch unsere Vorurteile verstellen uns den Blick. Ich jedenfalls bin von Ihrer Idee nicht überzeugt, aber ich bin dabei. Sie können auf mich rechnen.«
Er setzt sich wieder.
Schweigen in der Runde.
Dann klatscht Alvaro Beifall. Viola Cilieni folgt. Dann Anna Klotze.
Mario steht träge auf, in der Hand die hässliche Tasse. Langsam, mit schwerem Schritt geht er zur Tür. Er nimmt noch einen langen Schluck, dann lässt er die Tasse in den Mülleimer fallen.
Jetzt gilt der Beifall ihm.
Mario verbeugt sich mit einem ironischen Lächeln und setzt sich wieder. »Packen wir's an, Commissario«, sagt er.
»Also«, sagt Morello. »Mein ursprünglicher Plan sah den Einsatz von 120 Polizisten vor. Das können wir knicken. Nun, wir sind also nur zu sechst. Plan B funktioniert so …«

»Wie ein Liebespaar sehen wir nicht gerade aus«, sagt Morello zu Anna Klotze, als sie durch den Fischmarkt des großen Mercato Ittico Gelmare schlendern.

»Warum nicht, Commissario?«, fragt sie mit zuckersüßer Stimme zurück und legt ihren Arm um seine Hüfte.

»Ein Frau wie du, Anna, würde sich mit mir nicht einlassen.« Sie sieht mit der Würde ihrer 190 Zentimeter zu ihm herab.

»Weil du so ein schnuckeliger kleiner Süditaliener bist?« Sie bleiben vor einer Auslage mit vier großen Schwertfischen stehen. Durch die großen Fenster haben sie einen perfekten Blick auf das Terminal 117.

»Genau deshalb. In deinem Beuteschema kommen Männer wie ich vermutlich nicht vor. Die Leute um uns herum sehen das und fragen sich, was für ein seltsames Paar wir sind.«

Anna Klotze lacht rau. »Du hast keine Ahnung, was alles zu meinem Beuteschema passt, Herr Kommissar.« Sie rückt ihr Jackett zurecht, wo sich für einen Augenblick das Schulterhalfter abzeichnet. »Setzen wir uns hier an den Tisch?«

Morello nickt zustimmend. Von dem kleinen Stand aus, der Fischspeisen verkauft, können sie den kompletten Hafen überblicken.

Sie setzen sich.

»Einen Doppio für dich?«, fragt Anna Klotze.

»Gerne.«

Sie winkt den Kellner heran und bestellt zwei Espressi. Einen Doppio.

Morello rückt den Stöpsel in seinem Ohr zurecht. Auch die Waffe unter seinem Gürtel drückt unangenehm.

»Zolan, wie sieht es bei euch aus?«

»Ich sitze auf einer Bank und kann den Eingang von Carinis Wohnung gut beobachten.«

»Hervorragend«, sagt Morello. »Melde dich, wenn er das Haus verlässt.«

Er ruft Mario an.

»Hier alles klar«, sagt dieser. »Ich sitze im Freien und habe den Palazzo Grittieri im Blick. Bis jetzt nichts Ungewöhnliches. Alles ruhig.«

»Melde dich sofort, wenn Grittieri oder seine Frau das Haus verlassen.«

»Commissario?«, meldet sich Alvaro.

»Ich höre dich.«

»Die MS Mare trifft ein. Sie fährt gerade in die Lagune.«

»Bleib auf deinem Posten.«

»Ich habe Anker geworfen und den Hafen gut im Blick.«

»Es geht los«, sagt Morello zu Anna Klotze.

»Was für ein Monster«, sagt Anna Klotze, als die MS Mare langsam beidreht, um in das Hafenbecken einzufahren. Es ist, als habe sich ein New Yorker Wolkenkratzer nach Venedig verirrt. 315 Meter lang, 43 Meter breit und 70 Meter hoch, 171 598 Tonnen.

Morello betrachtet das Schiff mit offenem Mund.

Langsam schiebt sich der Koloss in das Hafenbecken. Taue werden geworfen und Minuten später ist das Schiff fest vertäut.

»Grittieri verlässt das Haus«, meldet sich Mario.

»Ist er allein?«, fragt Morello.

»Ja. Ich folge ihm.«

»Zolan?«, sagt Morello. »Irgendetwas Neues bei Carini?«

»Nein. Da rührt sich nichts.«

»Ist Licht in seinen Fenstern?«

»Nein. Ich sagte ja, da rührt sich nichts.«

Für die MS Mare wird eine riesige Gangway ausgefahren. Eine Gruppe von Passagieren versammelt sich bereits auf dem Zwischendeck.

Dem Bauch des Monsters nähert sich ein langes mobiles Förderband. Einige kräftige Männer stehen bereit, das Gepäck auszuladen. Eine Luke öffnet sich. Kurz danach wuchten die Männer

Koffer, Trolleys und Taschen auf das Förderband. Sie werden sofort ins Terminal transportiert.

Alles perfekt organisiert.

»Da! Da sind zwei alte Bekannte von uns«, sagt Anna Klotze. Sie deutet auf zwei Männer, die gegen den Strom der Passagiere über die Gangway aufs Schiff hasten.

»Das sind die beiden, die du verprügelt hast.«

Sie nickt. »Ja, Kommissar. Mario Carli und Fausto Milo.«

»Grittieri läuft in Richtung Markusplatz«, meldet sich Mario.

»Halt Abstand, aber bleib dran.«

Anna Klotze deutet auf die Mauer, die das Gelände des Marktes vom Hafen trennt. Durch ein schmales Tor ist ein Mann herausgekommen. Er bleibt kurz stehen und läuft dann direkt auf die Markthalle zu. Kurz danach sehen sie ihn, wie er direkt auf sie zukommt.

Morello sieht, wie Anna Klotze mit einem schnellen Griff den Sitz des Schulterhalfters prüft.

Er nimmt Annas Hand und streichelt sie.

»Scheiß auf das Beuteschema«, sagt Anna Klotze und küsst ihn. Der Mann wirft einen kurzen Blick auf sie und läuft dann an ihnen vorbei.

Anna ist es plötzlich peinlich. »Entschuldigung Kommissar, ich wusste nicht, was ich sonst machen sollte.«

»Ist alles o.k., Anna, das hast du sehr gut gemacht.«

Anna lächelt Morello an. Ihre Wangen sind rot geworden.

Sie sehen beide schnell hinüber zum Schiff.

Die Touristen strömen weiter über die mobile Brücke zum Terminal. Gleichzeitig laufen die Koffer auf dem Förderband.

»Kommissar«, sagt Anna Klotze aufgeregt. »Schauen Sie nur, Mario Carli und Fausto Milo haben das Schiff wieder verlassen. Sie stehen neben dem Kontrolleur am Förderband.«

Morello stellt sich neben Anna und beobachtet, wie die drei Männer das Förderband vom Schiff trennen. Danach schieben sie es in das Terminal zurück.

Auf dem Förderband ist jetzt kein Koffer mehr zu sehen.

»Ich glaube, sie sind fertig mit dem Ausladen«, sagt Anna
Klotze. »Es ist nichts Verdächtiges passiert.«

»Ich sehe es auch«, sagt Morello und schimpft: »Cazzo! Vaffanculo! Non é possibile! Das kann nicht wahr sein. Das ist die
Karte, auf die ich alles gesetzt habe. Dann war das alles eine falsche Spur.«

Er sieht Anna Klotze an. »Es tut mir leid, dass ich einen solchen
Wind gemacht habe.«

Er beißt sich auf die Lippen. »Vielleicht hat Lombardi doch
recht, und ich bin einfach verrückt geworden.«

Er starrt vor sich hin. Dann nimmt er das Handy. »Ich blase die
Aktion ab.«

»Kommissar, halt! Warten Sie! Hier passiert was!«, sagt Anna.
Morello blickt in die Richtung, in die Anna zeigt.

Am Bug des Schiffes wird eine Kiste an einem Kran langsam an
der Seitenwand herabgelassen. Mario Carli und Fausto Milo stehen am Kai und sehen nach oben. Als die Kiste in ihre Reichweite
kommt, treten sie zurück und beobachten konzentriert, wie sie
auf dem Boden abgesetzt wird. Dann lösen sie die Haken, und der
Kran zieht das Seil wieder nach oben. Kurze Zeit später schwebt
eine zweite Kiste zum Kai hinab. Wieder lösen die beiden Männer
die Befestigung, das Seil wird erneut hochgezogen. Dann klappt
der Kran sich langsam zusammen und ist verschwunden.

Morellos Handy klingelt.

»Kommissar, hier ist Alvaro. Gerade fährt ein Boot zum Bug
des Kreuzfahrtschiffes. Sie werden es gleich sehen.«

»Danke, Alvaro. Bleib, wo du bist. Ich melde mich bei dir.«
Morello und Anna Klotze starren zum Bug des Schiffes, das
sich wie ein Gebirge vor ihnen auftürmt.

Mario meldet: »Grittieri steigt in ein Wassertaxi.«

»Versuch ihm zu folgen.«

»Wie soll ich das machen?«

»Cazzo, nimm auch ein Taxi.«

»Es ist keines da.«

»Beschlagnahme ein Vaporetto.«

»Sehr witzig, Herr Kommissar.«

Anna Klotze sagt: »Da kommt das Boot.«

Ein schnelles Lastboot legt vor dem Bug des Schiffes an. Zwei Männer sind an Bord.

Mario Carli und Fausto Milo packen die erste Kiste und schleppen sie zu dem Boot.

»Waffen sind da sicher nicht drin«, sagt Anna Klotze. »Die Kiste scheint nicht schwer zu sein.«

»Mario hat Grittieri verloren.«

»Mist«, sagt Anna Klotze und starrt zu dem Boot herüber, wo die erste Kiste in das Lastboot verladen wird.

Morello ruft Zolan. »Ferruccio, wie sieht es bei Carini aus?«

»Hier bewegt sich nichts.«

»Jetzt laden sie die zweite Kiste auf«, sagt Anna Klotze.

»Klingel einfach mal bei ihm und schau, ob er sich meldet«, sagt Morello. »Und sag mir Bescheid.«

Er beendet das Gespräch und wählt erneut. »Alvaro, hörst du mich?«

»Ja, Commissario, ich höre Sie.«

»Das Lastboot legt gleich ab. Wo bist du?«

»Gegenüber dem Kreuzfahrtschiff bei Tronchetto.«

»Komm an den Kai des Fischmarktes und nimm Anna und mich an Bord.«

»Verstanden.«

Mario Carli bindet die Taue von dem Lastboot. Dann springt er zusammen mit Fausto Milo an Bord.

Morello legt einen Zehn-Euro-Schein auf den Tisch. Sie gehen an den Kai und warten.

Mario meldet sich. »Ich habe kein Vaporetto beschlagnahmt, aber ein Wassertaxi. Grittieri fährt an der Insel Guidecca vorbei. Ich bin in sicherem Abstand hinter ihm. Es wird bereits dunkel. Ich bin mir nicht ganz sicher, dass es wirklich Grittieris Wassertaxi ist, dem ich folge.«

»Gute Arbeit, Mario. Hoffen wir, dass es Grittieri ist. Halte mich weiter auf dem Laufenden.«

Alvaro legt das zivile Polizeiboot quer an den Kai. Anna Klotze springt an Bord, reicht Morello die Hand und hilft ihm, auf die Planken zu springen. Alvaro legt sofort wieder ab.

»Cazzo! Wo ist das Boot?«, fragt Morello.

»Ich sehe es im Augenblick nicht«, sagt Alvaro und lässt die Motoren aufheulen.

Dann sehen sie, wie das Lastboot nach rechts steuert.

»Commissario, das Boot steuert in Richtung der kleinen Insel Sacca San Biagio«, sagt Alvaro.

»Bleib hinter dem Boot«, befiehlt Morello. »Halt genügend Abstand.«

Zu Anna Klotze sagt er: »Grittieri kommt mit einem Wassertaxi von der anderen Seite. Mario ist hinter ihm.«

Zolan meldet sich. »Ich habe geklingelt. Niemand hat sich gemeldet. Carini ist nicht zu Hause. Es wird dunkel, er hätte schon Licht angemacht.«

»Ferruccio, lass die Observation des Anwalts. Wir verfolgen ein verdächtiges Boot, das in Richtung der Insel Sacca San Biagio fährt. Sie liegt hinter der Guidecca.«

Er hört, wie Zolan aufstöhnt. »Ich bin Venezianer, Commissario. Ich weiß, wo Sacca San Biagio ist.«

»Sorry! Nimm ein Wassertaxi. Im Notfall beschlagnahme eines. Komm so schnell wie möglich hierher.«

»Verstanden.«

Mario meldet sich. »Wenn ich das richtige Boot verfolge, dann biegt es gerade zwischen den Inseln Guidecca und Sacca Fisola ein.«

Alvaro reicht Morello eine Karte: »Wir sind ganz in der Nähe. Auf der anderen Seite von Sacca Fisola. Das Boot, das wir verfolgen, biegt jetzt in eine schmale Wasserstraße hinter dieser Insel und …«

»Ja, Commissario, ich sehe Sacca San Biagio. Grittieri hält genau darauf zu.«

»Wir biegen jetzt auch in diese kleine Wasserstraße ein. Das heißt, wir haben Grittieri zwischen uns.«

»Commissario, das Wassertaxi hält an der Spitze der Insel. Eine Person steigt aus. Es ist Grittieri. Da ist ein größerer freier Platz. Dann folgt ein lang gezogenes Lagerhaus.«
»Wir sind am anderen Ende dieses Lagerhauses. Wir stoppen hier. Fahr du an Grittieri vorbei, bis du unser Boot siehst.«
Nach einer halben Minute sehen sie das Licht eines Wassertaxis. Morello winkt ihm. Mario bezahlt den Fahrer und steigt zu ihnen auf das Boot.
»Ich habe das Lastboot gesehen, das ihr verfolgt habt. Es hat gerade genau an der Stelle angelegt, an der Grittieri ausgestiegen ist.«
»Wir gehen auch an Land«, entscheidet Morello. »Hier am anderen Ende des Lagerhauses.« Er ruft Zolan an. »Wo bist du?«
»Ich bin in einem Wassertaxi. Wie ist Ihre Position?«
»Wir sind am unteren Ende von Sacca San Biagio. Da steht ein lang gezogenes Lagerhaus. Grittieri und vier weitere Personen sind an der Seite zur Guidecca. Wir auf der anderen.«
»Verstehe. Ich brauche ungefähr zehn Minuten.«
»Wir warten auf dich.«

Alvaro bindet das Boot an einer kleinen hölzernen Plattform fest. Nacheinander springen sie auf die Planken. Durch ein eisernes Tor gelangen sie auf die Rückseite des Lagerhauses.
»Das Anwesen gehört einem Ruderverein«, sagt Alvaro. »In dem Haus lagern sie ihre Boote. Sehr schöne Boote, übrigens.«
»Wir warten auf Zolan«, flüstert Morello. »Ich schleiche mich derweil nach vorne und erkunde, was Grittieri dort macht.«
Er drückt Anna Klotze sein Telefon in die Hand. »Falls Zolan den Weg nicht findet, dirigiere ihn hierher.«

Mit dem Rücken zur Wand schleicht Morello an der Mauer der Lagerhalle entlang. Der schmale Weg ist gesäumt von Kanus und langen Ruderbooten. Er muss vorsichtig sein, weil er sie in der Dunkelheit nur schlecht sehen kann. Er will auf keinen Fall mit dem Fuß gegen das Holz eines der Boote stoßen. Er will Grittieri nicht warnen.

Als er am Ende des Lagerhauses ankommt, herrscht auf der geteerten Plattform Stille. Morello sieht sich um. Er sieht drei große Holztüren. Eng an die Wand gedrückt schleicht er an die erste Tür und drückt das Ohr ans Holz.

Nichts.

Er schleicht zum zweiten Tor. Lauscht.

Wieder nichts.

Hinter dem dritten Tor hört er schwache Geräusche. Vorsichtig drückt er gegen das Tor. Es bewegt sich nicht. Es ist von innen abgeschlossen.

Morello drückt sich enger an die Wand.

Lauscht. Doch er kann die Geräusche im Inneren nicht interpretieren.

Als Morello zu den anderen zurückkommt, ist Zolan bereits da. Er schildert ihnen, was er gesehen hat.

»Wie bekommen wir das Tor auf?«, fragt Anna Klotze.

»Gefahr in Verzug«, sagt Zolan und zieht seine Schusswaffe heraus.

»Ich habe ein Brecheisen an Bord«, sagt Alvaro.

Kurz darauf schleichen sie an der Rückwand des Lagerhauses entlang. Morello gefolgt von Alvaro, der das Brecheisen trägt. Dann folgen Anna Klotze und Ferruccio Zolan, die ihre Waffen gezückt und durchgeladen haben. Mario sichert sie nach hinten ab.

Alvaro stößt mit dem Fuß gegen ein kleines Kanu, das in der Dunkelheit nicht zu sehen war. Das Geräusch wirkt in der angespannten Stille laut wie ein Schuss. Sie erstarren. Lauschen. Nach ein paar Sekunden flüstert Morello: »Weiter.«

Sie erreichen die Plattform vor den drei Türen. Morello führt sie zu dem dritten Tor. Er legt den Kopf gegen das Holz. Wieder hört er im Inneren undefinierbare Geräusche.
Sie schauen sich an.
Morello schaut in vier entschlossene Gesichter. Er zieht seine Waffe und gibt Alvaro ein Zeichen. Der junge Mann ist nervös. Er setzt das Brecheisen an. Rutscht ab. Setzt es erneut an.
Mario Rogello berührt seine Schulter. »Soll ich …?« Alvaro nickt erleichtert.
»Seid ihr bereit?«, flüstert Mario.
»Alvaro, zieh deine Waffe«, flüstert Morello.
Alvaro nickt und zückt die Pistole.
Morello nickt Mario zu.
Vorsichtig stemmt er das Brecheisen oberhalb des Schlosses zwischen Mauer und Tür. Er holt noch einmal tief Luft, dann drückt er mit aller Kraft zu.
Das Tor springt auf. Morello stürzt ins Innere, die Waffe mit beiden Händen umklammert.
Er steht in einem schmalen Flur.
Schwache Beleuchtung.
Er läuft weiter.
Er sichert nach rechts und links.
Er sieht eine weitere Tür. Er holt aus und hebt sie mit einem wuchtigen Tritt aus den Angeln.
Er stürmt in eine Halle.
Er sieht Grittieri und vier Arbeiter.
Metallregale an den Wänden.

Er registriert einen Tisch, auf dem zwei geöffnete Kisten stehen.
Er sieht die Holzwolle, die aus den Kisten quillt.
Er zielt mit der Waffe auf das erschrockene Gesicht Grittieris.
Er ruft: »Hände hoch, Polizei!«
Er spürt, wie sich sein Team hinter ihm aufbaut und auf die fünf Männer zielt.
Er sieht, wie diese die Hände heben.
Er sagt: »Legt ihnen Handschellen an.«
Er sagt: »Es ist vorbei. Ihr seid festgenommen.«
Er hört, wie die Handschellen klicken.
Er denkt, gut, wir mussten keinen einzigen Schuss abfeuern.
Er dreht sich um und steckt seine Waffe hinter den Gürtel.
Es ist vorbei.

Zolan nimmt ihnen die Handys ab.
Grittieri sagt: »Sie machen einen Fehler, Commissario.«
Morello geht zu den beiden Kisten und schaut hinein.
Er zieht eine kleine Statue aus gelbem Stein heraus.
»Es sind historische Kunstgegenstände«, sagt Grittieri. »Ich handele mit ihnen. Sie wissen doch, ich bin Kunsthändler. Sie machen einen großen Fehler, Commissario.«
Morello zieht eine antike Vase heraus.
Er kramt weiter, zieht eine zweite Statue aus der Holzwolle. Er hebt sie hoch. Die Statue wirkt, als wäre sie auf der Rückseite aus einer Wand gerissen worden.
Grittieri fühlt sich zunehmend sicherer. »Ich handele mit diesen Dingen. Es lässt sich alles erklären.«
»Schnauze!«, brüllt Anna Klotze.
Morello fühlt, wie die Unsicherheit in seinem Team wächst.
»Und ihr?« Zolan stellt sich vor die vier Arbeiter. »Ihr wolltet euch wohl ein paar Euro dazuverdienen, nicht wahr? Und jetzt werdet ihr ins Gefängnis marschieren. Für viele Jahre.«
Fausto Milo hebt den Kopf. »Wir haben hier einfach einen Job

angenommen. Mehr nicht. Wir helfen, Kisten zu schleppen, diese Sachen auszupacken, neu zu verpacken. Mehr nicht.«
Zolan lacht bitter. Er tritt vor den Mann und schaut ihm lange in die Augen.
»Deine letzte Chance. Pack aus. Wo kommt das Zeug her?«
»Aus Syrien«, sagt eine sanfte Stimme hinter ihnen.

Morello wirbelt herum.
Rechtsanwalt Angelo Carini steht hinter ihnen und lächelt. Neben ihm stehen die beiden Leibwächter, die er schon auf der Friedhofsinsel San Michele gesehen hat. Nur tragen die beiden jetzt Maschinenpistolen und richten die Mündungen auf sie.
»Nehmen Sie bitte die Hände hoch. Wir möchten Ihnen gern ihre gefährlichen Schusswaffen abnehmen.«
Die Mündung einer der Maschinenpistolen senkt sich und zielt auf Anna Klotzes Brust. Morello hebt die Hände. Alvaro folgt seinem Beispiel, Mario auch. Dann hebt Zolan die Hände. Anna Klotze streckt langsam, mit wutverzerrtem Gesicht, die Arme in die Höhe.
»Sehr schön«, sagt Carini und gibt einem der Leibwächter ein Zeichen. Er geht zu Morello, nimmt ihm die Waffe ab. Dann zieht er ihm das Handy aus der Gesäßtasche. Anschließend entwaffnet er die anderen Polizisten und Anna Klotze. Bei Mario Rogello findet er außerdem die Schlüssel für die Handschellen. Er nimmt Grittieri die Fessel ab.
»Und wir?«, fragt Fausto Milo und hebt die Hände mit den Handschellen.
»Ihr bleibt so«, sagt Carini kalt.
Grittieri reibt sich die Handgelenke.
»Angelo, die Sache läuft immer mehr aus dem Ruder«, sagt er zu dem Rechtsanwalt. »Wir haben jetzt die gesamte Mordkommission von Venedig hier.«
»Keine Sorge, mein Freund. Wir erledigen das sofort und hier.«

»Wie stellst du dir das vor? Was willst du mit ihnen machen?«

»Wir stecken sie zu den anderen zwischen die stabilen Eichenpfähle, auf denen dein schöner Palazzo gebaut ist.«

»Es ist vielleicht besser, wenn wir jetzt gehen«, sagt Fausto Milo. Die drei anderen Arbeiter nicken zustimmend.

»Ihr habt tatsächlich Pech. Ihr seid zum falschen Zeitpunkt am falschen Ort«, sagt Carini.

»Sie wissen, dass wir schweigen können wie die Gräber«, sagt Fausto Milo.

»Gräber ist ein schönes Stichwort«, antwortet der Anwalt und nickt einem der Leibwächter zu. Dieser hebt die Maschinenpistole kurz an und feuert. Ein Geräusch wie ein heiseres Husten ertönt, als eine Feuergarbe Faustos Brust aufreißt. Die Wucht der Einschläge schleudert ihn nach hinten. Blutfontänen spritzen aus seinem Rücken und klatschen an die Wand.

Der zweite Arbeiter wirft sich auf die Knie. »Bitte nicht«, schreit er. »Meine Kinder. Ich habe zwei Kinder und eine kranke Mutter.«

Erneut hustet die Maschinenwaffe, und Morello sieht mit maßlosem Entsetzen, wie der Schädel des Mannes platzt. Blut, Knochenstücke und Hirnmasse werden in die Luft geschleudert und hinterlassen an der Wand grausliche Muster.

Die beiden anderen Männer rennen trotz der Handschellen erstaunlich schnell zum Ausgang. Sie kommen nur wenige Schritte weit. Die Geschosse reißen Löcher in ihre Rücken und Hinterköpfe, ihr Blut klatscht auf den Boden und an die Regale. Dann herrscht Stille.

Es riecht nach Pulverdampf.

Es gibt ein metallisches Knackgeräusch, als der Mörder ein neues Magazin in die automatische Waffe schiebt.

Alvaro schluchzt.

Morello sieht, wie Zolan fassungslos auf die Leichen starrt. Er sieht Anna Klotzes wütendes Gesicht. Noch immer ist die Mündung des zweiten bewaffneten Mannes auf ihre Brust gerichtet. Zeit gewinnen. Ich muss Zeit gewinnen. Das ist jetzt das

Entscheidende. Um jede Sekunde kämpfen. Morello dreht sich zu Carini um.

»Wieso Syrien, Herr Rechtsanwalt?«, fragt er. »Was ist an den alten Sachen so wertvoll, dass Sie sich damit beschäftigen?«

Der Anwalt lächelt still. Dann greift er in seine Hosentasche und zieht ein blütenweißes Stofftaschentuch hervor und reibt sich damit die Hände. »Geschäft, Herr Commissario. Ein außerordentlich gutes Geschäft. Wir kaufen Kulturgüter, für die unsere Geschäftspartner keine Verwendung haben. Wir retten sie vor dem Untergang. Wir bringen sie hierher. Und mithilfe des Kunsthauses Grittieri veräußern wir sie in der ganzen Welt.«

»Sie machen Geschäfte mit dem Islamischen Staat. Mit Terroristen!«

»Wir teilen die politischen und religiösen Ansichten unserer Geschäftspartner keineswegs immer. Diese Sendung stammt aus den frühorientalischen Tempeln von Baal und Baalschamin. Sie geht an Kunden nach Moskau und London.«

»Verstehe ich es richtig: Die Kisten sind in Alexandria eingeladen worden, und hier in Venedig werden sie verteilt? Keine Zollkontrollen. Ich sehe, Sie haben sich einen guten Plan ausgedacht.«

Carini lächelt geschmeichelt und steckt das Taschentuch wieder weg.

Morello wendet sich an Grittieri. »Dieser Mann hat Ihren Sohn auf dem Gewissen, und das wissen Sie sehr genau. Wie können Sie weiterhin mit diesem Monster zusammenarbeiten?«

Grittieris Atemzüge gehen für einen Moment schneller. »Das wollte ich nicht«, sagt er und wendet sich an Carini: »Wir können nicht die gesamte Mordkommission verschwinden lassen, Angelo. Herr Morello, können Sie sich vorstellen ...«

»Stopp«, sagt Carini scharf. »Du verhandelst hier nicht. Du hast uns mit deinem verdammten Sohn schon genug Ärger eingehandelt.«

»Angelo, ich kann nicht mehr. Ich habe meinen Sohn verloren. Das Einzige, was mir im Leben jemals etwas bedeutet hat.«

»Stopp«, sagt Carini etwas lauter und sofort richtet sich eine Maschinenpistole auf Grittieri. Der Kunsthändler bricht ab.

»Du bist ein schwacher Mensch, Alberto. Wir beenden jetzt die Diskussion.«

Er fixiert Morello. »Auf Sie ist ein hohes Kopfgeld ausgesetzt. Nicht tot oder lebendig, sondern nur tot. Einer meiner charmanten Begleiter wird sich dieses Geld jetzt verdienen. Falls es Sie beruhigt: ich werde dafür sorgen, dass Ihre Leiche in Sizilien gefunden wird, am Kai von Cefalù.«

»Du wirst in der Hölle braten, Carini«, stößt Zolan hervor.

»Das mag sein, mein Herr«, sagt Carini. »Aber Sie werden vor mir dort sein. Nämlich innerhalb der nächsten halben Minute.«

»Es tut mir leid, Ferruccio, dass wir uns erst so spät besser verstanden haben«, sagt Morello.

»Mir auch, Commissario. Es tut mir leid, dass ich Sie falsch eingeschätzt habe. Ich dachte, Sie hätten einen Mafia-Spleen. Es tut mir leid, wenn ich Sie …«

»Keine Tränen der Rührung zum Abschluss. Betet lieber«, sagt Carini. Er nickt in Richtung eines der beiden Bewaffneten. »Bring es zu Ende.«

»Warte, Angelo«, unterbricht ihn Grittieri. »Wir könnten doch …«

»Noch ein Wort, und du bist die nächste Leiche.«

Grittieri schweigt und schaut auf den Boden.

Einer der Killer kommt auf Morello zu. Er klemmt sich grinsend die Maschinenpistole unter den Arm und zieht einen Revolver aus dem Gürtel. Mit einer schnellen Bewegung schlägt er Morello die Coppola vom Kopf. Dann stellt er sich anderthalb Meter vor Morello auf und zielt in die Mitte seiner Stirn.

»Arschloch«, sagt er zu Morello. »Du hast uns lange genug verarscht. In Sizilien hast du Glück gehabt, am Leben zu bleiben. Aber jetzt ist es zu Ende. Doch du sollst noch ein bisschen leiden, bevor ich dich erschieße, Arschloch.«

»Mach endlich Schluss«, sagt Carini.

Morello spürt jetzt die Mündung an seiner Stirn.

Sein Hirn arbeitet fieberhaft. Der Mann steht weit genug von ihm weg. Bevor er ihm die Waffe wegschlagen kann, hat er schon abgedrückt.

Es ist aussichtslos.

Als ihm dies klar wird, macht sich eine große innere Ruhe in ihm breit. Er hat Sara geliebt. Er hat es geschafft, sie zu heiraten. Fast wären sie Eltern geworden. Und er denkt, was er schon so oft gedacht hat. Sie ist nur einen Herzschlag von mir entfernt. Nur dieser eine, dieser uneinholbare Herzschlag. Jetzt ist es wahr.

Nur ein Herzschlag, dann bin ich wieder bei ihr.

Er schließt die Augen.

Er hört einen Knall – dann nichts mehr.

14. TAG
DIENSTAG

Er ist im Himmel.
Es muss der Himmel sein.
Alles ist weiß.
Er ist müde.
Alles ist still.
Er ist schrecklich müde.
Im Himmel bin ich müde, denkt er und schläft wieder ein.

Als er wieder erwacht, sitzt Lombardi auf einem Stuhl neben ihm.
Sein Chef bewegt die Lippen, aber er hört nichts.
Cazzo! Wieso ist Lombardi auch im Himmel? Was hat er hier zu suchen?
Wie himmlisch, dass ich nichts verstehe.
Er schläft wieder ein.

Als er die Augen wieder aufschlägt, sitzt nicht mehr Lombardi auf dem Stuhl neben seinem Bett, sondern Anna Klotze.
Sie erkennt, dass er wach ist, springt auf. Der Stuhl fällt um, aber er hört kein Geräusch. Anna Klotze bewegt die Lippen ganz schnell, aber alles ist still. Wieso weint sie? Wieso höre ich nicht, was sie spricht?

Sie umarmt ihn. Fest. Seine Knochen biegen sich unter dem Druck ihrer Arme.

Es tut weh.

Warum weint sie?

Sie geht zu ihrer Tasche und zieht einen Schreibblock hervor.

Sie kritzelt etwas hinein und zeigt es ihm.

Können Sie das lesen?

»Selbstverständlich«, sagt Morello.

Seltsam! Er hört nicht, was er spricht.

Morello ist irritiert und wiederholt das Wort: »Selbstverständlich. Cazzo!«

Er konzentriert sich auf seinen eigenen Ton, doch er hört sich nicht.

Er hört überhaupt nichts.

Er fühlt sich, als wäre er in Watte verpackt.

Sie schreibt erneut etwas auf den Block.

Dein Gehör wurde beschädigt. Du kannst nichts hören.

Er sieht sie fragend an.

Um dich zu quälen, hat der Gangster einen Schuss direkt neben deinem Ohr abgefeuert.

»Wo ist er?«

Er ist tot.

»Er ist tot?«

Anna Klotze kritzelt eifrig auf ihren Block.

Lombardi hat ihn erschossen.

»Lombardi?«
Sie nickt heftig.

> Zolan, die alte Petze, hat ihn die ganze Zeit per SMS auf dem Laufenden darüber gehalten, was wir gerade taten.

»Und dann kam er?«
Sie nickt.

> Einen Augenblick, bevor der Killer dir wirklich eine Kugel verpassen wollte, erschoss Lombardi ihn. In letzter Sekunde.

Morello lässt sich ins Kopfkissen fallen.
»Carini?«

> Verhaftet.

»Grittieri?«

> Verhaftet. Und geständig.

»Werde ich wieder hören können?«

> Knallltrauma. Das wird schon wieder.

Morellos Kopf fällt zurück. Er schließt die Augen und schläft sofort ein.

In der Nacht wacht er auf, weil im Hof des Krankenhauses das Krankenschiff mit Blaulicht und Sirene angefahren ist. Er ärgert sich über die Rücksichtslosigkeit des Fahrers, dreht sich um und schläft weiter.

15. TAG
MITTWOCH

»… werden Sie noch zehn Tage im Krankenhaus behalten. Dann werden Sie in ein Rehabilitationszentrum geschickt. Machen Sie sich keine Sorgen, in drei Monaten sind Sie wieder fit«, sagt die Ärztin bei der Morgenvisite.
»Bitte? Was haben Sie gesagt?«
»In drei Monaten sind Sie wieder fit«, schreit die Ärztin.
»In drei Monaten? Cazzo, ich muss dringend zu einer Vernehmung«, brüllt Morello zurück.
»In den nächsten Wochen werden Sie niemanden vernehmen«, schreit sie. »Sie könnten die Antworten sowieso nicht verstehen.«
Morello verzieht das Gesicht.
Dann schläft er wieder ein.

Als er erwacht, sitzt eine blonde Frau auf dem Stuhl vor seinem Bett und liest Zeitung. Es dauert eine Weile, bis er begreift, dass es nicht Sara ist.
»Guten Morgen, freier Hund«, sagt die Frau fröhlich und sehr laut. Dann faltet sie die Zeitung zusammen und beugt sich vor.
»Erinnern Sie sich noch an mich?!«
»Petra Mareschi, die Journalistin?«
»Genau. Sind Sie in der Lage, mit mir über den Fall Grittieri zu reden?«

»Sie müssen mich allerdings weiter anschreien.«
»Aber mit dem größten Vergnügen!«
Sie zieht einen Schreibblock hervor.

Am Nachmittag geht die Tür auf, und Lombardi kommt herein. Morello, der gerade geschlafen hat, blinzelt zwischen verklebten Augen hervor und sagt nichts. Lombardi lässt sich stöhnend auf den Stuhl fallen und schaut ihn schweigend an.
Er streicht sich durch den Bart. »Ich weiß nun besser, warum man Sie den freien Hund nennt. Ich habe mich vor dem Ruf gefürchtet, der Ihnen vorauseilt, vor der Anarchie, die Sie verbreiten, und vor dem Chaos, das von Ihnen zu erwarten war. In den Canale springen, um einen Taschendieb zu fangen, damit ging es schon los. Mir war klar, dass ich Sie kontrollieren muss. Deshalb bat ich Zolan, mich über alles zu informieren, was Sie tun.«
Er schweigt, als habe ihn diese kurze Rede erschöpft. Nachdenklich fährt er sich wieder durch den Bart.
»Das Gute an meinem Misstrauen war, dass ich rechtzeitig eingreifen konnte. Das Schlechte an meinem Misstrauen war, dass ich zu lange blind gegenüber dem war, was Grittieri und Carini in Venedig getrieben haben.«
Er schweigt erneut.
»Wissen Sie, Morello, meine Generation ist in die Polizei eingetreten mit einer bestimmten Überzeugung. Wir sind Anhänger von Regeln. Wir gingen davon aus, dass die Gesellschaft chaotisch ist und sie deshalb Regeln braucht. Dass sie Institutionen braucht, die sie zwingt, Regeln einzuhalten. Dass sie die Polizei braucht. Dass sie uns braucht. Doch wir sind auch blind geworden dafür, dass diese Regeln von dem Verbrechen für seine Zwecke missbraucht und ausgenutzt werden. Dass sich das Verbrechen mit der Politik vermählt hat. Sie haben das gewusst.«

Wieder schweigt er erschöpft. »Ich bedauere, dass ich Ihnen nicht besser zugehört habe. Ich würde mich freuen, wenn Sie in Venedig bleiben.«

Morello sagt leise: »Danke, Signor Vice Questore. Doch sagen Sie mir, wie ist der Stand der Ermittlungen?«

»Wir haben Rizzo auf freien Fuß gesetzt. Carini schweigt. Omertà. Schweigegelübde. Dieses scheiß Mafiagetue. Der überlebende Killer dagegen singt wie ein Vögelchen. Will Kronzeuge werden. Sie haben Francesco Grittieri umgebracht. Zu zweit, genauso, wie Sie es vermutet haben. Er behauptet, sein Kumpel habe den tödlichen Stich ausgeführt und dann die Tatwaffe allein bei Rizzo versteckt. Auch Grittieri ist geständig. Er erzählt, dass Carini ihn dreimal gewarnt habe, sein Sohn störe mit dem Komitee die Geschäfte. Er würde zu viel Aufmerksamkeit auf die Kreuzfahrtschiffe lenken. Mit diesen schmuggelt die Cosa Nostra seit Langem geschützte Kulturgegenstände nach Venedig, wo sie über Grittieris Kunsthandel mit gefälschten Herkunftsnachweisen weiterverkauft werden. Die Cosa Nostra bekommt so nicht nur frisches, sondern vor allem auch sauberes Geld, das sie legal investieren kann. Es war Geldwäsche in großem Stil. Dass Sie die Sache aufgedeckt haben, ist ein schwerer Schlag gegen das organisierte Verbrechen. Das sieht auch der Questore Perloni so. Er freut sich schon auf die große Pressekonferenz am Freitag. Sie sollen unbedingt kommen, wenn Ihre Gesundheit es erlaubt. Internationale Presse hat sich angekündigt. Er wird den Sieg über die Mafia verkünden.«

»Wir haben nur eine ihrer Routen zerschlagen. Sie werden sich eine neue suchen.«

»Ich sehe es so: Sie werden in Zukunft die Finger von Venedig lassen. Sie wissen jetzt, dass hier der freie Hund seine Runden dreht.«

Er lacht. Doch Morello ist schon wieder eingeschlafen.

Das Telefon weckt ihn. Fahrig fährt seine Hand über den Nachttisch, bis er das blinkende und hupende Gerät greifen kann.

»Antonio, geht es dir gut?«

»Hallo, Giulia, gut wäre übertrieben. Aber ich werde bald wieder aus dem Krankenhaus entlassen.«

»Weißt du, warum ich Mutter jeden Morgen aus der Zeitung vorlese?«

»Weil sie nicht Italienisch lesen kann?«

»Nein, weil ich jeden Morgen zuerst die Zeitung danach durchsuche, ob ich eine schreckliche Nachricht von dir darin finde. Ob es etwas gibt, was ich unserer Mutter vorenthalten muss, oder ob ich den Pfarrer rufen muss, bevor ich es ihr sage.«

»Und wie hast du es heute gemacht?«

»Ich habe es ihr vorenthalten. Nicht ganz so einfach, denn dein Foto war auf Seite zwei.«

»Das hast du gut gemacht.«

»Du weißt, ich halte zu dir. Egal, was die Leute in Cefalù sagen.«

»Ich weiß, Giulia.«

»Wir sind sehr stolz auf dich.«

»Danke, große Schwester. Wie geht es Mamma?«

»Der Arzt hat ihr empfohlen, Sport zu treiben.«

Morello muss laut auflachen. »Sport? Mamma? Unsere Mamma im Fitnessstudio?«

Auch Giulia lacht. »Oder joggend am Strand.«

»Gehst du noch mit ihr spazieren?«

»Jeden Tag.«

»Du bist eine gute Tochter.«

»Du bist ein miserabler Sohn.«

Schweigen.

»Aber der beste Bruder.«

16. TAG
DONNERSTAG

Mitten in der Nacht wacht er auf. Er fühlt sich hellwach und er weiß, dass es diese Art von Wachheit ist, die ihn hier nicht wieder einschlafen lassen wird.
Er hat genug geschlafen.
Heute ist Donnerstag. Gestern war Claudios Großmutter in seiner Wohnung und hat geputzt. Doch sie hat ihren Lohn nicht vorgefunden. Sie braucht das Geld. Sie wird enttäuscht sein.
Morello schlägt die Decke zurück. Nicht nur Lombardi liebt Regeln, denkt er, während er seine Hose aus dem Schrank nimmt. Doch wo ist seine Coppola? Er findet sie zerknautscht in der hintersten Ecke, schüttelt sie aus und setzt sie sich auf.
Er erklärt der nur schwach protestierenden Nachtwache, er sei wieder gesund und gehe nun nach Hause. Der Mann fragt ihn ungerührt nach seinem Namen und verspricht, die Information am Morgen dem Arzt weiterzugeben; im Übrigen verlasse er das Krankenhaus auf eigenes Risiko.
Draußen atmet Morello die salzige Luft der Lagune ein. Das Gehen fällt ihm schwerer, als er gedacht hatte. Mehrmals muss er stehen bleiben und sich an Häuserwänden abstützen. Er ist heilfroh, als er endlich die Tür zu seiner Wohnung aufschließt.
Er lässt sich aufs Bett fallen und schläft sofort ein.

Am Morgen hört er die Kirchenglocken nicht. Er schläft ungestört bis fast neun Uhr. Als gerade der erste Kaffee in der Maschine gurgelt, klingelt es an der Haustür. Morello öffnet und lässt Claudio herein.

»Du willst bestimmt das Geld für deine Großmutter holen.«

»Nein, nein, Großmutter weiß ja nun, warum Sie es nicht in die Küche legen konnten.« Er schwenkt eine Zeitung. »Kann ich auch einen Kaffee haben? Ich habe etwas mitgebracht für Sie: Cornetto alla crema.«

Er legt eine Papiertüte auf den Tisch und daneben die Zeitung *La Voce della Laguna*.

Morello greift zuerst zum Cornetto und beißt genüsslich hinein.

Claudio geht in die Küche. »Ich wusste, dass Sie der beste Kommissar der ganzen Welt sind«, ruft er. »Es war mir eine Ehre, von Ihnen festgenommen zu werden.«

»Es ist keine Ehre, ein Dieb zu sein.«

Claudio kommt mit zwei Tassen Kaffee aus der Küche. »Ich wollte nur sagen, dass es mir eine Ehre ist, Sie … kennengelernt … und mit Ihnen zusammen den Fall Grittieri gelöst zu haben. Eigentlich sollte in der Zeitung auch mein Name stehen. Ich sollte auch morgen zur Pressekonferenz gehen. Zumindest können Sie morgen sagen, dass Sie ohne mich niemals diesen Fall gelöst hätten.«

»Stopp! Moment!« Morello blickt ihn streng an. »Es gibt keinen Namen für die Presse, keine Ehre und keinen Kaffee mehr, wenn du weiter solchen Schwachsinn redest! Setz dich!«

Claudio stellt beide Tassen auf den Tisch und setzt sich.

Morello stützt sich mit einer Hand an der Wand ab. Er fühlt sich immer noch schwächer, als er es sich selbst eingestehen kann.

»Commissario, geht es Ihnen gut?«

»Ja. Ich brauche nur einen kräftigen Kaffee.«

Er setzt sich an den Tisch und trinkt einen Schluck.

»Hör zu, Claudio, du bist ein guter Junge, und ich bedanke

mich für deine Hilfe. Aber es ist besser für dich, wenn die Mafia nicht weiß, dass du bei ihnen eingebrochen bist. Verstehst du?«
»Ich glaube schon.«
»Erzähle es niemanden. Nicht einmal deinem besten Freund. Weißt du, warum?«
Claudio senkt den Kopf.
»Weil ich sonst im Knast landen werde.«
»Genau. Und für wie lange?«
»Für immer?«
Morello steht auf. »Bravo. So ist es! Danke für das Cornetto, aber jetzt verschwinde. Und gib deiner Großmutter das Geld.«
Er zieht seinen Geldbeutel heraus.
»Aber Kommissar, Sie haben die Zeitung noch nicht gelesen!«
»Habe keine Zeit.«
»Ich lese vor: *Der freie Hund beißt jetzt in Venedig! Von Petra Mareschi. Der neue Kommissar Antonio Morello aus Cefalù löst einen brisanten Fall. Der Tod von Francesco Grittieri ist mit einem illegalen Kunsthandel verbunden, an dem auch die Mafia beteiligt war. Verhaftet wurden Alberto Grittieri und Roberto Zorzi, bekannte Bürger Venedigs, und Angelo Carini, ein Anwalt aus Palermo. Questore Attilio Perloni wird morgen auf einer Pressekonferenz weitere Informationen bekannt geben. Unsere Zeitung verfügt jedoch über exklusive Informationen. So erfuhren wir ...«*
»Geh jetzt, Claudio. Ich muss ins Kommissariat. Außerdem: Ich weiß das alles. Ich war dabei.«

Kaum hat er das Haus verlassen und ist einige Meter gegangen, hört er hinter sich eine weibliche Stimme. »Commissario Morello ...«
Sie rennt auf ihn zu. Sie bremst nicht ab. Er kann gar nichts anderes tun, als die Arme auszubreiten und sie aufzufangen.
»Ich habe erst heute in der Zeitung gelesen, dass du ein Held

bist. Natürlich wusste ich das schon vorher. Aber ich dachte, du willst gar nichts mehr von mir wissen.«
Eine innere Stimme spricht zu ihm in ernstem Ton: Antonio, erinnere dich, du hast eine Entscheidung getroffen. Du willst keine Frau mehr in dein kaputtes Leben lassen.
»Weißt du was«, sagt sie. »Ich lade dich zu einem Eis ein. Magst du?« Ihre Augen funkeln vor Freude und Wärme.
»Wo doch jeder weiß, dass das beste Eis in Sizilien gemacht wird«, sagt Morello.
»Natürlich«, sagt Silvia und hakt sich bei ihm unter.
»Venedig ist eine merkwürdige Stadt«, sagt Morello. »Sie stinkt, sie ist korrupt und sie hat keinen Respekt.«
»Die ersten beiden Vorwürfe stimmen, aber wieso hat sie keinen Respekt?«
Morello bleibt steht und blickt in Silvias fragende Augen. »Man trifft Entscheidungen über sein Leben. Doch diese Stadt akzeptiert sie nicht.«

Noch nie hat einer der Polizisten auch nur den Kopf gehoben, wenn Morello die Polizeiwache betrat. Jetzt fahren die beiden uniformierten Polizisten hoch, stehen stramm und grüßen militärisch.
»Was ist denn mit euch los?«, fragt Morello und geht die Treppe hinauf in sein Büro. Auf dem Flur bleibt er einige Sekunden stehen, bis sich sein Atmen beruhigt hat.
Er öffnet die Tür – und langer Applaus empfängt ihn.
Das Team ist vollständig versammelt. Anna Klotze umarmt ihn.
»Bitte brich mir nicht die Knochen«, flüstert er ihr ins Ohr.
»Das kann ich nicht versprechen, Commissario.«
Er muss eine kleine Rede halten. »Liebe Anna, liebe Viola, liebe Kollegen, ich erinnere mich genau, was ich sagte, als ich zum ersten Mal vor euch stand. Ihr wart traurig, weil ihr einen Chef aus Sizilien bekommt. Das ist vielleicht nicht mehr der Fall.«

Applaus.

»Seither ist viel geschehen. Ich bin erst seit ein paar Tagen hier, doch es kommt mir so vor, als wäre es ein Jahr. Mario hat mittlerweile sogar eine neue Tasse, wie ich sehe.«

Erneut klatschen alle.

»Damals waren wir alle unglücklich. Ich vermisste Cefalù, und ich sage euch, ich vermisse meine Heimat immer noch. Ich habe euch letzte Woche alle ins Café *La Mela Verde* eingeladen. Und genau das tue ich auch jetzt.«

Alle klatschen.

Zolan meldet sich.

»Der Vice Questore will Sie sprechen.«

»Dann sage ich euch das Gleiche wie damals: Der Vice Questore muss warten, bis wir unseren Kaffee getrunken haben.«

17. TAG
FREITAG

Alvaro parkt das Polizeiboot am Rio de San Lorenzo. Morello steigt aus und sieht am Eingang des Kommissariats eine große Gruppe von Journalisten, Fotografen und Kameramännern. Drei Polizisten stehen vor dem Eingang und blicken sie mit steinerner Miene an.

Als Morello auf den Eingang zugeht, stürmen alle Journalisten auf ihn zu; alle außer einer: Petra Mareschi bleibt vor dem Eingang stehen und lächelt Morello zu. Morello nickt zurück.

Es ist kein Durchkommen. Kameras klicken. Fragen werden ihm zugerufen.

»Ich spreche jetzt nicht mit Ihnen. Alles Wichtige werden Sie durch den Questore erfahren. Und jetzt, bitte lassen Sie mich durch.«

Die uniformierten Polizisten bahnen ihm den Weg durch die Menge. Als er sich dem Konferenzraum nähert, kommt Viola Cilieni zu ihm.

»Buongiorno. Brauchen Sie einen Kaffee, Commissario?«

»Das wäre großartig.«

Als er die Tasse wieder abstellt, kommt Lombardi.

»Perloni hat ein großes Publikum heute. Wahrscheinlich merkt er nicht einmal, dass die Leute heute wegen Ihnen da sind. Gehen wir?«

Sie gehen zusammen in den Presseraum. Sobald Morello sich neben Lombardi gesetzt hat, stürzen sich die Fotografen auf sie. Morello muss die Augen schließen vor den Hunderten von Blitzlichtern. Niemand achtet auf Perloni, der in diesem Augenblick durch die Tür kommt. Irritiert geht der Questore zu seinem Platz in der Mitte des Podiums und setzt sich. Noch immer wird er nicht beachtet. Er klopft mit einem Löffel gegen sein Wasserglas.

»Meine Damen und Herren, bitte setzen Sie sich. Wir wollen beginnen.«

Die Fotografen kümmern sich nicht um ihn. Sie schießen immer noch Fotos von Morello, als hätten sie gar nicht gehört, was Perloni gesagt hat.

Der Questore wird ärgerlich. »Signori! Bitte! Entweder setzen Sie sich, oder wir beenden diese Pressekonferenz sofort!«

Widerwillig lassen die Fotografen von Morello ab. Die Journalisten setzen sich und klappen die Laptops auf.

Perloni räuspert sich. »Wir möchten Ihnen einige Neuigkeiten mitteilen, welche unser Kommissariat in den letzten Wochen ermittelt hat. Wie Sie bereits wissen, haben wir eine Fahndung gegen Pietro Rizzo ausgeschrieben. Wir haben ihn verhaftet, doch gestern haben wir ihn wieder freigelassen. Er ist unschuldig.«

Die Journalisten rufen: »Was ist mit Grittieri?«, und »Können Sie uns bestätigen, dass hinter dem Tod von Francesco Grittieri und dem illegalen Handel mit Kunstwerken die Mafia steckt?«.

»Das kann ich bestätigen, obwohl unsere Untersuchung noch nicht zu Ende ist«, sagt Perloni und blickt zu Morello. »Mein Commissario und sein Team haben hervorragende Arbeit geleistet. Wir sind stolz auf die Polizei von Venedig.«

»*La voce della Laguna* schreibt, Sie hätten die Ermittlungen behindert, um Alberto Grittieri zu schützen. Ist das so?«, ruft ein Journalist.

Perloni läuft rot an. »In diesem Kommissariat arbeiten alle Hand in Hand, um einen Fall zu lösen; vom einfachen Polizisten bis zum Questore – alle! Hand in Hand.«

Noch ein Journalist steht auf. »Alberto Grittieri ist verhaftet worden wegen illegalen Handels mit Kunstwerken. Wir wollen wissen, ob er mitverantwortlich ist für den Tod seines Sohnes?«

»Zu Alberto Grittieri kann ich nur sagen, dass er wegen des Handels mit geraubten Kunstwerken verhaftet worden ist. Alles andere, einschließlich der Tod seines Sohnes, wird noch ermittelt.«

Da rückt Morello die Coppola zurecht, beugt sich zu Perloni herüber und flüstert ihm ins Ohr: »Ich bin nicht dein Commissario. Ich bin ein freier Hund. Und dich krieg ich auch noch.«

DANK

Dieses Buch ist eine gemeinsame Arbeit nicht nur in dem Sinne, dass wir beide, Claudio und Wolfgang, es geschrieben haben. An diesem Buch haben viele mitgewirkt und ihnen schulden wir Dank.

Dass Antonio Morello sich so zügig in Venedig zurechtfand, verdanken wir Fabio, Michelle und Alvise, die uns auf ausgedehnte Streifzüge nicht nur durch Castello mitnahmen. Wir danken euch herzlich und freuen uns auf den nächsten Doppio mit euch.

Für aufmerksame Lektüre danken wir Yvonne Schubert und Petra von Olschowski, die durch ihre Hinweise, Bemerkungen und Vorschläge das Manuskript verbessert haben. Wir danken Thomas Voigtländer für juristische Hinweise und Dott.ssa Roberta Marchionni für die Überprüfung der italienischen Ausdrücke in diesem Buch.

Unser spezieller Dank und unsere Bewunderung gilt unseren beiden Lektoren Lutz Dursthoff und Nikolaus Wolters für ihre gründliche Überprüfung, ihr Sprachgefühl und die Sorgfalt, mit der sie unser Manuskript behandelten.

Aus den von uns benutzten Quellen möchten wir zwei wichtige Bücher herausgreifen: »Il Patto Sporco« von Nino Di Matteo und Saverio Lodato, Verlag Chiarelettere, sowie »Le Trattative« von Antonio Ingroia und Pietro Orsatti, Verlag Imprimatur.

Alle anderen Quellen können die Leserin und der Leser auf

Antonio Morellos Homepage nachlesen: www.commissario-morello.com. Auf dieser Seite können Sie mehr erfahren über Antonio Morello, Anna Klotze und all die anderen Figuren, die in den letzten Monaten zu unserer Familie geworden sind.

»Einer der wichtigsten deutschsprachigen Autoren politischer Kriminalromane«

www.krimi-forum.de

Leseproben und mehr unter www.kiwi-verlag.de

Weitere Titel von Wolfgang Schorlau bei Kiepenheuer & Witsch

Schorlau erzählt die Geschichte einer ungewöhnlichen Freundschaft zwischen einem Jungen aus begüterten Verhältnissen und einem Kind aus dem Waisenhaus: Von Verrat und Liebe und von den gesellschaftlichen Umwälzungen der sechziger und siebziger Jahre.

Vor der Kulisse einer der aufregendsten Metropolen der Welt erzählt Wolfgang Schorlau eine außergewöhnliche Liebesgeschichte.

»Sympathisch unprätentiös und belebend kommt das Buch daher – wie ein guter Çay.« *Stuttgarter Zeitung*

Leseproben und mehr unter www.kiwi-verlag.de

Alle lieben Lost – Ein deutscher Kommissar ermittelt an der Algarve

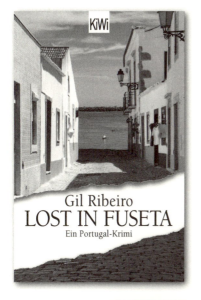
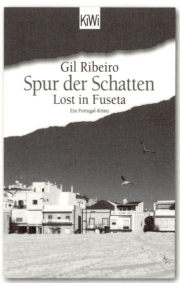
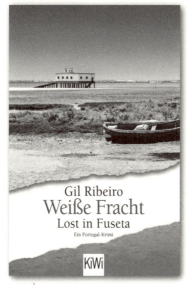

Leseproben und mehr unter www.kiwi-verlag.de

Mord am Lago Maggiore

Leseproben und mehr unter www.kiwi-verlag.de

Hochspannung aus Südtirol

Leseproben und mehr unter www.kiwi-verlag.de